| 장경태 대하소설 |

겁령구

私屬人

1

청어

겹령구 ①

장경태 지음

발행처 · 도서출판 청어
발행인 · 이영철
영 업 · 이동호
기 획 · 최윤영 | 김홍순
편 집 · 김영신 | 방세화
디자인 · 오주연
제작부장 · 공병한
인 쇄 · 두리터

등   록 · 1999년 5월 3일(제22-1541호)

1판 1쇄 인쇄 · 2011년 1월 5일
1판 1쇄 발행 · 2011년 1월 15일

주소 · 서울시 서초구 서초동 1588-1 신성빌딩 A동 412호
대표전화 · 586-0477
팩시밀리 · 586-0478

블로그 · http://blog.naver.com/ppi20
E-mail · ppi20@hanmail.net
ISBN · 978-89-94638-24-9 (03810)
      · 978-89-94638-23-2 (03810)세트

검령구

私屬人

인간이 살아온 흔적은 모두 소중한 역사라 할 것이다.

장구한 세월 역사의 무대 위로 스쳐 지났을 무수히 많은 인간 군상이 눈에 어른거린다. 영웅, 호걸, 재사, 가인, 혹은 민초라는 이름으로……

그들의 삶과 애환이 담긴 이야기들은 신화와 설화가 되어 전해지기도 하였고, 혹은 문자로 기록되어 후세에 남겨지기도 했다.

한(漢)나라 사관 사마천(司馬遷)은 죽음보다 더 가혹한 궁형에 처해졌음에도 필화(筆禍)를 두려워하지 않는 불굴의 신념으로 저 유명한 『사기(史記)』와 『열전(列傳)』을 후세에 남겼다. 그러나 정사(正使)나 야사(野史)를 막론하고, 역사로 남은 기록물들이 과연 사실과 얼마만큼 부합하는 것일까 하는 의문이 남는다.

춘추필법(春秋筆法)을 신뢰하는 긍정적 역사관을 견지한다 해도, 승자의 논리에 의해서거나 또는 복합적 이해관계에 따른 판단이나 사관의 주관 개입을 경계하지 않을 수 없다. 어찌 보면 이미 오래전 한 시대를 횡행했을 수많은 인물들이 역사 저편 망각의 어둠에 묻혀버렸거나 그 흔적마저 지워져버린 채 침묵 속에 잠들어 있을 것이다.

본 작품에 등장하는 주인공이 역사서에 몇 줄 기록으로 족적을 남긴 흔적을 매개로, 필자와 조우를 통해 수백 년 세월의 간극을 넘어 이처럼 세상에 모습을 드러낼 수 있음은 매우 크고 깊은 인연이라 여긴다.

역사의 페이지에서 낱장으로 실전(失傳)되어 장막 뒤에 가려진 짧은 단락과 편린들을 하나하나 꿰맞춰 뼈대를 세우고, 몸체를 다지고, 심장으로 뜨거운 피가 돌게 하는 것이야말로 작가의 몫일 것이다.

　원 공주의 신분이면서도, 도도하게 흐르는 격랑의 물줄기를 거스를 수 없는 비운을 타고난 여인. 국가통치의 거대담론에 전도된 한 여인의 애절한 사랑. 공주와 약속한 영원한 행복을 지켜주기 위해 고려국으로의 귀화를 선택한 주인공을 통해, 암울했던 시대가 던진 절망과 희망의 단면을 보았다.

　이 땅의 백성이라는 이름으로 황토먼지 이는 벌판에서, 바다에서, 그리고 산야에서 처절한 몸짓으로 들불처럼 일어나 풀잎처럼 스러져간 민초들의 제단에 이 글을 헌정한다.

2010년 12월

강진래

이광복
(한국문인협회 소설분과 회장, 한국소설가협회 부이사장)

이 근래 소설문학은 많은 변화를 보여주고 있다. 이 같은 변화의 물결 속에 가벼운 소설들이 우후죽순처럼 쏟아져 나오는 실정이다. 틀에 박히지 않은, 자기 나름의 색깔이 묻어나는 다양한 소설들이 대량으로 생산되는 것은 매우 바람직한 일이지만, 그럼에도 불구하고 문제의식의 퇴보는 소설의 가치를 떨어뜨릴 위험이 짙다. 예컨대 간질간질 말초신경이나 자극하는 일련의 소설들은 적지 않은 우려를 자아내고 있다.

이 같은 현실에 비추어 장경태 소설가의 장편소설 『겁령구』(私屬人)는 여러 측면에서 묵직한 화두를 제시하고 있다. 몽골 평원에서 발흥한 원나라가 중국을 통일하고 고려와 충돌하던 13세기 말, 고려인의 강인한 정신력을 그려낸 이 소설의 행간에는 뜨거운 작가정신이 녹아 있다.

주인공 삼가를 둘러싼 여러 인물의 드라마틱한 삶은 감동의 진폭을 더해준다. 몽골에서 출생한 삼가는 제국대장공주를 수행하여 고려로 귀화, 훗날 대장군에 오르고 장순룡이라는 이름으로 덕수 장씨의 시조가 된다. 그의 극적인 삶이 파란만장하게 펼쳐진 이 소설은 재외 국민이 7백만 명을 헤아리는 오늘날의 시대상황과 맞물려 우리에게 강력한 문제의식을 던져주는 것이다.

그런 점에서 이 소설은 보기 드문 역작이라고 말할 수 있다. 이런 문제작을 써낸 작가에게 진심 어린 축하의 말을 전한다. 아울러 이 작품의 출간을 계기로 이 작가의 작품세계가 더욱 원숙하게 심화될 것을 믿어 의심치 않는다.

| 차례 |

제1장

설연화

(雪蓮花)

백화궁

별빛을 삼킨 모래폭풍이 활처럼 등 굽은 종려나무 잎을 가르며 승냥이의 메마른 울음을 울었다.

고비사막을 뒹군 거대한 회오리를 이끌고 달려온 모래바람이 성벽너머 잠든 오아시스를 까칠한 숨길로 유린하기 시작했다. 누런 이를날 세워 으르렁거리는 성난 바람은 창문을 흔들며 파도처럼 밀려드는모래 알갱이들을 서걱서걱 씹어 바닥으로 뱉어냈다.

희미한 불빛이 가물거리는 방 안에서 밭은기침 소리가 들려 나왔다. 방문을 열고 내실로 든 소녀가 여인에게 물그릇을 공손히 올렸다. 물을 한 모금 마신 여인이 이마에 솟은 땀방울을 손등으로 훔쳐냈다.

흔들리는 불빛 아래 드러난 희고 섬세한 손가락이 은빛 물고기처럼투명했다.

"덕분에 호흡이 한결 편해졌구나. 고맙다. 뮬란."

"공주마마. 이제 날이 밝고 한나절만 고생하시면 백화산 별궁에 당도하시니 잠시만 참으시옵소서."

"이번 원행에 네 노고가 크구나. 건강이 회복되어 궁으로 돌아가면이 고마움을 잊지 않겠다."

"공주님, 그처럼 배려해주시지 않아도 되어요. 이번 피접 길은 제가원한 일인걸요. 소인은 공주님을 곁에서 모시는 것만으로도 행복하옵니다."

뮬란의 뺨이 복사꽃처럼 붉게 물들었다.

오아시스의 밤은 칠흑 같은 어둠으로 빨려들었다.

먼 곳에서 희미하게 들려오는 새 울음이 세찬 바람에 섞여 음울하게 맴돌다 가라앉았다.

그때 희뿌연 모래바람을 뚫고 북쪽 언덕 위로 말을 탄 무리가 유령처럼 어른거리며 나타났다. 대열을 정비하며 잠시 숨을 고른 그들은 무리 중 우두머리로 보이는 자가 손을 들어 제시한 방향을 향해 말 엉덩이에 채찍을 먹이며 쏜살같이 내닫기 시작했다.

한층 거세게 몰아치는 바람이 요란한 말 발굽소리들을 삼켜버렸다. 길 양편에 줄지어 늘어선 둥치가 한 아름이나 되는 당 종려나무 넓은 이파리가 거센 바람을 마주안고 강렬한 파열음을 입에 문 채, 풀어헤친 여인의 머리마냥 도리질쳐 몸을 마구 내둘렀다.

이곳 지리에 매우 익숙한 듯 인적 없는 거리를 거침없이 달려온 그들이 오아시스 중심부에 자리 잡고 있는 제법 규모가 큰 집 앞에 일제히 멈추어 섰다. 말에서 내린 무리들은 담벼락에 몸을 바짝 붙인 채 주위를 살피며 거친 호흡을 가다듬었다.

일행을 둘러본 우두머리가 낮은 목소리로 지시했다.

"우리가 목표로 삼은 인물은 안채에 있는 건물에 거처하고 있을 것이다. 앞을 가로막는 자들은 모두 해치워라!"

명령이 떨어지자 사내들이 일제히 칼을 빼 들었다. 짙은 어둠 속에서 푸른 검광이 섬뜩한 빛을 내뿜었다.

사내들이 가벼운 몸짓으로 그림자를 남긴 채 몸을 솟구쳐 담장을 타고 넘었다. 그러나 땅바닥으로 내려서는 순간, 요란하게 울리는 방울소리가 깊이 잠든 정적을 흔들어 깨웠다.

예기치 못한 돌발 사태에 침입자들이 당황하여 갈피를 잡지 못하고 허둥대는 사이, 안채로부터 다급한 외침이 터져 나왔다.

"비상! 비상이다. 적이 침입했다. 침입한 적을 막아라!"

그와 동시에 수십 명의 병사들이 뛰어나와 침입한 적의 앞을 가로막아 섰다.

이내 주위를 밝히는 횃불이 환하게 내걸리고 침입자들의 모습이 어른거리는 불빛에 확연히 드러났다. 그들은 모두 검은 옷차림에 붉은 복면으로 얼굴을 가리고 있었다.

수비하는 측의 청년이 앞으로 나서며 단호한 목소리로 지시했다.

"공주님을 보호하라. 또 침입한 적을 한 놈도 남김없이 모두 주살하라!"

그는 늠름한 체구에 관옥을 깎은 듯 수려한 이목구비를 갖춘 젊은이로, 손에는 창날의 모양새가 갸름하고 중엽이 배꽃을 닮아 이화창이라 부르는 무기가 들려 있었다.

곧이어 쌍방이 어우러진 가운데 치열한 접전이 벌어졌다. 검과 창이 부딪는 소리가 밤공기를 가르고 어지럽게 흩어지는 가운데 날카로운 금속성을 물고 푸른 불꽃이 번쩍이며 일었다.

침입자들은 모두 만만치 않은 무공을 지닌 자들이었다. 그러나 장창을 들고 대적하는 젊은 무사의 기량 역시 대단했다. 창을 좌우로 날려 회오리바람을 일으켜 땅을 박차고 올라 몸을 솟구쳤다. 자욱한 안개 속에 춤추듯 현란한 절기로 적을 유린하는 그의 뛰어난 공력은 마치 구름 위로 오른 용이 자유자재로 운신하며 상대를 희롱하는 듯 놀라운 무예를 펼치고 있었다.

청년과 대적하는 자들의 필사적인 공격이 모두 무위로 돌아가며 방어에 급급해하다 미처 삼합을 넘기지 못하고 쓰러졌다.

쌍방이 벌이는 치열한 접전으로 일진일퇴를 거듭하며 고함과 비명 소리가 어지럽게 울려 퍼지는 가운데 긴박한 시간이 흘렀다.

14

그때 동시에 양편에서 공격해 들어오는 적을 맞아 몸을 날린 청년을 향해 바람을 가르는 소리와 함께 번득이는 두 줄기 빛이 날아들었다. 재빠르게 몸을 회전시킨 청년이 하나의 수리검은 피했으나 나머지 한 자루 검이 왼쪽 어깨를 스치고 뒤편의 종려나무에 깊숙이 박히며 꼬리를 부르르 떨었다. 청년의 어깨가 흘러내린 피로 금방 붉게 물들었다.

"대단한 무예를 자랑한다는 네놈도 별수 없구나. 이번에는 너의 숨통을 아주 끊어주마."

의기양양한 복면 사내가 청년을 향해 비아냥거리며 검을 치켜세웠다. 그러나 그것이 자신이 남긴 마지막 말이 될 것임을 그는 미처 알지 못했다.

이내 자세를 바로잡은 청년이 몸을 솟구쳐 치고 들어오는 상대의 검을 방어했다. 그와 동시에 적의 가슴을 향해 수직으로 세운 창날이 귀곡성을 물고 바람을 갈랐다. 그러고는 마치 독수리가 일격에 꿩을 제압하는 형세를 취해 전광석화처럼 빠르고 한 치의 오차도 없는 절묘한 공격으로 상대를 단숨에 베어버렸다.

허공으로 몸을 날렸던 복면 사내는 외마디 비명을 입에 문 채 분수처럼 피를 내뿜으며 그대로 무너져 내렸다.

쌍방이 사력을 다해 베고 찌르는 치열한 접전을 벌이는 가운데 상황이 점차 수비군의 우세로 접어들었다.

기세가 꺾인 침입자들이 차츰 뒤로 밀리기 시작했다. 불리하게 전개되는 국면에 당황한 우두머리가 다급하게 외쳤다.

"철수하라. 모두 퇴각하라!"

마침내 침입자들은 십여 명의 사상자를 남긴 채 담장 너머로 도주하고 말았다.

"추격하라. 놈들을 끝까지 추격하여 한 놈도 남김없이 모두 도륙하라!"

큰 소리로 외치며 말고삐를 움켜쥐려는 병사들을 장창을 든 청년이 제지했다.

"다행히 우리 측 피해가 그리 크지 않은 듯싶으니 그만 수습하도록 하라."

청년은 상처 입은 부하들을 일일이 둘러보며 적절한 조치를 지시했다.

조금 여유가 생기자 그제야 어깨에 통증이 밀려들었다. 조금 전 적과 대전하는 와중에 입은 상처에서 흘러내린 피가 옷소매를 흥건히 적시고 있었다.

"부장님, 출혈이 심하시니 상처를 돌보셔야 할 것 같습니다."

"부관인가? 그것보다 우선 시급한 것은 놈들의 정체를 알아내는 일일 것이야."

그들이 마당 곳곳에 널브러진 복면 사내들을 둘러보다가 아직 의식이 있어 보이는 자에게 걸음을 옮겼다.

가쁜 숨을 몰아쉬고 있는 사내에게 다가선 청년이 물었다.

"네놈들은 누구인데 공주님의 목숨을 노리고 이처럼 대담한 짓을 벌였느냐!"

묵묵부답인 괴한을 내려다보던 부관이 허리를 굽혀 쓰러져 있던 사내의 복면을 걷어냈다. 얼굴을 드러낸 자를 향해 청년이 다시 물었다.

"이번 일을 꾸민 자가 누구인지 짐작은 간다. 그러나 네놈의 입으로 직접 말하라. 누구냐! 이번 일의 배후가!"

청년이 격앙된 표정으로 목소리를 높여 채근했다.

순간 그자가 스스로 절명의 암기를 사용한 듯 거친 숨을 토하며 고개를 힘없이 떨구었다.

이미 숨이 끊어진 사내를 응시하는 청년의 움켜쥔 주먹이 가늘게 떨렸다.

그때 뒤편에서 젊은 여인의 낭랑한 음성이 들려왔다.

"삼가 부장님, 어디 다치신 데는 없으세요?"

"예! 다행스럽게 큰 피해 없이 침입자들을 격퇴하였습니다."

가까이 다가선 여인에게서 은은한 백합 내음이 감돌았다.

"심려를 끼쳐드려 송구하옵니다, 공주마마."

"아닙니다. 침입한 자들이 누구인지는 모르지만, 자칫 잘못했으면 큰 봉변을 당할 뻔했어요."

마주선 여인의 눈길이 호위부장의 어깨에 머물렀다. 피로 붉게 물든 그의 모습을 보고 놀란 공주가 목소리를 높였다.

"어머! 어깨에 부상을 입으셨군요."

"별것 아닙니다. 교전 중에 조금 다쳤을 뿐이니 심려치 마십시오."

안쓰러운 표정을 지은 공주가 품에서 비단수건을 꺼내 청년의 상처 부위를 감싸주었다. 이내 배어나온 선혈이 비단 천의 하얀 바탕을 적시고, 붉은 매화꽃송이처럼 몽글거리며 번졌다.

여인에게 어깨를 맡긴 청년의 얼굴이 발그레 물들었다. 조금 전 침입자들과 대적하느라 상기된 열기가 아직 가라앉지 않은 탓인지 아니면 상처부위를 감싸주던 공주의 손길에서 전해진 따스한 온기 때문이었는지 모를 일이었다.

"황송하옵니다. 공주마마!"

삼가 부장이라 불린 청년이 고개 숙여 감사를 표했다.

현황을 파악해 보니 호위병사 몇 명이 가벼운 상처를 입었을 뿐 사망자는 한 사람도 없었다. 부하들의 목숨을 아끼지 않은 선전과 부관 궁진의 활약으로 큰 피해 없이 위기를 넘긴 것이 참으로 다행스러웠다.

그러나 조금 전 일을 생각하면 가닥을 잡을 수 없이 엉클어진 실타래처럼 머릿속이 혼란스럽기만 했다.

공주가 이번 일이 누구의 소행인지 물었을 때 삼가는 즉답을 피했다. 내심 짐작 가는 데가 있었지만 공주를 음해하려는 세력들의 정체와 목적을 소상하게 파악한 연후에 말씀 올리리라 생각하였기 때문이었다.

멀리 은빛 만년설을 머리에 얹은 백화산이 웅장한 모습을 드러냈다. 나뭇잎을 헤치고 살랑거리며 불어온 소슬바람이 이마에 돋은 땀을 식혀주고 투명한 명주실 같은 오월 햇살이 보드라운 입김을 대지에 골고루 내리고 있었다.

일행은 작은 관목 숲 사이로 난 길을 천천히 걸었다. 말을 탄 채 나란히 걸음을 옮기며 여인이 청년에게 물었다.

"호위부장님, 부상당한 상처는 어떠세요."

"저는 괜찮으니 염려하지 마십시오. 금번 백화궁 피접으로 부디 건강을 회복하셔서 폐하의 근심을 덜어드리고 백성들에게 기쁨을 주십시오. 공주마마의 안위를 지켜드리는 것만이 소장의 책무이옵니다."

핏기 없는 여인의 뺨이 발그레 물들며 보일 듯 말 듯 엷은 미소가 피어올랐다. 뒤따라오던 시녀 뮬란이 한껏 달뜬 목소리로 말했다.

"두 분 모습이 마치 다정한 한 쌍 원앙처럼 잘 어울리시니 보기에 정말 아름다워요."

공주도 그 말이 싫지는 않았다. 그러나 속마음을 미소로 감춘 채 뮬란을 향해 곱게 눈을 흘겼다.

"허튼소리 하면 궁으로 돌아가 보답하겠다고 한 지난밤 약조는 없는 것으로 할 것이니 그리 알아라."

공주 말에 금방 새치름한 표정을 지은 뮬란을 보며, 일행은 여정의

18

피곤함도 잊고 소리 높여 웃었다.

지저귀는 산새 울음이 귀를 간질이며 침묵하는 숲의 적막을 흔들었다.

멀리 쪽빛 투명한 하늘과 맞닿은 봉우리에 얹힌 흰 눈이 구름 위로 머릴 내밀고 투명하게 빛났다. 그 아래 끝없이 펼쳐진 싱그러운 녹색 초원을 산허리에 두른 백화산이 무한한 생명력을 뿜어내며 늠름한 위용을 드러낸 가운데 능선과 계곡으로 이어지며 빽빽하게 들어선 울창한 삼나무가 하늘을 가린 채 고즈넉한 숨을 내쉬고 있었다.

우람한 등줄기를 드러낸 백화산 품으로 들어선 행렬은 걸음을 재촉했다.

백화궁은 선제 헌종이 사용하던 여름 별궁이었다. 빙 둘러선 망루 사이사이로 배치된 건물 중앙부에 우뚝 솟은 궁이 주변 경관과 어우러져 빼어난 운치를 자랑했다.

공주가 요양을 위해 황궁이 있는 상도를 출발하였다는 전갈을 받은 별궁은 매우 분주했다. 건물은 물론 주변을 말끔히 단장하고 일행이 당도하기만을 기다렸다.

드디어 안개에 덮인 백화궁이 눈에 들어왔다. 높다란 망루 위에 몽골제국의 깃발이 힘차게 펄렁이고 있었다.

멋들어진 필체로 전각한 금빛 현판 아래 좌우 양편으로 도열한 관리들이 공주를 영접했다.

"공주마마, 어서 오십시오. 먼 길을 오시느라 얼마나 노고가 많으셨습니까."

관리대신 살리타가 허연 수염을 흩날리며 양손을 맞잡고 허리를 깊이 숙여 예를 올렸다. 호위부장이 말에서 내리는 공주를 부축했다.

"할아버지, 한동안 뵙지 못한 사이에 더욱더 강건해지셨네요. 하기는 이런 선경에서 유유자적하시니 어찌 신선이 부러우시겠어요?"

공주가 잡은 노인의 주름진 손에서 따스한 온기가 전해져왔다. 공주는 마치 어린 시절로 되돌아간 것처럼 한껏 달뜬 기분이 되어 밝게 웃었다.

"무릉도원에 오셨으니 이곳 백화산의 정기로 건강을 충만하시고, 환궁하실 날을 위해 소신 성심을 다해서 모시겠습니다. 무엇들 하느냐. 어서 공주님을 궁으로 모시지 않고."

뒤이어 호위부장이 관리대신을 향해 인사 올렸다.

"그동안 안녕하셨습니까. 부친이 어르신께 안부를 전해드리라는 당부의 말씀이 계셨습니다."

청년을 바라보는 노대신의 얼굴이 놀라움과 반색의 기쁨으로 환하게 피어올랐다.

"필도치 경 백창 어른의 자제 삼가로구나. 호위부장의 막중한 책무를 맡아 이처럼 공주님을 수행하다니 참으로 대견하다."

노인이 청년을 덥석 끌어안고 따스한 손길을 도닥여 등을 어루만져주었다.

"자네 부친을 뵌 지도 벌써 한 해가 지났구먼. 그래 여전히 강건하시겠지?"

"네. 황제폐하의 크신 배려로 이따금 궁에 드시는 일 외에는 서책을 벗 삼아 소일하시고 계십니다."

"참으로 대복을 받으신 분일세. 커다란 공훈을 세운 원로로 존경을 받는 것도 부족해 이처럼 훤칠한 자제까지 두셨으니 그 이상 무엇을 바라겠나."

말을 마친 노인이 앞서 궁 안으로 들어가는 공주의 뒷모습과 청년을 번갈아 바라보며 의미 있는 미소를 지었다.

서궁의 추억

식사를 마치고 모처럼 여유를 찾은 공주가 처소 내부를 둘러보았다.

갖가지 문양이 어우러져 운치 있게 장식된 천장이 먼저 눈에 들어왔다. 네 귀퉁이를 지탱하고 있는 상앗빛 웅장한 대리석 기둥 상단에 배치된 여인의 조각상들이 높다란 천장을 떠받들고 있었다.

풍만한 가슴과 잘록한 허리 그리고 팽팽하게 긴장한 둔부의 곡선이 살아 숨 쉬는 듯 여체의 고혹미를 아낌없이 내보였다.

은은한 우윳빛이 감도는 육감적인 여인의 나신들은 마치 사내의 뜨거운 숨결을 기다리기라도 하는 것처럼 요염하고 관능적인 아름다움을 뿜어내고 있었다.

여인들의 모습에 한동안 시선을 빼앗긴 공주의 입에서 절로 한숨이 흘러나왔다. 건강을 잃은 자신의 모습과 대비되는 숨 막히도록 넘치는 여인들의 건강미에 대한 부러움 때문이었다.

창문을 가린 얇은 비단 천이 겹겹이 주름을 이루고 늘어져 외부 광선을 알맞게 차단한 탓으로 처소 분위기를 더욱 안온하게 해주었다.

몽골의 전통문화와는 분명히 다른 분위기를 연출한 화려한 장식들은 멀리 로마나 서역으로부터 전래된 양식일 것으로 짐작되었다.

"공주마마, 목욕 준비가 되었습니다."

뮬란의 말에 잠시 주위에 두었던 시선을 거둔 공주가 입고 있던 옷을 벗기 시작했다. 마지막 남은 속곳을 가지런히 놓은 그녀가 몸을 돌려 욕조 가까이 다가섰다.

공주의 뒤태는 눈부시도록 아름다웠다. 방금 보았던 여인들의 대리석 조각상보다 더욱더 투명하고 고운 살결을 그대로 드러내니 전신에서 유려한 광채가 뿜어져 나오는 것 같았다.

여인이 팔을 들어 섬세한 손놀림으로 머리를 고정시켰던 비취로 만든 동곳을 가만히 뽑아냈다. 윤기를 담뿍 머금은 풍성한 머리칼이 출렁이며 풀어져 목선을 타고 어깨로 흘러내렸다. 억압되었던 생명체가 속박을 벗어나 일제히 환호하는 것 같은 싱그러움이 가득 넘쳤다.

뽀얗게 피어오르는 물안개 위로 은은한 사향 내음이 맴돌았다. 욕조에 손을 넣어 살짝 저어본 여인이 조신한 동작으로 따스한 물에 몸을 담갔다. 그동안 여정에 쌓인 피로가 한꺼번에 밀려들며 전신이 나른하게 풀려왔다.

뮬란의 손길에 몸을 맡긴 공주는 지그시 눈을 감았다. 부드러운 손길로 등을 어루만지던 뮬란이 탄성을 터트렸다.

"어쩌면 살결이 이리도 비단결처럼 매끄러우실까. 아무리 곱디고운 비단도 우리 공주님 피부와는 견주지 못할 게야. 참으로 아름다우시기도 하지."

목선을 가볍게 스친 뮬란의 손이 어깨에서 미끄러져 겨드랑이 아래로 내려왔다. 온몸이 물먹은 목화솜처럼 나른해지며 잔잔하게 흔들리는 욕조물의 찰랑거림을 피부로 음미하는 공주의 볼이 도화꽃처럼 발그레 물들어 있었다.

마침 창밖의 햇살 한 줄기가 욕실의 흰 대리석 위로 떨어져 반사된 빛이 욕조 한가운데를 비추었다.

잔잔하게 흔들리는 물결의 파장을 타고 그녀의 나신이 선명하게 음영을 드러냈다. 도자기로 빚은 듯 우아한 목선을 타고 흘러내린 굴곡

언덕에 머문 봉긋한 가슴이 대리석처럼 투명한 빛을 발산했다. 그 정점에 수줍음으로 물든 석류알 같은 연분홍빛 유두가 오뚝 솟아올라 부끄러움으로 숨을 죽였다.

사르르 말려 들어간 고혹적인 배꼽 아래로 적당히 도드라진 둔덕이 정기를 담뿍 머금은 채 가녀린 숨결을 달싹이며 잠들어 있었다.

동성인 여자의 눈으로 보기에도 너무나 매혹적인 여인의 자태였다. 늘씬한 하체와 절묘한 조화를 이룬 신비의 계곡에 뮬란의 눈길이 머물렀다. 은밀한 부위를 감싸고 있는 무성한 체모가 성숙한 여인의 체취를 가득 담고 흔들리는 물결에 해초처럼 일렁거렸다.

뮬란의 손길이 겨드랑이를 지나 탐스런 가슴으로 향했다. 우윳빛 젖무덤을 애무하듯 부드럽게 문지르던 손가락이 미끄러지며 유두를 살짝 스쳤다. 움찔 놀라 붉게 상기된 두 개의 보석이 팽팽하게 긴장해 돌기를 세우며 여인의 몸이 미세한 경련을 일으켰다. 병약해 보이기만 하던 그녀의 속살은 눈부시도록 아름다웠다.

"이렇게 아리따우신 공주님을 영원히 소유하실 배필은 어느 분이실까. 그분은 아마 이 세상에서 가장 행복한 분일 거예요."

물기 젖은 뮬란의 볼이 붉게 상기되어 있었다.

목욕을 마치고 원행으로 소진한 기력과 그동안의 긴장이 풀리며 곧바로 깊은 잠으로 빠져든 그녀는 어느덧 안개 자욱한 꿈길 속 십여 년 전의 과거로 돌아가 있었다.

공주의 부친 쿠빌라이 왕자는 명석한 두뇌와 과감한 결단력이 조부 칭기즈칸 황제를 빼닮아 여러 왕자 중에서도 유독 남다른 기대를 한 몸에 받았다. 그러한 미묘한 기류가 그를 태풍의 중심에 처하게 했다. 시시각각 변하는 정세의 향방 속에서 권좌를 노리는 여러 세력들의 질시와 견제의 눈초리에 한시도 방심할 수 없는 불안한 나날을 보낼 수밖에 없는 처지였다.

선제 몽케칸(태종)의 궁성 서편에 자리한 홀도노계리미실 공주 처소에 인접한 후원 연못가에 나온 공주가 시녀 뮬란과 소꿉놀이에 열중하고 있었다. 뮬란은 공주와 비슷한 나이로 부모가 누구인지도 모른 채 어릴 적 궁으로 들어온 아이였다. 밤낮 항시 곁에 있었으므로 서로는 마치 그림자와 같았다.

그 자리에는 공주보다 세 살 위인 소년 삼가도 함께 있었다. 그는 대신 백창의 아들로 궁에 자주 들어와 함께 보낸 시간이 많은 탓에 공주가 친 혈육처럼 의지하는 친밀한 사이였다.

소년은 여자들 놀이에는 별 관심이 없었으므로 저만큼 떨어진 연못 반대편에서 한가롭게 헤엄치는 비단 잉어들에 시선을 두고 있었다.

공주와 뮬란은 신분의 차이도 잊고 티격태격하며 놀이에 온통 정신이 팔려 시간 가는 줄 몰랐다.

그때 건물 모퉁이에 낯선 사내가 나타났다. 두리번거리며 주위를 살핀 그자가 빠른 걸음으로 다가오더니 느닷없이 품에서 칼을 빼 들었다.

뮬란과 공주는 입고 있는 옷차림새부터 확연히 달랐기 때문에 사내는 목적으로 삼은 대상을 단박에 알아차린 모양이었다.

놀란 표정으로 두려움에 떨고 있는 공주를 향해 사내가 칼을 치켜들었다.

별안간 벌어진 사태에 경악한 공주는 비명조차 지르지 못한 채 어찌할 바를 몰랐다. 조금의 망설임도 없이 사내의 칼이 번쩍하고 빛을 내뿜었다.

바로 그 순간, 바람처럼 달려든 소년이 공주 앞을 가로막고 나섰다. 그가 조그만 팔을 벌리고 사내를 향해 당당히 마주 선 채 목소릴 높여 꾸짖었다.

"무엄하다. 어느 놈이 감히 공주님께 칼을 겨누느냐. 물러서지 못할

까, 이놈!"

소년의 맹랑한 행동에 당황하여 잠시 멈칫한 사내가 가소롭다는 표정을 지으며 한마디 던졌다.

"요놈 봐라. 하룻강아지 범 무서운 줄 모른다더니, 어린놈이 입은 살아서 뭐라, 이놈? 어디 너부터 매운 칼맛을 보아라!"

눈앞의 당돌한 꼬마를 향한 서늘한 칼바람이 허공을 갈랐다. 겁에 질린 공주는 그만 눈을 감고 말았다.

쨍그랑 챙! 칼 부딪치는 소리에 이어 외마디 비명소리가 귓전을 울렸다. 그러나 들려온 비명은 삼가의 목소리가 아니었다.

공주가 눈을 뜨고 보니 조금 전 자기들을 향해 칼을 휘두르던 사내가 피를 흘리며 쓰러져 있었다.

지원무관 살리타가 칼을 내려놓으며 공주 앞에 무릎을 굽혔다.

"공주님, 얼마나 놀라셨습니까! 어디 다치신 데는 없으신지요."

정신을 추스른 공주가 살리타의 품에 뛰어들며 안도의 울음을 터트렸다. 그의 가슴은 넓고 따스했다.

잠시 뒤 마음을 진정한 공주의 눈에 얼굴이 하얗게 질린 소년의 모습이 들어왔다. 공주를 바라보는 삼가의 눈가에 이슬이 맺혀 있었다.

"공주마마, 관리대신님 드셨습니다."

뮬란이 전하는 말에 꿈속에서 현실로 돌아온 그녀가 주위를 둘러보았다. 잠시 눈을 붙인 것 같은데 어느새 어둠이 내리고 있었다.

침상에서 일어나 옷매무새를 고친 공주가 말했다.

"드시라 해라."

관리대신 살리타가 미소 지으며 들어섰다.

"더 주무시게 할 것을, 미련한 노신이 공주님의 단잠을 방해한 것 같아 송구스럽습니다."

"아니에요. 오랜만에 꿀 같은 단잠을 잔걸요. 꿈을 다 꾸면서 말이에요."

"그리 편하셨다니 참으로 다행입니다. 한결 밝은 안색을 뵈오니 소신의 마음 또한 기쁘기 한량없습니다. 공주마마."

"먼 길 고생을 무릅쓰고 온 보람이 있는 것 같아요. 맑은 햇살과 싱그러운 공기가 몸을 정화시켜주는 느낌이 드니 벌써 병이 다 나은 것처럼 가뿐하답니다."

기지개를 켠 공주가 환하게 웃었다.

"오시는 길에 양주 인근 오아시스에서 아릭부케 부하로 추정되는 자들의 습격으로 인한 위기를 넘기신 것은 천만다행한 일입니다. 이곳에 머무시는 동안 소신이 공주마마의 안위를 지켜드릴 것이니 편히 쉬십시오."

살리타의 충성심을 누구보다 잘 알고 있는 공주였다. 그녀는 마음에 담아두었던 말을 하려다 말고 얼굴을 붉히고 말았다. 이제 머지않아 거론될 자신의 혼사와 관련하여 모종의 당부를 하려 마음먹었으나 입이 떨어지지 않았던 것이다.

관리대신 살리타와 마주하며 공주는 그사이 변화된 많은 일들을 떠올렸다.

아버지는 몽골제국 황제 자리에 올랐고, 자신은 성숙한 여인이 되었다. 그날 목숨을 구해준 삼가는 늠름한 청년으로 성장해 호위부장 직책을 맡아 여전히 자기를 곁에서 지켜주고 있으며, 예나 지금이나 충직한 살리타는 백발이 성성한 관리대신으로 이처럼 백화궁을 찾은 자신 앞에 서 있다.

조금 전의 꿈과 뒤섞여 다시금 지난 일을 떠올리고 보니, 이 모든 일이 우연인 듯하면서도 실은 필연적으로 이루어진 것이 아닐까 하는 생각이 들었다.

영원한 행복

삼가는 얼마 전의 일을 떠올렸다.

황후전의 부름을 받고 처소로 들어선 삼가에게 자리에 앉을 것을 권한 황후가 공주를 바라보며 근심 어린 표정으로 입을 열었다.

"공주의 건강이 날로 쇠하여 폐하와 조정의 걱정이 매우 크다. 하여 이번에 공주를 백화궁으로 피접 보내기로 의견을 모았다. 수행을 맡을 호위부장으로 자네를 적극 천거한 공주의 의견을 들어 폐하의 배려로 그리 결정하였으니, 부장은 호위에 만전을 기하도록 하라."

"명을 받들어 성심으로 수행하겠나이다."

쿠빌라이 칸(세조) 황제의 공주 사랑은 각별한 것이었다. 총명하고 영특한 두뇌와 기상이 자신을 분신처럼 닮기도 하였지만 어릴 적부터 병약한 체질로 인해 더욱 마음을 쓴 애틋한 부정 때문이기도 했다.

지난번 오아시스에서 벌어진 전투로 부상당한 호위군들의 상처가 모두 완쾌되었다. 부장이 호위 병사들을 집결시켰다.

"일전에 벌어진 전투에서 모두 잘 싸워주었다. 공주님을 호위하는 일은 우리에게 주어진 막중한 임무인 만큼 언제 어디서나 공주님의 안전한 보호를 위해 충성을 다하자."

"복명! 목숨 바쳐 호위하겠습니다."

"그리고 한 가지 더 명심할 것이 있다. 지난번 있었던 일은 일체 입에 올리지 말라. 머지않아 놈들 스스로 정체를 드러내게 될 것이다."

호위군을 해산시킨 삼가가 부관 궁진을 따로 불렀다.

"이곳 별궁에도 아룍부케의 첩자들이 들어와 있을지 모른다. 궁 내부 인원에 대한 동정을 세밀히 관찰하고 의혹이 있는 자는 즉각 추포하라. 공주님의 신변을 지켜드리는 데 한 치의 빈틈도 있어서는 안 된다."

"명심하겠습니다. 부장님."

계곡을 타고 불어오는 맑고 싱그러운 바람이 부드럽게 볼을 스쳤다. 여린 속살을 감추기라도 하려는 듯 엷은 안개가 산허리를 감싸고 돌아 신비로운 정취를 자아냈다. 무릉도원이 있다면 바로 이런 곳이 아닐까 싶을 만큼 환상적인 정경이었다.

"부장님, 내가 계곡 안쪽의 호수를 구경하겠다고 떼를 쓴 것은 참으로 잘한 것 같아요. 그렇지 않았다면 이런 선경을 볼 기회가 언제 또 있겠어요."

이곳에 온 지 달포 사이에 공주의 건강은 눈에 보일 만큼 빠르게 호전되고 있었다.

앞장서 숲길을 오르는 그녀의 발걸음이 여느 때보다 한결 가벼워 보였다.

"공주님이 이처럼 즐거워하는 모습을 뵈오니 저 역시 산행 나들이 나오길 잘했다 싶습니다. 하지만 발아래 돌부리가 험하니 조심하십시오."

그러나 공주는 보폭을 줄이지 않은 채 경쾌한 걸음으로 달음질했다. 궁에서는 한 번도 볼 수 없었던 힘차고 활력 넘치는 소녀의 모습이었다.

그녀는 풀 섶에 삐죽이 머리를 내민 커다란 표고버섯을 보고 깔깔대며 웃기도 했고 또 굴참나무 줄기에 돋아난 귀한 약재 상황을 비롯하여 절벽 틈새에 돋아난 석이버섯 등의 설명에는 금세 진중한 표정으로 돌아와 귀를 기울였다.

산모롱이를 돌아갈 때 낯선 인기척에 별안간 날아오른 산 꿩의 날갯
짓 소리에 소스라치게 놀라 순간적으로 삼가의 가슴에 얼굴을 묻고는
이내 몸을 돌려 무안해하며 뺨을 붉히는 그녀이기도 했다. 그 모습은
사랑하는 젊은 연인들의 다정한 몸짓인 것처럼 정겨워 보였다.

계곡을 가로질러 옥음을 속살거리며 흐르는 냇물 건너 오솔길을 조
금 더 오르니 시야가 트이며 산자락에 비스듬히 걸터앉은 호수가 눈에
들어왔다. 잔잔한 호수 주변의 울창한 나무들이 그림자를 떨어뜨린 채
고운 물안개 속에 몸을 기대고 잠들어 있었다.

수정처럼 맑고 투명한 호수 위로 목화솜 같은 흰 구름이 내려앉아 물
결 따라 고요히 흘렀다.

공주는 눈을 지그시 감고 두 팔을 활짝 펼쳤다. 그리고 호수에서 불
어오는 바람을 온몸으로 감싸 안으며 속삭이듯 말했다.

"아! 달콤하고 향기로운 바람이에요."

그녀는 꿈에 취한 것처럼 미동도 하지 않은 채 한참을 그렇게 서 있
었다. 궁에 있을 때와는 달리 아무런 치장도 하지 않고 자연스럽게 뒤
로 묶은 머리칼이 바람에 흩날렸다.

그녀에게서 청초한 수선화 내음이 풍겨 나왔다.

아직 온전치 않은 혈색이었으나, 상기된 뺨에 살짝 물든 도화 빛으로
인해 그녀는 이제 갓 피어난 한 송이 백합처럼 싱그러운 매력을 한껏
발산했다.

평평한 돌 위에 걸터앉은 공주가 맞은편 바위틈에 피어난 노란 꽃을
손으로 가리키며 물었다.

"저 꽃 이름이 무엇인지 아세요?"

호위부장이 고개를 갸웃하며 대답했다.

"저는 처음 보는 꽃입니다."

방긋 웃음 지은 공주가 상기된 표정으로 설명하기 시작했다.

"이른 봄 산에서 제일 먼저 피어 원일화라 부르며, 눈과 얼음 사이를 뚫고 핀다고 해서 얼음씨 꽃, 눈을 비집고 새순이 나고 꽃이 피어나 설연화라고도 한답니다. 건드리면 금방이라도 스러질 것 같은 여리고 여린 꽃 어디에 저처럼 강인한 힘이 있는지. 그래서 나는 저 꽃이 맘에 들어요."

공주의 소상한 설명에 호위부장이 되뇌었다.

"설연화. 어여쁜 이름입니다."

"그럼 저 꽃이 머금고 있는 꽃말이 무엇인지 알려줄까요?"

상대가 생소한 것을 설명하는 공주의 얼굴에 장난기 가득한 웃음이 묻어나왔다.

"저 꽃에 담긴 의미는 두 가지인데요. 하나는 슬픈 추억이고, 다른 하나는 영원한 행복이라 한답니다. 호위부장님은 그 둘 중 어떤 의미를 선택하시겠는지요."

잠시 생각에 잠겼던 부장이 난처한 표정을 지으며 말했다.

"꽃말의 내력을 무르는 무지한 제가 어찌 둘을 가려 선택할 줄 아는 지혜가 있겠사옵니까. 벌을 내려주시면 기꺼이 받겠나이다, 공주마마."

호위부장의 말에 해맑은 웃음을 터트린 그녀가 다시 말을 이었다.

"두 가지 꽃말 중 하나인 슬픈 추억은 맘에 들지 않아요. 어둠의 장막 뒤편에 몸을 도사려 불행의 거미줄을 드리우고 행복을 시샘하는 불길한 암시인 것 같기 때문이지요. 현재의 모든 슬픔과 기쁨까지도 훗날에는 아름다운 기억으로 남는 것 아니겠어요? 사람들은 누구나 행복을 꿈꾸며 살고 있을 거예요. 불행한 사람은 행복을 품에 안으려는 희망으로 살고, 행복한 사람은 그 행복을 영원히 지속하려는 욕망으로 오늘을 살아가는 것이 아닐는지요. 미래의 행복을 소망하며, 지금 내가 누리는 모든 것을 영원토록 소유하고 싶은 것은 지나친 욕심이겠지요?"

그녀는 호수처럼 맑고 잔잔한 시선으로 상대의 눈을 들여다보았다. 공주의 처연한 눈빛에 묻어난 슬픔이 한 줄기 서늘한 바람이 되어 청년의 가슴 언저리를 맴돌았다.

조금은 무거워진 분위기를 바꾸려는 듯 호위부장이 짐짓 밝은 표정을 지으며 말했다.

"제가 언제까지나 공주마마 곁에서 영원히 행복을 지켜드릴 것이오니 염려 마십시오."

그 말에 다시 해맑은 표정으로 돌아온 그녀가 입가에 살포시 미소를 지었다.

"그러고 보니 마치 내가 경륜 높은 성현이라도 된 것처럼 너무 심오한 이치를 강론한 것 같아요. 어려운 말이라 이해가 되셨는지 모르겠네요."

여인이 농 섞인 말로 분위기를 누그러뜨리며 해맑게 웃었다.

"자! 이제 그럼 꽃말의 유래를 알지 못한 죄로 벌칙을 자청한 호위부장님에게 소녀가 아주 엄한 벌을 내릴 것이니 눈을 감으세요."

여인의 옷깃 스치는 소리가 사각거리며 귓전을 울렸다. 잠시 후 향긋한 내음이 코끝을 스쳤다.

"이제 되었으니 눈을 떠보세요."

공주의 말에 눈을 떠보니 삼가의 윗저고리 섶에 노란 설연화 한 송이가 꽂혀 있었다. 그것을 본 삼가가 조금은 장난기 어린 어조로 공주를 향해 말했다.

"벌칙이 너무 과중하여 받들기가 버겁습니다. 바라건대 좀 더 가벼운 벌로써 소인의 무지를 일깨워주십시오. 공주마마!"

동시에 터트린 맑고 청아한 여인의 웃음과 호탕한 사내의 웃음소리가 어우러져 여음을 남기며 수면 위로 잦아들었다.

문득 삼가의 마음속에 한 점 의문이 일었다. 조금 전 눈을 감고 있을 때 바람결에 다가온 향기는 설연화의 꽃향이었을까, 아니면 여인의 향기였을까! 야릇한 전율과 함께 거부할 수 없는 운명의 그림자가 그의 가슴속 깊이 스며들었다.

맞은편 산기슭에서 들려오는 멧비둘기 울음이 산자락을 물고 메아리가 되어 아련하게 울려 퍼지는 나른한 오후였다.

아침저녁으로 북녘으로부터 제법 서늘한 바람이 불기 시작했다.

숲 그늘이 한층 짙어지며 백화산 정상 부근의 나뭇잎들이 알록달록 고운 빛깔의 단풍으로 옷을 갈아입기 시작했다.

여름을 지나 가을로 계절이 바뀌는 동안 공주의 건강이 눈에 띄게 호전되었다. 말도 많고 탈도 많은 답답한 궁을 벗어나 수려한 경관 속에 자리한 이곳 백보궁에서의 하루하루는 즐겁기만 했다.

"살리타 할아버지."

공주는 관리대신을 그처럼 호칭했다. 노대신 또한 공주가 자신을 대하는 살가운 마음을 잘 알기에 일견 송구해하면서도 흐뭇한 미소로 받아들였다.

"일전에 아바마마께 저의 건강이 회복되었음을 전해올린 글의 답신으로 내리신 하교가 당도하였다지요?"

"예, 그러하옵니다. 기온이 더 차가워지기 전에 서둘러 환궁하시라는 폐하의 하명이 계셨습니다."

그 말을 듣고 있는 공주의 마음은 반가움과 함께 왠지 모를 허전한 감정이 교차했다.

"그동안 성심으로 보살펴주신 할아버지 은혜는 언제나 잊지 않겠습니다. 제 마음 같아서는 할아버지 곁에 오래토록 머물고 싶지만 어찌하겠어요."

"이처럼 건강이 회복되셨음을 진심으로 감축 드립니다. 소신은 공주마마의 전도에 상서로운 일이 가득하시기만을 기원 드리겠습니다. 금번 폐하께서 내리신 전교에 의하면 소신 또한 궁 내부대신으로 임명되어 이듬해 봄 입조하라는 명을 내리셨사옵니다."

"그러셨어요? 참으로 잘 되었네요. 그렇지 않아도 궁으로 돌아가면 할아버지를 내직으로 임명하시도록 아바마마께 청원 드릴 참이었답니다. 지난봄 궁을 떠나기 직전 설린을 만났을 때 멀리 계신 아버님을 그리워하며 눈물을 보이는 걸 보며 마음이 무척 아팠답니다. 내직에 중용되시어 여식과 상봉하시게 되었으니 참으로 다행스러운 일입니다. 축하드립니다. 궁 내부대신님."

공주의 안색이 더욱 밝아지며 마치 천진스런 아이처럼 반겼다.

"하기는 소신의 여식 설린과 공주님, 그리고 삼가는 어릴 적부터 남달리 친밀한 사이였지요."

말을 마치고 멀리 떨어져 있는 딸을 그리워하는 아비의 심정으로 돌아간 살리타의 주름진 눈가에 물기가 서렸다.

다음날 백보궁 넓은 마당에 커다란 그늘막이 차려졌다.

담장 옆으로 줄지어 늘어선 굴피나무가 바람에 몸을 뒤척일 때마다 반짝이는 잎을 살랑살랑 흔들었다.

차일 중앙에 공주가 좌정하고 관리대신을 필두로 직급에 따라 관리들이 배석했다.

도열한 병사의 앞으로 나온 호위부장이 공주와 관리대신에게 군례를 올린 다음 병사들을 향해 우렁찬 목소리로 금일 행사의 취지를 설명했다.

"며칠 뒤 출발하게 될 공주마마의 환궁 여정에 만전을 기하고 충성을 다짐하는 의미로 무술대회를 개최한다. 그동안 공주마마를 호위하느라 애쓴 노고를 치하하는 뜻으로 마마께서 푸짐한 음식과 함께 특별 상금을 내리셨다."

호위부장의 말이 떨어지기 무섭게 커다란 함성이 백보궁을 흔들었다.

"특히 오늘 거행하는 무예 겨루기에 으뜸으로 선발된 자에게는 은전 백 냥을 부상으로 내릴 것이다. 또 승급에 반영하고 우선하여 요직에 중용하시겠다는 공주마마의 하명이 계시었다."

또다시 우렁찬 환호가 터져 나왔다.

잠시 뒤 무술시합을 알리는 우렁찬 징소리가 긴 꼬리를 끌고 서서히 사라졌다.

먼저 호위부관 궁진과 별궁 수비대 경비무관 차리크가 맞붙게 되었다. 차리크는 키가 구척이나 되는 거인으로 구릿빛 얼굴을 온통 붉은 수염으로 뒤덮은 데다 길게 째져 치켜 올라간 눈초리엔 살기 어린 광채가 번득이는 사내였다. 그와 맞설 상대 궁진은 보통 키에 호리호리한 몸집으로 일견 왜소해 보이는 체구였다.

마주선 그들의 대결은 마치 어린아이와 어른의 싸움 같아서 모두의 흥미를 더욱더 돋우었다.

대결은 권법부터 시작되었다. 웃통을 벗어 제친 차리크의 몸은 대단했다. 울퉁불퉁한 근육들이 잔뜩 긴장한 듯 씰룩거렸다. 서로 마주보며 잠시 탐색전을 벌이던 거한이 선제공격을 시도했다. 그가 상반신을 한껏 낮추고 무쇠 같은 양팔을 벌려 상대를 움켜잡으려는 자세를 취했다. 거한 차리크에 대응하는 궁진은 오른발을 앞으로 내밀고 왼발로 뒤편 중심을 지탱한 채 왼손으로는 얼굴을 수비하고 오른손을 단전으로 내려 손날을 세운 자세를 갖추었다.

침묵을 깨고 드디어 거한이 고함을 내지르며 상대를 덮쳐 돌진해 들어왔다. 마치 거대한 몸집의 곰이 연약한 사슴을 일시에 제압하려는 것처럼 맹렬한 기세로 달려들었다. 그는 둔해 보이는 체구와 달리 맹수 같은 민첩한 동작으로 궁진의 몸을 움켜쥐려 들었다.

상대의 허리를 단번에 꺾어놓기라도 할 듯한 무서운 압박에 관전자들의 입에서 놀라움 섞인 탄성이 절로 터져 나왔다.

차리크가 옆구리를 잡으려는 순간 궁진이 빠르게 몸을 뒤로 빼냈으나 이미 억센 손아귀에 잡힌 옷자락이 날카로운 소리를 내며 찢겨져나갔다. 그러나 어찌된 까닭인지 차리크가 펄렁이는 옷자락을 손에 쥔 채 비틀거리며 뒷걸음치더니 그대로 맥없이 쓰러지고 말았다. 궁진이 번개처럼 빠른 단타 일격으로 들어오는 상대의 급소인 늑간을 공격했기 때문이었다. 절제된 동작이었지만 순간적으로 뿜어낸 파괴력은 대단한 것이었다.

예기치 못한 일격을 당해 넘어졌던 차리크가 일그러진 표정으로 입가에 흘러내리는 피를 손등으로 훔치며 일어섰다. 얼굴이 벌게진 그가 성난 황소처럼 뜨거운 콧김을 뿜어내며 자세를 바꾸었다. 그는 호랑이가 먹이를 단숨에 잡기 위해 사납게 덮치는 듯한 맹렬한 기세로 다시 공격해 들어왔다. 이에 대응하는 궁진은 마치 학처럼 우뚝하게 몸을 곧추세우고 날아오를 때의 자세를 취해 운신하며 보폭을 진중하게 움직였다. 성난 호랑이가 맹렬한 기세로 질풍노도처럼 발톱을 세워 날아들었다. 이때 가볍게 날아오른 학이 하지를 곧게 펴 온몸의 공력을 발끝에 집중시켰다. 삼 장 높이의 허공에서 둘의 몸이 부딪치며 현란한 일전이 벌어졌다.

차리크가 솥뚜껑 같은 손바닥을 곧추세워 궁진의 가슴팍을 향해 장권을 날렸다. 공격을 피한 궁진이 몸을 뒤집어 상대의 어깨를 비호처

럼 가볍게 타고는 동시에 발뒤꿈치로 거한의 두꺼운 목덜미를 내려찍
었다. 이어 휘리릭! 옷깃 날리는 소리와 함께 공중에서 몸을 회전시킨
궁진이 넘어가는 나무를 도끼로 연이어 가격하듯 날카로운 기합소리
를 지르며 상대의 하지급소를 휘돌아 차버렸다. 별궁에서는 내로라하
며 실력을 뽐내던 거구의 사내가 공격다운 공격도 변변히 펼쳐보지 못
한 채 둔탁한 소리를 내며 그대로 무너지고 말았다. 실로 눈 깜빡할 사
이에 벌어진 승부였다.

박수와 함성이 크게 이는 가운데 몇 명의 병사들이 달려들어 널브러
진 차리크를 시합장 밖으로 힘겹게 끌어냈다. 공주가 옆에 앉은 살리
타에게 시선을 주고 말했다.

"부관 궁진은 권법만 강한 것이 아니라 검술에도 대단한 공력을 갖
춘 무사랍니다."

"소신 역시 그의 뛰어난 무예를 잘 알고 있습니다. 저런 호위무사를
곁에 두신 것은 공주님의 홍복이시지요."

관리대신이 웃음 띤 얼굴로 무성한 수염을 쓸어내렸다.

이어 다음 도전자가 마당 중앙으로 나섰다. 우람한 체구에 정수리를
하얗게 밀어버린 탓에 머리가 번쩍거리는 험한 인상의 사내였다.

진행자가 우렁찬 목소리로 출전자를 소개했다.

"호위부관과 대결할 무사는 별궁 수비부장 염천이요!"

대련 시작을 알리는 징소리가 울리기가 무섭게 염천이 공격해 들어
왔다.

그는 발 기술이 뛰어난 자였다. 매서운 발길이 바람을 가르며 전방
위로 날아들었다.

연이어 들어오는 공격을 피한 궁진이 상반신을 살짝 뒤로 젖히며 한
발 물러섰지만 번개처럼 빠른 발길이 턱을 스치고 말았다. 목덜미를

타고 흘러내린 선혈이 궁진의 앞가슴을 붉게 물들였다. 기세를 올린 사내는 연이어 몸을 날려 숨 쉴 틈 없이 상대를 몰아붙이며 다양한 공격을 시도했다.

몸의 중심을 낮춘 자세로 발의 빠른 회전을 이용하여 하지를 노리는 '내화 족 축전' 공격에 걸려든다면 단 한 수에 그대로 불구가 될 수도 있는 노련한 기술을 구사하는 무서운 상대였다.

염천의 날 선 공격에 여기저기에서 웅성거리는 소리가 들려왔다. 그 판은 누가 보아도 염천의 일방적인 우세로 보였기 때문이었다. 사내의 몸이 땅을 박차고 솟구쳐 올랐다. 아마 비장의 일격으로 끝장을 볼 요량인 것 같았다.

그때까지 상대의 공격을 관망하며 일견 수세에 몰린 것 같아 보이던 궁진 역시 허공으로 몸을 날렸다. 관전자들의 손에 땀을 쥐게 하며 예측을 불허하는 대결이 펼쳐졌지만 승부는 단박에 결정 나고 말았다. 공중에서 맞붙은 그들은 이미 승자와 패자로 나뉘어져 있었다. 상대보다 우위에 선 궁진의 손날이 바람처럼 빠르게 사내의 목 줄기를 정확히 가격하는 동시에 발로 상대의 명치 부위 급소를 깊게 내리찍었다. 그리고 몸을 회전시켜 땅으로 가볍게 내려섰다.

단 차례의 연속동작으로 이루어진 공격으로 상대를 완벽하게 침몰시킨 궁진의 무예는 정말 대단한 것이었다. 마치 전광석화처럼 순식간에 펼친 이 기법은 사마귀가 먹잇감을 일격에 낚아채는 점안의 필살기였다.

둔탁한 소리와 함께 흙먼지를 일으키며 흙바닥으로 거꾸러진 사내는 사지에 경련을 일으키며 일어날 줄 몰랐다.

우렁찬 함성이 궁을 흔들었다.

살리타가 웃음 띤 얼굴로 부관을 향해 찬사를 보냈다.

"알고 있던 대로 궁진의 무예솜씨는 정말 대단하다. 예측하건대 오늘 우승은 그대의 차지가 될 듯싶으니 상대를 너무 가혹하게 다루지 말라!"

관리대신을 향해 머리 숙인 궁진이 정중히 대답했다.

"소인의 무예는 호위부장 삼가님의 무공에 비하면 하잘것없는 수준입니다. 과한 찬사를 거두어주십시오."

"허허허. 뛰어난 무예에 겸양지덕까지 갖추었군. 앞으로 크게 중용될 인물인 것 같습니다. 아니 그러십니까. 공주마마."

"궁진의 무예솜씨는 이미 오래전부터 상도에 명성이 자자하답니다."

공주는 말을 하면서 덤덤한 표정으로 시합을 지켜보는 삼가의 옆얼굴을 슬쩍 바라보았다.

이어 몇 차례의 권법 대련과 창술·봉술·검술 시합을 통해 각 부분의 우승자를 선발했다. 최다 승자 호위부관 궁진의 극구 사양으로, 차석 우승자 아크한차가 은자 백 냥을 부상으로 하사받았다.

호위부장 삼가는 창술시범을 한 차례 보였을 뿐 대회에 출전하지 않았다.

푸짐하게 마련된 음식을 마음껏 먹으며 즐거운 시간을 보내는 사이 어느덧 백화산 자락에 뉘엿뉘엿 땅거미가 내리고 있었다.

을씨년스러운 초가을 비가 진종일 추적추적 내리고 있었다.

창문을 통해 새어나온 불빛에 비친 후원의 배롱나무들이 비에 젖어 번들거리며 허연 줄기를 드러냈다. 물기를 머금은 바람이 불어올 때마다 몽글거리는 붉은 꽃송이를 가득 얹은 가지들이 희미한 그림자처럼 흔들렸다.

이제 몇 밤만 지나고 나면 환궁하기 위해 이곳 백화궁을 떠난다. 공주는 짙은 어둠이 내린 창밖에 시선을 붙박은 채 깊은 생각에 잠겼다.

백부 헌종 몽케가 승하하고 치열한 권력다툼 끝에 부친(쿠빌라이)이 황제 자리에 올랐으나, 숙부 아릭부케가 반란을 일으켰다. 그는 대단한 야심가로 자신만이 태조 칭기즈칸의 위업을 이을 적임자라고 호언하며 쿠빌라이 칸의 등극을 인정하지 않았다. 그러고는 추종자들을 규합하여 카라코룸에서 스스로 황제 즉위를 선포한 것이었다.

골육 다툼의 피비린내 나는 비극이 초원에 암울한 먹구름을 짙게 드리우고 있었다. 밖에서 들려오는 인기척에 머리에 떠올리던 생각들을 접었을 때 문이 열리며 시녀 하나가 처소로 들었다.

"공주마마. 마마께서 즐겨 드시는 화채를 올립니다."

네 귀퉁이를 사자 형상의 조각이 받들고, 다리 상판을 백단 향나무로 정교하게 짜 맞춘 화려한 장식의 탁자 위에 시녀가 가져온 화채 그릇을 올려놓았다. 눈처럼 흰 바탕에 당초 문양을 빙 둘러 배열한 사이사이로 빨간 양귀비꽃을 아로새긴 법랑 대접에는 수박과 무화과 열매가 어우러져 보기만 해도 입에 군침이 돌 만큼 맛깔스러운 화채가 가득 담겨 있었다.

"참으로 먹음직스러운 화채로구나. 그런데 저 그릇에 그려진 꽃은 양귀비라 호칭하는 독초가 아니더냐?"

고개를 숙이고 서 있던 시녀는 무심코 던진 공주의 말에 매우 당황한 듯 움찔하고 놀라며 몸을 가늘게 떨었다.

별다른 의미 없이 한 말에 너무 과민한 반응을 보이는 것에 이상한 생각이 든 공주가 시녀의 용모를 자세히 살펴보았다.

"처음 보는 얼굴인데, 어느 처소에서 일하는 누구이더냐?"

"소인은 며칠 전 수라간으로 새로 배정받은 시녀 구흘린이라고 하옵니다."

시녀가 쭈뼛거리며 작은 소리로 대답했다.

그렇지 않아도 조갈이 나던 차에 잘 되었다 싶은 공주는 시녀를 물렀다.

소반 위에 놓인 수저를 든 공주가 화채를 한술 뜨려 하는데 마침 밖에서 뮬란의 목소리가 들려왔다.

"아직 침소에 드시지 않으셨습니까, 공주마마."

"들어 오거라. 그렇지 않아도 네가 보이지 않아 궁금하던 참이었다."

처소 문을 열고 들어서는 뮬란과 밖으로 향하던 여인의 눈길이 마주쳤다.

순간 당황한 여인의 눈빛이 크게 흔들리며 얼른 시선을 피했다. 분명 어디에선가 본 듯한 그녀의 눈초리에 뮬란의 머리가 빠르게 움직였다.

그때 의식의 저편 귀퉁이에 묻혀 있던 기억 한 조각이 번쩍하고 섬광처럼 떠올랐다.

"너는? 너는 아릭부케 가에 속한 시녀부의 샤린이 아니냐! 그런데 네가, 네가 어떻게 여기에……."

그러나 뮬란이 채 말을 마치기도 전에 여인이 품속에서 칼을 꺼내들었다. 그러고는 재빨리 등을 돌려 의자에 앉아 있는 공주를 향해 뛰어들어 몸을 날렸다.

황망 중에 놀란 입을 다물지 못한 채 어찌할 바를 모르는 공주를 겨눈 칼날이 허공에 번쩍하는 빛을 남기고 맹수의 발톱처럼 사정없이 파고들었다.

방 안을 울린 다급한 비명소리가 처소 밖으로 퍼져나갔다. 자객의 칼날 아래 무방비로 노출된 공주는 목숨이 경각에 달린 화급한 위기에 처해 있었다.

하지만 여인이 휘두른 칼은 공주가 아닌 뮬란의 어깨에 깊숙이 박히고 말았다. 뮬란이 바람처럼 날랜 동작으로 공주를 덮치듯 자신의 몸을 던진 것이었다.

그때 마침 순찰을 돌던 호위부장이 공주의 처소에서 들려나온 다급한 비명소리를 듣고 빠른 걸음으로 뛰어 올라왔다. 불길한 예감으로 걸음이 바쁜 그 앞에 낯선 여인 하나가 허둥거리며 계단을 뛰어내려왔다.

그 뒤를 비틀거리는 걸음으로 한쪽 어깨를 움켜쥔 뮬란이 따라오며 소리쳤다.

"호위부장님! 저 여인을 잡으세요. 아릭부케의 자객입니다."

부장이 재빠른 동작으로 여인의 팔을 낚아채고 혈도를 눌러 제압했다.

계단에 널브러진 여인은 손가락 하나도 자신의 의지대로 움직이지 못한 채 가쁜 숨만 몰아쉬고 있었다. 혈을 풀기 전에는 거미줄에 걸린 잠자리와 같은 신세였다.

호위부장이 다급히 공주의 처소로 들어서니 혼비백산한 공주는 그때까지도 사태의 전말을 알지 못한 채 혼란한 정신을 미처 수습하지 못하고 황망히 앉아 있었다.

"공주마마, 얼마나 놀라셨사옵니까. 어디 다치신 곳은 없으십니까?"

다급히 묻는 부장의 말에는 답이 없이 공주가 울음 섞인 목소리로 물었다.

"뮬란, 뮬란은 어찌되었습니까! 그 애가 나를 구하고 대신 칼을 맞았습니다."

공주는 아직도 진정되지 않은 가슴을 떨었다. 호위부장이 공주를 안심시켰다.

"뮬란은 중상을 입었으나 목숨이 위급한 정도는 아닌 것 같으니 너무 심려치 마십시오. 제 뒤를 따라온 부관이 돌보고 있을 것입니다."

뒤이어 달려온 궁진이 지혈 조치를 하였으나 솟구친 선혈이 뮬란의 상반신을 흥건히 적시고 있었다.

자신의 생명이 위태로운 와중에도 그녀는 부관을 보자마자 공주의 안위를 걱정하며 물었다.

"공주님은? 공주마마는 어떠세요."

"염려하지 마시요. 그대 덕분에 공주마마께서는 무탈하시니."

"정말이지요? 참으로, 참으로 다행입니다."

그제야 안도와 함께 극도의 긴장이 풀리는 듯 스르르 무너져 내린 뮬란이 정신을 놓으며 그대로 혼절하고 말았다.

그 소동에 별궁에 경계령이 내려지고 수비대와 호위 병사들이 모여들었다.

누구의 사주를 받은 소행인지는 아직 알 수 없지만 공주의 처소를 지키던 병사들을 감쪽같이 속이고 잠입한 것은 실로 대담한 흉계가 아닐 수 없었다.

잠시 뒤 궁 안마당에 횃불이 환하게 밝혀진 가운데 포승줄에 몸이 묶인 여인을 땅바닥에 꿇어앉혔다.

공주와 관리대신 그리고 상급관리들이 붙잡힌 여인의 취조를 지켜보기 위해 자리에 임석했다.

관리대신 살리타가 위엄 있는 목소리로 명을 내렸다.

"호위부장은 공주님에게 위해를 가하려 한 저 여인을 취조하여 사건의 배후를 밝히도록 하라."

"명을 받잡고 반드시 사건의 전모를 밝혀 후일을 경계하겠습니다."

여인 앞에 선 호위부장이 무겁게 말을 던졌다.

"지금부터 내가 하는 말을 명심하여 들어라. 숨김없이 토설하고 진상을 밝힌다면 정상을 참작하여 온정을 베풀어줄 것을 약조한다. 하지만 만일 허튼소리로 기망하거나 사실대로 입을 열지 않으면 네 목이 떨어질 것이다. 내가 묻는 말에 대답하라! 너는 어디에서 온 누구냐?"

그러나 여인은 고개를 떨어뜨린 채 말이 없었다.

"다시 묻겠다. 너에게 이번 일을 지시한 자가 누구인지 말하라."

공포에 질린 여인은 핏기 잃은 얼굴로 어깨를 들썩여 흐느끼기만 할 뿐 입을 열지 않았다.

"괘씸한 것, 네가 정녕 죽기를 자초한단 말이냐!"

여인을 질타하는 호위부장의 목소리가 격한 분노를 표출했다.

청동화로에 가득 담긴 숯덩이가 불꽃을 머금고 팽창한 열기로 탁탁하는 메마른 파열음을 토하며 반짝이는 불씨를 허공으로 날아 올렸다.

숯 위에 얹혀 달아오른 쇠 젓가락들이 독 오른 살모사 눈처럼 벌건 눈을 부릅뜨고 있었다.

잠시 후 흐르던 침묵을 깨고 고개 들어 주위를 둘러본 여인이 울음 섞인 목소리로 겨우 입을 떼었다.

"죽을죄를 지었습니다. 사실대로 말씀드릴 것이니 제발 목숨만 살려주십시오. 나리."

"그래. 자복하면 목숨을 살려주겠다고 분명히 약조할 것이니 어서 말하라."

이윽고 얼굴을 치켜든 여인이 마음을 정한 듯 사건의 전말을 털어놓기 시작했다.

"소인은 아릭부케 가의 시녀로, 공주님을 해치라는 시종무관 진웅님의 명을 받았습니다."

"진웅? 지금 진웅이라고 하였느냐?"

"네. 소인이 직접 그와 같은 지시를 받았습니다."

공주와 관리대신의 얼굴이 놀라움과 분노로 일그러졌다.

"공주마마의 처소에 잠입한 소인이 바친 화채에는 극약이 들어 있었습니다. 만일 그 일이 실패할 시는 칼로 위해를 가하라는 지시가 있었습니다. 또 지시받은 일을 성사시키지 못하거나 체포되어 사실을 토설할 경우에는 볼모로 잡혀 있는 소인의 지아비와 자식들을 도륙한다는 협박 때문에 어찌할 수가 없었습니다. 죽을죄를 지었으나 부디 하늘같은 은혜를 베푸시어 버러지 같은 소인의 목숨을 살려주십시오. 나리!"

말을 마친 여인은 두려움으로 온몸을 떨며 흐느껴 울고 있었다.

호위부장의 예상은 적중했다. 지난번 습격 때와 마찬가지로 이번 음모 역시 아릭부케의 명을 받은 무리들이 꾸민 흉계라는 사실이 분명하게 드러났다.

"관리대신님, 저 여인의 신병 처리문제를 저에게 일임해주실 것을 청원 드립니다."

"허락할 것이니 호위부장은 이번 일의 향후 대책을 수립하고 결과를 취합하여 보고토록 하라."

부관 궁진에게 여인에 관한 모종의 지시를 내린 호위부장은 생각에 잠겨 천천히 걸음을 옮겼다.

아릭부케의 오른팔이라 불리는 인물로 상도에서는 당할 자가 없다는 최강의 무예를 지닌 진웅. 그는 언젠가는 반드시 꺾어야만 할 적이었다.

점차 거세지는 아릭부케의 마수로부터 기필코 공주를 지켜 내리라 다짐하는 그의 가슴에 뜨거운 불길이 일었다.

삼가의 검은 눈썹이 꿈틀하고 물결쳤다.

병사 어깨 위에 앉아 때를 기다리던 매가 눈가리개를 풀어내자 창공으로 날아올랐다. 하늘 높이 솟구쳐 올랐던 놈이 눈을 번득이더니 칼바람을 몰고 목표물을 향해 쏜살같이 내리꽂혔다.

잔솔가지 아래 숨어들었다가 날카로운 매 발톱에 잡힌 꿩이 몸부림쳐 푸득거리니 알록달록한 털이 흩어지며 꽃잎처럼 날아올랐다.

숲 저편에서 요란하게 울리는 꽹과리 소리와 어우러진 요란한 함성이 계곡을 흔들었다.

"공주마마, 사냥이란 호쾌하고 역동적인 것이기는 하오나 동시에 위험이 따르는 법입니다. 더욱이 독자적인 행동은 절대 금물이오니 조심하셔야 하옵니다."

살리타가 말을 탄 채 긴장한 표정으로 숲을 주시하고 있는 공주에게 당부의 말씀을 드렸다.

가죽으로 지은 간편한 복장에 이마에 금색 띠를 둘러 장식하고 머리를 하나로 묶어 뒤로 늘어트린 공주의 모습은 숲 속 요정을 연상시킬 만큼 아름다웠다.

생끗 미소 지은 공주가 살리타에게 시선을 돌렸다.

"할아버지, 생동하는 숲의 기운이 가슴을 뜨겁게 하는 것을 보니 이런 것이 사냥의 묘미인가 보지요?"

"본시 병영에서 사냥의 목적은 병사들의 사기를 높이고 맹수들과 마주하며 담대한 기상을 높여 전투력을 향상시키고자 하는 용인술의 일환입니다."

그 말이 끝나기도 전에 반대편에서 요란한 함성이 들려오는 것으로 미루어 사냥감을 잡은 듯했다.

잠시 후 별궁 수비대장이 말을 달려와 보고를 올렸다.

"공주마마. 방금 엄청 큰 어미 곰 한 마리를 포획하였음을 보고 드립니다."

수비대장이 전하는 말을 듣고 안쓰러운 표정을 지은 공주가 물었다.

"어미 곰이라면? 그럼 딸린 새끼가 있었다는 말 아닙니까. 아무리 말 못하는 미물이라고 하지만 새끼가 딸린 짐승은 잡지 않는 법인데……."

살리타 역시 고개를 끄덕여 동감을 표했다. 맞은편 숲에서도 병사들의 환호소리가 크게 들리는 것으로 미루어 오늘 사냥은 수확이 제법 괜찮은 듯싶었다.

잠시 뒤 말을 탄 호위부장 삼가가 공주를 향해 달려왔다. 얼마나 격렬하게 몰았는지 말은 입가에 흰 거품을 가득 물고 있었다.

"공주마마. 이곳은 시야가 넓게 확보되어 있지 않은 지형이라 위험하니 친견하시는 장소를 옮기시지요."

앞장선 호위부장이 이마에 흐르는 땀을 옷소매로 훔쳐내고 숲을 헤치며 앞으로 나갔다. 침울한 공주의 표정을 읽은 삼가가 조심스레 살피며 물었다.

"혹시 불편하신 점이 있으신지……."

"조금 전 새끼가 딸린 어미 곰을 잡았다는 수비대장의 보고를 받으신 공주님이 측은지심으로 저러시는 것이니 그 점을 살펴 시행하게."

"예. 그리하도록 조처하겠습니다."

행보를 전진한 일행이 주위가 울창한 전나무로 둘러싸인 조그만 분지로 들어섰다.

멀지 않은 곳에서 귓전을 울리는 고함과 함께 뒤이어 연신 들려오는 함성들로 미루어 노획물의 뒤를 쫓고 있는 것 같았다.

"관리대신님. 아무래도 공주님의 신변보호를 위해 병사들을 불러야 할 것 같습니다. 소장, 잠시 다녀오겠습니다."

호위부장의 보고를 받은 살리타가 혼잣말처럼 중얼거리며 섭섭한 마음을 내비쳤다.

"허허! 호위부장이 이제는 나를 뒷방 늙은이처럼 대하는구먼."

말을 몰아 몇 걸음을 옮긴 호위부장이 발길을 멈추고 소리 나는 쪽을 주시했다. 그것이 무엇인지 알 수 없었지만 심상치 않은 소리가 들렸기 때문이었다.

하지만 생각할 여유도 없이 일이 벌어지고 말았다.

나뭇가지 부러지는 소리와 함께 출렁하며 숲이 흔들리는가 싶더니, 그와 동시에 번개처럼 튀쳐나오는 검은 물체가 눈에 확 들어왔다. 깜짝 놀란 삼가가 자세히 보니 그것은 몸집이 황소만한 곰이었다. 놈은 벌겋게 충혈된 눈에 이글이글 타오르는 화광을 떨구며 무서운 기세로 돌진해오고 있었다. 그런데 더욱 놀라운 것은 곰이 달려드는 방향이 자신이 멈추어 선 지점이 아니었다.

경황없는 와중의 판단으로도 놈은 분명 공주를 향해 질주하고 있었다.

창을 빼 든 삼가가 황급히 말을 몰아 곰을 향해 정면으로 달렸다.

무슨 일이 있어도 공주를 보호해야 한다는 일념뿐 다른 생각은 할 겨를이 없었다. 말과 곰의 간격이 좁혀질 때를 기다린 삼가의 창날이 곰의 목덜미를 노리고 깊숙이 들어갔다. 그러나 결정적 순간 말이 넘어지면서 삼가 역시 저만큼 나동그라지고 말았다. 놈의 사나운 기세에 눌린 말이 멈칫거리는 사이에 달려드는 곰의 어깨에 부딪히고 만 것이었다. 그 바람에 창날이 빗나가며 놈의 목덜미를 살짝 스치고 말았다.

몸을 한 바퀴 구른 삼가가 즉시 자세를 바로잡고 곰을 마주보며 다시 창을 겨누었다. 놈은 인간을 향한 복수심으로 온몸의 털을 곤두세운 채 몸을 부르르 떨며 끓어오르는 거센 분노를 드러냈다. 부릅뜬 두 눈에 시뻘건 불꽃이 활활 타오르고 있었다.

창에 베인 목덜미 상처에서 뿜어 나오는 피로 앙가슴을 붉게 물들인 곰이 다시 돌진해 들어왔다. 삼가를 향해 달려든 곰이 두 발로 선 채 앞발을 치켜세우고 천둥같이 우렁찬 소리를 토해내며 덮칠 자세를 취했다. 그때를 놓치지 않고 공력을 집중한 삼가의 창날이 곰의 가슴을 향해 바람을 가르며 직선으로 날아들었다.

입에 선혈을 가득 물고 으르렁거리는 곰의 심장 깊숙이 박힌 창살이 심하게 흔들리며 요동쳤다. 창을 가슴에 꽂고 그대로 버티어 선 채 한동안 몸부림치던 곰은 폐부의 피가 역류하는 탓인지 카르르 하는 외마디 비명을 내지르며 둔탁한 소리와 함께 무너져 내리고 말았다. 허연 배를 허공으로 드러낸 채 가쁜 숨을 몰아쉬는 곰 곁으로 다가간 삼가가 창을 잡은 손에 힘을 주어 더욱 깊숙이 찔러 넣었다. 그것만이 고통을 줄여주고 자비를 베풀어줄 수 있는 유일한 조처였기 때문이었다.

그 광경을 바라보는 공주와 살리타의 얼굴에 숙연한 기운이 감돌았다.

어떻게 보면 그것은 인간으로부터 보금자리와 함께 모든 걸 빼앗긴 분노로 몸부림치던 수곰이 스스로 택한 길이었는지도 모를 일이었다.

계곡 사이를 비집고 불어온 바람에 흔들리는 숲이 메마른 잎사귀들을 부비며 풀피리소리를 내고 지났다.

귓가를 스치는 바람 소리에 하늘을 올려다본 삼가가 문득 천산을 떠올렸다.

공주를 호위하고 피접 여정에 나선 삼가의 호위군이 아릭부케의 지시를 받은 진웅의 습격을 물리치고, 백화궁에 당도하여 심신을 추스른 공주가 또다시 자객의 위해를 모면하는 등 우여곡절을 겪으며 황궁으로 돌아온 것은 무서리가 내리는 늦가을이었다.

제2장

호접몽

(蝴蝶夢)

꽃비 내린 날

쪽빛으로 물든 하늘에 보드라운 새 깃털 같은 하얀 뭉게구름이 한가로이 흘렀다.

상도는 황제의 탄신일인 성절 준비로 분주했다. 황궁 한가운데 황제가 거처하는 집령전이 우뚝 서 화려하고 당당한 위용을 자랑하며 몽골제국의 심장으로 자리 잡고 있었다.

삼 층으로 높이 치솟은 전각 지붕을 덮은 기왓장들이 짙푸른 녹음을 가득 두른 채 청명한 햇살 속으로 투명한 반짝임을 토해냈다.

간결하면서도 장중한 지붕 용마루 중앙에 금을 입힌 기와가 용의 눈에서 흐르는 안광처럼 번쩍이는 광채를 뿜어냈다. 용마루 양편에는 열 자도 넘어 보이는 당초문이 화려하게 조각된 치미가 날렵하게 허리를 들고 하늘을 떠받들어 높이 솟았다.

붉은 주칠로 단장한 기둥과 서까래들이 미려한 아름다움을 발하는 가운데, 코끼리 발등처럼 넓고 두툼한 주춧돌에 얹힌 아름드리 기둥들이 우람하게 버티고 선 황궁은 장엄하기 그지없었다.

처마 아래 형형색색의 오색 등들이 내걸려 불어오는 선들바람에 몸을 흔들며 교태부리는 여인의 가벼운 몸짓처럼 나풀거렸다.

'몽골제국 만세. 황제폐하 만만세!' 황금 빛깔의 천위에 멋들어진 초서체로 쓴 깃발들이 하단에 하늘거리는 치장을 하고 기다란 장대에 높이 달려 힘차게 펄렁거렸다.

전각 앞 넓은 뜰에 만조백관들이 직첩에 따라 임석한 가운데 맞은편에는 무관들이 배석했다. 그 뒤로 궁궐수비대 병사들이 각종 병장기를 번득이며 도열해 서니 그 엄정한 군기와 용맹스런 위용이 하늘을 찌를 듯했다.

전각 앞단 상석에는 황후 차브이와 세자, 그리고 훌도노계리미실 공주와 동생 코카친 공주가 좌우로 자릴 잡고 앉았다.

일관이 타각으로 정오 시각을 알리니 때맞추어 우렁찬 나팔 소리가 전각을 울리고 허공으로 퍼져 나갔다.

"황제폐하 납시오!"

내관의 전갈과 함께 만조백관과 임석한 모든 인원이 일제히 자세를 바로 갖추고 대기했다.

해금과 당비파 음률이 잔잔하게 어우러져 흐르는 가운데 높고 청아한 태평소 소리가 화음을 이끌며 구성진 곡조로 모든 사람의 청각을 휘감았다.

드디어 전각 중앙 문으로 황제가 모습을 나타냈다. 붉은 용 문양이 선명하게 수놓아진 황금빛 용포자락을 끌며 위엄 있는 걸음걸이로 천천히 등장하는 황제를 향해 일제히 울리는 함성이 전각을 흔들었다.

"몽골제국 만세! 황제폐하 만세. 만세. 만만세!"

지축을 흔드는 우렁찬 소리는 마치 초원을 넘어 대륙을 말발굽 아래에 두었던 칭기즈칸 황제의 위대한 업적을 이 땅에 재현하고자 하는 의지의 표출인 것만 같았다.

흡족한 표정으로 하례 받은 황제가 단 아래 도열한 신하와 무관 그리고 병사들을 향해 양팔을 들어올렸다. 사위가 일순간 조용해졌다.

잠시 주위를 둘러본 황제가 말씀을 내렸다.

"짐이 오늘 충성스런 그대들을 보니 몽골제국의 앞날에 밝은 서광이 비추는도다. 태조 칭기즈칸 황제께서 이룩하신 위대한 업적을 이어내려 중원 대륙을 완전히 제패하고 진군의 발길이 동서로 나아가기 위해 진충보국의 일념으로 합심하길 바라노라. 이에 짐이 몽골제국 황제의 명으로 칙령을 반포한다."

잠시 호흡을 가다듬은 황제가 다시 말을 이었다.

"먼저 신민의 단합을 위해 특별 은전을 내리니 사형 이하의 죄인은 모두 사면한다. 다음, 어제까지는 적국이었으나 충심으로 머릴 조아려 조공을 바치는 나라는 형제국의 예로써 대하고 황제의 시혜를 내려 보호할 것이다."

잠시 말을 멈춘 황제의 표정에 한 줄기 어두운 그늘이 스치고 지났다. 자신의 황제 즉위에 반기를 들고 카라코룸에서 칸에 즉위한 동생 아릭부케가 떠올랐기 때문이었다. 골육상쟁의 비극을 잉태한 먹구름이 황제의 가슴에 내려 아픔으로 밀려왔다.

잠시 흐려졌던 마음을 추스른 황제가 다시 말을 이어나갔다.

"이어 선제(헌종) 치세 시 금나라를 평정할 때 공정한 논공행상이 이루어지지 않았으므로 재차 심사하려 한다. 공에 비해 과한 직급과 포상은 삭감하고, 큰 공훈이 있으나 심사관의 직무태만이나 시기심으로 적절한 평가를 받지 못한 인사는 공에 상응하는 직첩과 포상을 시행할 것이다."

잠시 말을 멈춘 황제의 시선이 앞줄에 도열해 있는 문하시중 홍건에게 잠시 머물고는 다시 말을 이어나갔다. 황제의 시선이 자신을 훑고 지나가는 것을 본능적인 촉수로 느낀 문하시중의 등에 식은땀이 흘러내렸다.

"이제까지의 폐단을 과감히 쇄신하고 반드시 공평한 신상필벌을 시행하여 백성들을 위한 치세를 펼치겠노라. 마지막으로 고려에 대한 영향력을 더욱 강화하여 완전한 속국으로 예속시키려 한다. 구체적 책략은 후일 공표하게 될 것이나, 먼저 고려국을 교두보로 삼아 왜국 정벌의 길을 열 것이다. 짐이 이 자리에서 반포한 칙령의 바른 시행을 만백성에게 몽골제국 황제의 명으로 내리는 바이다."

황제가 교시를 마치자 다시 하늘과 땅을 흔드는 우렁찬 함성이 일제히 터져 나왔다.

"만세! 만세! 황제폐하 만만세!"

비취색 투명한 창공으로 청아한 풍악이 드높이 치솟았다.

문하시중 홍건이 단 중앙으로 나아가 황제를 향해 허리를 굽혀 예를 올렸다. 창백한 혈색에 주름 가득한 얼굴, 곡선을 그려 처진 눈썹 아래 뱀처럼 반짝이는 실눈이 간사한 웃음을 가득 머금고 단 위의 황제를 올려다보았다.

"폐하. 탄신일을 맞이하여 제국의 모든 백성이 하늘같으신 성덕에 머리 숙여 감읍하옵니다. 부디 만수무강하시어 만백성을 보살펴 주시옵소서!"

"고맙소. 짐은 문하시중의 변함없는 충성심을 잘 알고 있소."

황제가 내리는 덕담에 한껏 고무된 홍건의 얼굴에 화색이 돌았다.

"황제폐하. 소신이 부족하오나 축시를 한 편 올리겠사옵니다."

그가 준비한 두루마리를 펼쳐 들었다.

鳴鳥滿山春日長(명조만산춘일장)
綠樹陰低春晝長(녹수음저춘주장)
春思春愁一萬枝(춘사춘수일만지)
從今買酒樂昇平(종금매주낙승평)

'봄이 이미 무르익으니 늘어진 나뭇가지 여름이 가까웠네. 생각과

걱정이 버들가지처럼 많지만 이제부터는 태평성세를 누리리.'

대략 이런 의미를 가진 시 구절이었다.

황제는 눈을 감은 채 문하시중이 낭송하는 시를 듣고 있었다.

"폐하. 졸렬한 작품으로 성청을 어지럽힌 것만 같아 송구하옵니다."

"짐이 일찍이 문하시중의 대단한 시재를 익히 알고 있었소만, 과연 시성 이태백이 탄복할 절묘한 조합이구려!"

황제가 내리는 치하의 의도를 파악하려는 복잡한 생각들이 그의 머릿속에서 빠르게 움직였다.

"황공하신 과찬을 내려주심에 소신 몸 둘 바를 모르겠사옵니다."

사실 문하시중 홍건이 낭송한 시는 자신의 창작품이 아닌 당·송대 시인 문천상과 유영 등의 시 구절을 인용하여 교묘하게 짜 맞춘 것에 불과했다.

비단길(실크로드)은 아시아와 유럽과 아프리카를 연결하고 있던 동서 교통로를 통틀어 아우르는 의미였다. 이 길은 세 갈래의 대륙을 연결하는 것으로 매우 복잡했다. 실크로드는 몇 갈래의 간선과 수많은 지선들로 이루어졌으며, 길의 이용은 제각기 시대의 흐름에 따라 다양한 변화를 거듭했다. 어느 강대한 세력의 부상으로 교통로가 막히거나 끊어지면 대상들은 멀고 먼 길을 돌고 돌아가며 목숨을 건 모험을 할 수밖에 없었다.

동서를 연결하는 길은 크게 세 갈래였다.

초원길(스텝루트)은 북방 유라시아의 초원지대를 가로지르는 길로서 오랜 옛날부터 많은 유목민에 의해 이용된, 몽골에서 아랄(Aral) 바다를 거쳐 흑해 연안에 이르는 길이다.

다른 하나인 오아시스 루트는 중앙아시아를 관통하는 길로, 끝없이 펼쳐진 열사의 사막에 발을 딛는 순간부터 가죽을 벗겨버릴 듯 맹렬한 기세로 내리쪼이는 태양과 모래폭풍이 기다리고 있었다. 그리고 도처에 출몰하는 도적의 횡행으로 죽음의 고통을 견뎌내야만 했다.

사막을 겨우 빠져나오면 이번에는 중앙 파미르고원이 앞을 가로막는 고난의 여정과 맞닥뜨려야만 했다. 하지만 동서 터키스탄 사막에는 곳곳에 맑은 물이 샘솟는 오아시스가 있었다. 이 오아시스 루트는 역사상 가장 많이 이용된 길이기도 했다. 흔히 말하는 비단길(실크로드)은 이 길을 뜻하였다.

남해 루트는 바다의 비단길로 홍해로 나아가 페르시아 만에서 인도 동남아시아를 거쳐 화남(베트남)에 다다르는 길이다.

당시 이러한 동서 교통로의 요충지에 몽골의 수도 상도가 위치하고 있었고 또 지정학적 중요성과 쿠빌라이 칸의 강력한 통치로 주변국들에 막강한 영향력을 발휘할 수 있었다.

따사로운 기운이 라일락 향 머금은 바람에 실려 온 비단가루 같이 눈부신 햇살을 가득 내렸다.

이어 주변국에서 참석한 축하 사절단들이 예물을 진상하는 차례가 되었다. 화북·동호·토하라(아프가니스탄)·터키스탄(터키)국들이 비단과 향료, 보석 등 진귀한 물건들을 바쳐 황제의 만수무강을 기원하며 아울러 자국에 변함없는 보호와 시혜를 내려줄 것을 엎드려 간청했다.

황제가 만면에 흡족한 미소를 지으며 위엄 있는 어조로 성지를 내렸다.

"그대들의 진심 어린 예방에 짐이 크게 감동하였도다. 이전과 변함없이 상국으로서 시혜를 내려 보살필 것을 약조하노라. 하지만 신하국으로서 책무를 소홀히 하거나 황제의 영을 거역하고 다른 마음을 품는다면 그에 상응하는 엄중한 대가를 치러야 한다는 사실을 항시 명심하라!"

황제가 내리는 한마디 한마디가 사신들의 등골을 서늘하게 만들었다.

이윽고 성대한 연회 개시를 알리는 음률이 잔잔하게 전각에 울려 퍼지는 가운데 무대 위로 화려한 무늬가 정교하게 직조된 사방 열댓 자 정도의 카펫 두루마리가 매끄러운 소리를 내며 활짝 펼쳐졌다.

현악기 공후와 타악기의 크고 작은 북소리가 어우러지며 강렬한 박자가 되어 분위기를 한껏 이끌어 고조시켰다.

때맞춰 십여 명의 무희들이 빙 둘러 원을 그려 나비처럼 가벼운 몸짓으로 살랑살랑 춤추며 무대로 나아갔다.

멀리 서역에서 온 여인들로 구성된 무용수들이 아름다운 자태로 춤사위를 펼치기 시작했다.

그녀들은 속살이 훤히 들여다보이는 잠자리 날개같이 투명한 천으로 얼굴과 가슴 그리고 하반신을 가린 선정적인 차림새를 하고 있었다. 터질 듯 탐스런 젖무덤이 물결처럼 율동하며 출렁거릴 때마다 관중들 사이에서 탄성이 터져 나왔다. 가슴 가리개 아래 달려 있는 금색 실들이 현란한 흔들림으로 반짝거렸다.

그녀들의 춤사위는 정말 대담하고 관능적인 것이었다. 무희들은 풍만하고 골진 둔부를 원형으로 돌려 부드럽고 완만하게 회전시키다가 천천히 뒤로 깊이 빼기도 했고, 다시 팽팽하게 긴장한 하복부를 한껏 돌출시켜 빠르고 탄력 있는 동작으로 밀어올리기도 했다. 그 원초적인 몸짓이야말로 은밀한 사랑을 나눌 때 여인이 취할 수 있는 온갖 체위들을 선정적으로 묘사하고 있었다.

적나라하고 농염한 향연에 취한 관중의 눈길이 뜨거운 열기를 뿜어냈다.

그중 무리 한가운데서 춤추는 여인에게 모두의 시선이 집중되었다. 아름다운 무희들 중에서도 그 여인의 자태야말로 닭의 무리에 섞인 한

마리 학과 같이 단연 돋보이는 존재였다. 그녀는 백옥 같은 피부에 그림처럼 선명한 짙은 눈썹을 하고 있었고, 두꺼운 눈꺼풀 아래 에메랄드 보석처럼 빛나는 눈동자는 신비감이 들 만큼 매혹적이었다. 오똑 솟은 콧날 아래로 도톰하면서도 선명한 입술이 격렬한 춤사위로 인해 단김을 내뿜으니 관객들은 여인의 뜨거운 입김이 마치 자신의 귓불을 스치기라도 한 것처럼 흠칫 몸을 떨었다.

격정적이던 음률이 어느덧 감미로운 애상조로 바뀌고 있었다.

그 애처로운 음색은 마치 한 많은 여인의 구슬픈 흐느낌인 듯하였고 욕정에 몸부림치는 여인이 목마름을 잠재울 사내의 활화산 같이 뜨거운 숨길을 갈구하는 애원과도 같아 사람들의 마음속으로 아련히 스며들었다.

현란한 동작으로 고혹적인 여체의 아름다움을 절절히 풀어내던 여인이 양팔을 하늘하늘 교차해 나풀거리는 춤사위를 펼치며 관중을 향해 무릎을 굽혀 꿇어앉았다. 그녀는 상체를 뒤로 젖혀 배를 활처럼 둥글게 휜 자세를 취하고 고개를 뒤로 젖히었다. 바닥으로 닿을 듯 길게 늘어진 흑단 같은 머리칼이 바람에 날리며 야생마의 갈기처럼 푸르르 떨며 몸부림쳤다. 머리를 빙 둘러 장식한 보석들이 푸르고 붉은 저마다의 광채를 휘황하게 내뿜으며 찰랑찰랑 흔들렸다.

무릎을 양옆으로 벌린 대담한 자세를 취한 채 몸을 뒤로 완전히 젖힌 여인은 마치 물속을 유영하는 인어처럼 온몸을 흐느적거리며 부드럽게 움직였다. 자세의 기묘함으로 인해 백설 같은 속살을 드러낸 젖무덤이 하늘로 솟구쳐 잔잔한 물결을 일으키며 요동쳤다. 한껏 달아올라 물오른 두 점의 붉은 앵두가 이미 부끄러움을 잊은 채 홧홧한 열기를 발산하고 있었다.

관중들의 시선이 취한 듯 무엇에 홀린 것처럼 몽롱한 눈길로 여인의 매혹적인 자태에 정신을 빼앗겼다.

꿈길 속을 흐르는 호소력 짙은 음률을 타고 상하좌우로 율동하는 풍만한 복숭앗빛 둔부가 마치 사람을 잡아끄는 흡인력을 지닌 듯 뭇시선들을 강하게 빨아들였다.

잠시 후 더욱더 기막힌 광경이 한 점 가릴 것 없는 밝은 햇살 아래 그대로 노출되어 유혹의 눈길을 보내고 있었다.

물결치며 팔랑거리는 날개 옷자락 사이로 얼핏 드러난 여인의 하복부 중앙에 도톰히 솟아오른 농염한 둔덕이 뜨거운 숨길을 내뿜고 있었다. 그러고는 뇌쇄적인 몸짓으로 하초를 요염하게 뒤틀 때마다 여체의 은밀한 부분을 설핏설핏 드러내는 것이었다. 숨죽인 사내들의 뜨거운 눈초리들이 일제히 한 곳으로 집중되었다. '신이 창조한 피조물 가운데 가장 아름다운 것은 여인'이라는 고사가 결코 헛된 말이 아니라는 사실을 모두가 공감하는 순간이기도 했다.

조금 전 황제가 자리를 떠 내전으로 들었다. 이어 몸을 일으킨 홀도노계리미실 공주가 옆에 있던 아우 코카친 공주를 바라보며 말했다.

"저것이 바로 서역의 춤이로구나. 그런데 여인들이 속살이 다 보이는 옷을 입고 저토록 민망한 춤을 추다니 망측스럽게……."

뒤따라오던 코카친이 정곡을 찌르는 농담으로 언니를 놀렸다.

"눈을 반짝이며 정신을 온통 빼앗기고 구경하던 것이 누구인데 이제 와서 웬 딴소리시우?"

그 말에 고개를 돌린 공주가 눈을 곱게 흘기며 면박을 주었다.

"너 이리 밉게 굴면 잠버릇 고약한 네 비밀을 온 궁 안에 소문낼게야. 그러면 너를 아내로 맞이하겠다고 나서는 청혼자는 아마 한 사람도 없을걸."

"아이, 언니는. 그 이야기는 아무에게도 안 한다고 일전에 굳게 약조하고는……."

"이번만큼은 문제 삼지 않을 것이니 차후로는 각별히 유념하는 것이 네게 유리할 것이야."

울상이 된 동생을 바라보는 언니의 시선이 온화하고 정겨웠다.

호위부장 삼가는 백화궁으로 피접 나간 공주를 무사히 호위한 공로로 황제가 친히 내린 50필의 비단을 하사받았다. 그리고 호위부장의 직무를 계속 수행하라는 황제의 명을 받들게 되었다.

이른 아침 호위부장이 부관 궁진을 집무실로 불렀다.

"오늘 밤 성절을 축하하는 불꽃놀이가 궁성은 물론 수도 곳곳에서 있을 것이다. 지난번 백화궁 사건 때 아릭부케의 시종무관 진웅에게 사주 받고 공주님을 해치려 한 여인을 자네도 알 것이야. 그 뒤 여인을 회유하여 생계와 함께 가솔들의 안위를 보살펴주었다네. 그런데 얼마 전 여인으로부터 은밀한 전갈이 당도했는데, 그 내용은 정말로 놀라운 것이었다. 성절인 오늘 밤 야음을 틈타 진웅 일당이 자객을 침투시켜 황제폐하를 해칠 음모를 꾸미고 있다는 게야."

"그런데 어찌 아무런 대비도 없이 이처럼 조용할 수가 있습니까?"

"긴급한 첩보를 폐하께 보고하여 궁성 수비대장님과 상장군님의 논의로 이미 모든 대책이 수립되었다. 나는 금번 작전의 지휘를 맡은 책무가 막중하니 자네가 호위군사를 지휘하여 공주님 신변을 안전하게 지켜드리게. 공주님을 호위하는 일에 한 치의 빈틈도 있어서는 안 될 것이다."

"명을 받들어 수행하겠습니다."

"아마도 놈들은 폭죽놀이의 시끄러운 소음을 틈타 침투하려 계획하였을 게야. 호위에 만전을 기하도록."

"네. 알겠습니다."

상도 거리에 어둠이 내리기 시작했다.

하늘에 하나 둘 자리 잡기 시작한 별들이 서로를 시샘하듯 여린 빛을 껌벅였다. 가을로 절기가 바뀌며 은가루를 뿌려놓은 것처럼 밤하늘을 수놓았던 미리내가 남녘으로 밀려나고 어느새 다가선 북극성이 서늘한 바람 사이로 푸른 별빛을 내렸다.

며칠 전 황제가 황궁 수비대장 설진도와 낭장 삼가를 편전으로 은밀히 불러들였다.

"짐이 오늘 제장들을 이 자리에 부른 것은 각별한 의미가 있으니 명심하고 지금부터 짐을 바르게 보필하는 충심으로 답변하라."

"하명하시오소서. 폐하!"

"성절의 들뜬 분위기를 기회로 삼은 아릭부케가 군사를 보내 상도로 공격해올 계획이란 보고를 접하고 짐은 많은 고심을 하였다. 당장 군사를 출병시켜 아릭부케 무리들을 궤멸시켜버릴까 하는 분노가 일었지만, 태조 칭기즈칸 황제께서 내리진 유훈에 '피를 나눈 형제들과 절대로 골육상쟁을 벌이지 말라'는 말씀이 있었다."

황제의 눈시울이 붉게 물들었다.

"며칠 뒤 성절을 축하하는 성대한 연회가 예정되었다. 그러나 목전에 처한 위급한 사태를 둔 지금 이번 일을 어찌 처결해야 하는가 하는 문제가 진퇴양난이 되어 짐을 괴롭히는구나. 과연 놈들의 준동을 어떻게 대처해야 큰 희생을 피하고 제국의 위상에도 흠결 없이 처리할 수 있겠는가 하는 것 때문이다. 이 일은 아직 대신들에게도 알리지 않았다. 지금 궁 내부에 아릭부케와 내통하는 기미를 보이는 무리가 있음을 짐이 알고 있기 때문이다."

황제도 역시 인간이었다. 권력의 속성은 피도 눈물도 없이 냉혹한 것이었으나, 혈육의 정과 현실 사이에서 고뇌하는 심약한 모습을 드러낸 것이었다.

"제장들은 이 일의 대책을 기탄없이 말해주기 바란다."

군주와 신하 사이에 잠시 무거운 침묵이 흘렀다.

먼저 수비대장이 입을 열었다.

"하문하시니 소견을 말씀 올리겠나이다. 지난 봄 공주님의 백화궁 피접 시 아릭부케가 사주한 병사들의 습격사건과 별궁에 침입한 시녀가 자행한 악랄한 소행을 돌이켜보면 실로 치가 떨리는 분노를 금할 수 없습니다. 저들의 이번 음모를 대의명분으로 삼아 군사를 출병시켜 화근을 제거하시여 후일의 근심을 털어내십시오. 그리하여 몽골제국과 황제폐하의 위용을 중원에 높이 세우시는 계기로 삼으시는 것이 마땅하옵니다."

눈을 지그시 감고 수비대장의 말을 경청한 황제가 잠시 후 시선을 낭장에게 옮겼다. 머리 숙여 예를 올린 삼가가 나지막하지만 분명한 어조로 입을 떼었다.

"수비대장이 올린 의견은 명분이 분명하고 논리적으로도 타당하옵니다. 하오나 혈육의 자애로운 정으로 저들의 악행까지도 보듬어 안으시려는 폐하의 크고 깊으신 성총에 진심으로 감동하였습니다. 생각건대 아직 저들의 힘이 대몽골제국을 위협하고 넘볼 정도의 여력이 없습니다. 폐하께서 하해와 같은 은덕과 관용으로 다스리신다면 불순한 반역의 깃발을 든 우매한 무리들은 머지않아 마음으로 복종하고 머리 숙여 사죄를 청해올 것입니다. 하늘과 같은 폐하의 도량에 감읍할 날이 반드시 도래할 것이니 너무 심려치 마십시오. 황제폐하!"

황제의 얼굴에 드리웠던 그늘이 환하게 걷히며 한결 평안한 표정으로 돌아왔다.

"다행스럽게 저들의 음모가 분명하게 드러났으니 기밀을 유지한 채

방비에 대한 계책을 세워 적들을 일거에 제압하는 것이 상책이라 사료되옵니다. 만일 적들의 계략이 두려워 준비된 성절을 무위로 돌린다면 제국의 위상에 흠결이 될 뿐만 아니라 이는 대륙의 조롱거리가 될 것입니다."

황제가 의견을 피력한 낭장을 주시했다. 자신이 보위에 오르는 과정에 큰 힘이 되어준 대신 백창의 아들로, 자신이 끔찍이 사랑하는 공주를 위기에서 수차례 구해낸 눈앞의 늠름한 청년에게 무한한 믿음과 신뢰가 싹터 올랐다. 거기에 논리정연하고 곧은 충정심은 그 인물됨을 능히 짐작하게 해주었다.

흡족한 표정을 지은 황제가 두 사람에게 치하의 말씀을 내렸다.

"그대들의 충정 어린 고언을 잘 들었노라. 먼저 수비대장의 의견은 백번 지당하다. 짐과 제국의 권위에 도전하는 어떠한 세력도 용납할 수 없다. 하나, 은전을 베풀어도 개과천선을 외면할 때 그들을 섬멸한다고 해도 늦지 않을 것이다. 그때 짐이 설장군을 선봉장으로 삼을 것을 약조하니 반드시 큰 공을 세워 은혜에 보답하라."

사실 자신이 개진한 의견이 삼가에게 밀리는 듯하여 내심 자존심이 상한 그였으나, 깊은 배려로 충심을 인정해주는 황제의 한마디에 궁수비대장 설진도는 그만 감읍하고 말았다.

"폐하! 황은이 망극하옵니다. 소장, 제국의 광영과 폐하를 보필하는 책무에 신명을 바치겠사옵니다."

"낭장은 금번 적들이 획책한 첩보를 입수한 장본인이므로 수비대장 그리고 상장군과 논의하여 빈틈없는 계책을 세워 침입해 들어오는 적들을 반드시 섬멸토록 하라!"

내전을 물러나온 낭장과 수비대장이 상장군의 집무실을 찾았다. 궁 수비대장 설진도가 상장군 손호관에게 이번 일의 전말과 황제의 하명을 전했다. 수비대장의 말을 듣고 있던 상장군의 얼굴이 벌겋게 달아올랐다. 그렇지 않아도 얼굴색이 대춧빛처럼 붉어 '장비'라는 별칭으로 불리는 그였다.

"아니, 그런 중차대한 일을 상장군인 나를 빼놓고 논의를 하였단 말인가? 허 이것 참. 이제 낙향해서 산천유람으로 소일하며 시냇물에 낚싯줄이나 드리우고 여생을 마쳐야겠구먼. 어험!"

그는 헛기침을 하며 치밀어 오르는 분기를 삭이지 못했다. 상장군의 단순하면서도 곧은 심성을 잘 아는 수비대장이 팔을 잡아끌어 등걸이 의자에 앉히며 혀를 끌끌 찼다.

"가랑잎에 불붙듯 하는 저 성미는 세월이 가도 누그러질 줄 모르니 이 일을 어이하누."

상장군과 수비대장은 턱수염이 자리 잡기도 전인 청년시절부터 함께 전장을 누비며 숱한 생사의 갈림길을 넘나든 친구로 전공이 혁혁한 백전노장들이었다.

"이 사람아. 이번 일은 폐하께서 직접 내리신 밀지일세! 그러니 화를 풀고 대처할 계책을 논의하시게."

약간은 누그러진 듯싶은 상장군의 표정을 살핀 수비대장이 나름대로 분석한 적들의 동향을 설명했다.

"모든 정황을 고려한 판단에 따르면 침입해오는 적들의 숫자가 그리 많지는 않을 게야. 놈들 역시 기습작전을 펴려면 노출의 위험도 있고 하니 소수정예로 구성된 병력으로 침투해올 것으로 유추해볼 때, 예상되는 전투는 쌍방 간 속전속결의 양상이 될 가능성이 높을 것 같네."

잠시 무거운 침묵이 흘렀다.

"침투해 들어올 병력의 수가 얼마가 될지는 알 수 없지만 폐하를 시해하려는 목적으로 미루어 준비한 전력이나 계략을 결코 과소평가해서는 안 될 것이야. 그리고 무엇보다 침투해 들어오는 놈들의 실력들이 만만치는 않을 걸세."

조금 전보다는 분기가 한결 풀린 듯 상장군이 진중한 표정으로 의견을 내놓았다. 두 원로가 주고받는 말을 조용히 경청한 낭장이 수비대장과 상장군을 번갈아 바라보며 입을 떼었다.

"제가 첩보를 종합하여 유추하기로, 저들을 이끌고 작전을 지휘할 자는 아릭부케의 시종무관 진웅일 것 같습니다."

"진웅? 자네의 추측이 사실이라면 더욱 조심해야만 하네. 그자는 대단한 무공을 갖추었을 뿐만 아니라 지략이 출중한 놈이야. 이번 기회에 반드시 제거하여 후환을 없애야만 한다."

그자와 맞서 대적해본 경험이 있는 상장군이 진웅에 대한 평가와 우려를 내비쳤다.

낭장 삼가가 상장군과 수비대장에게 머리를 숙이며 말을 이었다.

"외람된 말씀이오나 제게 절묘한 계책이 있사오니 금번 작전을 맡겨 병력을 지원해주신다면 반드시 적들을 일격에 섬멸하겠습니다."

참으로 당돌하기 짝이 없는 주문이 아닐 수 없었다. 수비대장과 상장군이 어이없다는 표정을 지으며 서로 시선을 마주쳤다.

"병법에 이르기를 '적을 알고 나를 알면 백 번 싸워 백 번 이길 수 있다' 하였습니다. 적진에 심어놓은 간자의 제보로 이미 적들의 정체는 물론, 구체적 목적을 소상히 파악하였으니 이번 싸움의 승패는 이미 결정된 것이나 진배없습니다."

낭장의 신중한 설명에 노 장수들의 표정이 한결 부드러워졌으나 한편으로는 어린것의 맹랑한 언동을 보며 가소로운 마음과 함께 호기심이 일었다. 그들의 풍모에서 산전수전 온갖 풍상을 겪은 연륜이 그대로 묻어 나왔다. 추상같은 엄정한 위엄이 약관인 낭장을 압도하고도 남는 것은 어찌 보면 당연한 것이었다.

"모사재인이요 성사재천이니, 계획하는 것은 사람의 몫이나 이루는 것은 하늘의 뜻이라 하였습니다. 하지만 이번 일은 하늘이 이미 우리 편인 것 같습니다. 저의 계책대로 만전을 기한다면 큰 무리가 없을 것입니다."

낭장이 목소리를 낮추어 대략의 작전 계획을 설명했다. 분명한 어조로 자신의 소신을 피력한 삼가가 공손히 고개 숙였다.

낭장의 의견을 경청한 두 노장들이 적잖이 놀란 듯 서로를 바라보며 시선을 일치시켰다.

수비대장이 먼저 입을 열었다.

"자네의 용력과 총명함은 이미 알고 있었네만 이처럼 치밀한 전략을 세우다니 정말로 놀라울 뿐이네. 적들의 흉계를 알아낸 것도 자네의 공이었으니 이번 일을 수행하는 것도 자네가 적임일 것이야. 상장군의 의중은 어떠신가!"

방금 전의 분기가 아직도 완전히 가라앉지 않은 듯한 상장군을 흘깃 바라보고는 삼가의 의견을 지지하는 자신의 결정에 동의를 구하려는 설진도의 표정이 진지했다.

잠시 후 팔짱을 끼고 눈을 감은 채 잠시 침묵을 지키던 상장군이 번쩍 눈을 떴다. 그러고는 이내 호방한 웃음을 터트렸다.

그 웃음의 의미를 몰라 어리둥절한 두 사람을 둘러본 상장군이 만면에 웃음을 가득 지으며 의미심장한 한마디를 던졌다.

"풋내기가 제법인걸. 남송전투에 참전하여 보여준 자네의 지략과 무예솜씨가 대단하다는 사실은 내 익히 알고 있었다네. 하지만 이번 일은 폐하의 안위가 걸린 중차대한 임무라는 사실을 명심하고 성심을 다해 수행하게.”

그가 솥뚜껑 같은 손을 낭장의 어깨 위로 올려놓으며 이번 일의 전권을 위임하는 데 의견을 모아 흔쾌히 동의해주었다.

“두 분 어르신의 크고도 깊은 배려에 진심으로 감사 말씀을 올립니다. 소장, 반드시 적들을 섬멸하여 황제폐하의 근심을 덜어드리는 일에 충심을 다할 것입니다. 또한 상장군님과 수비대장님께서 베풀어주신 큰 은혜를 갚는 막중한 책무를 기필코 완수하겠습니다.”

말을 마친 그의 일자로 다문 입매에 결연한 의지가 묻어나오며 굳은 의지로 타오르는 두 눈이 형형한 광채를 뿜었다. 이어 낭장이 밖으로 새어나가지 않을 은밀한 속삭임으로 구체적인 계책을 소상하게 설명했다.

상장군이 무릎을 쳐 탄복하며 낭장이 세운 세부적인 작전에 찬사를 보냈다.

“아주 절묘한 계략이야. 이번이야말로 아릭부케의 간담을 서늘하게 만들어줄 절호의 기회가 분명하네.”

비로소 노장군들의 얼굴에 미소가 감돌았다. 상장군이 문득 생각난 듯 삼가에게 물었다.

“아 참! 그러고 보니 자네가 필도치 경의 자제라고 하였지?”

“네, 가대인의 함자가 백자 창자이십니다.”

“피는 못 속인다더니, 금나라와의 전쟁에 혁혁한 공을 세우며 전장을 누비던 백창 어른의 자손이 이처럼 준수한 장부가 되어 국가의 중대사를 짊어진 젊은이로 성장하다니 참으로 대견한 일이다.”

풍성한 수염을 쓸어내린 상장군이 아주 유쾌한 듯 호방한 웃음을 연신 터트렸다.

상도의 표면적인 분위기와 황궁을 수비하는 병사들의 움직임은 평소와 별반 다를 것 없는 일상 그대로였다. 그러나 적들의 기습에 대비한 모든 준비는 은밀하게 진행되고 있었다.

해가 설핏 기울고 어둠이 내리기 시작하자 궁전의 추녀마다 내걸린 오색등들이 하나 둘 불꽃을 머금기 시작했다. 화 등이 살랑거리며 불어오는 바람을 살포시 안고 늘어뜨린 꼬리를 나풀거렸다.

집령전 앞 넓은 뜰은 정오에 벌어졌던 축하연 흔적이 말끔하게 정리된 채 정갈한 분위기를 자아내며 조용히 숨죽여 엎드렸다.

오늘 밤을 화려하게 빛내줄 폭죽들이 곳곳에 준비되어 땅거미가 내리기만을 기다리고 있었다.

지금쯤이면 수도 곳곳의 민가에도 불꽃놀이를 준비하며 궁성 망루에서 때맞춰 울려올 타종을 설레는 마음으로 고대하고 있을 터였다.

화약은 송나라 태황제 때 개발된 것으로 전해진다. 화약 발명의 목적이 전쟁 때문이었다는 것은 두말할 나위 없는 사실이다. 화약의 무서운 위력은 전쟁을 효과적으로 수행하여 국력을 배양하고 영토를 확장하기 위한 용도의 엄청난 살상도구였다. 나라들마다 화약의 제조와 무기 개발에 국가의 명운을 걸고 각축을 벌인 것도 그런 까닭이었다.

그러나 전쟁 목적을 벗어난 단 하나의 쓰임새가 있었는데, 이미 오래전부터 전쟁과는 전혀 무관하게 축하와 축복의 의미로 즐기는 풍습이 점차 확산되었다. 화약이 폭발하며 내는 굉음과 불꽃이 귀신과 같은 사악한 기운들을 퇴치한다고 믿었기 때문이다. 또한 재앙을 물리치고 복을 불러들인다는 생각들이 일종의 신앙처럼 피폐한 사람들의 마음속에 자리 잡았다.

대륙의 지배자가 되기 위한 피비린내 나는 전쟁에 징집된 수많은 사람들이 과중한 부역에 동원되거나 목숨을 잃었다. 또한 관리들의 가혹한 수탈에 지칠 대로 지친 민중들의 절실한 염원이 현실을 도피하고픈 소망으로 나타난 자연스런 현상일 것이었다.

사람들은 천지를 진동시키며 혼을 갈라놓을 듯 크고 우렁찬 소리로 폭발하는 굉음 속에서 인간세상으로부터 영혼의 세계 저편으로 허둥거리며 도망치는 악령과 원귀들의 환영을 보았으리라.

한편으론 붉은 꼬리를 물고 환한 빛으로 몸부림치며 타올라 땅을 덮고 하늘 높이 치솟아 화려하게 비산하는 불꽃 속으로 가슴 벅차도록 다가오는 희망의 날개들을 환상처럼 보았기 때문이기도 했다.

힘겨운 현실은 이처럼 모두의 가슴에 한 가닥 소망을 품고 폭죽놀이에 열광케 했다.

거리에 커다란 까마귀가 날개를 펼친 듯 어둠이 가득 내리자 이내 궁궐 앞 동편에 우뚝 솟은 보련산 봉우리 위로 금 쟁반처럼 샛노란 시월 중순 보름달이 두둥실 떠올랐다.

잠시 뒤 타종 시각을 알리는 나팔이 큰 소리로 울었다. 동시에 황제의 보령에 맞추어 서른여섯 번의 우렁찬 종소리가 상도 하늘 높이 울려 퍼져 나갔다. 이때를 고대하던 궁 안팎과 저잣거리에서 일제히 요란한 소리를 내며 불꽃을 토해내기 시작했다.

푸르고 붉은 빛깔의 폭죽들이 반짝임을 머금어 주위를 환히 밝히고 몸을 비틀며 하늘로 날아올랐다.

밤하늘을 화려하게 수놓고 붉은 꼬리를 이끌고 흩어지는 불꽃을 바라보면서 남녀노소 가릴 것 없이 모두 소원을 빌며 흥겨움에 젖어들었다.

마지막 종소리가 긴 여음의 꼬리를 끌며 허공으로 완전히 소멸된 후에도 불꽃놀이는 계속되었다.

궁의 정문은 물론이었고 동문·서문 그리고 남문의 망루에서도 화려한 불꽃이 피어올랐다.

모든 궁궐 문의 수비는 평소와 다름없었다.

단 하나 굳이 흠을 들추어낸다면 궁궐의 뒤편으로 통하는 북문의 경계상태가 눈에 띌 만큼 허술해 보인다는 점이었다. 그 문은 평소 특별한 용처가 아닌 한 백성들이나 궁인들의 출입이 많지 않은 인적이 드문 외진 곳이기도 했다.

문을 수비하는 병사들의 숫자도 여느 때에 비해 더 적었다. 오늘따라 근무기강도 해이해진 듯 창검을 문루에 기대놓은 채 난간에 걸터앉아 잡담을 하고 있는 모습들이 눈에 들어왔다.

병사 하나가 볼멘소리로 크게 말했다.

"아니, 근무교대 시각이 지난 지가 벌써 한참인데 후임 근무자들이 나타나질 않으니 어찌 된 게야."

그는 마치 누가 듣기라도 하라는 것처럼 짜증 섞인 불평을 늘어놓았다. 그러자 옆에 앉아 있던 병사가 목청을 돋우어 말을 거들었다.

"제기랄, 성절은 자기들끼리만 맞이하나? 교대를 해주지 않으면 어찌하겠다는 거야. 뱃거죽이 등에 붙어 쪼르륵거리는 소리가 진동을 하는구만, 나 원 참."

수비병사들은 너나 할 것 없이 화가 잔득 치밀어 목소리를 높였다. 처음 말을 꺼냈던 사내가 거들었다.

"여보게들, 알다시피 오늘이 우리 황제폐하의 탄신일이 아닌가. 오늘같이 좋은 날 한가한 북문 경비가 조금 느슨하다고 하여 무슨 탈이 있겠나."

다른 사내가 그의 제안을 기다리기라도 한 것처럼 곧바로 맞장구쳤다.

"맞아. 뒷일은 우리 책임이 아니니 이만 들어가세나."

병사들이 고개를 끄덕여 의견을 모은 뒤 각자의 병장기들을 주섬주섬 챙겨 자리를 털고 일어섰다. 이내 두런거리는 소리와 함께 병사들의 발걸음이 멀어져갔다.

궁 안팎에서 연신 터져 나오는 폭죽 소리와 불꽃들이 하늘을 붉게 물들이며 사위어가는 불씨를 머금고 어둠 속으로 흩어지고 있었다.

그때 궁문 밖 담장 아래 키 작은 신갈나무 숲 그늘에 숨어 귀를 세우고 눈을 반짝이는 일단의 무리가 있었다. 그들은 궁문 안의 동정을 살피다가 병사들이 불평을 늘어놓으며 철수한 것을 확인하고는 소곤거리며 귓속말을 나누었다. 그중 하나가 몸을 뒤로 돌려 두 손을 입에 대더니 멧비둘기 울음을 빼닮은 소리를 낮고 길게 토해냈다.

잠시 후 조금 떨어진 언덕 아래 우거진 수풀 속에 몸을 숨기고 있던 병사들이 발소리를 죽인 채 모습을 나타냈다. 그들의 수는 어림잡아 보기에도 백여 명은 족히 되어 보였다.

궁성 담장 아래 모여든 병사들 사이로 조금 전 북문 안 병사들의 동정을 염탐하던 사내 하나가 재빠른 동작으로 나무로 얽은 사다리를 성벽에 걸쳤다. 그러고는 바람처럼 사다리를 타고 넘어 안으로 사라졌다.

조금 뒤 육중한 문짝이 무거운 소리를 뱉어내며 활짝 열렸다. 안으로 들어간 병사가 문을 연 것이었다.

일행 중 지휘자로 보이는 자가 수신호로 대열을 정리시켰다. 민첩하고 일사분란한 절도 있는 행동으로 미루어 그들은 고도로 훈련된 정예 군사들이 틀림없었다.

보루 기둥에 걸린 등불과 무쇠화로에서 타오르는 장작불이 어른거리며 주위를 비추었다.

중천에 솟아오른 달빛으로 인해 성벽 아래쪽으로 떨어지는 짙은 그늘과 대비를 이룬 돌출된 지형을 이룬 곳에 도열한 병사들의 모습이 한눈에 들어왔다. 그런데 그들의 머리에 쓰고 있는 투구와 복장은 물론 병장기들까지 조금 전 궁문 안을 수비하던 병사들의 것과 같았다. 지휘자가 나지막한 목소리로 명을 하달했다.

"지금부터 1조는 나를 따르고, 부관 호로아가 인솔하는 나머지는 좌측으로 돌아 황제가 거처하는 집령전에서 합류한다. 신속히 움직여라!"

병사들이 지휘자의 명령에 병장기를 들고 있지 않은 왼손을 어깨 위로 가볍게 올려 답을 표했다. 일행은 즉시 두 패로 나뉘었다. 하지만 그들은 조금 전 어두운 그늘 아래 몸을 숨겨 은밀히 움직이던 것과는 전혀 다른 행동을 취하고 있었다. 대열을 갖추고 보무도 당당하게 목적지를 향해서 걸음을 옮겼다. 누가 보아도 그들은 황제의 군사들로 조그마한 의심의 여지가 없었다. 그자들은 궁 내부의 지리에 익숙한 듯 매우 빠르고 신속하게 움직였다.

조금 전 일행들에게 작전을 지시한 자가 이끄는 무리들이 작은 건물들을 몇 개 돌아 나오자 커다란 건물이 우뚝 서 있는 전각과 넓은 마당이 나타났다. 그곳에서는 한창 불꽃놀이가 진행되고 있었고, 북적거리는 소음 속에 궁인과 병사들이 분주히 오가고 있었다. 그들은 궁의 병사들과 마주치기도 하였으나 각기 소임이 바쁜 듯 별다른 관심을 보이지 않고 그대로 스쳐 지나쳤다.

인솔하는 자의 얼굴에 보일 듯 말 듯 회심의 미소가 흘렀다.

그러나 걸음을 몇 발자국 옮기자마자 예기치 못한 변고가 생기고 말았다.

돌연 큰 함성과 함께 궁 안 넓은 마당 곳곳에 횃불이 내걸리며 주위가 마치 대낮처럼 환하게 밝아진 것이었다. 별안간 벌어진 사태에 어리둥절해진 침입자들은 걸음을 멈추고 사태의 추이를 파악하느라 잔뜩 긴장했다.

그때 벽력같은 목소리가 전각을 울렸다.

"네놈들이 오늘 죽을 자리를 찾아 제 발로 궁에 들어온 것을 진심으로 환영한다. 그러나 이곳을 나가는 것은 너희들의 마음대로는 안 될 것임을 명심하라. 이제부터 그대들에게 섭섭지 않게 후한 대접을 해줄 것이니 너무 가혹하다 탓하지 말라!"

말소리와 함께 당당한 걸음걸이로 군사들 앞으로 나서는 젊은이가 있었다. 그의 손에 들려 있는 날렵한 이화창이 날카로운 빛을 뿜었다. 정체가 드러난 것을 감지한 침입자 무리들은 흠칫 놀라며 저도 모르는 사이 몇 걸음씩 뒤로 물러서고 말았다. 이미 계획한 일이 잘못 풀려나가고 있음을 직감한 무리의 우두머리 궁진이 자기편 병사들 앞으로 나서며 큰 소리로 말했다.

"나는 아릭부케 님의 시종무관 진웅이다. 코흘리개를 겨우 면한 어린것이 한 뼘도 안 되는 솜씨를 믿고 감히 선배를 욕보이려 들다니 참으로 가소롭다. 그렇다면 일전에 네놈에게 당한 내 수하들의 분을 오늘 내가 깨끗이 설욕해주마!"

진웅이 어깨에 메고 있던 쌍수도를 빼 들었다. 서늘한 소리를 뱉어내며 칼집을 빠져나온 두 자루의 칼날이 달빛을 받아 푸른 귀기를 내뿜었다.

"진웅 선배, 오랜만이오. 지난 봄 양주에 수하들을 보내 공주님을 해치려 한 일에 대한 보답을 오늘 유감없이 값을 것이니 후배를 무례하다 탓하지 마오. 자, 그럼 이제부터 선배의 가르침을 한 수 받아 보십시다."

낭장의 손에 들려 있는 이화창이 초저녁 서리를 머금은 설중매처럼 찬 서리를 뿜었다.

고함소리와 함께 쌍방이 뒤얽힌 가운데 치열한 접전이 시작되었다. 먼저 진웅과 삼가가 일 합씩을 주고받았다. 매서운 창날이 적을 향해 한 줄기 흰 빛이 되어 날아들자 두 자루 쌍검이 바람을 가르는 발검으로 수비 세를 취했다. 이번에는 반대로 두 줄기 유성이 마치 흩날리는 벚꽃처럼 눈부신 공세를 펼쳐 무지개를 허공에 뿌리며 맹렬하게 치고 들어왔다. 그 현란한 검의 운용법이 실로 절묘하여 하늘을 나는 봉황이 구름을 헤치는 힘찬 날갯짓과 같았다.

대적하는 이화창이 날아드는 검기를 변화무쌍한 기술로 방어했다. 이어지는 다양한 공세의 나아감이 바람 같았고 거둠은 번개처럼 신속했다.

일진일퇴를 거듭하며 펼치는 그들의 신묘한 대결은 마치 청룡과 황룡이 맹렬히 다투는 상승무공의 진수를 그대로 보여주는 것으로 실로 용맹하기 이를 데 없는 격전을 벌여 나갔다. 그러하기를 수십 합이 계속되었다.

그러나 침입자들의 전력이나 수적 열세는 물론, 적지에 들어와 신분이 노출된 점 등 모든 정황이 불리하게 돌아가고 있었다.

차츰 뒷걸음질 치던 그들이 마당 가장자리에 위치한 종각 아래로 몰리는 형세가 되어 둥글게 무리를 이루고 힘겹게 대적하며 전전긍긍했다.

적과 대치한 상황에서 공격은 최선의 방어라 할 수 있다. 전의를 상실하고 예봉이 꺾여 수비에만 급급하다면 그것은 이미 패배한 것이나 다름없는 것이었다.

위기에 처한 지금의 정황으로 미루어볼 때 집령전으로 향한 부관 호로아가 이끄는 병사들의 안위에 대한 우려가 컸다. 후일을 도모하는 것만이 최선의 방편이라 작정한 궁진이 기회를 엿보고 있었다. 불리한 전세를 돌이킬 수 없음을 감지한 그들은 뒤편 담장을 넘어 도주할 심산이었다.

돌연 어디선가 날카로운 휘파람 소리가 밤공기를 가르며 들려왔다. 그와 동시에 종각 지붕으로부터 커다란 그물망이 활짝 펼쳐지며 진웅의 군사들을 덮쳐 내려왔다. 그 그물은 대마 삼으로 만든 실을 여러 겹으로 꼬아 만든 매우 굵고 튼튼한 것으로 칼질로도 끊을 수 없었다.

느닷없이 하늘로부터 쏟아진 그물에 갇힌 적들은 처량한 물고기 신세가 되어 별다른 저항도 하지 못한 채 고스란히 사로잡히고 말았다.

한편 둘로 나뉜 무리 중 부관 호로아가 이끄는 한 패는 각기 흩어져 자연스레 궁 안 여러 사람들 속으로 섞여들었다. 침입자들의 복장과 소지한 무기가 궁의 병사들과 같았기 때문에 누구의 의심도 받지 않고 행동할 수 있었다.

그들이 목표로 삼고 있는 지점은 황제 처소가 있는 편전이었다. 각자 그곳까지 약진해 집결한 뒤 두 개 조가 일거에 황제의 침소를 공격하여 목적을 달성하려는 것이 애초의 계획이었다. 하지만 그것은 저들의 헛된 소망일 뿐이었다는 사실이 잠시 뒤 현실로 나타나고 말았다.

궁 마당 곳곳에 터지는 작은 불꽃을 뚫고 별안간 팡! 하는 큰 소리를 토해내며 붉은 화염이 하늘로 치솟아 올랐다. 그 소리를 신호로 동시에 궁 안 곳곳에 횃불이 내걸리며 주변을 환하게 밝혔다.

군중 틈에 섞여 진웅 일행이 집결하기만을 초조하게 기다리던 침입자들은 눈앞에 벌어진 사태의 실상을 정확히 짚어내지 못한 채 두려움 가득한 눈길로 주위를 두리번거리며 살필 뿐이었다.

그때 커다란 함성이 들리는 것과 동시에 사방에서 병사들이 쏟아져 들어왔다.

"침입한 적들을 한 놈도 남김없이 모두 섬멸하라!"

와! 하는 고함소리가 어지럽게 귓전을 울렸다. 침입자들은 어리둥절할 수밖에 없었다. 그들과 똑같은 모습으로 위장한 자신들을 어떻게 구별하여 공격하겠다고 하는 것인지 도무지 알 수 없는 노릇이었기 때문이었다.

그러나 이런저런 생각할 겨를도 없이 적의 병사들을 정확하게 가려낸 창칼이 사정없이 날아들었다. 놀라운 일이 아닐 수 없었다.

사기가 꺾인 그들은 별다른 저항을 해보지도 못한 채 하나 둘 쓰러지거나 제압되었다.

예상치 못한 상황에 크게 당황한 부관 호로아가 다급하게 소리 높여 외쳤다.

"퇴로를 열어라. 모두 퇴각하라. 퇴각!"

지금쯤이면 이곳에 합류했어야 할, 반대편으로 향한 시종무관 진웅으로부터 아무런 전갈이 없고, 또 눈앞에 전개되는 정황은 무엇인가 크게 잘못된 것 같은 직감이 들어 퇴각을 명령한 것이었다. 훗날을 도모하지 않고서는 목숨을 부지하기도 힘든 절망적인 순간이었다.

하지만 겹겹이 둘러친 포위망을 뚫고 활로를 연다는 것은 결코 쉬운 일이 아니었다.

그러나 부관 호로아의 무예는 걸출했다. 장검을 바람처럼 자유자재로 운용하며 베고 찍고 흘리고 튕겨내는 다양한 검술을 구사하는 눈부신 활약으로 겹겹이 둘러친 철옹성 같던 적의 장막을 헤치고 가까스로 퇴로를 여는 데 성공했다.

적을 따돌리고 쏜살같이 내달은 그들이 조금 전 침투로 북문 아래로 모여 들었다. 하지만 문은 굳게 닫혀 있었다. 빗장을 풀려고 시도해보았으나 열리지 않았다. 은폐된 곳을 걸쇠로 잠근 것이 분명했다.

그들은 북문을 버리고 빠른 걸음으로 내달았다.

조그만 쪽문 하나가 눈에 들어왔다. 하늘이 도왔는지 다행히 그 문은 잠겨 있지 않았다. 안도의 한숨을 내쉰 진웅 일행은 그곳을 통해 궁을 빠져나왔다.

부관 호로아가 둘러보니 궁을 빠져나온 인원은 십여 명이 전부였다. 기가 막혔으나 탄식하고 있을 겨를이 없었다. 무엇보다 빨리 사지를 벗어나는 일이 급선무였다.

그들은 허둥지둥하며 다급히 발걸음을 옮겼다. 그러나 몇 걸음을 떼어놓았을 때 별안간 땅바닥이 일시에 꺼져 내렸다. 그 바람에 그들 모두는 서너 길이나 되는 구덩이 아래로 떨어지고 말았다. 경황없는 중에 방심하다 당한 일이라 얼이 빠져 혼란스런 정신을 수습하지 못한채 버둥거리는 그들의 머리 위로 커다란 소리가 들려왔다.

"네놈들이야말로 독 안에 든 쥐로구나. 어떠냐! 지금의 심정이……황제폐하의 성은을 저버린 반역 도당들의 비참한 몰골이 바로 네놈들의 처량한 꼴이로다."

큰 웃음소리가 저들의 귓전을 윙윙거리며 맴돌았다. 북문 누대 위에 모습을 드러낸 낭장 삼가가 우렁찬 목소리로 명을 내렸다.

"저놈들을 모두 포박하여 옥사에 가두어라!"

이번 작전의 성과는 기대 이상의 대성공이었다. 아군의 사상자는 불과 십여 명인 반면, 오십여 명의 적을 사살하였고 생포한 숫자가 삼십여 명이나 되었으니 실로 대단한 전과가 아닐 수 없었다.

그러나 용의주도한 시종무관 진웅과 부관 호로아의 행방은 묘연할 뿐 끝내 종적을 찾을 수 없었다.

편전 부속건물인 연회장에 도열한 대신들이 황제가 납시기를 기다렸다.

잠시 후 내관의 전언에 뒤이어 만면에 웃음을 띤 황제가 입장하여 옥좌에 앉았다.

배석한 중신들을 둘러본 황제가 말씀을 내렸다.

"오늘은 아주 기쁜 날이니 군신 간의 격식을 너무 차리지 말고 편히 웃고 담소하며 마련한 음식과 술을 마음껏 먹고 마시면서 이 자리를 즐겨주기 바라오."

문하시중 홍건이 자리에서 일어나 옥좌를 올려다보며 말했다.

"황제폐하! 엊그제 성절에 발생한 아릭부케 군사의 침투로 인한 소요가 성공적으로 진압되었음을 온 백성들과 함께 감축 드리옵니다."

황제가 용안 가득 웃음을 띠고 자리에 참석한 대신들을 하나하나 둘러보았다. 앞자리에 문하시중 홍건이 앉았고 그 옆에는 문하시랑평장사 진천후가, 그 맞은편에 중서시랑평장사 목진관이 그 옆에 문하평장사와 중서평장사를 비롯한 대신들이 임석하여 자리하고 있었다. 그들을 모두 지나친 황제의 시선이 맨 끄트머리에 앉은 궁 수비대장 설진도와 상장군 손호관 그리고 그 옆의 낭장 삼가들에 머물렀다.

황제가 성지를 내렸다.

"수비대장과 상장군 그리고 낭장 삼가는 짐의 앞으로 나와 황제가 친히 내리는 술잔을 받으라."

순간, 그 자리에 앉은 모든 대신의 눈초리가 일제히 동요하는 기색을 보이며 술렁거렸다.

지난날을 돌이켜볼 때 태조 칭기즈칸 황제가 중원을 지배하고 대륙 넘어 메소포타미아와 인도에 이르기까지 몽골의 말발굽 아래 둔 위업을 이룬 것은 오로지 무인들의 용맹성과 우직한 충성심 때문이었다. 송과 금이 패망한 것도 원인을 면밀히 살펴보면 문관들을 우대하고 중용하여 찬란한 문화를 꽃피웠으나 반대로 지나치게 무관들을 천시하고 그들이 가진 권한을 너무 제약한 결과 국력이 쇠약해진 것이 패망의 단초를 제공했다는 사실을 황제는 잘 알고 있었다. 새가 하늘을 날수 있는 것은 좌우 양 날개가 균형을 이루기 때문에 가능한 것처럼, 문과 무가 조화를 이룰 때 나라가 부강하고 백성들이 태평성세를 누릴수 있다는 믿음을 가진 황제였다.

그러나 역사가 주는 교훈을 항시 타산지석으로 삼는 쿠빌라이 칸 황제 자신에게도 현실은 그렇게 녹록치 않았다. 이해관계가 상충하는 중요한 정책을 결정하는 자리에 언제나 문신들이 영향력을 발휘했다. 그

위계질서가 구축해놓은 눈에 보이지 않는 결속력은 실로 대단한 것이었다. 황제의 막강한 권위로도 원만한 국정을 수행하기 위해서 때로는 어쩔 수 없이 그들과 타협해야 하는 현실을 인정할 수밖에 없었다. 그런 연유로 하여 무관들보다 문관들이 절대 우월적 지위를 차지하고 있는 것이 엄연한 실정이었다.

황제의 부름을 받은 수비대장과 상장군 그리고 낭장 삼가가 황제 앞으로 나와 섰다.

그 자리에 임석한 모두의 눈길이 황제의 입을 통해 떨어지는 한마디에 집중되었다.

"그대들은 일전에 짐을 적의 흉계로부터 구한 몽골제국의 동량이며 충신들이로다. 짐이 오늘 그대들을 곁에 두고 친히 술을 내리겠노라. 감히 사양치 말기를 명하니 잔을 받들라."

"폐하! 내려주시는 하해와 같으신 성은 망극하옵니다."

그들이 일제히 허리 숙여 감읍하였다. 황제가 번쩍이는 금 주전자를 친히 들어 각기 받아든 옥잔에 넘치도록 가득 술을 따라주었다.

"몽골제국과 폐하를 위해 신명을 바칠 것을 맹세하옵니다."

상장군 손호관이 감격하여 눈시울을 붉히며 말씀을 아뢰었다. 궁 수비대장 설진도와 낭장 삼가 역시 충성을 맹세하는 진언을 올렸음은 물론이었다.

한 단 낮은 앞자리에 나란히 부복해 있는 세 사람의 무장들을 바라보는 황제의 가슴에 뜨거운 불길이 솟아올랐다. 초원을 넘어 대륙을 호령하던 태조 칭기즈칸 황제의 영화를 그리워하는 간절함이 표정으로 역력하게 묻어 나왔다.

오늘 이 자리의 주인공은 상장군과 궁 수비대장 그리고 낭장 세 사람이 분명했다.

문하시중이 자리에서 일어서며 술잔을 높이 치켜들고 건배를 제의했다.

"이 자리의 모든 신하는 몽골제국과 폐하의 빛나는 광영을 진헌 드리오니 흔쾌히 가납하시옵소서. 제국의 앞날에 찬란한 영광을 위하여 모두 잔을 높이 듭시다. 몽골제국 만세! 만세! 만세!"

"고맙소. 짐은 경들의 변함없는 충정에 항시 마음이 든든하오."

황제가 흡족한 얼굴로 신하들을 치하했다.

사실 오늘의 이 자리는 여러 가지 의미를 내포하고 있었다. 성절에 이룬 전공을 치하하는 한편, 앞으로 펼칠 치세의 향방을 은연중에 드러내려는 황제의 치밀한 의도와 포석이 저변에 자리 잡고 있었기 때문이었다.

좌중의 화제는 당연히 아릭부케 일당들과의 일전에서 신묘한 계책과 작전으로 압승의 쾌거를 이룬 일이었고 그 중심에는 낭장 삼가가 있었다.

그러나 삼가는 자신을 향해 쏟아지는 찬사에 몸을 낮추며 모든 공을 수비대장과 상장군에게 돌렸다.

술잔이 오가며 분위기가 한껏 무르익자 낭장이 슬며시 자리를 일어났다. 이미 한참 전 황제가 내전으로 들었고, 불가피하게 연거푸 마신 술로 인해 속이 편치 않은 데다 원로대신들과의 자리가 아무래도 불편했기 때문이었다.

연회장 밖으로 나오던 낭장의 등 뒤에서 부르는 소리가 들려 돌아보니 문하시중 홍건이 실눈을 깜박여 웃음 지으며 다가왔다.

"낭장. 나 문하시중일세. 다시 한 번 이번 자네가 이룬 전공을 축하하네."

"과찬의 말씀 내려주심을 감사드립니다."

삼가가 정중히 예의를 갖추고 답했다. 다가선 그가 삼가의 손을 잡고 온화한 미소를 지으며 말을 이었다.

"내 자네에게 긴히 할 말이 있으니 언제 시간을 좀 내어주시게나."

뜬금없는 주문에 어리둥절해하는 삼가를 향해 그가 목소리를 낮추었다.

"평소 자네의 부친과 자별하게 지내는 사이로 항상 자네의 재주와 용력을 크게 평가하고 마음에 담아두고 있었다네. 이참에 자네와 긴히 나눌 말이 있으니 일간 시간을 내어 우리 집을 꼭 한 번 방문해주시게. 기다림세."

그는 웃는 표정을 지으며 가만가만한 어조로 말하는 중에도 상대의 심중을 들여다보기라도 하려는 것처럼 뱀을 닮은 눈초리를 반짝였다.

문하시중의 청을 어떻게 받아들여야 할까. 삼가는 잠시 생각에 잠기며 발걸음을 옮겼다. 세간의 평에 의하면 그는 간교한 야심가로 주도면밀한 사람이었다. 관직의 오랜 경륜과 권력을 십분 활용하여 막대한 재물을 치부했다는 소문도 돌았다. 그렇게 모은 자금력을 기반으로 추종세력들을 규합하여 조정과 시중 안팎에 막강한 힘을 과시하며 큰 세력을 구축하고 있는 명실상부한 실세 대신이었다.

그가 점찍은 대상을 회유하는 방법은 치밀했다. 우선 재물의 힘을 빌려 접근했다. 그것이 여의치 않다 싶으면 막대한 조직과 인맥을 운용하여 수집한 정보를 바탕으로 상대의 약점을 이용하는 등 실로 다양한 수법을 동원했다. 항간에는 황궁의 살림창고인 내탕고보다 문하시중의 재물창고가 더 풍족하다는 말이 나돌 정도였다.

그나저나 이런저런 연유로 문하시중에게 별로 존경심이 들지 않는 터에 그러한 청이 들어온 것이다.

썩 내키지는 않는 일이었지만 원로대신에 대한 의례적인 인사로 언젠가 한 번은 방문할 것을 마음에 새겨두었다.

　며칠 후 황제의 전언을 봉행한 내관의 은밀한 연통을 받은 상장군 손호관과 궁 수비대장 설진도 그리고 낭장 삼가가 궁으로 들었다.

　내전으로 드니 상 위에 가득 차려진 온갖 진귀한 음식들이 기다리고 있었다. 예를 올리는 그들을 바라보는 황제의 용안에 봄바람처럼 따스한 온기가 배어나는 미소가 흘렀다.

　황제가 내관들을 위시한 시녀를 모두 물러가라 명하였다. 실질적인 삼인의 독대로 매우 파격적인 조처였다.

　"어서들 오시오. 짐이 오늘 그대들을 부른 것은 일전에 대신들과 함께한 자리에서 풀지 못한 궁금한 것들을 알기 위함이니 이 자리에 앉으시오."

　황제가 그들에게 맞은편 자리에 앉을 것을 권했으나 그들은 참으로 난처하기만 했다. 아무리 황제의 권유라고는 하나 군신이 마주앉는 겸상을 한다는 것은 있을 수 없는 일이었기 때문이었다.

　"폐하. 차라리 소장들에게 벌을 내려주십시오!"

　상장군과 수비대장이 극구 사양하였으나 황제의 의지는 확고했다.

　"짐이 제장들을 초청한 것은 군주와 신하로서가 아니라 그대들의 공훈을 다시 한 번 치하하고자 함이요. 또 그동안 정말로 궁금했던 점들을 알기 위함이니, 너무 격식에 매이지 말고 편한 마음으로 대해주기 바라겠소."

　모두의 잔에 향기로운 술이 찰랑거리며 가득 채워졌다. 이내 기분 좋은 술이 몇 차례나 돌았다.

　취기가 올라 용안이 불과해진 황제가 좌중을 보며 말씀을 내렸다.

　"짐이 일전에 대신들과의 축하연에서 그대들이 계획하고 수행한 작전에 대한 구체적인 질문을 삼간 이유가 있소. 먼저 대신들 중에 적들과 내통이 의심되는 자가 있기 때문이었고, 간교한 무리들이 그대들의 공을 시샘할까 염려되었기 때문이었다오."

황제의 사려 깊은 배려에 그들은 더욱 감읍했다.

용안에 붉은 홍조를 띤 황제가 낭장 삼가를 바라보며 물었다.

"낭장에게 궁금한 것이 많으니 짐의 질문에 가감 없이 답변하라! 만에 하나 숨김이 있다면 말술을 강권하는 벌을 내릴 것이다."

용안을 활짝 펴고 파안대소하는 모습은 지엄한 군주라기보다는 자애로운 어버이가 자식을 대할 때처럼 정겨운 것이었다.

"폐하. 하문하시오소서. 진실을 아뢰겠사옵니다."

"먼저 궁금한 것은 적들을 어떻게 북문으로 유인하였는가 하는 점이다."

"'허허실실'이라 하여 소장의 일천한 병법은 물론이옵고, 삼척동자도 능히 알고 경계하는 평범한 이치를 반대로 원용하여 적들을 혼란스럽게 만든 계책이었습니다. 또한 침투한 적들을 유인하는 방편으로 고기가 오르는 물길에 장애물을 배치해두고 한 지점만 길을 터주어 제 발로 그물에 드는 고기들을 일망타진하는 책략을 써보았습니다."

"그것 참으로 절묘한 방책이로다. 그리고 또 하나 궁금한 대목은 우리 궁의 군사들과 똑같은 복장과 병장기를 지닌 적들을 어떻게 정확하게 가려낼 수가 있었는가 하는 것인데?"

"당일 작전을 지시할 때 우리 측 병사들 모두에게 조그만 나비모양으로 접은 흰색 면포를 가슴에 달아 비표로 삼도록 하였습니다. 적들이 우군의 복식으로 변장하였으나 밝은 달빛에 선명히 드러난 표식으로 인해 적군과 아군을 명확하게 구분할 수가 있었습니다."

"오! 참으로 대단한 지략이로다. 약관의 경륜으로 어찌 저리도 대담한 전략을 구사할 수가 있단 말인가. 마치 제갈량의 현신인 듯 절묘한 계책이야. 아니 그러하오, 제장들?"

"소장들도 미처 생각지 못한 책략으로 큰 혼란 없이 막중한 소임을 완수한 낭장의 총명함과 장쾌한 용력에 탄복을 금할 수 없사옵니다. 폐하!"

상장군과 궁 수비대장이 입을 모아 낭장을 치켜세워 칭찬했다. 그런 그들을 바라보며 황제가 흡족한 표정을 지으며 말했다.

"낭장의 공이 실로 대단하나 그 공훈을 아랫사람에게 양보하고 한 점 시샘 없이 칭송하는 제장들의 공 또한 그에 못지않도다. 자! 술이 잔에 넘치도록 가득 따르라. 매우 유쾌한 밤이로다."

잔을 비운 황제가 궁금한 듯 물었다.

"적의 군사들을 이끌고 침입한 수괴가 진웅이란 자였다 하는데, 그자의 행방은 끝내 찾지 못하였다지?"

술기운으로 인해 얼굴이 붉어진 낭장 삼가가 아뢰었다.

"시종무관 진웅과 부관 호로아를 그만 놓치고 말았습니다. 황송하옵니다."

"진웅 그자라면 짐이 잘 알고 있다. 성품이 사악한 일면은 있으나, 충성심은 대단한 인물이다."

군신 간 진솔하고 격의 없는 대화가 이어지며 어느새 시각이 자정을 향해 흐르고 있었다.

내전을 물러나오는 삼가의 발걸음이 흔들렸다. 아직 주법을 제대로 익힐 기회가 없었던 그였으나 자리가 자리인 만큼 불가피하게 적지 않은 양의 술을 마실 수밖에 없었다.

술기운이 몹시 오른 탓으로 화사한 벚꽃이 만개한 듯 붉어진 얼굴로 천천히 걸음을 옮기고 있었다.

문득 뒤에서 빠른 발소리와 함께 여인의 낮은 목소리가 들려왔다.

"낭장님!"

뒤를 돌아보니 저만큼에 뮬란이 다가오고 있었다.

"뮬란이로구나. 일전에 부상한 몸이 아직 완쾌되지도 않았을 터인
데……."

"이제 상처가 거의 아물어 큰 불편함이 없습니다. 제 염려를 다 해주
시다니 감사할 뿐입니다."

"아니다. 내가 너로 인해 큰 은혜를 입었음이다. 그날 네가 몸을 던
져 공주님을 구해내지 않았다면 아마도 나는 평생을 괴로움과 번민으
로 살아야만 했을 게야."

그 말을 귀에 담으며 뮬란은 이런 생각을 하고 있었다.

'저런 지고지순한 마음을 받을 수만 있다면 그 여인은 얼마나 행복
할까.'

뮬란은 공연히 가슴이 뛰며 얼굴이 달아올랐다.

"그런데 이 늦은 시각에 어인 일이냐."

"공주마마께오서 한참 전부터 낭장님을 기다리고 계세요."

삼가는 잠시 망설였다. 이미 시간이 야심했고, 공주에게 자신의 취한
모습을 보이고 싶지 않았기 때문이었다. 그런 낭장의 마음을 들여다보
기라도 한 것처럼 뮬란이 말을 이었다.

"낭장님을 반드시 모시고 오라 하셨습니다."

삼가는 하는 수 없이 발길을 돌려 뮬란의 뒤를 따랐다.

건물 하나를 돌아 공주의 처소에 다다랐다. 안으로 들어서니 그사이
한결 화사해진 표정의 공주가 그를 반갑게 맞이했다.

"어서 오세요. 낭장님!"

뮬란이 차를 탁자 위에 놓고 나간 뒤 넓은 거실에 둘만 남았다.

잠시 어색한 침묵이 흘렀다. 공주가 삼가에게 자리에 앉기를 권하며 자신도 의자에 걸터앉았다. 마주앉아 김이 모락거리며 피어오르는 향긋한 차를 한 모금 음미한 그녀가 미소 지으며 입을 열었다.

"낭장님. 나는 낭장이라는 호칭보다는 호위부장이 더 좋아요. 언제까지나 나를 호위해준다는 믿음을 주는 직책이니까 말이에요."

그녀가 희고 고른 치열을 드러내며 밝게 웃었다. 삼가 역시 따라 웃을 수밖에 없었다.

"호위부장님. 조금 늦은 감이 있기는 하지만 일전에 큰 공을 세우신 것을 축하드려요."

"저 역시 무사히 맡은 바 책무를 완수한 것을 다행으로 생각하고 있습니다."

여인의 시선이 삼가를 빤히 바라보았다. 그리고 방금 전과는 다른 차가운 표정이 되어 따지는 듯한 어조로 말을 이었다.

"그런데 호위부장님은 목숨을 몇 개나 소유하고 계신지요?"

뜬금없는 공주의 질문에 삼가는 잠시 어리둥절할 수밖에 없었다.

"그것이 무슨 말씀이신지……."

삼가를 향해 그녀가 힐책하는 듯 격앙된 목소리로 말했다.

"언제나 위험한 순간에 위태로운 자리에 유독 혼자 나서서 적들과 대적하는 것은 만용이 아니던가요? 아무리 무장의 책무라지만 누구나처럼 목숨이 하나뿐임이 분명하다면 어찌 그리 무모할 수가 있겠어요."

말을 마친 공주의 눈가에 물기가 어려 있었다.

예기치 못한 뜻밖의 항변에 당황한 삼가가 어찌할 바를 모르고 얼굴을 더욱 붉히며 변명 아닌 변명을 했다.

"공주마마. 소장 무슨 일이 있어도 마마를 위하여 반드시 목숨을 보존할 것이니 염려하지 마십시오."

낭장의 말에 하마터면 웃음보가 터질 뻔한 공주의 표정이 한껏 누그러졌다.

"이번에 아릭부케의 시종무관 진웅과 대적하였다는 사실은 여러 사람에게 들어 알고 있습니다. 그의 무예가 얼마나 대단하며 잔인한 자인지는 예전에 아바마마를 모시며 저의 호위부장 직을 수행할 때 여러 번 목도하여 누구보다도 잘 알고 있답니다."

어느덧 지난 일을 회상하는 공주의 얼굴이 창백하게 변했다.

"어릴 적 궁 밖 나들이를 다녀오는 길이었어요. 어느 길모퉁이를 돌아 나오는데 동무들과 장난치다 별안간 우리 앞으로 뛰쳐나온 내 또래의 여자아이가 있었답니다. 제지할 수 있는 상황이었는데도 망설임 없이 단숨에 베어버리는 걸 보고는 그가 얼마나 잔인한 자인가 하는 것을 알았어요."

그녀는 그때가 새삼스레 기억나는 듯 몸을 부르르 떨었다. 차를 한 모금 마신 공주가 마음의 안정을 되찾고 말을 이어나갔다.

"호위부장님의 무공이 상도에서는 당할 자가 없을 정도로 강하다는 것은 잘 알고 있어요. 그러나 만에 하나라도 불의의 변을 당하실 수도 있다는 생각이 들 때면 불안으로 인해 좌불안석하는 여인의 심정을 호위부장님은 알기나 하시나요?"

흘러내리는 두 줄기 눈물이 공주의 뺨을 적셨다.

시간이 지날수록 더욱 취기가 오르는 삼가의 얼굴이 더욱 붉어지고 있었다. 더불어 자신을 향한 공주의 지나친 염려가 그를 더 당혹스럽게 만들었기 때문이기도 했다.

적 앞에서는 무서울 것 없는 범처럼 강한 사내였으나 역시 그는 약관의 여린 청년일 수밖에 없었다.

공주의 마음을 위로할 마땅한 방안을 찾지 못한 삼가가 곤혹스런 표정으로 안절부절못하고 있었다. 부끄러운 듯 소매 안에서 꺼낸 손수건으로 얼른 눈물을 훔쳐낸 공주가 이내 밝은 표정으로 돌아왔다.

"어머! 그러고 보니 부장님 술을 많이 드신 것 같네요. 얼굴에 도화꽃이 화사하게 피었네."

서로가 어릴 적부터 늘상 보아온 스스럼없는 사이였다. 붉어진 얼굴로 앞에 마주앉은 생소하기만 한 그의 모습을 보며 공주는 슬며시 장난기가 발동했다.

"호위부장님. 폐하가 내리시는 술만 받으실 것이 아니라 공주가 내리는 술도 한 잔 하시는 것이 어떠신지요."

자리를 일어선 그녀의 손에 정말 술병이 들려 있었다. 이미 술기운이 오를 대로 오른 그였으나 혈기왕성한 객기가 고개를 들었다.

"공주님께서 내려주시는 것이라면 미주가 아닌 독배라 해도 기꺼이 받들겠나이다. 내려만 주십시오. 공주마마."

공주가 분을 바른 듯 희고 고운 손으로 술병을 살포시 기울였다. 향긋하고 쌉싸래한 매화 향이 후각을 자극했다.

"이 술은 당나라 미인 양귀비가 즐겨 마셨다는 천일엽 매화주랍니다. 이다음 낭군님께 드리려 고이고이 간직해두었던 소중한 것이지만, 오늘이 아니면 기회가 없을 듯하여 이렇게 드립니다. 자! 한 잔 받으세요."

여인이 장난스럽게 웃었다. 그 말 중 특히 고이고이 간직해두었던 '소중한 것'이라는 부분을 강조하려는 듯 힘을 실었다.

맑고 고운 소리를 내며 방울 지어 떨어지는 술이 잔을 가득 채웠다. 병을 든 투명한 손가락이 미세하게 떨리고 있었다. 하지만 그것은 흔들리는 불빛 때문만은 아닌 듯했다.

술을 제법 마실 줄 아는 사람들은 술을 마신 후 시간이 어느 정도 경과하면 취기가 반감되기 시작한다. 그러나 그 반대 경우에는 오히려 술기운이 더 올라 정신이 가물거리며 혼미해지게 마련이니 지금 삼가의 경우가 그런 딱한 처지에 놓여 있었다.

상대와 대화를 나누는 와중에도 취기가 점점 더 올랐다. 수련을 통해 내외공을 연마한 그는 공력을 상승시켜 몽롱해지는 의식의 끝자락을 부여잡으려 안간힘을 쓰고 있었다. 참으로 난처하기 짝이 없는 정황이었으나 그러한 사정을 알 리 없는 그녀가 다시 잔에 술을 가득 채웠다. 이어 자신의 잔에도 가득 따른 술잔을 눈높이로 들어 올리고 천진스런 표정으로 말했다.

"제국의 영광과 우리의 빛나는 미래를 위하여, 축배!"

그녀가 어여쁜 목소리로 소곤거리며 잔을 살짝 부딪쳤다. 옥이 가볍게 스치며 비파음 같은 맑고 고운 소리를 튕겨냈다.

출렁이는 술잔 속으로 빠져들기라도 하려는 것처럼 그들은 동시에 잔을 비워냈다.

과연 그 술은 명주 중에서도 으뜸으로 꼽힐 만한 일품이었다.

잔을 입 가까이 하니 코끝을 스치는 감미로운 향이 후각을 부드럽게 자극했다. 액체가 입술에 닿는 순간 달콤하면서도 쌉싸래한 맛이 입안 가득 퍼지며 미각을 구성하고 있는 모든 세포를 일시에 흔들어 깨웠다. 이내 은은한 매화 향을 풍기며 식도를 타고 흘러내린 액체가 온몸을 휘감고 짜릿한 느낌으로 확산되었다.

그들은 잔을 주고받으며 병에 가득했던 술을 모두 비워냈다. 공주나 삼가 모두 술에 대해서는 문외한이었다. 그 술은 여러 과정을 거쳐 숙성하고 정제된, 도수가 매우 높은 명주 중의 명주라는 사실을 간과하고 있었다.

　잠시 후 술기운이 몸 전체로 확산되어 찌릿찌릿한 느낌으로 스멀거리며 퍼져 나가고 있었다. 마치 뜨거운 불덩이가 몸 안에 들어오기라도 한 것처럼 화끈한 기운이 잔잔한 소용돌이를 일으키며 전신을 휘감았다. 사실 공주가 술을 입에 대본 것은 오늘이 처음이었다.

　연거푸 마신 술기운이 혈행을 타고 온몸으로 스며들어 그녀의 얼굴이 발그레하게 달아올랐다. 그 모습은 마치 새벽이슬을 함빡 머금고 피어난 한 송이 해당화처럼 청초하고 아름다웠다. 그녀는 삼가를 바라보며 속에 깊이 담아두었던 말을 하려고 하였으나 가슴이 뜨거워지고 숨이 차올라 아무런 말도 할 수가 없었다. 그러나 이상하게도 의식은 더욱더 맑아지고 있었다.

　삼가는 이제 술기운에 완전히 포로가 되어 더 이상 버틸 수 있는 여력이 모두 소진되었다. 정신을 집중하고 온몸의 기를 상승시켜 보았지만 점차 한계에 이르고 있음을 자신도 느꼈다. 가슴이 터질 듯 부풀어 올랐고, 천장이 물결처럼 출렁이고 있었다. 심호흡을 하고 정신을 가다듬어 자리에서 일어서려 하였으나 그것은 생각일 뿐 몸이 따라주지 않았다.

　몽실거리며 다가온 향기 그윽한 안개가 그를 감싸 안았다.

　저 멀리 안개 자욱한 숲 속에서 아름다운 소리로 화답하는 새들의 지저귐이 낭랑하게 귓전을 울렸다. 그 소리들은 천상의 새 극락조의 고운 울음인 듯, 잔잔한 물결처럼 파장을 일으키며 가슴으로 파고들었다.

　어디선가 맑고 청아한 음률이 흘러나와 주위를 온통 감싸더니 한 아름의 아롱진 일곱 빛깔 무지개가 반원을 그리며 하늘과 땅에 가교를 걸쳐놓았다. 그 아래 백화가 만발한 드넓은 장원이 안개 속에 전경을 드러냈다. 천도화와 야래향 만발한 사이사이를 나비와 벌들이 쌍쌍이 희롱하며 날고 있었다.

그 광경은 정녕 인간세상이 아닌 것만 같았다.

삼가는 눈앞에 아련히 전개된 몽환적인 정경 속에서 문득 무릉도원을 연상했다.

이내 그윽한 향기가 온 누리를 덮는 가운데 자욱한 안개가 펼쳐지며 시야를 가렸다.

저만치에 짙은 안개를 헤치며 춤추고 있는 여인의 모습이 어렴풋이 눈에 들어왔다. 여인이 몸에 걸친 엷은 비단 천은 마치 안개비를 모아 직조한 것처럼 야살야실한 하늘거림으로 팔랑이며 맑고 투명한 빛을 발산하고 있었다. 그 여인의 모습은 눈에 익은 듯도 했고, 어찌 보면 생소하기도 한 매혹적인 자태였다.

여인이 두 팔을 나풀거리며 몸을 빙글빙글 돌아 춤사위를 펼칠 때마다 펄렁이는 옷자락 아래로 우윳빛 속살이 드러났다. 여인의 눈부신 육신이 바람에 나부끼는 꽃송이처럼 시야에 어른거렸다.

사내는 시리도록 찌릿거리며 전해오는 망막의 통증을 견딜 수 없어 스르르 눈을 감고 말았다.

한껏 농익은 천도복숭아 향이 진하게 배어나오며 깊은 곳에 잠들어 있던 관능을 흔들어 깨웠다.

꿈결 속 여인은 어느새 사내 곁으로 가까이 다가서 있었다.

저만치에 한 마리 봉황이 커다란 날개를 접은 채 그들이 등에 오르기를 고대하고 있었다.

머뭇거리는 사내에게 여인이 손을 내밀었다. 마주잡은 손을 통해 전해지는 그녀의 따스한 온기가 가슴으로 전해져왔다. 시선을 들어 그의 얼굴을 한동안 바라보던 여인이 사내의 넓은 가슴에 가만히 얼굴을 묻었다.

당황한 표정의 사내가 여인에게 무슨 말인가를 하려 하자, 여인이 자신의 손으로 사내의 입술을 지그시 누르며 제지했다. 단 한 마디의 말도 없는 가운데 우아한 동작으로 심중을 표현한 여인의 호수같이 맑은 눈에 가득한 눈물이 금방이라도 왈칵 쏟아질 것처럼 일렁이고 있었다.

봉황의 넓은 등에 아름다운 무늬로 수놓은 오색찬란한 비단 금침이 깔려 있었다. 손을 맞잡은 그들은 망설임 없이 아늑한 봉황의 등 위로 올랐다. 마치 수만 마리 참새의 깃털로 마련한 듯한 안락한 포근함이 두 사람 몸을 보드랍게 감싸안아주었다. 남녀의 체중이 실린 봉황의 등판이 출렁하고 흔들리며 물결쳤다. 두근거리는 심장의 박동이 서로의 따스한 체온에 전해져 차츰 호흡이 가쁘게 차오르며 몸이 뜨겁게 달아올랐다. 마치 화톳불을 가슴에 품은 것처럼……

순간 움찔하고 깃에 가벼운 경련을 일으킨 봉황이 커다란 날개를 저으며 서서히 날아오르기 시작했다. 몇 차례 뜨거운 숨결이 교차하는 사이에 자신들이 조금 전까지 머물렀던 인간세상이 저만치 발아래로 보였다. 봉황이 조금 더 힘주어 날개를 저었다. 솜털처럼 가볍게 떠오른 몸은 이내 구름 위로 솟구쳐 올랐다. 상쾌하게 스치는 바람이 온몸을 간질이며 속진으로 물든 육신과 정신을 말끔히 세정해주는 것만 같았다.

그들은 그동안 서로를 속박하고 있던 꺼풀들을 하나씩 벗어버리기 시작했다. 먼저 신분이라는 굴레의 껍질을 벗어 던졌다.

모든 생명은 고귀한 존재라 했다. 그러나 현실은 달랐다. 태어나는 순간부터 신분은 귀천으로 나뉘었고, 그것은 아무리 거부하려 해도 벗어날 수 없는 족쇄였다. 그리고 가식과 규범, 윤리의 틀 속에 갇혀 있던 거추장스러운 마음의 장벽 역시 과감히 떨쳐버렸다. 한없는 자유로움 속에 비로소 소유와 무소유의 경계를 초월한 그들은 서로를 절실하게 원하고 있었다. 운명처럼 다가와 거부할 수 없는 절대적인 힘에 이끌리는 그들의 지금 이 순간은 참으로 아름다웠다.

이제 선남선녀는 실오라기 하나 걸치지 않은 몸으로 서로의 부름에 화답하며 구름과 바람의 천지조화를 이루어 찬란한 무지개를 뿌렸다. 봉황의 날갯짓이 더욱 세찬 바람을 일으키며 더 높은 곳을 향해 비상하고 있었다. 그들은 이미 봉황의 둥지에 든 또 다른 봉황이 되어 있었다.

비밀스런 문을 열고 깃을 내린 봉황의 몸을 이룬 근육들은 매우 강하고 섬세하며 부드러웠다. 깃털들이 서로 부딪고 스치며 내는 소리들이 감미로운 음률이 되어 하늘가로 울려 퍼졌다.

그들은 세상에 태어나 처음으로 느끼는 환희에 몸을 떨었다.

뜨거운 날갯짓으로 솟구쳐 오르는 머리 위로 태양처럼 크고 밝은 빛이 기다리고 있었다. 순간, 자웅의 여린 깃털 하나하나가 일제히 아우성쳐 부풀어 올라 파르르 떨며 경련을 일으켰다. 그리고 눈부신 태양으로부터 찬란하게 솟아져 내리는 광명과 환희의 밝은 빛이 한 쌍 봉황의 온몸을 휘감았다. 황홀한 느낌의 무아지경으로 구름 위로 두둥실 떠올랐던 그들은 마침내 봉황이 활짝 펼쳤던 나래를 접으며 천상으로부터 지상으로 서서히 하강하고 있었다.

어디선가 애절한 가락이 흘러들었다.

　　서로 만나니 꽃이 하늘에 가득하고
　　서로 이별하니 꽃이 물에 있도다
　　봄빛은 꿈 한가운데 있고

흐르는 물은 천 리에 가득하다

운무에 젖은 꽃잎이 하늘거리는 연분홍 조각들을 떨군 채 시름에 젖어 방울방울 눈물짓고 있었다.

다음 날 삼가는 전국시대의 사상가 장자가 제자들에게 들려준 호접몽의 일화를 머릿속에 떠올렸다.

'내가 어젯밤 꿈에 나비가 되었다. 날개를 펄럭이며 꽃 사이를 즐겁게 날아다녔는데 너무도 기분이 좋아서 내가 나비인지도 잊어버렸다. 그러다 불현듯 꿈에서 깨었다. 깨고 보니 나는 나비가 아니라 내가 아닌가? 그래서 생각하기를 아까 꿈에서 나비가 되었을 때는 내가 나인지도 몰랐다. 그런데 꿈에서 깨고 보니 분명 나였다. 그렇다면 지금의 나는 정말 나인가. 아니면 나비가 꿈에서 내가 된 것인가? 지금의 나는 과연 진정 나인가. 아니면 나비가 나로 변한 것인가?'

삼가는 고개를 세차게 흔들었다. 그리고 스스로도 알 수 없는 혼란스러운 마음을 가라앉히려 번민에 찬 가슴을 쓸어안았다.

그날의 일은 두 사람 모두에게 꿈과 현실 사이에 분명 존재하는 호접몽의 고뇌를 안겨주었다.

제3장

천로여정
(天路旅程)

고행의 서막

궁 동편에 우뚝 솟은 보련산은 그리 높지는 않으나 산세가 수려하고 수목이 매우 울창하여 빼어난 절경을 자랑했다.

산자락에 자리 잡은 제법 큰 규모의 저택이 주변 경관과 어우러져 보기에 좋았다.

소박하면서도 아름다운 무늬로 단장한 화초 담장 안으로 여러 채의 건물이 눈에 들어왔다. 그러나 일견 보기에도 호화스러움과는 거리가 먼 단출하고 정갈하게 꾸며진 외관으로 집주인의 청빈한 인품을 엿볼 수 있었다.

대신 반열에 든 세도가들의 저택은 대단한 규모는 물론, 호화스러운 사치가 황제의 위상을 무색케 했다.

화창한 햇살이 부챗살처럼 활짝 펼쳐져 내리는 한껏 무르익은 봄날이었다.

커다란 전나무 아래 백단 향나무들이 조화를 이루어 운치 있게 가꾸어진 정원의 기암괴석 사이로 흐드러지게 핀 모란이 꽃잎을 하나 둘 떨구고 있었다.

살랑거리며 불어오는 바람에 실려 나풀나풀 날아 연못 위로 내린 꽃잎이 수면을 알록달록 물들였다.

연못가에 자리한 날렵한 팔모지붕을 얹은 정자가 주변 경관과 어우러져 호젓한 풍치를 자아냈다.

난간에 기대앉아 물 위를 이리저리 떠도는 꽃잎들에 시선을 두고 있
던 초로의 남자가 마주 앉은 여인을 바라보며 입을 떼었다.

"옛말에 세월이 유수와 같다 하더니 어느덧 계절이 또 덧없이 지나
는구료."

작은 소반 위에 따라놓은 찻잔에서 풍겨나는 향긋한 다향이 마주앉
은 두 사람 사이를 맴돌았다.

"그렇고말고요. 벌써 우리 삼가가 열두 살이 되었는걸요. 애타게 기
다리던 자식을 얻은 기쁨에 행복해하던 것이 엊그제 같은데, 어느새
세월이 이렇게 흘렀네요."

귀밑머리가 희끗희끗 보였으나 단아한 미색이 은은하게 풍기는 기
품 있는 여인이었다. 찻잔을 내려놓으며 남자가 말을 받았다.

"삼가가 그동안 시문을 열심히 쓰고 익혀 성현의 말씀을 터득하였으
니 이제부터는 심신을 수련하는 무예를 익혀야 할 것이요."

그 말을 조용히 듣고 있던 여인의 얼굴에 수심이 가득 차올랐다.

"사내장부가 제 한 몸을 건사할 수 있는 용력쯤은 갖추어야 하겠지요.
하오나 그 무예수업이란 것이 뼈를 깎는 인고의 고통과 시련을 감수해
내야 한다는 것을 생각하면 어미의 가슴은 벌써부터 미어진답니다."

말을 마친 여인의 눈가에 눈물이 가득 고였다. 우수 어린 눈길로 바
라보던 남자가 여인의 손을 가만히 잡았다.

"부인. 혹여 아이에게 그런 나약한 모습을 보여서는 안 될 것이요.
사내가 큰 뜻을 품고 세상에 나가려면 반드시 갖추어야 할 덕목이 있
는 법이라오. 첫째는 학문이요 두 번째가 무예입니다. 그중 어느 한편
이 부족하거나 치우쳐서는 안 됩니다. 지식과 힘이 조화와 균형을 이
루어야 비로소 정의로운 소신으로 세상을 올곧게 살고자 하는 포부를
펼칠 수가 있는 것입니다."

"한시도 바람 잘 날 없는 이 험한 세상을 살아나가려면 그리해야 한다는 것을 전들 왜 모르겠어요. 하지만 어리고 연약한 그 애가 힘든 고초를 어찌 감당해낼지……."

참았던 눈물이 기어이 여인의 뺨을 적시며 흘러내렸다. 말없이 바라보던 남자가 여인의 어깨 위로 손을 얹으며 부드러운 목소리로 말을 이었다.

"사나운 맹수가 제 새끼를 험한 바위 아래로 떨구는 것은 스스로를 지킬 수 있는 힘을 키워주려는 것이니 가혹하다고 할 수 없는 것과 같은 이치입니다. 모진 시련을 통하여 진정 강한 사내로 거듭날 수 있는 그날을 고대하는 것이 지금부터 우리가 감내해야 할 몫입니다."

정자 위로 가지를 무성하게 드리우고 있던 벚꽃이 바람을 안고 우수수 꽃잎을 흩날리니 수백 수천의 나비가 되어 일제히 날개를 펼쳐 하늘로 날아올랐다.

"그렇다면 삼가의 무술 사부로 의중에 두고 계신 분이라도 있으신가요?"

"오래전부터 염두에 둔 도인이 한 분 있기는 하오만, 세상사 모든 일에는 인연이 있어야 하는 법이라오."

그는 약간 마른 듯한 얼굴에 균형 잡힌 수려한 이목구비를 갖춘 기골이 장대하고 중후한 귀공자였다. 입고 있는 의복은 검소하고 정갈한 것이었으나 그런 면이 그의 절제된 인품을 그대로 보여주었다.

며칠 뒤 안채 거실에 부자가 마주 앉았다. 소년은 나이에 비해 한결 성숙한 외모를 갖추고 있었다. 부친을 그대로 빼닮은 모습이었으나 다른 점이 있다면 흰 피부에 유달리 짙은 눈썹이 돋보였다.

"오늘 애비가 매우 중요한 말을 하려 너를 불렀다."

"네. 아버님."

소년이 해맑은 표정으로 대답 했다.

"네 연령이 어느덧 열두 해를 맞이했다. 그동안 학문을 익히느라 노고가 많았다. 그러나 배움은 끝이 없으니 계속 정진해야 할 것이다. 그동안 공부한 성현의 말씀 중 심중에 새긴 구절이 있다면 말해 보거라."

"하문하시니 감히 답변해 올리겠습니다."

잠시 생각을 정리한 소년이 입을 떼었다.

"자왈(子曰), 군자지어천하야(君子之於天下也)며 무막야(無莫也)며 무막야(無莫也)하여 의지여야(義之與也)라. 공자께서 말씀하기를 군자는 모든 일에 꼭 주장하지도 말고 부정하지도 않으며 오직 의를 추구하고 지키라는 가르침을 주셨습니다. 그것은 대의에 살고 대의를 위해 목숨을 버릴 줄 아는 진정한 사내의 길을 제시한 것으로, 소자의 마음속 깊이 새겨두었습니다."

조리 있게 자신의 의견을 피력하는 자식의 말을 경청한 아비 얼굴에 흐뭇한 미소가 피어올랐다.

"온고지신이라 하였으니 항시 옛 일을 교훈으로 삼아 그 안에서 현재를 살아가는 척도를 가름하고 삶을 영위하는 지혜로 삼아야 할 것이야."

"다음, 역천자(逆天者)는 망(亡)하고 순천자(順天者)는 흥(興)한다는 대목이 있는데 너는 어찌 생각하느냐."

부친이 질문을 내리자 뒤이어 소년의 답변이 이어졌다.

"무릇 하늘의 이치란 정교한 것이어서 때맞추어 이루어지는 천시와 일월행신은 한 치의 어긋남이 없는 것처럼, 하늘의 엄정한 이치를 거스르지 말라는 가르침입니다."

"그래, 아주 정확하게 핵심을 간파하였구나. 그 말은 대략 촌로나 필부들에게도 흔히 회자되는 문구이지만 실은 심오한 의미가 내포되어 있는 귀한 가르침이니라."

나지막이 가라앉았던 구름이 어느 사이 실비를 떨구기 시작했다.

창밖으로 두었던 시선을 거두어들인 아비가 온화한 목소리로 다시 말을 이어나갔다.

"태평성세이거나 난세를 막론하고 인간이 하늘의 이치에 순응하며 확고한 자기중심적 소신을 견지하여 초지일관한다는 것이 얼마나 지난한 어려움인가를 일러주는 명언이니 심중에 깊이 새겨두어야 할 것이다."

"명심하겠습니다."

"그리고 학문과 무예를 두루 갖추는 것을 일러 '문무지덕'이라 하는 까닭은 육체와 정신의 조화를 의미하는 것이다. 그 두 개의 개체가 상호 보완적 합일을 완전하게 이룰 때 비로소 문무를 겸비한 이상적인 삶을 영위할 수가 있는 것이니라."

가늘게 내리던 가랑비가 어느덧 세찬 줄기를 이루고 창문을 두드려 빗물을 튕겨내며 방울방울 흩어졌다.

"아버님의 말씀을 마음에 새겨 후회 없는 삶을 살아가도록 항시 혼신의 노력을 아끼지 않겠습니다."

"그렇고 말고. 반드시 그래야 할 것이야. 사실 이 자리에 너를 부른 것은 이제부터는 중원천지를 주유하며 견문을 넓히고 무공을 몸에 익히는 어려운 역경과 시련을 이겨내야만 하는 또 하나의 힘든 관문이 너를 기다리고 있기 때문이란다."

소년의 가슴에 작은 소용돌이가 일었다. 이미 예견하고 있던 일이기는 하였으나 막상 부친으로부터 무예수업에 관한 지시가 내리자 적지 않게 마음에 동요를 일으킨 때문이었다.

말을 마친 아비 역시 여느 부모와 다름없었다. 어쩔 수 없는 부정으로 인한 연민과 안쓰러움 가득한 얼굴에 한 자락 그늘이 스치고 지났다.

소년이 뒤를 돌아보니 떠나온 상도가 아물거리며 희미하게 보였다. 동행한 가복 파륜이 조금 뒤처진 걸음으로 따라오며 물었다.

"도련님, 이제부터 우리는 어느 곳으로 가야 하나요. 그나저나 이 넓은 중원 땅 어디에서 적운사부님을 만난다는 말입니까."

소년이 보폭을 늦추고 그와 나란히 걸음을 옮기며 대꾸했다.

"그건 나도 모르지요. 하지만 세상이 넓다 하나 인연이 있다면 반드시 만나게 될 것이니 미리 걱정부터 할 것이 아니라 부지런히 걷기나 합시다."

소년이 날랜 걸음으로 저만치 달음질쳤다.

"도련님! 그러시다가 소인과 길이 엇갈리기라도 한다면 당장 한 끼 식사 걱정부터 하셔야 될 터인데……."

파륜이라 불린 청년이 등에 걸머진 행낭을 한번 추스르고는 소년을 따라 걸음을 재촉했다. 그는 순박한 얼굴로 조금 아둔해 보이는 인상이었으나 체격이 크고 골격이 장대한 것이 한눈에 보기에도 힘깨나 쓸 것 같은 청년이었다.

그들의 시야에 상도(서안)에서 제일 높이 치솟은 대안탑도 이제는 더 이상 보이지 않았다.

소년은 집을 떠나고 나서부터 줄곧 한 가지 문제를 골똘하게 생각하고 있었다.

평소 아버지는 희로애락의 감정들을 잘 드러내지 않는 성품으로 항상 근엄하고 과묵하셨다. 반면에 어머니는 언제 어디에서나 항상 자애로우셨으며 모든 허물을 덮어주고 감싸 안아주셨다. 사찰의 관세음보살상을 볼 때면 어머니를 떠올리곤 한 것도 그런 연유 때문이었다.

문득 몇 해 전의 일이 기억에 되살아났다.

그때가 아마 예닐곱 살 때쯤으로 따가운 햇살이 내리쪼이는 여름날

오후였다. 아래채에 있는 방에서 글을 가르치시는 선생님과 서탁을 사이에 두고 공부를 하고 있었다. 그날의 과제는 선생이 한시를 한 수 내려주고 구절을 글로 익혀 이것을 필답으로 써내려가는 방식이었다.

— 춘색무고하 화기자단장(春色無高下 花枝自短長)

'남쪽에 먼저 꽃이 핀다' 는 고금격언의 한 구절이었다.

문제를 내준 선생이 식후의 노곤함 때문이었는지 꾸벅꾸벅 졸고 있었다. 그 모습을 가만히 바라보며 빙긋 웃음 지은 소년의 짓궂은 장난기가 발동하고 말았다.

골똘히 생각에 몰두하던 그가 잠시 후 고개를 끄덕이며 졸고 있던 스승을 깨웠다.

"스승님, 내려주신 시문을 해제하였습니다."

졸린 눈꺼풀을 간신히 들어 올린 선생이 몽롱한 정신을 추슬러 자기 귀를 의심하며 물었다.

"방금 해제라 하였느냐?"

"예! 분명히 해제라 말씀 올렸습니다."

선생이 속으로 생각했다.

'두뇌가 총명하고 글의 습독 진도가 빨라 내심 기특하게 여겼었는데, 요 녀석이 내려준 과제는 어찌하고 해제를 하였다?'

"그래? 그렇다면 풀어 보거라!"

선생님의 말씀이 끝나자마자 붓을 든 소년이 막힘없이 써내려갔다.

— 인연한귤유 추색노오동(人煙寒橘柚 秋色老梧桐)

하얀 종이 위에 쓴 단정한 필체의 검은 먹빛이 윤기를 머금은 채 방금 건져 올린 싱싱한 물고기처럼 퍼뜩이며 생동하는 듯했다.

하루가 다르게 다듬어지는 서체를 대견하게 바라보던 선생의 안색이 서서히 변하기 시작했다. 소년이 마지막 자를 쓰고 붓을 내려놓았을 때 스승의 얼굴이 붉게 물들어 있었다. 잠시 후 노기 띤 목소리가 방 안을 울렸다.

"이놈. 네가 감히 스승을 욕보이다니. 어디서 배워먹은 못된 버릇을 함부로 써먹는단 말이냐!"

자리를 박차고 일어선 선생의 몇 올 되지 않는 수염이 부들부들 떨렸다. 치밀어 오르는 분노로 인해 안색이 하얗게 변했다.

사실 소년은 일이 이렇게 전개되리라는 것을 전혀 예상하지 못하고 있었다.

필답이란 방금 외운 구절을 그대로 옮겨 쓰면 될 일이었으나 자기는 순간적으로 선생님의 졸음에 겨운 모습을 보며 불현듯 이태백의 시 한 구절이 떠올라 적은 것뿐이었다.

선생이 조금 전 과제가 아닌 해제를 재차 확인한 것은 그 글은 과제에 대한 답이 아니었다. 내려준 문제와 연관된 비유법으로 자신의 졸고 있는 모습을 조롱한 듯한 글을 적어내었기 때문으로 스승을 능멸한 괘씸하기 짝이 없는 소행이었다.

그 글의 내용을 풀이하면 대략 이러했다. '가을이 차츰 깊어져서 감귤은 빛이 누래지고 오동은 가을바람에 날로 늙어간다.' 아무리 비유가 적절했다 할지라도, 스승을 희롱한 일은 변명의 여지없이 분명 잘못된 일이었다. 내당으로 불려 들어간 그의 머리 위로 아버지의 추상 같은 꾸중이 떨어졌다.

"감히 한 뼘도 안 되는 일천한 학문으로 하늘같은 스승을 농락하다니, 대체 네가 장차 무엇이 되려 하느냐. 괘씸하기 비할 데 없는 놈!"

그는 이제껏 아버지가 이처럼 격노한 것을 본 일이 없었기에 두려움으로 작은 몸을 떨었다.

"아버님. 소자 어리고 미숙한 생각으로 스승님을 모독하는 대죄를 지었습니다. 부디 노여움을 푸시고 용서해주십시오."

무릎을 꿇고 사죄드렸으나 아버지의 노기를 가라앉히기에는 어림없었다.

아버지는 아들이 진정 반성의 기미가 보일 때까지 헛간에 가두고 자신이 허락을 내리기 전에는 한 방울의 물이나 어떠한 음식도 주어서는 절대 안 될 것이라는 엄명을 내렸다.

철없는 장난의 결과가 엄청난 고난을 불러오고 말았으나 후회는 때늦은 일일 뿐이었다.

때는 팔월의 따가운 해가 무쇠 솥처럼 펄펄 끓어오르며 맹위를 떨치는 삼복중이었다.

큰 문은 굳게 닫혀 있었고, 위쪽으로 나 있는 조그만 창문을 통해 드나드는 한 움큼의 바람이 겨우 숨통을 틔워줄 뿐 사방이 막힌 감옥과 다름없었다.

헛간에 갇힌 지 하루 밤낮이 지났다.

허기진 뱃속이 꼬르륵거리는 소리를 내며 아우성쳤다. 그러나 이틀째로 접어든 다음부터는 그 소리도 점차 잦아들면서 온몸에 기력이 빠지며 정신이 조금씩 혼미해졌다. 마치 목젖이 타들어가는 것 같은 갈증과 엄청난 고통이 밀려들었다. 그는 나락 가마니에 비스듬히 몸을 기대어 누운 채 강렬하게 엄습하며 머릿속에 떠오르는 음식에 대한 상념을 떼어버리려 애를 썼다.

무엇보다 더욱 떨치기 힘든 잡념은 평소 늘상 곁에 있어 원할 때는 무시로 마실 수 있었던 단술(감주) 생각이 들 때였다. 혀에 사르르 녹아 드는 시원하면서도 달콤한 그 기억이 떠오를 때마다 갈증은 몇십 배나 증폭되었다. 하찮아 보이던 일상의 모든 것이 얼마나 소중한 것이었나 하는 사실을 새삼스레 느꼈지만 그런 것들은 지금의 고통을 해결하는 데 전혀 도움이 되지 않았다.

그렇게 밤낮이 세 번이나 지났다. 이제는 눈동자를 움직일 기력마저 소진되어 눈을 감은 채 꿈인지 생시인지 모를 몽롱한 꿈속을 헤매고 있었다.

"삼가야. 가엾은 내 아들아! 눈을 뜨거라. 어미가 왔다."

문득 어머님의 포근한 목소리가 들려왔다. 혹시나 하는 마음으로 힘겹게 눈을 뜨고 보니 정말 눈앞에 어머니가 서 계셨다. 왈칵 솟구친 반가운 마음으로 몸을 일으키려 하였지만 그것은 마음뿐이었다.

아들을 내려다보는 어미의 눈에 가득 고인 눈물이 일렁거렸다. 어머니 손에 음식을 가득 담은 소반이 들려 있었다.

소반을 내려놓으신 어머니가 아들의 작은 몸을 일으켜 앉히며 가슴 미어지는 목소리로 말씀하셨다.

"너의 아버님은 참으로 무정한 분이시다. 한 번의 실책을 저지른 어린 자식을 어찌 이리도 가혹한 벌로 대하신단 말이냐!"

앞에 놓인 하얀 쌀밥에서 풍겨나는 구수한 내음이 식욕을 미칠 듯 자극하며 입맛을 끌어당겼다. 한옆에 놓인 소고기를 듬뿍 넣어 끓인 국그릇이 눈길을 사로잡고 입에 군침을 돌게 만들었다. 자제하기 힘든 식욕이 강하게 용솟음쳐 올라 오감을 자극하며 꿈틀거렸다. 그는 눈앞에 놓인 음식을 바라보며 이것이 정녕 꿈이 아닌가 하는 생각으로 가슴 설레었다. 그러나 이내 다른 생각이 머릴 들었다. 어서 빨리 수저를 들라는 어머니의 채근이 불같았지만 그의 마음속에서 각기 다른 두 개의 생각들이 격렬히 다투고 있었다. 저 음식을 취한다면 분명 목마름과 배고픔의 고통을 일시적으로 면할 수는 있을 것이다. 하지만 그것은 자신의 잘못을 깨우쳐주시려는 부친의 명을 거스르고 기망하는 행위로 두고두고 자신을 괴롭히는 족쇄가 되고 말 것이 자명하기 때문이었다.

잠시 생각을 정리한 삼가가 어머니를 바라보며 힘겹게 입을 열었다.

"어머님, 어머님의 자애로우신 마음은 잘 알겠으나 저 음식을 입에 대는 순간 소자는 아버님께 돌이킬 수 없는 불효를 범하게 됩니다. 소자의 어리석은 불민함으로 심려를 끼쳐드려 죄송하오나 저는 그런 연유로 저 음식을 입에 대지 않겠습니다. 오늘의 불효를 용서해주십시오."

아들의 말을 듣고 있는 어미의 뺨 위로 눈물이 주르르 흘러내렸다.

"그 아비에 그 아들이라고 하더니 어찌 저리도 융통성들이 없을꼬."

탄식하며 헛간을 나가시는 어머니의 뒷모습을 바라보는 소년도 소리 죽여 울고 있었다.

그렇게 물 한 모금 입에 대지 않은 채 꼬박 닷새가 지나고서야 헛간 문이 활짝 열렸다.

그러나 그가 헛간에 갇혀 한 모금의 물도 마시지 못하는 고통을 감내하는 닷새 동안 부친 역시 아들의 처지와 같이 일체의 음식을 물렸다는 사실을 안 것은 오랜 시간이 지난 후의 일이었다.

부모님이 자식을 사랑하는 마음은 매한가지이나 표현방식의 차이가 있을 뿐이라는 사실은 그 사건을 통해 알게 되었다.

어머니는 마치 따스한 햇살처럼 포근한 애정을 아낌없이 내려주며 모든 허물을 감싸 안아주시는 헌신적이고 가없는 사랑을 베푸는 그런 존재였다.

그러한 자신의 생각을 혼란스럽게 한 참으로 알 수 없는 일이 발생한 것이었다.

집을 떠나기 전 내실로 들어 큰절로 하직인사를 올렸을 때, 아버님은 힘들고 고생이 되어도 역경과 시련을 반드시 극복하여 목표로 정한 것을 크게 이루고 돌아올 것을 당부하셨다. 하지만 어머니의 표정에서 자애로움 따위는 손톱만큼도 찾아볼 수가 없었다. 마치 가을 국화에 내리는 무서리 같은 차디찬 냉랭함이 묻어나는 것만 같았다.

"평소 너의 심약한 모습을 볼 때 네가 과연 그 힘든 수련과정을 잘 견디어내기나 할지 모르겠구나. 굳은 결심으로 심기일전하여 부디 몸조심하고 다녀오거라."

그 어조는 마치 계모가 미운 자식을 대할 때처럼 차고 냉정한 것이었다. 어머니의 어느 곳에 저리 매몰찬 면이 있었을까. 아무리 생각을 곱씹어 봐도 도저히 이해가 되지 않았다.

하지만 실상 고난의 길을 떠나는 아들에게 마음에 없는 매정한 말을 해야만 하는 어미의 가슴은 천만 갈래로 찢어지고 있었다. 담장에 몸을 숨기고 아들의 뒷모습이 아른거리며 보이지 않을 때까지 보고 또 보며 눈물 흘리는 애틋한 모정을 미욱한 그가 알 리 없었다.

소년은 곱게 빗어 넘긴 머리를 뒤로 묶어 내리고 이마에 은색 띠를 둘러 갈무리한 단정한 모습으로 얇은 면으로 지은 하늘색 의복을 착용하고 있었다. 몸이 운신하기 편한 널찍한 팔소매에 옷깃은 좌측 위로 우측을 포개어 여민 뒤 짙은 빛깔의 곤색 띠로 허리를 동여맨 간결한 매무새와 발목을 가린 가죽신발이 잘 어울렸다.

허리 아래로 길게 늘어진 옷자락이 걸음을 옮길 때마다 자연스레 펄럭였다.

늦은 봄으로는 상당히 무더운 날씨였다.

길에 인접한 작은 마을에서 하룻밤 머물고 연이어 이틀간 걸음을 재촉한 그들은 다리가 아프고 지친 기색으로 쉬는 일이 점차 잦았다. 파륜은 묵묵히 걸었지만 소년은 아직 고생이 몸에 배지 않은 탓으로 몹시 힘들어했다.

그들이 땀을 식히기 위해 길가 종려나무 그늘로 찾아들었다.

파륜이 낙타가죽으로 만든 행낭을 열고 소년에게 물병을 건네주었다. 물을 한 모금씩 마신 그들은 선들선들 불어오는 바람에 온몸을 흠뻑 적신 땀을 식혔다. 한숨 돌린 그들이 다리를 편히 한 채 말을 나누었다.

"도련님, 우리가 지금 목적지로 향하는 곳이 어느 곳입니까."

궁금한 파륜이 물었다.

"확실하게 결정한 것은 아니지만 지금 계획으로는 천산 방향으로 갈 작정입니다. 앞으로의 여정이 걱정되기는 나 역시 마찬가지지만 어차피 세상사를 배우러 길을 나선 참이니 한번 부딪쳐볼 수밖에 없는 노릇이지요."

소년이 근심 걱정 없는 얼굴로 태평하게 웃었다.

이야기를 나누는 그들의 눈에 얼마 전 지나온 하동 방향에서 말을 타고 달려오는 사람 하나가 보였다.

잠시 후 가까이 다가온 것은 나이가 엇비슷한 또래로 보이는 소년이었다. 입고 있는 차림으로 볼 때 소년이 분명했지만 오밀조밀한 이목구비가 마치 소녀처럼 고운 미소년이었다.

말에서 가볍게 내린 소년이 앉아 있는 두 사람을 한 번 훑어보더니 넉살 좋은 표정을 지으며 청했다.

"형씨들, 물이 있으면 한 모금 신세 좀 집시다."

건방진 행동과 말투가 거슬려 불쾌한 마음이 들었으나 마침 자신들도 방금 전 갈증을 해소하였으므로 냉정하게 거절하기 어려웠다. 나무에 등을 기대앉았던 소년이 파륜을 바라보며 시선으로 행낭을 가리켰다. 물을 주어도 좋다는 무언의 지시인 셈이었다.

물병을 꺼내기 위해 파룬이 행낭을 열었다.

그러나 물을 청한 미소년이 눈을 반짝이며 행낭 속을 유심히 살피는 것을 그들이 알 리 없었다.

"아! 참으로 시원하다. 잘 마시었소."

물을 얻어 마신 미소년이 고마움을 표했다. 그런데 그가 앉아 있던 소년을 빤히 쳐다보며 하는 말이 참으로 맹랑했다.

"저기 저 형씨는 눈짓으로 의사를 소통하는 것을 보니 아마도 말을 못하는 벙어리인가 보지요? 인물은 꽤 준수한데 참으로 안되었네."

대놓고 지껄이는 것으로 미루어 상대를 조롱하려는 의도가 분명했다.

참으로 어이없고 황당한 일이 아닐 수 없었다.

그때까지 잠자코 돌아가는 상황을 지켜보던 소년이 입을 열려는 순간, 그보다 한발 앞서 얼굴이 벌게진 파룬이 목소리를 높여 말을 던졌다.

"신세를 졌으면 고맙다 인사하고 조용히 가던 길이나 갈 일이지, 시비를 거는 거요? 나 원 참, 기가 막혀서!"

기분이 잔뜩 상한 파룬이 코끝에 더운 김을 뿜어냈다.

마치 이러한 상황을 예측하기라도 한 듯 미소년이 입가에 미소를 머금었다. 이어 파룬의 말을 무시한 그가 작심한 듯 비아냥거리는 어조로 다시 말했다.

"그러고 보니 말만 못하는 것이 아니라 듣지도 못하는 모양이네요."

앉아 있는 소년을 똑바로 바라보는 그의 눈빛이 반짝하고 빛났다.

그러나 그 말의 여음이 채 가라앉기도 전에 일이 벌어지고 말았다.

상대에게 달려든 파룬이 양손으로 미소년의 목덜미를 움켜쥐려 들었다. 하지만 소년은 재빠르게 두세 걸음 몸을 뒤로 빼냈다. 일이 여기에 이르자 졸지에 예상치 못한 싸움이 벌어지고 말았다.

소년의 몸 움직임은 날렵하기가 제비처럼 빠르고 민첩했다. 마치 메추라기를 희롱하는 해동청 매와 같이 요리조리 몸을 피하며 파륜을 약올렸다.

그러나 그렇게 잘도 빠져나가던 소년이 드디어 파륜에게 한쪽 팔을 잡혔다. 빠른 동작으로 그의 손을 뿌리쳤으나 그 바람에 소년의 옷이 쫙! 소리를 내며 찢어지고 말았다. 찢어진 옷 틈새로 어깨 일부와 팔뚝의 살이 그대로 드러났다. 희고 뽀얀 살결이 햇살 아래 수줍은 듯 살짝 떨리는 것처럼 보였다.

찢어진 옷을 겨우 수습한 미소년이 목소릴 높였다.

"아니, 이렇게 인심 고약한 경우를 보았나. 물 한 모금 적선하고는 남의 귀한 옷을 찢어놓다니 괘씸하기 짝이 없구나!"

그 말이 채 끝나기도 전에 소년이 몸을 날려 바닥에 놓여 있던 그들의 행낭을 재빠른 동작으로 낚아챘다. 그러고는 바람처럼 말 등에 올라앉더니 하잇! 하는 소리를 지르며 양 발끝으로 말허리를 가볍게 찼다. 쏜살같이 내달리는 말발굽소리 사이로 소년의 낭랑한 목소리가 들려왔다.

"옷값으로 대신 그대들의 행낭을 가져가니 과히 서운하게 생각하지 마세요."

두 사람은 뽀얀 먼지를 일으키며 사라지는 말 그림자를 넋을 놓고 바라보았다. 실로 눈 깜박할 사이에 벌어진 일이었다. 기가 막히고 입이 굳어 말이 나오지 않았다.

잠시 후 정신을 차리고 어쩔 줄 몰라 안절부절못하던 파륜이 흙바닥에 털썩 주저앉으며 울음 섞인 소리로 말했다.

"도련님, 죄송합니다. 소인의 잘못으로 우리의 전 재산인 행낭을 빼앗겨 버렸으니, 이제 우리는 굶어 죽었습니다."

파륜이 눈물을 흘리며 내뱉는 넋두리를 듣는 소년의 얼굴에도 당황한 기색이 역력히 배어나왔다.

꿈속을 헤매는 것처럼 한참을 멍하니 있던 그들이 비로소 정신을 수습하고 현실로 돌아왔다. 참으로 난처한 일이 아닐 수 없었다. 길을 떠난 지 불과 사흘 만에 눈을 멀쩡히 뜨고 행낭을 탈취 당하다니 기가 막히고 한숨이 절로 나왔다.

조금 전 벌어진 사태를 아무리 되짚어 봐도 이해가 되지 않기는 마찬가지였다. 녀석의 계획적인 접근을 전혀 눈치 채지 못한 것이 큰 실책이었다.

눈 뜨고 코 베어간다고 하더니 세상과 맞닥트리기 무섭게 쓴 경험부터 하고 만 꼴이 되었다.

소년은 파륜을 아재라 불렀다. 신분상으로는 가복이었지만 자기보다 열 살이나 연장인 까닭에 하대와 경어를 섞어 쓰고 있었다.

"아재! 옛말에 산 입에 거미줄 치는 법 없다는 말이 있으니 설마 굶어 죽기야 하겠소. 어디 한번 운명에 맡겨봅시다."

황망해하는 파륜의 짐을 덜어주려고 말은 그렇게 했지만 소년 역시 마음이 답답하기는 마찬가지였다.

잠시 후 마음이 조금 안정되자 조금 전에 보았던 미소년의 모습이 자기도 모르는 사이에 머리에 떠올랐다. 찢어진 옷 틈새로 내보이던 고운 살결이 눈에 선하게 어른거리며 그의 손목 언저리에 앉았던 앙증맞은 나비 한 마리가 선명하게 되살아났다.

하지만 한탄만 하고 있을 수는 없었다.

그들은 목적지로 정한 천산을 향해 무거운 걸음을 옮겼다.

뜨겁게 내리쬐이는 태양 사이로 뭉게뭉게 피어오른 회색 구름이 머리 위로 지나며 한 줄기 시원한 바람을 내려주었다.

나란히 걸음을 옮기며 무료해진 소년이 물었다.

"아재, 아재는 언제부터 우리와 함께 살게 되었수?"

잠시 침묵이 흐른 뒤 파륜이 무겁게 입을 열었다.

"도련님이 세상에 태어나시기 한참 전이었으니 아주 오래전의 일입니다."

"그런데 우리와 함께 살게 된 연유가 무엇이었나요."

아무 말 없이 걸음을 옮기는 파륜의 얼굴에 어두운 그림자가 내려앉았다. 길게 한숨을 내쉰 그가 고개를 들어 먼 하늘을 올려다보았다.

낮게 가라앉았던 먹구름이 후드득거리며 빗방울을 떨구기 시작했다. 빠르게 걸음을 옮기는 그들 앞에 마침 멀지 않은 곳에 비를 피하기에 마땅한 장소가 눈에 들어왔다. 강둑 바위 위에 제법 운치 있게 지어진 오랜 세월의 흔적들이 묻어나는 조그만 정자였다.

난간을 오르니 주변 경관이 한눈에 들어오며 시원하게 불어오는 바람이 땀을 식혀주었다. 자리를 잡고 나란히 앉은 그들이 끊겼던 말을 다시 이어나갔다.

"제가 태어난 곳은 천산산맥 기슭에 위치한 우루무치라는 곳이었습니다. 부모님과 형, 누나와 함께 단란하고 행복하게 살고 있었지요. 어릴 적의 기억으로도 날씨가 무척 더운 날 수박과 함께 하미과라 부르는 참외를 맛있게 먹었던 기억이 지금도 어제의 일만 같습니다."

이제는 제법 굵은 빗줄기가 쏟아져 누각 처마 아래로 낙수가 흘러내렸다.

"우리 집은 포도 농사를 지었습니다. 그날은 가을 햇살이 유난히 반짝이는 청명한 날이었습니다. 밭에서 아버지, 어머니, 형과 누나가 잘 영근 포도를 한창 거두고 있을 때였어요. 별안간 말을 타고 나타난 십여 명의 무뢰배들이 일을 하고 있던 우리 가족들에게 달려들어 칼을 휘둘렀습니다. 조금 떨어진 둑 아래에서 혼자 놀고 있던 나는 몸이 얼어붙은 듯 그들이 하는 짓을 보고 말았습니다."

그의 눈에 고였던 눈물이 볼을 적시며 주르르 흘러내렸다.

듣고 있던 소년도 마치 그때의 일이 눈에 선한 듯 몸서리치며 물었다.

"그자들이 대체 어떤 연유로 그런 몹쓸 짓을 저질렀답니까."

"나중에 이웃 사람들에게 들어 알게 된 사실이지만 그자들은 포도 농사를 짓는 농가마다 강제로 고리채를 떠안기고는 가을에 원금의 몇 배씩 갚을 것을 강요하였답니다. 막심한 행패를 당하면서도 포악하기 짝이 없는 놈들에 대한 두려움 때문에 어찌하지 못한 채 속앓이만 할 뿐이었다고 합니다."

"그렇다면 관에 고발하여 법의 보호를 받으면 될 일이 아닙니까?"

파륜이 소년을 빤히 바라보았다. 그 시선 속에는 말로는 다 할 수 없는 복잡한 감정들이 담겨 있었다.

"관리들과 결탁하여 한통속인 놈들의 횡포에 힘없는 농사꾼들은 속수무책으로 당할 수밖에 없는 실정이었지요. 저의 부친께서는 불의를 보면 참지 못하는 성품이 강직한 분이셨습니다. 참다못한 아버님이 주변 피해자들을 규합하여 그자들의 부당한 횡포에 맞설 것을 역설하셨답니다. 모든 농가가 동조하는 분위기가 조성되고, 심상치 않게 돌아가는 상황에 위기를 느낀 놈들이 아버지를 찾아와 돈으로 회유하려 들었습니다. 아버지가 그들의 제의를 단호하게 거부한 것은 물론이었지요. 그리고 부패한 관리들의 실상을 중앙정부에 탄원하려는 계획을 은밀하게 추진하고 계셨다고 합니다. 그런 사실을 눈치 챈 놈들이 입막음과 본보기로 우리 가족을 무참히 살해한 것이지요."

치밀어 오르는 슬픔을 애써 억제하려는 그는 어깨를 떨며 울음을 삼키고 있었다.

"내가 공연한 말을 꺼내 아재의 아픈 곳을 들추어냈나 보오."

"아닙니다. 그 일 이후 오랜 세월이 흘렀지만 지금도 그자들의 얼굴을 똑똑하게 기억하고 있습니다. 특히 두목이라는 놈은 도철이란 이름으로 불린 자로 산발한 머리에 이마에서 볼을 타고 입 옆까지 내려온 굵은 흉터를 가진 놈이었습니다. 지금도 누이의 꽃 같은 속살을 헤치고 무참히 능욕하던 놈을 잊을 수가 없습니다. 언젠가 반드시 복수하겠다는 일념으로 그 몸서리쳐지는 기억들을 꿈속에서도 수없이 되뇌었답니다."

파륜의 어깨가 가늘게 물결치며 흐느껴 울고 있었다.

울음을 그치고 얼굴을 든 그는 이제까지 한 번도 볼 수 없었던 결연한 표정을 하고 있었다. 붉게 충혈된 눈 속에 뜨거운 불길이 활활 타오르고 있었다.

잠시 후 마음을 진정시킨 파륜이 차분한 어조로 말을 맺었다.

"그날 저는 놈들의 칼을 맞아 피투성이가 되는 와중에도 나를 바라보시며 어서 몸을 피하라고 무언으로 말하시던 아버지의 애절한 눈빛을 결코 잊을 수가 없습니다. 그 뒤 의탁할 곳 없이 떠돌던 저를 마침 금나라와의 전투에서 돌아오시던 대인께서 딱하게 여기고 거두시어 오늘에 이르게 되었습니다."

파륜의 고통스런 과거가 액면 그대로 소년에게 이입되어 가슴에 뭉클한 감정이 치밀어 올랐다.

"아재에게 그런 가슴 아픈 사연이 있는 줄 몰랐습니다."

그사이 소나기가 그치고 말끔해진 하늘을 수놓은 무지개가 고운 빛을 뿜으며 산마루에 걸려 있었다.

지니고 있던 전 재산인 행낭을 잃어버린 그들의 여정은 시작부터 고난의 길이었다.

풍찬노숙이라는 말대로 바람을 맞고 음식을 얻어먹으며 찬 이슬을 겨우 피해 새우잠을 청하는 참으로 처량한 신세였다.

세상에 공짜로 주어지는 것은 없었다. 한 끼의 식사를 해결하려면 반드시 그에 상응하는 대가를 치러야만 했다. 고래 등 같이 큰 집을 찾아 하룻밤 묵어가게 해줄 것을 청했다가 문전박대의 설움을 겪은 것이 한두 번이 아니었다. 어느 집을 찾아 일을 도와드리겠으니 한 끼니의 식사를 제공해줄 것을 부탁했지만 안주인이 소년의 형색을 한 번 쓱 훑어보고는 치맛자락에 찬바람을 일으키며 돌아섰다. 뒤이어 여인의 등 뒤로 매몰찬 말소리가 들려왔다.

"살다 보니 별 꼴을 다 보겠네. 웬 동냥치가 집주인보다 더 좋은 옷을 입고 있담."

동정을 받는 것에도 요령과 기술이 필요하다는 것을 깨닫는 데에는 그리 오랜 시간이 필요하지 않았다.

삼가와 파륜은 터득한 지혜를 즉시 행동으로 옮겼다. 입고 있던 옷에 오물과 먼지를 적당히 묻혀 행색들을 더욱 남루하게 만드는 일이었다.

처마 아래에서 잠을 청하고 굶기를 밥 먹듯 하며 난주를 향하는 고달픈 그들의 앞을 넓은 강이 가로막았다. 누런 뱀처럼 구불거리며 길게 누운 강줄기가 굽이쳐 흐르고 있었다.

양편 강 언덕 위로 끝없이 펼쳐진 보리밭이 푸른 물결을 출렁이며 불어오는 바람에 몸을 뒤척였다.

강을 건널 걱정과 고단한 다리를 잠시 쉬기 위해 길가 버드나무 아래 자리를 잡고 앉은 그들은 무심히 굽이쳐 흐르는 강물을 바라보고 있었다.

그때, 그들 옆으로 나귀를 탄 노인이 들어서는 것을 본 파륜이 얼른 일어나 자리를 양보하며 그늘이 짙은 상석으로 앉을 것을 권했다.

"이렇게 늙은이를 대접해주니 고맙소. 젊은이들은 어디로 가는 길손들이신가?"

"저희들은 난주와 양주를 지나 천산 방향으로 갈 예정입니다."

그들의 행색을 살펴본 노인이 안쓰러운 표정을 지으며 혼잣말처럼 중얼거렸다.

"무슨 볼일인지는 모르지만 그 먼 곳을 가야 한다니 만만치 않은 여행길을 나섰구면."

"어르신께서는 어느 곳으로 가는 길이신지요."

"나는 이곳에서 한나절 거리에 있는 함양으로 가는 길이라오. 젊은이, 나귀 등에 실려 있는 행낭을 좀 내려주겠소."

노인이 파륜을 보며 부탁했다.

파륜으로부터 보따리를 받아든 노인이 주섬주섬 꺼낸 것은 주먹밥과 튀김만두 등의 푸짐한 먹거리였다. 소년과 파륜의 눈이 휘둥그레지며 입에 군침이 가득 돌았다. 그럴 수밖에 없는 것이 음식을 마주한 지 거의 하루가 되었기 때문이다.

"이른 새벽 함께 길을 나선 일행들이 사정이 생겨 되돌아가는 바람에 준비한 음식이 한 짐이나 되어 불편하더니 잘 되었군. 자, 함께 듭시다. 어려워 말고 어서……."

노인의 그 권유는 그들에게는 세상 무엇보다 반가운 소리였다.

예상치 못한 곳에서 귀인을 만난 그들은 오랜만에 포식을 할 수 있었다.

식사를 마친 노인이 그들을 보며 말했다.

"젊은이들은 이 길이 초행이겠구면."

"그렇습니다."

소년의 말에 노인이 말을 이었다.

"저 앞에 보이는 강이 황하 문명의 발상지인 위수일세. 땅이 기름진 이곳 유역은 주나라와 진나라를 비롯하여 한나라와 당나라 등 11대의 왕조가 영고성쇠의 역사를 되풀이하여 펼쳐낸 유서 깊은 곳이라네."

"이곳이 바로 그 유명한 위수로군요. 그러면 서역남로를 통하는 비단길의 출발점을 위수라고 한 까닭이 무엇입니까."

노인이 소년을 보고 빙긋 웃음 지으며 말을 이어나갔다.

"이미 오래전부터 풍요한 물자와 새로운 문명을 찾아 동으로는 고려국이나 왜국을 왕래하였다네. 또한 서쪽으로는 인도를 비롯하여 비잔틴 제국에 이르는 광범위한 교류를 해온 것일세. 우루무치를 지나 천산북로와 안서에서 갈라진 서역남로 그리고 내륙을 연결하는 요충지로 위수가 해상남로를 향하는 기점인 까닭이지."

평생을 지방 관리로 봉직하였다고 자신을 소개한 노인은 자리를 털고 일어서며 반가운 한마디를 남기고 떠났다.

"뱃삯은 내가 지불할 터이니 사양하지 마시게나!"

세상인심이 각박하다고 하지만 뜻하지 않은 곳에서 귀인을 만난 소년과 파룬은 연신 머리 숙여 감사 인사를 올렸다.

노인 덕분에 뱃삯 걱정을 덜은 그들은 시원한 강바람을 맞으며 건너편 나루에 당도할 수 있었다.

뜨겁게 달구어진 땅에서 올라오는 지열로 인해 불어오는 바람이 찌는 듯 무덥기만 했다. 하지만 걸음을 옮기는 그들의 발길은 가벼웠다. 모처럼 음식을 배부르게 먹고도 남아 두어 끼 정도를 해결할 수 있는 여분을 비축한 때문이었다.

잠시 걸음을 옮기던 소년이 제법 어른스런 목소리로 껄껄 웃었다.

의아한 표정을 지은 파룬이 소년의 얼굴을 쳐다보았다. 서로 시선이 마주치자 장난기 가득한 미소를 지으며 소년이 말했다.

"아재, 그동안 겪어보니 사람 사는 것이 별것 아니라는 사실을 깨달 았다오."

"……."

소년의 속내를 전혀 짐작할 수 없는 파륜은 어리둥절할 수밖에 없 었다.

"허기진 배를 채우고 두어 끼의 먹거리만 마련하면 이토록 마음이 뿌듯한 것을, 과한 욕심은 부려 무엇 하겠소. 아니 그렇습니까. 아재?"

소년의 말에 파륜도 따라 웃었다. 틀린 말은 아니었다. 하지만 지금 당장은 물론 앞으로 겪어내야 할 고초의 원인을 제공한 장본인인 자신 의 처지로는 속없이 웃기만 할 수는 없는 노릇이었다.

한나절을 걸은 그들이 야트막한 고개를 하나 넘어서니 하늘을 가릴 것처럼 깎아지른 산이 앞을 가로막았다. 누런 빛깔로 뒤덮은 바위가 둥글게 말린 형상으로 물결이 소용돌이치는 듯한 험한 산세를 이루고 있었다.

이쯤에서 하룻밤을 자고 아침 일찍 길을 재촉하려는 생각으로 두리 번거리는 그들의 눈에 산자락 아래 인접한 자그마한 마을이 들어왔다.

"도련님, 오늘 밤은 저 마을에서 신세를 져야 할 것 같습니다."

"나 역시 아재의 말에 동감입니다. 오라는 곳은 없어도 갈 곳은 많다 하더니 지금 우리가 바로 그런 처지네요."

소년의 그 말이 파륜의 가슴을 예리한 송곳으로 찌르는 것처럼 아프 게 했다. 모든 고난을 초래한 자신의 실책 때문이었다.

마을로 들어선 것은 해가 서산에 걸려 어스름이 내리기 시작한 저녁 무렵이었다.

굴뚝에서 피어오른 밥 짓는 연기가 몽실거리며 지붕을 맴돌았다.

전부 20여 호쯤 되는 작은 마을로 외지인의 눈에도 빈촌으로 보일 만큼 조촐한 기운이 감도는 마을이었다.

마주치는 사람들이 별로 경계하는 기색을 내보이지 않는 것이 그나마 다행스러웠다.

그중 형편이 좀 나아 보이는 집으로 찾아든 그들이 사정을 말하고 허름한 뒷방이라도 좋으니 하룻밤 이슬을 피하게 해달라고 청을 드렸다. 인심 좋은 주인의 선선한 승낙을 얻어낸 그들이 바깥채에 있는 방 하나를 얻어 고단한 육신을 눕힐 수 있었다.

산간마을의 밤은 일찍 찾아든다.

어느덧 산마루 위로 보름달이 솟아올라 주위를 환하게 비추었다. 방문을 물들인 달빛이 고운 빛으로 일렁거렸다.

"도련님, 힘드시지요. 고생이라고는 해보시지 않은 도련님이 끼니 거르기를 밥 먹듯 하며 이런 고생을 하시다니……."

"아재, 집 떠난 지 불과 며칠 되지는 않았지만 그사이 배운 것이 정말 많았습니다. 세상살이가 결코 만만치 않다는 사실도 그러하였지만 반면에 아무리 어려운 난관도 부딪치다 보면 반드시 해법이 나온다는 것을 알았으니 큰 공부를 한 셈이지요."

그들은 어느새 코를 골며 깊은 잠으로 빠져 들었다.

이튿날 운 좋게 조반까지 얻어먹은 소년과 파륜이 마을을 나와 산길로 접어들었다.

눈앞을 가로막은 산은 육반산이라고 했다. 좁은 산길이 정상으로 이어지기까지는 6겹이나 곡선을 이루며 이어진 험한 산길을 오르는 일은 입에서 단내가 날 만큼 힘들었다.

"아재, 더 이상은 도저히 못 오르겠으니 잠시 쉬었다 가십시다."

땀을 비 오듯 흘리며 뒤따라오던 파륜이 기다렸다는 듯 소년의 말을 반겼다.

"출발할 때 채워가지고 나온 물이 모두 떨어져 더욱 힘이 듭니다. 하지만 정작 큰 걱정은 시간이 너무 지체된 탓으로 산중에서 밤을 보내야 할지도 모른다는 사실입니다."

파륜의 예상이 적중하고 말았다. 온몸이 솜처럼 늘어진 탈진상태가 된 그들이 산봉우리를 넘었을 때는 이미 주위에 어둠이 가득 내렸다. 달빛 아래 둥근 등을 드러낸 능선이 검푸른 융단을 깔아놓은 것처럼 끝없이 펼쳐져 있었다.

"아재, 저 초원지대를 지나고 나면 난주(금성)를 만나게 될 것입니다."

달빛을 벗 삼은 그들은 밤길을 걷기로 했다.

무덥던 한낮의 열기와 달리 시원한 밤공기가 기분을 상쾌하게 해주었다. 반짝이는 별들이 손을 뻗치기만 하면 닿을 듯 머리 위에서 청청한 빛을 떨구었다.

초원을 걷는 그들의 발아래 밟히는 푹신한 촉감이 싱그럽기만 했다.

산등성이 저편에서 울부짖는 승냥이 울음소리가 서늘한 밤공기에 실려 허공으로 울려 퍼졌다.

끝이 보이지 않는 드넓은 초원 한가운데로 들어선 그들은 쉬지 않고 걸음을 옮기고 있었다.

한참을 걷던 파륜이 소년을 돌아보며 말했다.

"그런데 도련님, 지금 우리가 가고 있는 길이 난주를 향하고 있는 것이 맞습니까? 아무래도 방향을 잘못 든 것 같은데……."

"사실은 나도 조금 전부터 그 생각을 하고 있었답니다. 달빛이 있다고는 하지만 광활한 초원지대로 들어서고부터는 어디가 어딘지 분간이 가지 않아 도무지 방향을 알 수가 없으니 난감한 일이네요."

아무 말 없이 하늘을 올려다보던 파륜이 진행하던 방향에서 좌측으로 위치를 바꾸어 섰다.

"지금 우리가 향하는 목적지 난주가 북서쪽이지요? 그렇다면 하늘의 별을 보세요. 서북의 저 별이 백조좌이고, 그 아래쪽에 남동으로 비스듬하게 걸쳐 있는 별들이 견우와 직녀 좌랍니다. 우리가 이제껏 향한 곳은 북동 방향이었으니 엉뚱한 곳을 헤맨 것입니다."

파륜의 설명을 듣고 보니 그의 말이 분명한 사실이었다. 천문과 지리를 배웠기 때문에 그 이치를 알고 있었다. 하지만 습득한 지식이 실용적인 가치를 발휘하려면 지혜가 필요하다는 것을 간과한 결과였다.

"아재는 언제 별자리와 방위를 익히시었수? 독선생을 두고 공부한 나보다 아재가 백번 용하십니다."

"도련님이 학습하실 때 어깨 너머로 주워들은 풍월이지요. 부끄럽습니다."

방향을 수정한 그들이 한참을 걷고 있을 때 조금 떨어진 구릉 아래 몸을 낮추고 이쪽을 주시하며 파란빛을 발산하는 수십 개의 눈동자들이 있었다.

자신들에게 닥쳐올 위험을 알 리 없는 소년과 파륜이 이런저런 이야기를 나누며 걷고 있었다. 그때 별안간 모습을 드러낸 검은 그림자들이 마치 유령처럼 주위를 빙빙 돌기 시작했다. 놀란 소년이 외쳤다.

"아재! 저것들이 대체 무엇이요."

"삼가 도련님. 큰일 났습니다. 저놈들은 초원을 배회하며 사람들을 공격하여 해친다는 승냥이 무리인 것 같습니다.

"그럼 이제부터 어찌해야 하는 것이요."

"서로 등을 밀착시켜 뒤를 보호하고 놈들의 공격을 막아내야 합니다."

그러는 사이 주위를 선회하며 차츰 원을 좁히던 놈들이 드디어 공격을 개시했다. 무리 중 우두머리인 듯 덩치가 가장 큰 놈의 날카로운 울부짖음을 신호로 삼아 일제히 달려들었다.

스스로를 방어할 수 있는 아무런 무기를 지니지 못한 인간은 무기력하기만 했다. 고작 팔을 내둘러 달려드는 승냥이를 떨쳐내려는 몸짓 이외에 달리 취할 수 있는 방어의 수단은 아무것도 없었다. 목덜미를 노리고 한 길쯤이나 뛰어오른 놈들의 사나운 이빨을 피하려 본능적으로 들어 올린 팔이 승냥이의 날카로운 발톱에 긁히며 옷이 찢겨져 나갔다.

사람 살리라는 다급한 비명소리가 초원의 밤하늘에 공허한 메아리가 되어 처절하게 울려 퍼졌다.

삼가와 파륜은 등을 마주 댄 채 놈들의 공격에 맞서고 있었다.

어느 틈에 파륜이 웃옷을 벗어 좌우로 휘두르고 있었다. 옷깃이 펄렁거리는 것에 약간 위축된 놈들이 다시 주위를 돌며 기회를 엿보고 있는 듯했다.

잠시 소강상태로 접어들어 서로 대치한 상태가 지속되며 팽팽한 긴장이 흘렀다.

"도련님, 괜찮으세요?"

"아직은 괜찮습니다, 아재!"

놈들은 결코 서두르지 않았다. 인간들이 지칠 때를 기다려 해치려는 속셈인 듯 주위를 맴돌며 기회를 노렸다. 그러나 굶주린 승냥이들의 기다림은 그리 길지 않았다. 우두머리가 내뱉은 울음을 신호로 놈들의 공격이 다시 시작되었다.

이제까지는 그런대로 버텨냈지만 상황은 절망으로 치닫고 있었다.

바로 그때였다. 어디선가 사람들의 웅성거림과 함께 개 짖는 소리가 들려왔다. 구세주가 따로 없었다.

"사람 살려요. 살려주세요!"

누가 먼저랄 것 없이 두 사람이 동시에 목청껏 외쳤다.

공격을 하려다 말고 소리 나는 쪽으로 귀를 세운 승냥이 무리가 멈칫하는 사이에 모습을 나타낸 수십 마리 개들이 일제히 달려들었다.

서로 물고 물리는 격렬한 싸움이 벌어졌다.

잠시 후. 인기척과 함께 횃불을 든 사람들의 모습이 보이자 승냥이 무리들은 꽁무니를 빼 도망치고 말았다.

삼가와 파륜은 정신을 온전히 수습하지 못한 채 지금 이 순간이 꿈인지 생시인지조차도 분간할 수 없었다.

이내 사람들이 몰려들었다. 옷차림새로 미루어 그들은 초원지대를 떠돌며 말이나 양을 치는 유목민들 같았다.

"목숨을 구해주셔서 감사합니다. 정말 고맙습니다."

나이 지긋한 노인이 말했다.

"이 밤중에 초원지대를 배회하는 것은 스스로 목숨을 버리려는 자살 행위와 다름없는 무모한 짓이라오. 얼마 전에도 이 부근에서 서너 명의 길손들이 승냥이 무리들의 공격을 받고 갈가리 찢긴 의복만 남긴 채 흔적도 없이 사라진 일이 있었지."

그제야 정신을 차린 삼가와 파륜이 생명을 구해준 그들에게 입을 모아 거듭 감사의 말을 했다.

"물론 우리가 아니었으면 젊은이들은 목숨을 부지할 수 없었을 것이오. 하지만 그대들이 정작 감사해야 할 사람은 따로 있소이다."

노인으로부터 알 수 없는 말을 듣고 의아해한 그들이 물었다.

"그게 무슨 말씀이신지……."

"우리는 이곳에서 한참 떨어진 북쪽 초원에 머무는 유목민이오. 한참 전 해가 떨어지기 직전 찾아온 어떤 사람의 부탁을 받고 젊은이들을 지근거리에서 살피던 중 위험에 처한 것을 보고 이렇게 도와주게 된 것이라오."

"그것이 누구입니까?"

"글쎄? 사례를 받았을 뿐 그 이상은 알지 못하오."

참으로 알 수 없는 노릇이었지만 그로 인해 목숨을 구한 것은 분명한 사실이었다.

그곳 지형을 손바닥처럼 잘 아는 그들의 도움을 받아 초원을 빠져 나오니 어느덧 먼동이 터오고 있었다.

"도련님, 지난밤 우리 목숨을 구해준 사람이 누구인지 짐작 가는 데가 있으세요? 도대체 누가 그러한 위험을 예측하고 손을 써 두 목숨을 구명해준 것일까요?"

"글쎄요. 나도 그 점이 궁금하기는 아재와 마찬가지입니다. 누군가가 우리를 도와준 것은 분명한데……."

"그러고 보니 도련님이 입고 계신 옷이 제법 어울리시네요."

그들은 서로를 보며 웃었다. 승냥이에게 찢겨 너덜너덜해진 옷 대신 유목민들이 건네준 옷을 입은 탓으로 그들은 영락없이 초원의 목동으로 변해 있었다.

금성이라고도 부르는 난주가 가까워지니 오가는 사람들이 제법 많았다. 높은 성벽으로 둘러싸인 시가지가 희뿌연 안개 속에 모습을 드러냈다.

남문을 지나 성 안으로 들어서니 번화하지는 않았지만 소도시로는 그런대로 조촐한 분위기를 갖춘 듯 보였고 넓은 길 양편으로 늘어선 상점들은 의류와 각종 물품들을 사고파는 사람들로 북적거렸다.

"아재, 우선 당장 급한 것이 먹고 잠자는 문제를 해결하는 일입니다. 각자 흩어져 일자리를 구한 다음 정오 무렵 저 앞에 보이는 찻집 앞에서 만나십시다."

그런 삼가가 대견해 보이면서도 한편으로는 걱정이 앞서는 파륜이었다.

함께 다니며 일할 곳을 알아보자는 파룬의 제안에 삼가가 웃으며 말했다.

"아재, 설마하니 승냥이보다 더 무서운 놈들이 이 대명천지에 있겠습니까?"

위기를 겪고 난 그들은 한결 담대한 마음을 가질 수 있었다.

"도련님, 그럼 몸조심하시고 서너 식경이 지난 후 저 다관 앞에서 만나십시다."

파룬과 헤어져 걸음을 옮기는 삼가의 눈에 저만큼에 사람들이 빙 둘러서서 무엇인가를 구경하고 있는 것이 보였다. 가까이 다가선 소년도 사람들의 틈을 비집고 구경꾼 대열에 합류했다.

한 사내가 공터 한가운데에서 재주를 부리고 있었다.

사내 입에서 불이 뿜어져 나왔다. 이어 공중제비를 몇 번 넘은 그가 이번에는 엄지손가락보다 훨씬 더 굵고 긴 강철을 집어 들었다. 그 강철을 자신의 목에 댄 그가 날카로운 기합소리와 함께 감기 시작했다. 단숨에 두 바퀴를 돌려 감더니 다시 역순으로 그것을 되풀었다. 대단한 괴력이었다. 여기저기에서 환호와 박수가 터져 나왔다.

조그만 여자애가 모여선 구경꾼들 사이를 돌며 푼돈을 거두었다. 돈을 내고 말고 하는 것은 자유였지만, 동전 한 닢이라도 던져주는 것이 의례적인 인사일 터였다.

구경 값을 낼 돈이 없는 삼가가 슬며시 뒤로 몸을 빼내려는데 별안간 맞은편에서 커다란 고함소리가 들렸다.

"방금 어느 놈이 내 품에 있던 돈주머니를 훔쳤습니다."

구경을 하느라 정신이 팔린 사이를 틈타 누군가가 돈을 훔쳐갔다는 것이었다.

그때 몸을 돌린 삼가를 툭 건드리고 빠른 걸음으로 저만치 달려가는 소년이 있었다.

사람들이 일제히 외쳤다.

"저놈이다! 돈을 훔친 저 녀석을 잡아라!"

사람들이 소리치며 뒤쫓았지만 비호같이 빠른 소년은 이내 자취를 감추고 말았다.

작은 소동으로 인해 흥이 깨진 사람들이 하나 둘 자리를 떴고 삼가 역시 걸음을 옮겼다. 물건을 사고파는 흥정소리들로 가득 찬 시장은 활기가 넘쳤다.

채소를 파는 곳으로 들어서니 잔뜩 쌓여 있는 채소더미 옆에 쪼그려 앉은 할머니 한 분이 계셨다. 노인의 등이 활처럼 굽어 있었다. 힘겨워 보이는 느린 몸놀림 탓으로 물건을 사려던 손님들이 옆자리의 젊은 장사꾼에게 발길을 돌리곤 했다.

측은한 생각이 든 삼가가 할머니에게 다가갔다.

"할머니, 제가 좀 도와드릴까요?"

무거운 눈꺼풀을 겨우 들어 삼가를 본 노인이 힘겹게 말했다.

"그리 해준다면 나로서는 더 이상 고마울 데가 없겠지만……."

이런 일에는 전혀 경험이 없었지만 작정하고 팔을 걷어붙인 삼가가 앞으로 나섰다. 삼가는 우선 지나는 사람들의 주위를 끌기 위한 방편으로 손뼉을 치며 목청을 돋우어 크게 외쳤다.

"여기 할머니가 정성껏 가꾼 좋은 배추를 싼값에 팝니다. 많이 사시는 손님께는 덤으로 한 단씩 더 드리겠습니다."

소년의 맑은 목소리가 호기심을 불러일으킨 것인지 지나는 사람들이 관심을 보이기 시작했다. 신명 난 삼가가 더욱 큰 목소리로 외쳤다.

"이 배추와 무로 말씀드릴 것 같으면 물 맑고 공기 좋은 청정지역에서 재배한 것으로 맛과 영양이 뛰어난 채소입니다. 자! 이제 얼마 남지 않았으니 어서 오세요."

조금 과장시킨 선전이 주효했는지 얼마 지나지 않아 너도나도 달려든 사람들로 인해 쌓여 있던 배추를 남김없이 모두 팔 수 있었다. 정신 없이 채소 파는 일에 몰두한 삼가의 이마에 땀이 맺혔다.

"이렇게 고마울 데가 있나. 며칠을 팔아도 남을 배추를 이처럼 순식간에 치워주다니……."

의외의 성과에 기분이 좋아진 것은 삼가 역시 마찬가지였다.

"제가 도움을 드릴 수 있어 다행입니다."

배추 판 돈의 일부를 삼가 손에 쥐어주려는 할머니에게 웃음을 지어 보이고 자리를 일어섰다.

"이 고마움을 어찌 갚을지 모르겠네. 북문을 나서면 오솔길 끄트머리에 우리 집이 있으니 꼭 한 번 들러주시우."

노인에게 고개 숙여 인사를 한 삼가가 걸음을 옮겼다. 이곳저곳을 기웃거리며 임시방편으로 머물 곳을 찾아보았지만 마땅한 일자리를 구하는 것은 생각보다 쉽지 않았다.

한참을 걷던 삼가가 건물 모퉁이를 돌아 나올 때였다. 별안간 나타난 소년 하나가 앞을 가로막았다. 잠시 아무 말 없이 버티고 서 있던 소년이 삼가를 향해 손을 내밀었다. 느닷없는 사태에 어리둥절해하는 삼가에게 소년이 빠르게 말했다.

"네 윗저고리 품 안에 가지고 있는 내 돈주머니 내놔!"

아닌 밤중에 홍두깨라고 하더니, 무엇이 어찌된 일인지 도무지 감이 잡히지 않았다.

"네가 누구인데 생면부지인 나에게 돈을 달라고 하는 것인지. 나 원 참, 살다 보니 별일을 다 보겠네."

"여러 말 말고 어서 내 돈 내어놓으라니까!"

소년이 금방 주먹을 휘두르기라도 할 것처럼 험악한 표정을 지었다. 그 순간, 조금 전에 있었던 상황이 떠오른 삼가가 얼른 품속으로 손을 넣어보았다. 정말 손에 잡히는 것이 있었다. 소년의 말대로 정말 자기 품속에 돈주머니가 들어 있었다. 비로소 그것이 무엇이며 그 물건을 어떻게 하여 자신이 지니게 되었는지 짐작되었다.

"역시 너의 소행이었구나. 너 때문에 하마터면 내가 도둑으로 몰려 곤욕을 치를 뻔했구나."

"잔말 말고 어서 그 돈주머니를 내어놓으라니까!"

참으로 맹랑한 일이 아닐 수 없었다.

삼가가 소년을 똑바로 보며 말했다.

"그렇게는 못하겠는데 어찌하나. 이 길로 관청으로 가서 경위를 설명하고 이 돈주머니를 주인에게 돌려줄 작정이니 그리 알고 비켜서라."

삼가가 단호하게 말하자 멈칫한 소년이 표정을 누그러뜨리며 목소리가 타협조로 바뀌었다.

"그럼 이렇게 하자. 우리 둘이서 반씩 나누어 가지는 게 어떠하냐. 나로서는 손해 보는 장사지만 오늘 일진이 나쁜 셈 칠 것이니 그리하자."

"우리? 내가 어찌하여 너와 한패가 된단 말이냐. 가당치 않다."

벌레 씹은 얼굴이 된 소년이 삼가를 노려보며 내뱉는 말이 험악했다.

"그렇다면 내게도 생각이 있다. 네놈을 범인으로 관청에 고발하겠다. 그러면 꼼짝없이 죄를 뒤집어쓴 너는 감옥살이를 면할 수 없을 게야."

그의 예상치 못한 협박에 당황한 삼가가 어찌할 바를 모르고 잠시 망설였다. 상대의 그런 심경 변화를 재빨리 읽은 소년이 최후통첩을 했다.

"내가 평소 알고 지내는 포청 관리에게 다리를 놓으면 아마도 너는 평생 감옥살이를 하게 될지도 모르지."

삼가의 안색이 하얗게 질리고 말았다. 아무래도 자신이 감당하기에는 역부족인 상대인 것 같았다. 잠시 망설였지만 다른 방법이 없었다. 품 안에 손을 넣은 삼가가 돈주머니를 꺼내려는데 마침 등 뒤에서 반가운 목소리가 들려왔다.

"도련님, 여기에서 무얼 하고 계세요. 한참을 찾았습니다."

느닷없이 출현한 파륜의 등장에 놀란 소년은 그대로 줄행랑을 치고 말았다.

삼가에게 사건의 전말을 모두 들은 파륜이 웃음 지었다.

"그것 잘 되었네요. 일전에 도둑맞은 행낭 값을 오늘에야 했으니 도련님에게 빚 갚음을 한 셈이지요."

그 말을 진담으로 알아듣고 정색을 하는 삼가에게 파륜이 얼른 변명 섞인 사과를 했다. 그리고 덧붙여 말했다.

"도련님, 아무래도 이 도시는 오래 머물 곳이 못 되는 것 같습니다."

"맞아요. 내가 보기에도 그저 잠시 지나치며 풍물을 구경하는 것에 만족하는 편이 좋을 듯싶습니다."

관청에 들러 돈주머니의 습득 과정을 설명하고 물건을 맡기고 나오니 거리에 땅거미가 내리고 있었다.

걸음을 옮기던 삼가가 배추 팔던 할머니 이야기를 하며 말했다.

"그 할머니 댁에 일손이 필요한 것 같으니 일을 도와드릴 겸해서 한번 들러보는 것이 어떨까요."

북문을 나온 그들은 어렵지 않게 할머니 댁을 찾을 수 있었다. 파란 배추밭 한가운데 금방이라도 쓰러질 것처럼 엎드려 있는 작은 집 하나가 보였다. 하얀 연기가 지붕 위를 감돌아 하늘거리며 피어올랐다.

사립문을 들어서는 삼가와 마주친 할머니가 반색을 하며 맞아주셨다.

"할머니, 저희들은 이 고장을 지나는 길손인데 머물 곳이 마땅치 않아

부득이 하룻밤 신세를 지려고 염치불구하고 이렇게 찾아뵈었습니다."

"잘 와주었우. 그렇지 않아도 너무 고맙던 차에 잘 되었으니 누추하지만 들어오시오."

문을 열고 들어서니 방 아랫목에 할아버지가 누워 계셨다.

눈에 들어오는 세간이라고는 나무로 만든 작은 고리궤짝 하나가 전부인 빈한한 살림이었다.

할머니로부터 오늘 낮의 일을 들은 할아버지는 매우 고마워하셨다.

저녁을 얻어먹은 삼가가 여쭈어보았다.

"두 분이 이렇게 사시니 적적하시겠어요."

주름진 얼굴에 쓸쓸한 미소를 지으며 할머니가 말씀하셨다.

"우리 두 늙은이에게도 젊은이 같은 손자가 하나 있다우. 그런데 어려서 부모를 잃고 할미 손에서 자란 탓인지 허구한 날 싸돌아다니며 말썽만 부리니 참으로 걱정이 이만저만 아니라우. 할아버지가 앓아눕고부터는 그나마도 일손이 모자라 농사 지어놓은 채소를 수확하고 내다 파는 일도 힘에 부치는 실정이니 어찌 살아야 할지."

삼가로부터 집을 떠나 이제까지 겪은 일들을 모두 들은 할머니가 걱정과 부러움이 섞인 마음을 내비치셨다.

"모진 어려움을 겪으면서도 뜻한 것을 이루려 씩씩하게 살아가는 그대들이 참으로 대견하기만 할 뿐이오."

한숨을 내쉰 할머니가 힘없는 목소리로 말씀하셨다.

"우리 손주아이는 언제 철이 들려나."

그때 밖에서 인기척과 함께 말소리가 들려왔다.

"할머니, 저 왔습니다."

그 말을 듣고 할머니가 중얼거렸다.

"내일은 해가 서쪽에서 뜰라나. 어쩐 일로 집을 다 찾아들고."

방금 할머니가 말한 손자가 온 것이었다.

방문을 열고 소년이 들어섰다.

그러나 소년은 삼가들과 시선이 마주친 순간 깜짝 놀라고 말았다. 그들은 벌어진 입을 다물지 못한 채 멍한 표정으로 서로를 바라만 보고 있었다.

우연으로 치부하기에는 참으로 묘한 일이었다. 그는 오늘 낮 장터에서 돈주머니를 훔친 바로 그 소년이었기 때문이었다.

영문을 모르는 할머니나 할아버지와 달리, 어색한 만남의 실상을 아는 세 사람의 머릿속은 복잡하기만 했다.

자리에서 일어선 삼가가 곤혹스러운 사태의 실마리를 풀기 위해 먼저 입을 열었다.

"할머님께서 효심 깊고 사랑스런 손자 자랑을 하시더니 형씨가 바로 그 주인공이시군요. 우리는 하룻밤 신세를 지려고 찾아든 지나는 길손입니다."

여전히 놀란 표정을 감추지 못한 그에게 삼가가 한쪽 눈을 껌벅였다. 그제야 긴장했던 표정을 조금 누그러트린 소년이 엉거주춤한 몸짓으로 자리에 앉았다.

참으로 얄궂은 만남이 아닐 수 없었다.

할머니로부터 오늘 낮에 있었던 일을 전해들은 소년이 머뭇거리며 삼가에게 고마움을 표했다.

"할머니를 그처럼 도와주셨다니 고맙습니다."

하지만 소년은 여전히 경계의 눈초리를 풀지 못하고 있었다.

잠시 후 삼가가 소변을 핑계 삼아 밖으로 나오자 소년도 슬며시 따라 나왔다.

집 뒤편으로 높이 치솟은 성벽이 짙은 그림자를 던진 채 육중한 거인의 등처럼 버티고 있었다.

"어떻게 된 거야. 네가 어찌된 연유로 이곳에 와 있는 것인지 모르지만 설마 그 돈주머니를 가지고 온 것은 아니겠지?"

"그 돈은 오는 길에 관청에 전해주고 왔으니 쓸데없는 걱정은 하지 않아도 된다네. 그런데 행세 고약한 너에게 저렇게 마음 고우신 할머니가 계셨다는 사실이 정말 믿어지지가 않아."

소년이 삼가를 빤히 바라보며 그의 머릿속이 복잡하게 얽혀들었다.

병들어 연로하신 할아버지와 할머니를 나 몰라라 하며 허구한 날 말썽만 일으킨 자신과 장터에서 만난 할머니를 조건 없이 도와준 또래의 소년을 보며 심한 마음의 가책을 느낄 수밖에 없었다.

삼가가 낮은 목소리로 말했다.

"그쪽은 물론 나 역시 아직 어리기 때문에 세상 이치나 도리를 잘 모르지만 이제껏 네가 한 행동들은 지금 고쳐지지 않으면 이다음에 후회한다 해도 때가 늦을 것이네. 내 부득이 네가 오늘 저지른 일을 할머니께 말씀드려야겠으니 그리 알게."

고개를 숙이고 생각에 잠긴 소년의 어깨가 가늘게 흔들렸다.

잠시 후 무릎을 꿇은 소년이 삼가를 향해 두 손을 모은 채 애원조로 부탁했다.

"이렇게 빌 터이니 제발 오늘 있었던 일을 비밀로 해줄 수 없겠니?"

소년의 눈에서 금방이라도 눈물이 쏟아질 것만 같았다.

빙긋 미소 지은 삼가가 소년을 향해 말했다.

"그렇다면 그건 지금부터 네가 하는 행동에 달렸으니 잠시 지켜본 연후에 결정하기로 하겠다."

다음날 먼동이 트기도 전에 새벽이슬을 맞으며 부지런하게 배추와 무를 거두는 손길들이 있었다. 삼가와 파륜 그리고 문제의 소년이 이마에 구슬땀을 흘리며 일에 열중했다.

"도련님, 너무 무리하시지 말고 쉬엄쉬엄 하세요."

"이 많은 배추들을 모두 거두어 판매하려면 서둘러야만 할 것입니다."

멋쩍은 웃음을 지은 소년이 두 사람을 번갈아 보며 물었다.

"이 배추들을 시장으로 가지고 나가 네가 시키는 대로 다 팔기만 하면, 내 잘못을 불문에 부치겠다고 한 약속은 틀림없이 지켜주는 거지?"

소년의 말에 삼가는 아무 말 없이 빙긋 웃기만 했다.

시장이 사람들로 붐비기 시작했다. 잔뜩 쌓아놓은 배추와 무 더미 한 옆으로 선 소년이 커다란 소리로 외쳤다.

"무 사세요. 배추 사세요. 우리 할머니가 정성껏 가꾸신 좋은 채소를 싼값에 팝니다. 많이 사 가시는 손님에게는 덤으로 한 단씩을 더 드립니다."

평소와 너무 다른 손자의 모습을 보는 할머니의 눈이 휘둥그레지며 벌어진 입을 다물지 못했다.

사람들이 하나둘 모여들기 시작했다. 신명이 난 소년의 목소리가 더욱 높아졌고 덩달아 채소 꾸러미를 챙기는 삼가와 파륜의 손놀림이 더욱 분주했다.

점심때가 조금 지나자 산더미 같이 쌓였던 배추와 무들이 모두 팔려 나갔다.

그 다음날도 어제와 마찬가지로 배추를 모두 팔아치운 그들이 지친 몸을 이끌고 할머니의 오두막으로 들어섰다.

"젊은이들, 정말 고맙소. 덕분에 농사지은 채소를 모두 팔았으니 이 고마움을 무엇으로 갚아야 할지……."

삼가가 웃으며 말했다.

"아니에요. 어제와 오늘 장사를 잘한 것은 할머님의 손자가 열심히 해준 덕분입니다. 저희는 그저 옆에서 도와준 것밖에 없으니 고마워하실 것 없습니다."

정성껏 차린 저녁을 맛있게 먹은 그들은 모처럼 달콤한 잠에 빠질 수 있었다.

이튿날 일찌감치 길을 떠난 그들이 시가지를 가로질러 서문을 나설 때까지 함께 동행한 소년이 삼가의 두 손을 잡고 말했다.

"고마워. 너를 만난 덕분에 내가 정신을 차리고 새로운 마음으로 살게 되었으니 언제까지나 이 고마움을 잊지 않겠어."

"내가 너에게 무엇을 해주었기보다 본시 너의 심성이 착하기 때문에 스스로 본래의 자리로 돌아온 것일 거야."

소년이 삼가의 손에 얼마간의 돈을 쥐어주었다. 삼가가 극구 사양했지만 결국 받아들 수밖에 없었다.

삼가들은 난주를 벗어나 한참을 걸었다. 길옆으로 백양 혹은 청양이라고도 부르는 가로수들이 푸름을 한껏 뽐내고 있었다.

그들은 어제 입고 있던 유목민의 옷 대신 집을 떠나올 때 입었던 옷으로 갈아입고 있었다.

"할머니의 바느질 솜씨가 대단하시지요? 승냥이들의 발톱에 너덜너덜해진 것을 이렇게 말끔히 꿰매어 주시다니요."

"아마도 우리를 위해 꼬박 밤을 밝혀 수고하셨을 겁니다."

이틀을 걸은 그들의 발길을 거대한 강줄기가 가로막았다. 중국 화북의 대하이며 고대문명의 젖줄 황하가 장엄한 속살을 내보이며 도도히 흐르고 있었다.

나루터에 당도하니 버드나무 아래 앉은 한가로운 사공이 구성진 가락을 뽑아내고 있었다.

뜨락엔 나뭇잎 한 둘 지고
침상 밑 벌레소리 구슬픈데
총총한 걸음 멈추지 않고
유유히 어디로 떠나가오
한 조각 마음은 산 다하는 곳에 머무는데
남포의 봄 물빛 푸르를 제
외로운 꿈 달 밝은 그 밤
임이여 기약을 잊지 마오

노 젓는 사공에게 삼가가 말을 붙였다.

"훌륭한 청을 가지셨네요. 애절한 가사로 미루어 무슨 사연이 있을 법한데 좀 들려주실 수 없으신지요."

"나도 자세한 것은 모른다오. 단지 오래전에 누군가가 이 나루를 건널 때 마침 이별을 안타까워하며 눈물짓는 정인들의 애끓는 장면을 목격하고 지은 시가 남겨져 전해질 뿐이라오."

일진각

그처럼 한 달 남짓 모진 고생을 한 끝에 산모퉁이를 돌아서니 드디어 저 멀리 높고 누런 성벽으로 둘러선 양주 시가지가 눈에 들어왔다.

뿌연 먼지와 아른거리는 무더운 공기에 덮여 마치 일렁이는 신기루처럼 어렴풋한 도시의 전경이 펼쳐져 있었다.

상도를 떠난 지 거의 한 달 만에 제법 큰 도시에 당도한 그들은 들뜬 마음으로 안도의 미소를 지었다. 하지만 서로의 모습을 한동안 바라보던 그들은 돌연 웃음을 터트리고 말았다. 집을 떠날 때와는 완전히 다르게 변한 서로의 모습을 보니 절로 웃음이 나온 까닭이었다.

한참을 웃던 파륜이 한 마디 했다.

"그렇게도 인물이 훤하시던 도련님을 지금 본다면 누가 지체 높으신 댁의 자제 삼가님이라고 알아보겠습니까."

그 말을 받은 소년이 자신과 파륜의 모습을 번갈아 보더니 농담 반 진담 반으로 일침을 가했다.

"나는 그래도 동정을 받은 덕택에 끼니를 해결하는 데 지대한 공헌을 했지만 아재의 솜씨는 정말로 형편없었다는 사실을 부인하지 못할 것이오. 아재만 믿고 있었다면 우리 두 목숨은 지금쯤 굶어죽은 원귀가 되어 구천을 떠돌고 있을 것입니다. 아니 그렇소, 파륜아재?"

삼가의 농담에 순진한 그는 얼굴이 붉어지며 어쩔 줄 몰라 쩔쩔매고 있었다.

그처럼 우여곡절을 겪으며 당도한 양주였지만 이제껏 한 고생은 고난의 시작이었음을 그들이 알 리 없었다.

서쪽 하늘을 붉게 물들이며 어둠이 내린 거리 곳곳에 뭉글뭉글 연기가 피어오르고 있었다.

"도련님, 우선 무엇보다 한 끼의 식사와 잠자리를 해결하는 일이 급선무이니 소인이 대책을 마련해보도록 하겠습니다."

파륜이 저만치 보이는 건물을 눈으로 가리켰다.

걸음을 멈춘 그들은 위압감을 주며 우뚝 버티고 선 눈앞의 건물을 올려다보았다. 이층 난간 위쪽 높다란 처마 아래 붉은 바탕에 금색으로 쓴 일진각이란 상호가 시선을 잡아끌었다.

파룬이 삼가를 향해 말했다.

"도련님, 제가 저곳에 다녀올 때까지 이 자리에 꼼짝 말고 기다리세요. 아셨지요?"

마치 어린아이에게 이르듯 당부하는 파룬의 말에 고개를 끄덕였다.

이제까지의 경험으로 미루어볼 때 삼가의 의중으로도 이런 형색으로 두 사람이 함께 들어가는 것은 문전박대 당할 확률이 더 높을 것이라는 생각이 들었다.

여각을 드나드는 사람들 틈에 섞여 파룬이 집 안으로 사라졌다. 거리에 가득 내린 어둠을 밝히는 등불이 하나 둘 내걸리고 있었다.

무료해진 소년이 주위를 둘러보았다.

이 도시의 분위기는 상도와는 사뭇 달랐다. 이방인의 눈에 비친 외관으로 보기에도 넘치는 활기가 느껴졌다. 거리를 오가는 사람들의 외모와 복식은 다양했다. 낙타를 끌고 머리에 터번을 두른 서역인도 보였고, 정수리 가운데를 하얗게 밀고 양옆의 머리를 뒤로 땋아내려 꽁지를 늘어트린 사람도 눈에 띄었다. 꽃무늬가 수놓아진 검은 사각 모자를 쓰고 넓은 소매 상의를 여미고 아랫단이 좁다란 헐렁한 바지에 양가죽으로 만든 구두를 신은 차림새도 있었다.

비단길을 연결하는 길목에 위치한 이 지역의 특성이 다양한 인종을 불러들이는 요인인 것 같았다.

이런저런 잡다한 생각에 정신을 팔고 있던 소년의 눈에 여각 안으로부터 환한 표정을 지으며 나오는 파룬의 모습이 들어왔다.

그를 보는 순간 삼가의 가슴에 훈훈한 봄바람이 일었다. 집 떠나 이런저런 고생을 하며 자연스레 서로의 마음을 나누는 공감대가 형성되었기 때문이었다. 그들이 애타게 갈구하던 일이 성사되었음을 직감으로 알 수 있었다.

싱글벙글 웃음 짓는 얼굴을 소년 앞으로 들이민 파륜이 자랑스레 떠벌렸다.

"여각의 지배인에게 사정하였으나 필요치 않다 하며 손사래 치는 것을 보고는 가슴이 무너지는 줄 알았지요. 그러나 제가 누굽니까. 애절한 눈빛과 진심이 뚝뚝 묻어나는 간절함으로 재차 간청하여 드디어 반승낙을 얻어냈답니다."

"그것 참으로 잘 되었네요."

"이제 당분간 숙식을 해결할 수 있는 길이 열리는 듯합니다. 하지만 마지막 관문이라고 할 수 있는 면접 과정이 남아 있으니 이제부터가 매우 중요합니다."

그는 조금 전 소년에게 조롱을 당한 일을 염두에 둔 듯 성사 일보직전까지 이룬 공을 한껏 내세우며 자랑스러워했다. 이제껏 별다른 수완을 보이지 못하고 전전긍긍하기만 하던 그가 정말 다급한 이 정황을 타개해줄 한 줄기 서광을 이끌어 내자 삼가도 기쁨을 감출 수 없었다.

여각 안으로 들어서니 건물 내부는 밖에서 본 것보다 한결 규모가 크고 웅장했다. 벽과 천장을 장식한 붉은색과 금빛 치장들이 화려하고 사치스러웠다.

넓은 정원 한가운데 자리 잡은 큼지막한 연못에는 두 뼘은 실히 되어 보이는 비단 잉어들이 무리지어 한가롭게 유영하고 있었다.

수면으로부터 계단을 이뤄 높이 쌓아올린 경사면의 석축은 평평한 돌을 바닥에 괴이고 그 위로 겹으로 포개고 세워 운치를 더하여 배열했다. 그 경관이 자연스런 미에 인공적 아름다움을 배가하여 그런대로 볼 만했다.

돌 틈 사이사이로 회양목과 영산홍 야래향들이 식재되어 조화를 이루고 있었다.

지배인 앞으로 다가선 파륜이 소개했다.

"조금 전 말씀 드렸던 저의 일행입니다."

파륜이 공손히 말하며 시선을 발아래로 떨구었다.

앞에 선 둘의 행색을 번갈아 훑어본 우락부락한 인상의 지배인이 눈살을 잔뜩 찌푸리며 목소릴 높여 버럭 역정을 냈다.

"이건 아주 거지 중에서도 상거지구만. 어이, 향천이!"

지배인이 안쪽을 향해 큰 목소리로 소리쳐 불렀다.

소년 하나가 급한 발걸음으로 쪼르르 달려왔다.

"이제부터 함께 일할 자들이니 우선 목욕 준비를 해주고 옷부터 갈아입히거라."

그제야 삼가와 파륜은 가슴을 쓸어내리며 안도의 한숨을 내쉴 수 있었다.

그들은 그동안 땀에 절고 켜켜이 묵은 때를 대충 씻어내고 소년이 내준 옷으로 갈아입었다.

무엇보다 이들의 초라한 행색으로 미루어 뱃속사정을 짐작한 지배인의 배려가 눈물겹도록 감사했다.

오래간만에 그런대로 격식을 갖춘 음식을 마주한 그들은 실로 커다란 감격에 젖어 할 말을 잊었다.

한 끼의 음식이 식탁에 오르기까지는 농부가 흘린 땀과 여러 단계의 노고를 거친 연후에 비로소 가능한 일이었으나 그런 수고로움을 간과하는 것이 보통의 일상이었다. 그러나 지금 이 순간만큼은 모두에게 고마움과 감사하는 마음이 솟구쳐 올라 절절하게 가슴에 와 닿았다.

배를 가득 채운 포만감이 그들을 참으로 행복하게 해주었다.

인간의 본능 중 하나인 식욕이 해결되자 비로소 현실이 눈앞에 들어왔다. 삼가를 가만히 바라보던 파륜의 눈가에 어느새 물기가 서려 있었다.

"도련님, 정말 송구스럽습니다. 소인의 어이없는 실책으로 졸지에 행낭을 빼앗기고 그로 인해 도련님께 이런 고초를 겪으시게 하다니 장차 이 일을 어찌해야 좋습니까."

볼을 타고 흘러내린 눈물이 파륜의 뺨을 적셨다.

"아재, 그날의 일은 상황을 빨리 간파하지 못한 나의 잘못도 크니 너무 자책하지 마세요. 그리고 어차피 지난 일인 걸요."

"아닙니다. 그것은 온전히 소인의 실수였습니다. 그 조그만 녀석이 행낭을 탈취하러 계획적으로 접근한 것을 모르고 어리석게 빌미를 주어 참담한 결과를 자초하였습니다. 소인이야 이런 고생쯤은 얼마든지 무방하오나 지체 높으신 도련님까지 천하고 험한 일을 하시게 만들었으니, 후일 대인께서 실상을 아시면 그때 소인의 목숨은 열 개라도 부지할 수 없을 것입니다."

앞으로의 일이 염려되기는 삼가 역시 마찬가지였다. 그러나 되돌릴 수 없는 일이라면 빨리 잊어버리는 것이 현명한 처사라 생각했다.

"그 일은 평생토록 우리 두 사람만의 비밀로 해둘 것이니 염려 마오. 아재."

하지만 파륜은 삼가가 입고 있는 허름한 의복에서 눈을 떼지 못하고 있었다.

잠시 후 삼가가 자못 진중한 목소리로 입을 열었다.

"아재, 한 가지 부탁이 있는데 이곳에 머무는 동안 도련님이라는 말은 하지 마세요. 그건 지금의 처지와는 전혀 부합되지 않는 호칭이기 때문입니다. 이름을 부르기가 곤란하면 그냥 조카라고 하면 됩니다.

그렇게 하는 것이 우리가 처신하기에 편할 듯싶습니다."

"지금의 처지가 아무리 궁색하다고는 하나 그건 좀……."

파륜이 아무리 생각을 곱씹어 봐도 난처한 일이었다. 그러나 되짚어 생각해보니 정말 그것이 도련님의 처지를 조금이라도 덜 어렵게 하는 일이 될 수도 있겠다는 생각이 들었다.

첫 닭이 홰를 치며 울었지만 아직도 사방천지는 온통 어둠에 덮인 채 잠들어 있었다.

희끄무레한 여명을 뚫고 요란한 종소리가 곤한 잠을 흔들어 깨웠다.

"기상, 기상하라! 어서들 일어나지 않고 무얼 꾸물대는 거야. 해가 중천에 떴다. 이놈들아!"

지배인의 목소리가 아직 잠을 완전히 떨쳐내지 못한 그들의 귓전을 사정없이 때렸다. 얼른 옷을 챙겨 입은 삼가와 파륜이 마당으로 나가니 종업원들이 눈을 부비며 꾸역꾸역 몰려들고 있었다.

디딤돌 위로 올라선 지배인이 눈으로 일일이 점검을 해보더니 한껏 위엄을 세워 말했다.

"우리 일진각에서 주관하는 양주 현 관리들의 연회가 사흘 앞으로 다가왔다. 그 준비를 위해 오늘부터는 눈코 뜰 사이 없이 바쁜 일과가 시작될 것이니 각자 맡은 소임을 다해 차질이 없도록 해야 할 것이다. 알겠나."

입을 모은 대답이 일제히 여각을 울렸다.

"그럼 이만 해산하고 모두 자리로 돌아가 일을 시작한다."

지배인이 삼가들을 따로 부르더니 파륜에게 지시했다.

"너는 힘을 좀 쓸 것 같아 보이니 땔감용 장작을 준비하는 일과 여각 주변을 청소하는 일을 맡기겠다."

대답 대신 고개를 숙인 파륜이 눈치 빠르게 한옆에 놓여 있던 빗자루를 얼른 집어 들었다.

　삼가를 보며 지배인이 물었다.

　"너는 이름이 무엇이냐."

　"진여랑입니다."

　순간적으로 둘러댄 이름이었으나 그것은 부친이 지어주신 소중한 이름을 이런 처지에 함부로 불리고 싶지 않았기 때문이었다.

　"여랑. 너는 몸놀림이 민첩해 보이니 일층 음식부에서 손님을 접대하는 일과 주방에서 마련한 음식을 손님들께 가져다 드리는 일을 하거라."

　문을 열고 들어서니 벌써 각자의 자리에서 분주한 손놀림으로 맡은 일을 하고 있었다. 무엇을 어떻게 해야 하는지 모르는 그가 엉거주춤한 채 서 있었다. 그때 돌연 "야!" 하는 고함과 함께 휙 하는 소리가 들리는가 싶더니 눅눅한 것이 철썩 뺨을 때렸다.

　바닥에 떨어진 것은 식탁을 닦던 물걸레였다.

　"무얼 꾸물거려 인마. 빨리 움직이지 않고."

　소리 나는 방향으로 고개를 돌리고 보니, 걸레를 던진 것은 어제 자기에게 갈아입을 옷을 내어준 바로 그 소년이었다.

　순간적으로 화가 치밀어 오른 삼가의 얼굴이 붉어지고 말았다. 그러나 그는 곧바로 지금 자신이 서 있는 위치를 깨달았다. 그는 이제 여각의 말단 식솔 중 하나라는 사실이었다.

　"무엇을 어찌 해야 할지 몰라서……."

　말이 끝나기도 전에 비아냥거리는 소년의 목소리가 들려왔다.

　"녀석이 외양만 번지르르 해가지고 속은 영 숙맥이잖아. 저런 놈하고 일을 하게 되다니 내가 참으로 복이 없는 놈이지."

　소년이 하는 말이 가슴을 쳤지만 얼른 걸레를 집어 든 삼가가 식탁을 닦기 시작했다.

　모든 일이 생소하고 힘에 겨웠다. 그래도 그것은 참을 만하였으나 정작 견디기 힘든 것은 하대와 함께 시도 때도 없이 날아드는 욕설이었다.

　일에 떠밀려 허둥거리며 시각이 어떻게 지나는지도 모를 만큼 정신없는 하루였다.

　일진각은 맨 아래층 면적만 해도 삼백 평이 넘어 보이는 큰 건물이었다. 아래층에는 식당 겸 연회장이 갖추어져 있었고 중간층에는 술과 여자가 있는 색주가 있었다. 그리고 맨 위에 자리한 상층은 손님이 묵을 수 있는 여관이었다. 삼가가 소속된 1층 요식부의 종업원만 해도 오십여 명은 되는 것 같았다.

　삼가와 파륜은 자정이 거의 다 되어서야 파김치처럼 녹초가 된 몸을 뉘일 수 있었다.

　파륜이 걱정스런 얼굴로 물었다.

　"도련님. 아니 조카님, 힘드셨지요?"

　"힘이 들기는 하지만 견디어 내는 것 말고 지금 우리 처지에 별수가 있겠수? 집 떠나면 고생이라는 말처럼 이것도 세상사를 배우는 하나의 수업인지도 모르지요."

　"오늘 이른 아침 업무 배치를 하며 지배인이 이름을 물을 때 진여랑이라고 하시던데, 무슨 연유라도……."

　파륜의 질문에 삼가가 흰 치아를 드러내 미소 지으며 대답했다.

　"사실 어릴 적 소꿉동무 중 그 이름을 가진 아이가 있었다우. 그런데 녀석의 심술이 어찌나 사나웠던지 매사에 트집과 훼방을 부리니 한 번도 좋은 끝을 볼 수 없었답니다. 순간적으로 얼핏 여랑에 대한 기억이 떠올라, 그때의 일을 앙갚음하려는 생각으로 그리 대답하였다우."

　"조카님도 짓궂은 데가 있으시군요."

생전 처음 해본 힘든 일로 인해 기진맥진한 삼가, 아니 여랑은 말이 끝나기 무섭게 잠으로 빠져들고 말았다.

어느 직종을 막론하고, 그 이면에는 나름대로 독특한 질서와 규범이 존재했다. 이곳 여각의 음식부만 해도 다후라 칭하는 총지배인과 그 아래에 다즈라 불리는 지배인이 실질적 업무를 관리하며 종업원들을 부리고 있었다. 모든 체계는 철저한 도제식으로 이루어졌다. 음식을 조리하는 기술을 터득하여 호구지책으로 삼기로 작심한 이상, 남보다 조금이라도 유리한 자리를 차지하기 위한 눈에 보이지 않는 경쟁은 실로 치열했다. 윗사람의 눈에 들어야만 축적된 기능을 전수받아 장래를 보장받을 수 있기 때문이었다.

그런 연유로 지배인들의 막강한 권한과 위세는 이 여각에서만큼은 황제가 부럽지 않은 무소불위의 권력을 행사했다. 윗사람의 말 한마디면 죽는 시늉까지도 그대로 해야만 하는 것이 그들 나름의 규율이고 질서였다.

함께 일하는 소년 향천은 여랑과 동갑내기였다. 호리호리한 체구에 반짝이는 눈빛이 총명해보였으나 심지가 깊지 못하고 경박한 듯한 일면도 엿보이는 인상이었다. 그의 말에 의하면 이곳에서 근무한 지는 일 년 남짓 되었다고 했다. 이제 좋으나 싫으나 눈만 뜨면 얼굴을 마주할 처지가 되었으니 친구로 지냈으면 하는 것이 여랑의 바람이었다. 그러나 그는 자기의 근무 경력을 은근히 강조하며 호된 상전 노릇을 하려 들었다.

눈치 빠른 여랑은 얼마 지나지 않아 돌아가는 일머리를 모두 파악했다. 먼저 식당으로 들어오는 손님을 정중한 인사로 맞이하여 자리로 안내했다. 그 다음 인원수대로 준비한 잔을 식탁 위에 놓고 주전자로 물을 따라 잔을 채웠다. 음식의 가짓수와 종류가 다양한 탓에 주문에 약간의 혼선이 생기기도 했지만 시문을 익힌 그로서는 별 어려움이 없었다.

그런 여랑을 눈여겨본 작은 지배인이 흡족한 듯 미소 지으며 혼잣말을 했다.

'오래간만에 눈썰미가 좋은 아주 쓸 만한 녀석이 들어왔단 말이야.'

그러고는 향천에게 뼈 박힌 한마디를 날렸다.

"이 녀석아. 너는 만날 고참입네 하는 자랑만 하지 말고 매사에 모범을 좀 보여 보아라, 이 한심한 놈아."

아무 말도 못하고 옷깃만 만지작거리던 그가 지배인이 자리를 뜨자 여랑을 향해 눈을 흘기며 이를 악물었다.

'굴러온 돌이 박힌 돌을 빼낸다더니, 너 때문에 내가 지배인님의 눈 밖에 나게 되었으니 너는 이제 나의 앞길을 가로막는 적이다. 누가 최후의 승자가 되나 어디 한번 해보자.'

일이 예기치 못한 방향으로 전개되는 데 적잖이 당황한 여랑이 무엇인가 말하려 했지만 향천은 변명할 틈도 주지 않고 매몰찬 바람을 일으키며 돌아섰다.

먼발치에서 그런 진여랑의 행동을 조용히 지켜보는 눈이 있었다.

삿갓을 깊게 눌러 쓴 차림새로 보아 상인은 아닌 듯싶었고 관리는 더욱 아니었다. 어깨에 메고 있는 검의 손잡이를 묶은 푸른색 가죽 끈이 유난히 눈에 들어왔다.

날이 밝았다. 오늘이 바로 현 관리들이 회식을 예약한 날이다.

평소보다 더욱 이른 새벽부터 분주히 오가는 발길들로 바쁜 하루가 시작되었다.

주방에서는 뽀얀 김을 자욱하게 뿜어내며 음식을 조리하는 소리들로 온통 소란스러웠다.

네댓 자 길이의 대나무 아래쪽에 손바닥 두 개쯤 크기의 걸레가 달린 도구로 바닥을 훔치고 있던 파룬이 곁에서 부지런한 손놀림으로 식탁을 닦고 있는 여랑을 쳐다보며 속삭이듯 말했다.

"조카님. 조카님을 못살게 구는 저 녀석을 한번 혼내줄까요?"

오늘 하루 이곳으로 지원 나온 파룬이 청소를 도우며 여랑에게 한 말이었다. 말을 마친 파룬이 저만치에서 역시 식탁을 닦고 있는 향천을 건네다 보았다.

"그건 안 됩니다. 그 문제는 내가 알아서 해결할 것이니 아재는 모른 척하세요."

어느 틈에 그들 곁으로 다가온 향천이 가시 돋친 한마디를 내뱉었다.

"오늘같이 정신없이 바쁜 날 잡담들이나 하고 있으니…… 지배인님이 이런 장면을 보셔야 하는데."

향천이 하는 꼴을 물끄러미 보던 파룬이 한마디 했다.

"가는 말이 고와야 오는 말이 곱다고 하는데, 그렇게 벌레 씹은 소리만 하면 오던 복도 달아나는 법이라네."

모처럼 제법 근사한 비유로 상대를 면박 준 파룬의 말에 여랑이 웃음 지었다.

향천의 얼굴이 빨갛게 달아올랐다.

뜨겁게 내리쪼이던 햇살이 서쪽으로 기운 지 한참 지났지만 한껏 달구어진 대지에서 뿜어내는 홧홧한 열기는 식을 줄 몰랐다. 잎을 늘어트린 야자나무는 미동도 않은 채 장승처럼 서 있었다.

땅거미가 내리자 현 관리들이 여각으로 삼삼오오 찾아들기 시작했다. 미시가 가까워지니 넓은 연회장이 사람들로 가득했다.

상석에 현령이 자리 잡고 그 이하 관속들이 차례로 앉았다.

준비한 음식과 술이 식탁 위에 가득 놓였다. 식탁 사이사이로 허리를 굽히고 다니며 필요한 것들을 나르는 손길들이 분주했다. 그 가운데는 여랑과 파륜의 모습도 보였다.

비파와 금이 잔잔한 소리로 연회장 분위기를 이끌었다.

영사가 앞으로 나가 단 위에 오르니 시끌시끌하던 주위가 이내 조용해졌다.

현령을 향해 두 손 모아 눈높이로 들어 올리는 공수로 예를 표한 후 몸을 돌려 좌중을 둘러본 영사가 입을 열었다.

"오늘은 우리 현의 수장이신 사마흔님의 탄신일입니다. 양주 현 관리들을 비롯하여 원근각처에서 오신 귀족과 유지들이 자리를 빛내주기 위해 이처럼 성황을 이루어주셨습니다. 진심으로 감사의 말씀을 올리며, 마련한 음식과 술을 마음껏 드시고 유쾌한 시간 되시기 바랍니다."

잠시 호흡을 고른 영사가 다시 말을 이어 나갔다.

"우리 모두 현령님의 전도에 무궁한 영광과 축수를 기원하는 의미로 건배를 제의합니다."

이어 건배를 외치는 우렁찬 소리가 연회장을 흔들었다.

잠시 후 오늘의 주인공인 현령이 인사말을 위해 자리에서 일어섰다.

"먼저 이 자리에 참석해주신 모든 분께 감사드립니다. 번거로운 가운데 오늘 이러한 자리를 마련한 것은 관과 민이 화합하고 협력하는 계기로 삼고자 하였기 때문입니다. 앞으로도 모두가 양주 현의 발전을 위해 분발해주실 것을 바라마지 않습니다."

현령이 치사를 마치자 힘찬 박수가 터져 나왔다.

이어서 와자지껄하는 소음과 함께 본격적인 연회가 시작되었다.

앞자리에 마련된 무대 위로 묘령의 여인들이 등장했다.

현악기 5현 비파와 관악기 필률과 횡적, 그리고 동그란 틀 한쪽에 산

양 가죽을 입혀 그 가죽을 손가락 끝으로 두드리는 수고라 불리는 타악기 다프의 음률이 한데 어우러지며 분위기를 한껏 들뜨게 했다.

여인들이 추는 춤은 아름답고 신비로운 전설의 춤 호선무였다.

> 호선의 여인 호선의 여인
> 마음은 현(絃)에 따르고
> 손은 북(鼓)에 따른다
> 현고일성(絃鼓一聲)에 두 소매 올라가고
> 바람에 날리는 눈(回雪)과 같이
> 표요(飄颻)하며,
> 전봉(轉蓬)과 같이 춤추는도다

> (악기가 일성을 연주하면 아름다운 호희는 두 소매를 살짝 올려 춤추기 시작한다. 그 춤사위는 바람에 실려 춤추는 눈과 같고 가을날 뿌리째 뽑히어 바람 부는 대로 이리저리 몸짓하는 사막의 쑥과 같다.)

전해 내려오는 당나라 시인 백거이가 남긴 호선녀라는 유명한 시 구절이다.

그러한 찬사가 전혀 과장된 것이 아니었다. 과연 소문에 듣던 대로 우아함과 함께 때로는 격정적인 춤사위를 펼치는가 하면, 이내 사람들을 애수에 젖게 하는 매혹에 빠지게 했다. 또한 정교하고 화려한 역동성이야말로 이 춤의 백미라 할 수 있었다.

그녀들이 착용한 복장은 다양하고 아름다웠다. 청색 옷을 입은 여인이 있는가 하면, 붉은 옷으로 단장한 여인의 모습도 보였다. 여인들은 검은색 고운 망사 천으로 눈 아래 얼굴을 가리고, 가슴 역시 같은 천으로 살짝 둘렀다. 크고 검은 눈이 우수를 머금고 뭇 시선을 빨아들였다. 풍만한 둔부를 감싸고 있는 잠자리 날개처럼 투명하고 보드라운 천들이 몸 움직임에 따라 육감적인 굴곡을 그대로 드러냈다.

가슴 아래 노출된 오묵한 배꼽이 마치 여인의 은밀한 부분을 연상시키듯 사내들의 본능을 자극하는 고혹미를 내뿜었다.

하늘로부터 방금 하강한 선녀들이 펼치는 것 같은 환상적이고 우아한 자태에 심취한 사람들의 입에서 탄성이 절로 터져 나왔다.

뒤이어 여인들이 각기 둥근 공을 하나씩 굴리더니 공 위로 사뿐히 올랐다. 구의 크기는 석 자 남짓 보이는 것으로 사람이 운신하기에는 불안전한 물체였다. 그러나 잠시 후 모두의 눈을 의심케 하는 광경이 전개되고 있었다. 여인들이 그 작은 원형의 공 위에서 아슬아슬하게 균형을 유지해 자유자재로 움직이며 춤사위를 펼쳐냈다. 호희들이 점차 빠르게 몸을 회전시키니 날개옷 소매가 휘날리며 휙휙 바람이 일었다. 작은 동그라미 위에서 춤추며 종횡으로 몸을 움직여 기묘한 동작을 취하면서도, 두 발은 끝내 공 위에서 떨어지지 않는 묘기를 펼치는 여인들을 향해 박수가 쏟아졌다.

이제 연회장 분위기는 무르익을 대로 익어가고 있었다.

불콰해진 얼굴로 서로 마주앉아 담소를 나누는 사람들도 있었고, 전일에 묵혀두었던 일로 인한 시시비비를 가리느라 언쟁을 벌이는 사람도 보였다.

여랑이나 파륜 역시 새로 마련한 음식을 나르느라 이마에 흐르는 땀을 닦을 틈도 없이 분주히 움직이고 있었다.

그때 소란스러운 장내의 시선을 집중케 하는 목소리가 있었다.

"좌중하신 여러분! 잠시 이편을 주목해주시기 바랍니다."

모두의 시선이 그쪽으로 일제히 쏠렸다. 그는 키가 몹시 작고 뚱뚱한 몸집을 한 중년의 남자였다. 번쩍이는 비단옷을 입은 차림새로 보아 만만치 않은 재력가임을 짐작할 수 있었다.

느린 걸음으로 단 앞으로 나간 그가 현령을 향해 예를 올린 후 가늘고 카랑카랑한 목소리로 말했다.

"여러분, 저는 멀리 서역과 고려국으로 무역업을 하는 진진이라고 하는 사람입니다. 오늘 위로는 현령이신 사마흔님을 모시고 관리들은 물론 귀족 여러분들과 함께 자리하게 된 점을 필생의 영광으로 삼겠습니다. 그런 의미로 오늘 이 자리의 회식비는 소생이 모두 부담하겠습니다. 그리들 아시고 마음껏 즐겨주시기 바랍니다."

웅성거림 속에서 터지는 박수소리를 뒤로하고 그가 다시 말을 이었다.

"자! 우리 모두 현령님의 축수를 기원하는 의미로 잔을 올립시다. 내가 먼저 선창으로 만수 하면 여러분은 무강 하고 후창으로 따라주시기 바랍니다."

잠시 후 만수와 무강이 하나로 합쳐진 소리가 우렁차게 울려나왔다.

이제 새로 주문하는 음식은 줄었지만 술과 안주를 나르는 일로 분주하기는 매양 마찬가지였다.

중앙 통로 옆에 앉은 관리 하나가 유독 술을 자주 주문했다. 여랑이 조그만 소반에 호리병 둘을 올려놓고 바쁜 걸음을 옮기고 있었다. 식탁 가까이 다가갔을 때 발에 무엇인가 걸리는 느낌이 드는 동시에 몸의 중심이 앞으로 쏠리며 넘어졌다. 그 바람에 소반 위의 병들이 술을 쏟아내며 바닥에 떨어져 그대로 깨지고 말았다.

병이 깨지는 소리에 이어 곧바로 여랑의 뺨을 향해 손바람이 날아들었다.

화가 잔뜩 치밀어 오른 관리가 비틀거리며 자리에서 일어섰다. 그의 바지 앞자락이 흥건히 젖어 있었다.

당황한 여랑은 어쩔 줄 몰라 하며 허리를 숙여 죄송하다는 말을 연신했다.

그 소동으로 사람들의 시선들이 일제히 관리와 여랑 두 사람에게 집중되었다. 그런 분위기에 부담을 느낀 탓인지 관리가 헛기침을 남기고밖으로 나가버렸다.

상황이 일단 수습되어 마음이 조금 진정되었을 때 미소를 짓고 있는향천의 얼굴이 눈에 들어왔다. 그가 내민 발에 걸려 넘어진 것이었다.

생각을 정리한 그는 얼른 젖은 식탁보를 갈아내고, 깨어져 흩어진 병조각들을 치웠다.

현령이 자리를 뜬 것은 벌써 한참 전의 일이었다.

일부 남은 사람들은 몇 명씩 모여앉아 늘어놓는 잡담으로 술기운을깨우고 있었다.

산더미 같이 준비한 음식들과 수북이 쌓였던 술들이 모두 비워지고나서야 연회가 끝났다.

뒷정리를 하는 일도 만만치 않았다. 자정 가까이 되어서야 정리정돈을 마친 그들이 늦은 식사를 할 수 있었다.

옆에 앉아 말없이 수저를 움직이던 파륜이 걱정스런 표정으로 물었다.

"조카님, 어디 다친 곳은 없으세요?"

대답 대신 빙긋이 웃음 짓는 여랑의 얼굴 한편에 굵은 손자국이 아직도 선명하게 남아 있었다.

안쓰러운 표정으로 여랑을 바라보는 파륜의 눈에 눈물이 고였다.

모든 일과를 마치고 여각 뒤편에 인접한 허름한 숙소로 들어서려는데 작은 지배인이 여랑을 가만히 불렀다. 그리고 조금 전 연회장에서벌어진 일의 전말을 물었다.

물론 향천의 소행은 괘씸하기 짝이 없었다. 연회장에서 당한 수모를 생각하면 사실대로 말해 향천으로 하여금 그에 상응하는 대가를 받게 하고자 하는 마음이 없는 것도 아니었다. 하지만 자신의 등장으로 인해 위치가 불안해진 그의 입장을 생각해보면 이해가 가는 점도 있었다. 결국 사실을 덮어두기로 마음먹었다.

"저의 불찰로 인해 소란을 일으켜 죄송합니다. 차후로는 더욱 조심하겠습니다, 지배인님."

자초지종을 생략하고 자신의 잘못으로 돌리는 여랑을 보는 지배인의 눈길이 따스했다.

어느덧 불어오는 서늘한 바람이 옷깃을 파고드는 계절로 접어들었다.

이제 그런대로 일에 적응하여 별 어려움 없는 하루하루를 보냈다.

일진각에 몸을 의탁하고 지낸 지도 벌써 석 달이 지나고 있었다.

그동안 알게 모르게 사사건건 자신을 시샘하는 향천으로 인해 적잖이 마음고생을 하던 어느 날이었다. 여랑에게 다가온 향천이 아무 말 없이 손을 내밀었다. 그의 손에는 먹음직스러운 누룽지 한 덩이가 들려 있었다.

잠시 후 향천이 머뭇거리는 표정으로 말했다.

"내가 너에게 꼭 물어보고 싶은 것이 있는데 사실대로 말해주면 고맙겠어."

오늘 그런 모습은 평소와는 확연히 다른 것으로 이제껏 보아온 그가 아니었다.

"그러니까 몇 달 전, 네가 처음 이곳에 온 지 이틀 후인가? 현령님 생신 연회 자리에서 내가 일부러 내민 발에 걸려 넘어진 사건으로 지배인님이 네게 연유를 물은 일이 있었지."

여랑이 고개를 끄덕였다.

"그동안 많이 생각해보았는데, 그날 무슨 연유로 내 잘못을 덮어주었는지……."

여랑이 미소 지으며 대수롭지 않게 말했다.

"그것이 그렇게 궁금했었구나. 난 또 무슨 일이라고. 처음에는 나도 화가 치밀어 올랐지만 점차 너의 입장이 이해가 되었어. 그래서 언젠가 스스로 마음을 열고 다가설 날을 기다렸지. 그냥 그런 것뿐이야. 이 누룽지 잘 먹을게."

여랑의 말을 묵묵히 듣고 있던 향천의 눈가에 이슬이 맺혔다.

"염치없는 말이지만 그동안 내가 저지른 잘못을 빌게. 용서해줄 수 없겠니?"

울먹이는 그의 볼 위로 눈물이 흘러내렸다.

"사실 아무에게도 말하지 않았지만 나에게는 병들어 누워계신 어머님이 계셔. 금나라와 전쟁 통에 아버지가 돌아가시고 거지처럼 떠돌다 굶주리고 병든 누이와 동생은 그만 죽고 말았어."

향천은 어깨를 들썩이며 울고 있었다.

"중병으로 거동조차 못하시는 어머님을 부양하기도 힘겨운 터에 너로 인해 내 자리가 위협받는 것이 두려웠어. 네게 몹쓸 짓을 한 나를 용서해주고 지금까지처럼 대해준다면 정말 고맙겠어."

그의 표정에서 진심이 그대로 묻어 나왔다. 그런 향천을 바라보는 여랑의 마음에 측은지심이 일었다.

"그처럼 딱한 사정이 있었구나."

여랑은 대답 대신 향천을 가만히 끌어안고 등을 토닥여주었다.

모든 나라는 여러 가지 이유로 전쟁을 한다. 그것은 영토를 확장하기 위한 방편일 수도 있고 군주의 야망을 충족시키는 수단일 수도 있다.

명분도 없고 실리를 찾을 수 없는 무모한 전쟁 역시 무수히 많았다. 과연 누구를 위한 전쟁이며 무엇을 위한 전쟁인가 하는 문제는 동서고금을 막론하고 집권자들에게 던지는 영원한 과제가 아닐 수 없다.

권력을 잡은 자들은 통치수단의 하나로 흔히 '백성의 뜻'이란 말을 입에 올린다. 그리고 그 명분을 앞세워 모든 것을 호도하고 정당화시키려 드는 경향이 있다.

지금 향천이 겪고 있는 아픔 역시 허망한 목적을 앞세운 통치가 민중에게 주는 고통의 일부분일 것이었다.

간밤에 내린 무서리가 누렇게 시들기 시작한 나뭇잎을 뽀얗게 덮었다.

지금쯤 고향집 마당가에도 단풍이 들기 시작했을 것이라는 생각이 들어 여랑은 저도 모르게 상도가 있는 동쪽 하늘을 올려다보았다.

잘게 쪼개진 조개구름 사이로 한 무리 기러기 떼가 줄지어 날고 있었다. 그간 집을 떠나 겪은 일들이 마치 아주 오래전의 기억들처럼 아물거리며 머릿속을 맴돌았다.

"무얼 생각하기에 그리도 먼 하늘을 바라보고 있니?"

인기척에 고개를 돌리니 미소 지으며 향천이 다가오고 있었다.

"날씨가 서늘해지고 나뭇잎이 누렇게 시들어가는 걸 보니 문득 쓸쓸한 마음이 들어 잠시 애상에 잠겼었나 보네."

여랑의 맑은 눈동자를 응시하며 향천이 말했다.

"너는 나이는 나와 동갑이지만 모든 일에 진중하고 심지가 깊어 마치 성숙한 어른을 보는 듯한 느낌이 들 때가 많았어. 하지만 누구에게나 말 못할 속사정은 있는 법이니, 누가 알겠니? 그 고민을 해결하는 데 내 조그만 힘이라도 도움이 될는지."

여랑이 빙긋 웃음 지으며 말을 받았다.

"그래. 그때가 오면 반드시 네게 도움을 청할 것이니 오늘 한 말이 식언이 아니길 바라겠어!"

그때 안에서 소녀가 나오며 향천을 불렀다.

"작은 지배인님께서 널 찾으셔."

"묘현 누이, 알았어요."

향천이 몸을 돌려 안채를 향해 빠르게 걸음을 옮겼다.

묘현이라 불린 그녀는 여랑보다는 서너 살 위로 음식부에서 함께 일하는 소녀였다. 하얀 피부에 윤곽이 선명한 얼굴로 선해 보이는 외모를 하고 있었다. 심성이 착하고 인정이 많은 성품으로 여랑이 어려움을 겪을 때마다 옆에서 말없이 도움을 주는 따스한 마음을 지닌 소녀였다.

그런데 그녀는 한 번도 여랑의 이름을 대놓고 부른 일이 없었다. 그러는 대신 가까이 다가와 용건을 조용히 말하곤 했다. 여랑도 그런 그녀를 스스럼없이 누이라 불렀다. 그럴 때면 시선을 마주하지도 못한 채 이내 뺨을 붉히는 수줍음 많은 소녀이기도 했다.

작은 지배인과 향천이 마주 앉았다. 잠시 침묵이 흐른 뒤 지배인이 향천을 똑바로 보며 입을 열었다.

"지금부터 내가 하는 말을 잘 듣거라. 앞으로 내가 눈짓으로 지시를 내리면 그 손님들이 나눈 말의 내용을 기억했다가 내게 그대로 알려다오. 그리하면 너에게 앞으로 든든한 자리를 보장해주는 것은 물론이고, 급료도 더 높여주겠다."

뜬금없는 지시에 어리둥절한 표정을 짓고 있는 향천에게 목소리를 낮춘 지배인이 더욱 은밀한 어조로 말했다.

"그 모든 것은 너와 나 둘만 알아야 할 것이니 절대 비밀을 지켜야 한다. 만일 잘못하면 그로 인해 목숨을 잃을 수도 있다는 사실을 명심해야 할 것이야."

향천의 표정을 살핀 지배인이 다시 말을 이었다.

"내가 너에게 이러한 제의를 하는 것은 앞으로 너의 장래를 보장해 주려는 것이다. 그리 알고 내가 지시하는 일을 잘 수행하도록 해라."

지배인의 속내가 무엇인지 알 수 없는 일이었지만, 그의 말을 거역할 수는 없었다. 가슴을 옥죄어오는 불안과 압박감이 작은 몸을 감싸고 돌았으나 향천은 결국 그리하겠다는 대답을 하고 말았다.

밖으로 나온 향천의 발길이 휘청거렸다. 고개를 들어 올려다본 하늘 이 출렁거리며 빙빙 돌고 있었다.

불어오는 차가운 바람을 등진 해가 떨어지고 꽃등에 하나둘 불이 켜 지기 시작했다.

손님들 중 유달리 시선을 끄는 사람들이 여각으로 들어섰다. 비단 옷 을 잘 차려입은 귀공자들로 십대 중후반의 젊은이들이었다.

그들을 맞이한 여랑이 자리로 안내했다. 여랑 자신도 상당히 지체 있 는 집안의 자제로 성장하였지만 그런 그가 보기에도 그들이 입고 있는 옷은 최상급의 비단으로 지은 사치스러운 의복이었다.

음식을 주문 받는 여랑은 내심 놀라움을 금치 못했다. 그도 그럴 것 이 옌워, 또는 금사연이라 불리기도 하는 바다제비집으로 만드는 요리 를 비롯하여 상어 지느러미를 재료로 한 샥스핀, 돼지고기를 실처럼 가늘게 썰어 죽순과 목이버섯 등을 섞어 만드는 위샹러우쓰 등의 최고 급 요리들을 시켰다.

거기에다 5인의 일행으로는 도저히 다 먹을 수 없을 만큼 너무 과한 양을 주문했다.

그들이 청한 주류 또한 대단한 것이었다. 일천오백 년의 역사를 자랑하는 명주 전흥대국주를 비롯하여 분주청향형 등 웬만한 사람들은 평생 한 번 마주하기도 어려운 귀한 술들을 거침없이 주문했다.

하지만 그들이 주고받는 말투와 내용은 대단한 차림새와 주문한 음식의 격과는 전혀 동떨어진 것이었다. 교양 없고 절제되지 않은 어투였으며 심지어는 저속한 속어를 거리낌 없이 사용하고 있었다.

묘현이 원탁에 빙 둘러앉은 손님들 옆으로 돌며 연잎을 우려낸 물을 빈 잔에 채워주었다. 마지막 잔에 물을 따르고 돌아서려는 그녀의 손목을 덥석 움켜쥐는 손길이 있었다. 그중 가장 어려보이는 소년이었다. 너무 놀란 그녀는 하마터면 물 주전자를 놓칠 뻔했다.

얼굴이 빨개진 소녀가 팔을 움직여 잡힌 손목을 빼내려 하였으나 상대는 더욱 힘을 주었다.

재미있다는 듯 그녀의 얼굴을 빤히 바라보며 소년이 말했다.

"내가 이곳을 찾을 때마다 너를 눈여겨보았었는데 그사이에 몰라보게 예뻐졌구나. 마치 임의 손길을 고대하는 한 송이 해당화 같이 활짝 피었으니, 여기 계신 낭군님이 오늘 그대를 품으리라."

소년은 나이에 걸맞지 않은 어투로 어른 흉내를 내며 소녀를 희롱했다. 당황하여 어찌할 바를 모르는 그녀를 보며 일행들은 재미있다는 듯 깔깔대며 웃었다.

그때 다가온 작은 지배인이 공손히 머리를 숙이고 정중하게 말했다.

"귀공자님들께서 우리 여각을 찾아주신 것을 감사 올립니다. 이 아이가 혹 무례하게 굴었다 해도 너그러운 아량으로 헤아려주십시오."

조금 무안한 듯 소년이 그제야 잡고 있던 손을 슬며시 놓았다.

겨우 그의 손아귀를 빠져나와 몸을 돌이켜 울음을 삼키는 그녀의 뺨이 눈물로 젖어 있었다.

식사하고 있던 다른 좌석의 시선쯤은 안중에도 없는 안하무인격의 무례하고 방자하기 이를 데 없는 행동이었다.

조리된 음식들을 나르는 발길이 분주했다. 여랑 자신도 그런 요리들은 이름만 알고 있었을 뿐 실제 보기는 처음이었다. 음식들이 각각 특성 있는 향을 은은히 풍기며 후각을 자극했다.

그들은 식탁 가득 푸짐하게 차려진 음식을 먹으며 연신 술잔을 비워냈다.

조금 전 묘현을 희롱하던 또래의 소년에게 여랑의 시선이 자주 머물렀다. 아직 어린 나이에 못된 짓을 자행하는 데 대한 적개심도 작용하였겠지만, 그것보다도 웬일인지 눈에 익은 것 같은 그의 외모가 자꾸만 머릿속을 맴돌았기 때문이었다. 그러나 태어나 생전 처음 머물게 된 이곳 양주에 아는 사람이 있을 턱이 없다는 생각으로 미진한 기억의 꼬리를 떼어버렸다.

주방 쪽으로 걸음을 옮기던 여랑의 눈에 구석 모퉁이 기둥 뒤에 서 있는 묘현의 뒷모습이 보였다.

그녀 곁으로 다가선 여랑이 위로의 말을 건넸다.

"누이, 너무 마음 상하지 마세요. 그런 궂은일은 액땜한 셈 치는 것이 상책입니다."

그래도 다행인 것은 여랑의 말을 듣고는 그녀의 얼굴에 한 가닥 희미한 미소가 피어올랐다. 그리고 이곳에서 얼굴을 대한 이후 처음으로 눈길을 마주쳐 여랑을 바로 쳐다보며 물기 젖은 목소리로 말했다.

"고마워 정말……."

말끝을 흐리는 그녀의 눈에 한 줄기 추연한 빛이 일렁이고 있었다.

어느 정도 음식을 먹은 그들은 연신 술을 주문했다.

이미 취기가 올라 혀 꼬부라진 소리를 하며 그들이 나누는 대화는 주로 신변잡사들이 대부분이었다.

나이가 가장 연장자인 듯한 청년이 목소릴 높여 앞에 앉은 일행 중 하나를 놀렸다.

"칠운 아우는 금족령 해제된 지가 얼마나 되었다고 벌써 기루를 찾아 재미를 보았누. 하여간 그 기질은 아무도 못 말린다니까."

칠운이라 불리운 자가 술잔을 단숨에 비우고 나서 대꾸했다.

"금족령뿐이라면 견딜만 하지요. 위리안치까지 당한 걸요. 계집종년이라도 건드릴까봐 그런지 인물 반반한 애들은 내당으로 들이고 늙은 것들만 조석 시중을 들게 하였으니 내 한 달이 일 년, 아니 십 년 세월 같아 좀이 쑤시고 답답하여 미칠 뻔하였답니다."

그 말이 끝나기도 전에 웃음들이 터지는 것으로 미루어 서로 비슷한 경험을 공유한 동병상련의 심정을 공감하는 것 같았다.

그때 조금 전 묘현의 손목을 잡았던 자가 저만큼에 있던 지배인을 불렀다.

그는 가까이 다가온 지배인에게 품에서 한 줌의 돈을 꺼내 손에 쥐어 주었다.

지배인이 고개를 숙여 황송한 표정을 지으며 일행들을 향해 말했다.

"주시는 것이니 받기는 하겠습니다마는, 이렇게 하시지 않아도 되는데……."

한껏 오르는 취기로 인해 소년의 얼굴이 붉게 달아올라 있었다.

"지배인, 다름이 아니라 아까 그 계집을 좀 오라 하시오. 내 좀 전의 실례가 마음에 걸리어 풀어줄 겸해서 그러니."

지배인은 잠시 난감한 생각이 들었으나 그러나 이들이 누구인가. 내로라하는 세도가에 부잣집 자제들로 여각 수입에 일조하는 그들의 위상을 외면할 수 없었다.

속으로 굴리던 계산을 전혀 내색하지 않은 그는 만면에 웃음 지으며 그 말에 맞장구를 쳤다.

"네! 어느 말씀이라고 감히 어기겠습니까요. 잠시만 기다리십시오."

그들은 비위를 거슬러서는 안 될 특별한 고객이었다.

묘현에게 다가간 지배인이 짐짓 이마를 잔뜩 찌푸린 채 퉁명스럽게 말했다.

"너는 저분들이 우리 여각에 얼마나 큰 고객인 줄 모르느냐. 얼른 나아가 조금 전 네가 범한 무례를 사과하고 용서를 빌어라."

묘현은 그 자리에 다시 나가기가 정말 죽기보다 더 싫었다. 그것도 적반하장 격으로 아무 잘못 없는 자신에게 사과하라는 지배인이 야속하기만 했다. 그러나 하잘 것 없는 자신으로 인해 여각에 손해가 돌아간다면 안 될 일이었다.

결국 그녀는 내키지 않는 발걸음을 그들에게 옮길 수밖에 없었다.

그자들에게 다가간 묘현이 고개를 숙이고 기어들어가는 듯 조그만 목소리로 말했다.

"죄송합니다. 저의 무례함을 용서하십시오."

그 말을 들은 소년이 호기롭게 웃으며 하는 말이 그녀를 놀라게 했다.

"그것은 그만하면 되었으니 이리 앉아서 술이나 한잔 따르거라."

그자가 별안간 손을 뻗어 끌어당기는 바람에, 그녀는 중심을 잃고 비틀하며 옆자리에 주저앉고 말았다.

곧이어 그가 빈 술잔을 내밀었다. 잠시 어찌할 바를 몰라 망설이던 그녀는 피할 수 없는 일이라 판단했다. 술을 한 잔 따라주고 빨리 이 자리를 피하는 것이 상책이라는 생각으로 술병을 들어 잔을 채웠다.

하지만 흡족한 얼굴로 단숨에 잔을 비운 그자가 하는 말이 묘현을 더욱 경악케 했다.

"가인이 서로 화답하는 것이 정한 이치이니, 이번에는 네가 한 잔 받아라.”

소년이 그녀에게 잔을 불쑥 내밀었다.

그러나 묘현은 아무리 생각해봐도 그것만은 할 수가 없었다. 자기도 모르는 사이에 눈물이 솟구쳐 올랐다.

일찍 부모를 여의고 세상천지 의지할 곳 없는 신세가 되어 떠돌며 자랐지만 자신이 처한 현실을 비관하거나 원망하지 않았고 언제나 바르고 고운 심성으로 자신을 추스르며 살아왔다. 그렇게 어려움을 견디어 내다 보면 언젠가는 자신에게도 지금 이 순간을 아름다운 추억으로 회상하게 될 날이 오겠지 하는 소중한 희망을 가슴에 품고 힘겨운 하루하루를 지탱해왔다.

그러나 지금 이 순간만큼은 세상이 원망스러웠다.

자신에게 감당 못할 모멸과 수모를 안겨준 눈앞의 상대가 악마처럼 보였다.

그런 그녀의 모습을 바라보던 그자가 혀 꼬부라진 소리를 내뱉었다.

“눈가가 촉촉이 젖어 있으니 더욱 매력적으로 보이는구나. 어여쁜 것…….”

어이없는 허튼소리를 지껄인 그가 느닷없이 그녀의 가랑이 사이로 손을 들이밀었다.

동시에 그녀의 손이 그자의 뺨을 후려쳤다.

철썩! 하는 소리가 저만큼에서도 들릴 만큼 크게 울렸다. 실로 순식간에 벌어진 일이었다.

소년의 뺨에 난 손자국 자리가 벌겋게 부풀어 올라 있었다.

막되어 먹은 그들을 상대로 졸지에 벌어진 예상치 못한 상황은 걷잡을 수 없는 지경에 이르고 말았다.

자기들이 저지른 과오에 대하여는 한마디 언급도 없이 길길이 날뛰며 의자를 집어던지고 난리를 피우는 그들에게 총지배인이 달려 나와 두 손을 모아 빌고 또 빌며 사과했지만 그들의 분노는 하늘을 찌를 듯했다.

'어떻게 교육을 시켰기에 천하디 천한 하녀 주제에 감히 손님에게 손찌검을 할 수 있느냐. 손님을 폭행한 죄로 관에 고발하겠다' 며 그들은 갖은 욕설과 패악을 떨었다. 심지어는 수염이 허연 총지배인의 멱살을 틀어쥐는 행패도 마다하지 않았다.

일이 벌어진 사태의 원인을 따지고 보면 동기가 분명하고 당연한 결과였다.

그러나 이 소란의 승자는 어차피 그들이었다. 결국 그들은 그날 주문한 술과 음식의 모든 대금을 한 푼도 지불하지 않은 채 돌아가고 말았다.

여랑 역시 눈앞에서 벌어진 일의 전 과정을 분명히 목도하였으나 자기의 지위와 능력으로는 제지할 수도 없었고 또 수습할 힘이 없음을 탄식할 뿐 아무런 도움이 될 수 없었다.

그자들이 돌아간 뒤 그들이 주문한 음식 값은 묘현이 몇 년 동안 갚아야 할 엄청난 액수라는 말이 입에서 입으로 수군거리며 떠돌았다. 참으로 답답하고 어이없는 일이 아닐 수 없었다.

일을 마친 여랑이 묘현의 방을 찾았다.

벽에 기대어 눈을 감고 앉아 있는 그녀의 표정이 걱정했던 것과는 다르게 편안해보였다. 마치 오늘 하루 겪은 모진 일들을 잊기라도 한 것처럼…….

인기척에 고개를 든 그녀의 눈은 붉게 충혈되어 있었다.

묘현이 무릎을 당겨 자세를 바로 앉고는 희미한 미소를 지으며 조용히 입을 열었다.

"여랑. 그동안 따스한 마음으로 잘 대해주어 정말 고마워. 그리고 보잘 것 없는 나를 누이라 불러줄 때마다 참으로 행복하였어. 이 고마움은 영원히 잊지 않을게……."

그녀는 무슨 말인가 더 하려다 말고 이내 입을 굳게 다물었다. 그런 묘현을 대하는 여랑도 마음이 몹시 아려왔지만, 지금 그녀에게 필요한 것은 값싼 동정이 아닌 진실한 위로의 말이라 여겼다.

"시련과 고통의 언덕 저 너머에는 반드시 소망하는 세상이 기다릴 거예요. 오늘의 고통을 인내하는 사람만이 그 기쁨을 가슴에 안을 자격을 부여받을 수 있다는 믿음을 가지고, 힘을 내 살아야 해요."

"고마워. 그런데 내게도 그 희망이라는 것이 정말 있기는 한 것일까?"

그녀의 얼굴에 어두운 그림자가 스쳐 지나는 것을 본 여랑의 가슴이 차가운 얼음덩이가 얹힌 것처럼 시려왔다. 사실 그 말을 하는 여랑 자신도 인내의 저편에 모든 사람이 소망하는 행복이 기다리고 있을까 하는 의문이 들었지만 지금 묘현에게 해줄 수 있는 위로는 그 말이 전부였다.

인간은 본시 하늘과 땅 사이에 무엇과도 비할 수 없을 만큼 귀하고 귀한 존재라 하였으나, 귀천으로 구분 지어진 신분의 굴레는 아무리 몸부림쳐도 떨쳐버릴 수 없는 무거운 족쇄와 다름없는 것이었다. 어찌 보면 그보다 더욱 가혹한 천형일 수도 있었다.

다음 날 새벽 여각이 발칵 뒤집어졌다.

지난 밤 묘현이 뒤뜰 후박나무에 목을 맨 것이다.

그러한 결정은 억울하고 기막힌 현실을 헤쳐 나갈 더 이상의 의지도 희망도 없는 절망의 벼랑 끝에 선 그녀가 택할 수 있는 유일한 길이었는지도 모를 일이었다.

하늘 아래 혈육이라고는 없었으니 애처로운 죽음에 목 놓아 울어줄 사람 하나 없는 불쌍하고 가련한 그녀였다.

그러나 그녀의 마지막 모습은 평온해보였다. 마치 방금 꿈나라로 떠난 것처럼 미소 띤 얼굴은 한 송이 백합처럼 청초하고 아름다웠다. 그런 그녀의 어디에서도 자신을 학대한 모진 세상에 대한 원망이나 회한 따위는 찾을 수 없었다.

북쪽에서 불어오는 차가운 바람에 밀려 무더기를 이루고 수북이 쌓인 낙엽들이 이리저리 몸을 뒹굴어 달그락거리며 메마른 소리를 냈다.

바로 엊그제 이 땅 위에 적을 두고 살던 한 인간이 허무하게 떠났지만 무정한 세상은 아무 일도 없었다는 듯 매일의 일상 그대로 분주하게 시작되었고 시각은 또 그렇게 흘렀다. 단지 그 자리에 또 다른 누군가가 채워져 주어진 역할을 대신할 뿐이었다.

묘현의 일이 있고부터 여각의 분위기가 눈에 보일 만큼 팽팽한 긴장 속에 살벌하게 돌아가고 있었다.

그날 모진 수모를 당한 총지배인이 전 종업원들을 한 자리에 집합시킨 가운데 손님을 대하는 예절과 함께 고객에 대한 무조건적인 봉사를 강조했다. 그리고 그 일로 인해 여각 전체의 위상에 크나큰 손실이 입었음을 분개하며 그동안 근무 실태가 부실했던 몇 명을 직접 호명하여 해고하는 엄중한 조치를 취했다.

여랑과 파륜이 그 명단에 포함되지 않은 것은 다행스런 일이었다.

묘령의 소녀

청소를 하고 있던 여랑에게 파륜이 심각한 표정을 지으며 물었다.

"도련님, 요즈음 주변에서 벌어지는 이상한 일이 하나 있는데 혹시 모르셨나요?"

느닷없는 질문에 여랑이 그의 얼굴을 보았다.

"언제부터인가 도련님 주변을 맴도는 사내 하나가 보이기 시작하였는데 가장 최근에 그가 모습을 드러낸 것은 지난번 묘현의 소동 때였습니다. 입구 쪽 기둥에 몸을 가리고 서서 도련님을 주시하는 듯 보였어요. 검은 삿갓을 깊게 눌러쓴 탓으로 얼굴을 자세히 볼 수는 없었으나 등에 메고 있는 검의 손잡이를 감은 파란색 가죽이 유독 눈에 들어오는 사내였습니다."

잠시 생각에 잠겼던 여랑이 말을 받았다.

"하기는 나 역시 얼마 전부터 어떤 자가 먼발치에서 주시하는 것 같은 느낌을 가지기는 하였다오. 하지만 그자가 우리를 향해 적대감을 드러내지 않는 이상 무엇을 어찌하겠어요. 그냥 조심할 뿐이지요."

그들은 집을 떠난 지 불과 얼마 되지 않은 사이에 겪은 여러 가지 일들을 되짚어보며 세상사가 생각보다 훨씬 복잡 미묘하다는 사실을 새삼 느꼈다.

얼마 전부터 향천의 얼굴 가득히 어두운 그림자가 내려앉아 침울한 그늘을 감추지 못했다.

여랑이 걱정스런 얼굴로 물었다.

"요즈음 무척 힘들어 보이는데 무슨 말 못할 고민이 있는 게 아니니? 내가 도움이 될 수 있는 일이라면 좋으련만."

"특별하게 걱정되는 그런 일은 없어. 기분이 그냥 좀 가라앉을 뿐이니 걱정하지 않아도 돼."

"일전에 너의 어머님을 뵈니 그 앞전보다 병세가 한결 좋아지셨던데, 그런 어머니를 생각해서라도 네가 기운을 내야지."

여랑이 웃으며 향천의 어깨를 가볍게 건드려주었다.

"고마워. 너 역시 힘든 처지에 내 걱정까지 해주니…… 너의 따스한 위로에 어머님이 얼마나 기뻐하셨는지 몰라. 정말 고맙다."

여랑의 두 손을 꼭 잡은 향천의 눈가에 물기가 어렸다.

한 달에 단 한 차례 쉬는 휴일을 맞은 여랑은 매우 들떠 있었다.

"아재, 모처럼 쉬는 날이니 우리 시가지 구경도 할 겸 바람이나 쏘이러 나갑시다. 그런데 나보다 아재가 부자이니, 오늘 소용되는 비용은 아무래도 아재의 몫이어야 할 것 같은데……"

여랑이 운을 떼며 조금은 쑥스러운 듯 슬며시 파륜의 눈치를 보았다. 파륜이 그런 여랑의 속마음을 들여다보기라도 한 것처럼 시치미를 뗀 채 능청을 떨었다.

"그건 좀 어렵겠는데요. 수중에 있는 돈이 어떻게 해서 모은 거금인데, 그 아까운 돈을 시내 구경에 쓰겠습니까?"

자기의 말이라면 무엇이나 두말없이 응해주던 파륜이었다. 그런 그가 오늘따라 어깃장을 놓는 어이없는 일을 당한 여랑은 정말 섭섭한 마음이 들어 눈물이 날 것 같은 표정이 되었다.

농담으로 한 말을 곧이곧대로 받아들인 여랑을 보고 당황한 파륜이 얼른 낯빛을 바꾸고 고개 숙여 말했다.

"조카님. 제가 죽을죄를 지었으니 용서하십시오."

그제야 짐짓 밝은 표정으로 돌아온 여랑이 한마디 던졌다.

"그럼 비용문제는 해결되었으니 이제부터 나들이를 나가봅시다."

그제야 이제껏 한 말들이 서로를 놀리려고 농을 한 것임을 안 그들이 웃음을 터트렸다.

여각에서 일하는 대가로는 한 달에 한 번의 휴무와 얼마간의 급료를 받았다. 그 돈은 앞으로 여정 길에 요긴하게 소용될 귀한 것이었다.

하지만 여랑은 받은 돈을 전부 어머님의 간병비로 쓰라며 향천을 주었기 때문에 수중에 남아 있는 돈이 없었다. 반면에 파륜은 한 푼의 돈도 쓰지 않고 그대로 모았으니 얼마 되지는 않았으나 일단 여랑에 비하면 부자가 틀림없었다.

오랜만에 거리로 나와 마주하는 세상은 아주 넓어 보였다.

그들은 각종 점포들이 즐비한 번화가를 돌며 오가는 사람들의 모습과 풍물 구경에 시간 가는 줄 몰랐다.

여기저기를 걷느라 속이 출출해진 그들은 길가에 늘어선 집 가운데 하나를 찾아들었다. 소나무 장작불 위에 석쇠를 걸치고 얇게 썰어 구운 양고기에 고추장을 버무린 양념을 발라먹는 카오양러우(烤羊肉)라 부르는 음식을 만들어 파는 집이었다. 하얀 연기를 매콤하게 피우며 익어가는 고기 냄새가 입에 군침을 돌게 했다.

여각에서 먹는 음식들과는 또 다른 맛이 모처럼 포식하게 만들었다.

다시 거리로 나온 그들이 느린 걸음으로 주위를 둘러보며 황금각이란 화려한 현판을 단 큰 건물 앞을 막 지날 때였다.

별안간 건물 안쪽에서 무언가 깨지는 요란한 소음과 함께 앙칼진 소녀의 목소리가 밖으로 흘러나왔다.

"아니, 이런 경우가 세상천지 어디에 있단 말입니까."

이어서 들리는 퉤퉤! 하는 소리로 미루어 침을 뱉는 것 같았다.

흥미를 돋우는 돌발 상황에 이끌려 자연히 발걸음을 멈춘 그들이 여각 안의 동정에 귀를 기울였다. 그 소동에 지나던 사람들 역시 하나 둘 모여 들었다.

그때 별안간 여각 안으로부터 소녀 하나가 뛰쳐나왔다.

뒤이어 달려 나온 사내들이 소녀의 앞을 가로막았다. 앳된 소녀와 우락부락하게 생긴 사내 둘이 마주한 채로 대치하고 섰다.

모여든 사람들의 시선이 일제히 그들에게 쏠리며 강한 호기심을 불러 일으켰다.

12~13세 정도로 보이는 호리호리한 몸집의 소녀는 상하의가 하나로 연결되어 허리 아래로 단이 길게 늘어져 나풀거리는 간결한 차림새를 하고 있었다. 연두색 옷 위로 잘록한 허리를 질끈 동여맨 자색 띠가 유난히 돋보였다.

사내들과 마주 보고 선 소녀가 주위에 모여 있는 사람들을 둘러보며 카랑카랑한 목소리로 말했다.

"사람들아, 내 말 좀 들어보소. 이집 음식 맛있단 소문 듣고 먼 곳을 마다않고 찾아와 비싼 음식 주문하였더니, 올라온 요리에 쥐꼬리가 웬 말이요. 백배 사죄함이 당연한데 적반하장도 유분수라 손님에게 트집 하니 이 무슨 행패며 상도의는 어데 갔나. 기막힌 억울함을 여러분이 풀어주오."

말을 마친 소녀의 이마에 송골송골 땀방울이 솟아 있었다.

소녀의 야무지고 당찬 하소연에 매료된 구경꾼들이 웅성거렸다.

상황이 예상치 못한 방향으로 전개되고 있는 것에 당황한 사내들 중 하나가 서둘러 입을 열었다.

"저년은 처음부터 생떼를 쓰기로 작정하고, 미리 준비한 쥐꼬리를 음식에 넣고 우리를 협박한 파렴치범입니다. 저년이 꾸며낸 달콤한 말에 속지 마십시오."

사내가 벌건 얼굴로 씩씩거리며 더운 콧김을 내뿜었다.

쌍방의 말을 들어본 사람들의 의견이 분분하였으나 연약한 소녀에 대한 동정심의 발동으로 대세는 이미 그녀 쪽으로 기울고 있었다.

사람의 심리란 묘한 것이어서 자신과 이해상관이 없는 일이라면 정황을 냉정하고 예리하게 분석하기보다는 약자의 입장을 두둔하는 감정의 움직임이 작용하는 경우도 종종 있는 법이었다. 거기에 더해 군중심리의 위력이란 결코 무시할 수 없는 힘을 지니고 있었다.

자신에게 유리하게 돌아가는 분위기를 감지한 듯 회심의 미소를 지은 소녀가 조금 전보다 한결 부드럽고 낭랑한 목소리로 사내들을 향해 침착하게 말했다.

"내가 그대들에게 요구하는 것은 결코 과한 것이 아니에요. 먼저 여각 총지배인이 이번 사태에 책임을 통감하고 정중히 사과할 것과 아울러 내가 황금각의 음식이 대단하다는 소문을 듣고 구자(쿠처)에서 이곳까지 온 경비 일체를 물어달라는 것뿐입니다."

그 말을 듣고 있는 모두의 표정이 경악한 채 벌어진 입을 다물지 못했다.

그도 그럴 것이 그녀가 말한 구자는 말을 타고도 거의 한 달이 걸리는 먼 거리였기 때문이었다.

이제 사내들은 어쩔 수 없이 벼랑 끝으로 내몰린 상황이 되었다.

사실 그들은 이 여각에서 말썽을 일으키는 불량배들의 행패를 힘으로 해결하기 위해 고용한 무뢰배들이었다. 그런 그들이 조그만 계집아이에게 일방적으로 밀리는 수모를 고스란히 당하고 있을 수만 없는 것은 어찌 보면 당연한 일인지도 몰랐다.

우선 모여 있는 사람들의 시선을 피하는 것이 급선무라 판단한 사내가 재빠른 동작으로 소녀의 어깨를 움켜쥐었다. 여각 뒤편 후미진 곳으로 끌고 가 완력을 앞세워 조용히 수습하려는 심산이 분명했다.

그러나 놀라운 광경이 벌어지고 말았다. 사내의 솥뚜껑 같이 우악스런 손아귀가 소녀의 어깨를 움켜쥐려는 찰나, 가볍게 몸을 빼낸 그녀가 어느 사이에 사내의 등 뒤에 바짝 붙어 있었다. 그와 동시에 거구의 사내가 고통스런 비명을 질렀다. 어찌된 일인지 사내의 팔이 등 뒤로 꺾인 채 그녀의 손에 잡혀 있었다.

"순리대로 해결 지으려 하였건만 어리고 연약한 여자를 상대로 완력을 행사하려 들다니, 아주 막되어먹은 남정네들이구먼."

소녀가 차가운 웃음을 던지며 사내들을 조롱했다.

일이 점차 확대되어 이제는 걷잡을 수 없는 지경에 이르렀다.

이제껏 보고만 있던 다른 사내가 욕설이 섞인 막말을 퍼부으며 달려들었다.

"이 조막만한 년이 감히 이곳이 어딘 줄 알고 까부는 거야."

그녀의 목덜미를 노린 발길이 번개처럼 날아들었다. 쭉 뻗은 발끝에서 날카로운 바람이 일었다.

무지막지한 사내의 공격을 보는 사람들의 입에서 일제히 우려 섞인 탄성이 터져 나왔다.

그러나 사람들의 놀람을 진정시키기라도 하려는 것처럼 긴박했던 상황이 곧바로 종료되었다. 소녀가 그때까지 꺾어 움켜쥐고 있던 손을 놓는 동시에 그자의 무릎 안쪽 인대를 발끝으로 살짝 찍어버렸다.

고통으로 일그러진 비명을 내지른 사내가 나무토막처럼 둔탁한 소리를 내며 그대로 무너졌다.

동시에 옷깃이 휘날리는 경쾌한 소리와 함께 몸을 한 바퀴 돌려 공중제비를 한 소녀가 날아드는 공격의 발길을 살짝 피하며 날렵한 동작으로 사내의 급소인 낭심을 향해 곧바로 치고 들어갔다.

전혀 예상치 못한 채 소녀에게 매서운 일격을 당한 상대는 사지에 경련을 일으키며 널브러져 일어나지 못하고 고통에 찬 비명을 질렀다.

소녀의 날렵한 공격은 한 마리 제비가 공중에서 비상하며 먹잇감을 희롱하는 형세였다. 그 광경은 보는 이들로 하여금 경탄이 절로 나오게 하는 절묘한 공력이었다.

땅바닥에 널브러진 사내들을 한번 훑어본 소녀가 구경하던 사람들을 향해 미소 지으며 말했다.

"여러분, 잠시 동안이었지만 소란을 피워 죄송합니다. 이제껏 목도하신 저자들의 행패와 오늘의 변상은 후일 반드시 받아내겠습니다. 관중 제위님들의 성원이 큰 힘이 되었음을 감사드립니다. 그럼 이만……."

소녀가 옷깃을 휘날리며 한옆에 매여 있던 말 등 위로 바람처럼 몸을 실었다.

"이럇! 하!"

뽀얀 먼지를 풍기며 눈 깜박할 사이에 그녀의 모습이 사람들의 시야에서 멀어져갔다.

무엇에 홀린 듯 꿈에 취한 것처럼 그 광경을 지켜보던 여랑과 파륜이 그녀의 말에 오르는 동작을 보는 순간, 누가 먼저라 할 것도 없이 서로의 얼굴을 마주 보았다. 그러고는 이내 고개를 가로저었다. 그럴 리가 없었다. 자기들에게 모진 고생을 안겨준 계기를 제공해준 잊을 수 없는 그날. 행낭을 빼앗아간 것은 분명 소년이었다.

그러나 기이한 것은 그날 그 소년과 방금 목격한 소녀의 모습이 하나로 겹치며 어딘가 모르게 일치하는 점이 있다는 사실이었다.

어려 보이는 외모와 달리 대단한 무공과 당돌한 입심을 자랑한 소녀. 순식간에 억센 사내들을 둘씩이나 간단히 제압한 그녀의 정체는 무엇일까. 또 조금 전에 일어난 소동의 전말을 되짚어볼 때 정말 그 소녀의 주장대로 모든 것이 사실일까. 아니면 그녀가 의도적으로 꾸며낸 일에 모두가 기망당한 것일까. 과연 숨겨진 진실은 무엇인가. 정말 궁금할 수밖에 없었다.

한 가지 더욱 알 수 없는 일은, 그녀가 사내들과 시비를 가리는 경황 없는 와중에도 여랑 자신과 여러 차례 눈길이 마주친 일이었다.

호수같이 흔들리던 그녀의 맑은 눈빛이 어른거리는 가운데 소녀가 남기고 간 낭랑한 음성이 여랑의 귓가를 한동안 맴돌았다.

누렇게 퇴색되어 바짝 말라버린 낙엽들이 불어오는 바람에 서로 몸을 비비며 목 잠긴 소리로 버석이며 울고 있었다.

여랑은 요 며칠 사이 부쩍 차가워진 기온으로 몸이 움츠러드는 탓인지 마음이 초조해지는 것을 느꼈다. 집을 떠난 지 벌써 반년 째로 접어들고 있었다.

이제껏 물질적인 부족함을 모르고 성장해온 자신이었다. 하지만 지금 자신의 처량한 신세는 이루고자 한 소기의 목적을 향한 전진은 고사하고 호구지책에 급급할 뿐이었다.

기막힌 처지를 되돌아보니 절로 한숨이 나왔다.

"무슨 생각을 그리 골똘히 하고 계세요. 아마도 집 생각이 나시는 모양이지요."

고개를 돌리니 어느 틈에 다가온 파륜이 곁에 서 있었다.

"아재, 이제 머지않아 이곳을 떠날 때가 된 것 같아요. 그동안 겪어보니 어느 곳을 가든지 지금처럼만 몸을 부리면 굶을 염려는 없을 것

172

이란 자신이 생겼다오."

여랑이 제법 자신감이 배어나는 표정을 보였다. 그런 여랑을 대견한 눈으로 바라본 파륜이 속에 담아두었던 생각을 말했다.

"물론 이곳에 정착하여 오가는 많은 사람을 주시하며 적운거사님과 해후를 기다리는 것도 하나의 방법이 될 수는 있겠지요. 하지만 그동 안 제가 주워들은 풍문을 종합해볼 때 거사님의 행적이 바람과 구름처 럼 천하를 떠도시는 분이라 하였으나 거처가 분명 천산 부근이라는 확 신이 들었습니다."

여랑이 반가움이 역력한 목소리로 되물었다.

"아재, 그것이 정말이요? 그럼 이곳에 더 있고 말고 할 것이 뭐 있겠 어요."

여랑은 당장에 자리를 박차고 일어서기라도 할 것처럼 들떠 있었다.

'아무리 가문이 있고 의젓해 보여도 역시 어린 나이는 어쩔 수 없는 것이로구나.'

파륜이 빙그레 웃음 지으며 동생에게 타이르는 것처럼 침착하게 말 했다.

"아우님. 아직 확신을 가질 단계는 아닌 듯싶으니 일단 조금 더 이곳 에 머물며 정보를 취합한 연후에 결정을 내려도 늦지 않을 것입니다."

여랑은 내심 놀라며 새삼 파륜을 다시 보았다.

'아둔해 보이기만 하던 아재의 심중에 저런 사려 깊은 지혜가 있었 다니……'

오늘은 나라의 축제일인 성절이다.

몽케 칸(헌종)의 탄신일을 맞이한 양주 시가지는 노래와 춤이 어우러 진 들뜬 분위기로 흥청거렸다.

모두에게 즐거운 날이었으나 손님을 접대해야 하는 업소의 일손들은 반대로 갑절은 분주한 하루를 보내야 했다. 당연한 일로만 여겼던 그런 사실 역시 그전에는 알지 못하였던 것으로 누군가의 즐거움을 제공하는 이면에는 반드시 숨은 노고가 있다는 사실을 알게 되었다.

저녁이 다가오자 밀려드는 손님들로 정신을 차릴 수 없을 만큼 북적거렸다.

지원받은 인력은 물론 지배인까지 나서서 일손을 거들며 독려했다.

"꾸물거리지 말고 빨리들 움직여라."

전쟁을 치르듯 진종일 땀을 흠뻑 흘리고 나서야 손님들이 썰물처럼 빠져 나가고 겨우 한숨을 돌릴 수가 있었다.

늦은 식사를 마치고 나니 한결 여유가 생겼다. 그럴 수밖에 없는 것이 오늘을 대비하여 식재료를 충분히 준비하였으나 예상보다 훨씬 더 많이 밀려든 손님들로 인해 마련한 재료가 이미 바닥나고 말았기 때문이었다.

그러나 지배인의 얼굴엔 웃음이 떠나지 않았다. 오늘의 매상이 예상치의 배가 넘는 액수를 초과 달성하였기 때문이었다.

영업이 모두 끝나고 총지배인이 전 종업원을 불러 모았다.

"오늘 모두 열심히 일해준 덕분에 예상을 웃도는 영업 실적을 기록했다. 다후의 직권으로 특별 수당을 지급한다."

종업원들의 얼굴에 화색이 돌며 일제히 환호성이 터져 나왔다.

사람을 다루는 일은 그래서 어려운가 싶었다. 철저하게 장악하고 일을 부릴 때와 베풀고 풀어줄 시점을 적절하게 구사하는 것이 사람을 부리는 관건이었기 때문이었다.

둥근 보름달이 중천에 두둥실 떠올라 온 누리에 금빛을 듬뿍 내렸다. 연못가 정원석에 비스듬히 기대앉은 여랑과 파륜이 이런저런 이야기들을 나누고 있었다.

그때 돌연 여각 위층에 자리하고 있는 색주가에서 한바탕 소란이 일어났다. 들려오는 소리로 미루어 싸움이 벌어진 것 같았다.

몰려든 구경꾼들이 모두 2층을 주시하며 사태의 추이를 지켜보고 있었다. 계속해서 칼이 부딪는 날카로운 소리가 어지럽게 울려 나왔다. 그사이사이로 여인들의 자지러지게 놀란 비명소리가 섞여 들렸다.

그때 사내 하나가 2층 난간을 부수고 둔탁한 소리를 내며 땅바닥으로 떨어져 내렸다. 온몸이 피투성이가 된 것으로 볼 때 방금 싸움을 하던 사람 가운데 하나인 것이 분명해 보였다. 이어서 고함 소리를 내지르며 뛰어 내리는 검은 그림자들이 있었다. 거의 동시에 땅바닥으로 내려선 그들이 섬뜩한 살기를 피우며 대치하고 섰다.

삼삼오오 무리 지어 위층을 바라보다가 질겁하고 놀란 사람들이 마당 가장자리로 얼른 피했다.

사내들은 모두 다섯 명이었다.

검은 옷차림을 하고 있는 한 사람을 가운데 두고 나머지가 빙 둘러선 것으로 미루어 싸움의 형세를 짐작할 수 있었다.

검은 옷의 사내가 어눌하고 음산한 목소리로 말했다.

"네놈들이 감히 내 여자를 농락하고도 살아남기를 바라느냐. 어리석은 놈들."

마주선 사내가 크게 웃음을 터트리며 상대의 말을 비웃었다.

"이놈아. 노류장화라 하였으니 거리에 핀 꽃은 꺾는 것이 임자이지 그년이 네놈의 조강지처라도 된단 말이냐. 오늘이 네놈의 제삿날인 줄이나 알아라."

사내가 운검을 들어 공격세를 취하더니 상대를 단숨에 베어버릴 듯 후리고 들어왔다.

검은 옷의 사내가 간발의 차이로 들어온 검을 방어했다. 검과 검이 부딪치며 푸른 섬광이 번쩍하고 일었다. 그들은 공격과 수비를 번갈아 펼치며 수십 합을 주고받았다.

그러는 사이에 빙 둘러선 사내들도 가세했다.

검은 옷의 뒤편에 선 누런 옷을 입은 사내가 기다란 사슬 끝에 기역 자 모양의 칼날이 달려 있는 낫을 윙윙 소리를 내며 원을 그려 휘두르고 있었다.

날카로운 눈빛을 번득인 검은 옷의 사내가 입을 실룩이며 말을 내뱉었다.

"네놈들이 무역하는 대상들을 약탈하고 도륙하는 일로 악명이 자자한 국호강 형제 놈들이로구나. 얼마 전에 네놈 일당에게 당한 내 부하들의 한을 오늘 한번 제대로 풀어주마."

검은 옷이 말을 마치기가 무섭게 검을 든 반대편 손을 획 뿌렸다. 동시에 달빛을 머금은 두 줄기 살기가 바람을 갈랐다.

처음 운검을 뽑아 대결하던 자와 사슬낫을 휘두르던 자가 동시에 처절한 비명을 토하며 쓰러지고 말았다. 검은 옷의 사내가 쓴 암기에 걸려 표창을 맞은 것이었다. 그들의 입과 가슴에서 붉은 피가 뭉글거리며 흘러내렸다.

"으흐흐흐, 이제는 네놈들의 차례이니 어디 맛을 보아라."

마주 선 상대는 창과 비슷한 무기로 날 대신에 골이 파여 있는 둥근 쇠뭉치가 부착된 '엄파'라 하는 무기를 들고 있었다. 그것의 위력은 가공할 만한 것으로 상대의 무기가 쇠뭉치에 부딪치는 순간 강력한 자력으로 순식간에 빨아들여 적을 무력하게 만들어버린 다음 육중하고 날카로운 머리 부분으로 가격하는 공포의 무기였다.

좌우로 회오리바람을 일으키며 회전하던 엄파가 공격을 개시했다.

검은 옷의 사내도 긴장한 듯 몸을 이리저리 날려 피하며 신속하게 방어를 펼쳐냈다.

이윽고 엄파가 검은 옷의 머리를 향해 사정없이 날아들었다. 그와 동시에 뒤편에선 사내의 창날이 푸른빛을 뿜었다. 날카로운 외침과 함께 검은 그림자가 유령처럼 몸을 솟구쳤다. 허공으로 날아오른 그의 검이 뒤에서 날아든 창을 막아내는 한편 눈앞으로 번개처럼 치고 들어오는 엄파를 살짝 비켜서며 상대를 향해 검의 각도를 사선으로 내려쳐 바람을 갈랐다.

처절한 단말마의 비명이 허공에 짧게 울려 퍼졌다.

선혈을 분수처럼 내뿜으며 처참히 쓰러진 그의 육신은 좌측 어깨로부터 가슴 아래로 완전히 절단되어 눈 뜨고는 차마 볼 수 없을 만큼 참혹했다.

이제 창을 든 사내와 검은 옷을 입은 자 단둘이 마주 섰다.

창을 든 사내가 몸을 부르르 떨며 말했다.

"네놈에게 아우들을 모두 잃다니 참으로 원통하고 분하다. 그러나 내 기필코 이 원수를 갚아 아우들의 한을 풀어주고야 말겠다."

상대를 노려본 그가 이를 부드득 갈면서 자세를 바로잡았다.

"으핫하. 오늘 악명 높던 네놈 형제들을 모두 해치움으로써 도철님의 명성이 중원에 우뚝 서게 될 것을 생각만 해도 기쁘기가 한량없다. 으하하하."

그 말을 듣고 있던 국호강이 차가운 웃음을 흘리며 말했다.

"우리 형제들이 무역 대상들을 약탈한 것은 사실이다. 그러나 네놈들처럼 무고한 생명을 함부로 해친 일은 결단코 없었다. 네놈이야말로 악랄하기 짝이 없는 살인귀다."

분노를 가득 머금은 사내의 창날이 회오리바람을 일으키며 검은 옷을 향해 공격해 들어왔다. 허공을 울리는 창과 칼이 부딪는 소리가 귓전을 어지럽히며 사방에서 번쩍번쩍 불꽃이 일었다.

두 사람은 서로 한 치의 물러남도 없는 사생결단으로 목숨을 건 일전을 벌이고 있었다. 그들의 무예는 일진일퇴를 거듭하는 상황으로 비등한 실력을 보였다. 그러나 어느덧 활시위처럼 팽팽하던 균형이 서서히 한쪽으로 기울기 시작했다. 검은 옷의 사내는 시종일관 냉혹함을 견지하고 필살의 공격을 펼치는 반면 창을 든 사내는 타오르는 복수심으로 인해 이미 평상심을 상실하고 있었다. 차츰 공격과 수비에 허점이 노출되었다.

그것을 간과할 흑의가 아니었다. 바람에 어지럽게 날리는 풀잎처럼 현란하게 춤추던 창칼의 틈새로 흑의의 일격이 가해졌다.

외마디 비명과 함께 입에서 피를 울컥 토한 그가 몸의 중심을 잃으며 저만큼 나동그라지고 말았다. 한쪽 어깨가 완전히 절단되어 땅바닥에 떨어진 채 경련을 일으키며 부르르 떨었다.

그 처참한 광경을 눈앞에 마주한 사람들의 입에서 일제히 비명 섞인 신음소리가 흘러나왔다.

팔이 떨어져 나간 어깨에서는 선혈을 콸콸 쏟아내고 있었지만 한손에는 여전히 창을 들고 있었다. 가까스로 몸을 일으킨 그가 일그러진 얼굴을 들어 흑의 사내를 바라보았다. 그리고 힘겹게 창을 꼬나들었다. 그 꼴을 가소로운 듯 바라보던 흑의가 조롱하는 어조로 입을 열었다.

"무릎을 꿇고 애원한다면 내 특별히 너의 목숨을 살려줄 수도 있다, 어떠냐."

"내 이대로 죽을망정 네놈에게 구차하게 목숨을 구걸하지는 않을 것이다. 이노옴!"

사내가 붉게 핏발선 눈을 들어 적을 마주보며 한 손으로 창을 바로 세웠다. 하지만 그 창날은 허공을 찔렀을 뿐 상대와 접전하기에는 역부족으로 스스로 무너져 내리고 말았다.

흑의를 입은 사내가 휘두른 검이 번쩍하는 섬광을 내뿜으며 창을 들고 있던 팔을 내려쳤다.

전신이 피범벅이 된 그를 내려다보며 흑의가 다시 말을 던졌다.

"지금이라도 늦지 않았다. 살려달라고 애원해라. 그럼 자비를 베풀어주마."

"아우들의 원을 풀어주지 못한 것이 원통할 뿐이다. 어서 죽여라, 이놈아."

울컥 넘긴 핏덩이가 국호강의 입을 붉게 물들이고 흘러내렸다.

"이놈이? 아직도 입은 살아 잘도 지껄이는구나. 그럼 네놈도 먼저 간 아우놈들을 바로 만날 수 있도록 내가 수고를 해주마."

흑의 사내가 큰소리로 외치며 그의 심장 깊숙이 검을 찔러 넣었다.

피가 끓어오르는 소리를 삼킨 그가 가까스로 눈을 떠 흑의 사내를 쏘아보며 힘겹게 말했다. 그러나 그 말들은 한마디 한마디가 분명했다.

"분하다! 저세상에서도 반드시 지켜보마. 살인마의 말로를. 이놈 도철……."

그의 말끝이 점차 가늘어지며 힘없이 고개를 떨구었다.

눈앞에서 벌어진 광경을 목도한 모든 사람은 검은 옷을 입은 사내의 냉혹한 칼부림을 보며 공포와 적개심으로 몸을 떨었다.

피치 못할 정황으로 인해 살상을 한다 해도 도덕적 규범이 엄연히 존재했다. 그러나 지금 눈앞의 흑의를 입은 자는 인간으로서 최소한의 존엄성은 물론이고 눈곱만큼의 자비심도 찾아볼 수 없는 잔혹한 살인마였다.

조금 전 흑의 사내의 칼에 숨이 넘어가며 국호강이 마지막으로 남긴 말을 들은 파륜은 자기의 귀를 의심하고 있었다. 도철이란 이름을 분명하게 두 귀로 들은 것이다. 생각을 되짚어 보니 조금 전에 국호강과 주고받은 설전 중에도 도철이란 이름이 거론되었었다. 긴장된 분위기 탓에 별 생각 없이 지나쳤으나 다시 한 번 도철이란 말을 분명히 들은 것이 틀림없었다.

옆에 있던 여랑과 시선이 마주쳤다. 파륜의 비극적 가족사를 들어 알고 있는 여랑의 눈빛도 사실을 확인해주고 있었다.

저놈, 저놈이 바로 꿈에서도 잊지 못하고 복수를 다짐하게 만들던 철천지원수, 바로 그놈 도철이란 말인가? 파륜의 가슴이 마구 방망이질 쳤다.

그때 검을 어깨에 멘 검은 옷의 사내가 걸음을 옮기며 몸을 돌렸다. 그 바람에 그자의 얼굴이 밝은 불빛에 분명히 드러났다. 위로 치켜 올라간 눈초리와 이마 아래에서 뺨을 타고 내려 입꼬리 옆까지 나 있는 흉터가 선명하게 보였다. 그동안 지난 세월의 간격으로 모습이 변하기는 했지만, 그자는 도철이 분명했다.

파륜의 눈이 광인처럼 번득이며 파란 불길을 뿜어냈다.

전혀 예상하지 못한 상황과 맞닥트린 여랑이 재빨리 머리를 굴렸다. 하지만 아무리 생각해보아도 지금 저자와 맞서는 것은 목숨을 버리는 자살 행위와 다를 바 없었다. 방금 저자의 무공이 얼마나 대단한 것이며 또 냉혹하기 짝이 없는 잔인한 살인마인가 하는 사실을 눈앞에서 분명히 목도했다. 감정을 앞세워 무모한 행동을 취한다면 그것은 마치 불을 보고 무작정 날아드는 부나비와 같은 꼴이 될 뿐이었다.

파륜을 제지해야만 한다고 여랑이 마음을 정했다.

그러나 그럴 틈도 없이 파륜은 이미 흑의 사내를 향해 저만치 달려가고 있었다. 바람처럼 달려든 그가 등을 보이고 걸음을 옮기는 흑의 사내 앞을 가로막았다. 느닷없이 자신의 발길을 막고 나선 파륜을 보고는 사내가 어리둥절한 표정을 지으며 말했다.

"뭐야, 이놈은?"

흑의 사내가 손바닥을 곧추세워 가볍게 파륜의 가슴을 밀쳤다.

별로 큰 힘을 쓰지 않고 밀었을 뿐인데도 파륜은 서너 걸음쯤이나 뒷걸음치며 비틀거리다가 그대로 엉덩방아를 찧고 말았다. 그러나 벌떡 일어선 파륜이 다시 흑의 발길을 가로막아 섰다. 그리고 분노에 찬 비장한 목소리로 소리쳤다.

"네놈이, 네놈이 정말……?"

연이어 말하려던 파륜이 울컥하고 붉은 선혈을 한 움큼 토해냈다. 아마도 조금 전 사내의 매서운 촉수에 내상을 입은 모양이었다. 가벼운 손길로 보였지만 절륜한 무공을 갖춘 그의 장력으로 인하여 내공이 전무한 파륜의 장기가 손상당한 것이 분명했다.

하지만 그대로 물러설 파륜이 아니었다. 그는 이미 죽기로 작정하고 있었다. 입가에 흘러내린 붉은 피를 옷소매로 문지른 파륜이 이번에는 주먹을 휘두르며 저돌적으로 달려들었다.

그런 그를 흘끔 본 흑의 사내가 몸을 두어 걸음 훌쩍 비켜서더니 참으로 어이없다는 표정을 지으며 물었다.

"도대체 네놈이 내게 무슨 볼일이 있기에 이처럼 막무가내로 달려드느냐. 조금 전 황천으로 간 저놈들의 꼴을 보고도 숙맥 같은 놈이 겁도 없이 어딜 함부로 나대는 것이냐."

정말 그는 자못 궁금한 듯 물었다.

파륜은 그동안 가슴속에 한을 품고 묻어두었던 말들을 꺼내려 했다. 하지만 역류한 피가 기도를 막은 탓인지 제대로 숨을 쉬기조차 힘에 겨웠다. 거기에다 이성을 잃을 정도로 감정이 격해진 때문에 속으로만 곱씹을 뿐 말이 제대로 나오지 않았다. 그러나 어찌 보면 그것은 다행한 일일 수도 있었다.

그런 연유를 알 까닭 없는 흑의 사내가 말을 하지 못한 채 붉어진 얼굴로 우물거리는 파륜을 보고 발길을 돌리며 한 마디 내뱉었다.

"저런 멍청한 놈을 보았나. 기회를 주는데도 한 마디도 못하는 한심한 주제에, 남의 발길은 왜 막아서냔 말이야. 네놈은 오늘 운수 대통한 줄이나 알아라."

파륜은 기가 막히고 억장이 무너져 내렸다. 수천 번 벼르고 또 별렀던 부모님의 원수를 눈앞에 두고도 이대로 보낼 수는 없었다. 복수의 일념으로 이성을 잃어버린 그에게 이제 자신의 목숨 따위는 안중에 없었다.

여각의 큰 문을 막 나서려는 흑의 사내를 향해 돌진한 파륜이 그자의 허리를 자신의 머리로 있는 힘을 다해 들이받았다.

방심한 탓이었는지 몰라도 대단한 무공을 자랑하던 그도 별수 없었다. 마치 성난 소에게 들이받힌 것처럼 앞으로 몇 걸음을 밀리며 그대로 거꾸러지고 말았다. 그러나 그는 역시 달랐다. 넘어진 몸이 땅 바닥에 완전히 닿기도 전에 몸을 틀어 중심을 잡고서 어느새 자세를 바로 취하고 있었다.

얼굴이 벌게진 사내의 일그러진 입에서 거친 숨소리가 들려오는 듯했다. 독기 오른 눈초리를 번득인 그가 아무 말 없이 등에 메고 있던 검을 뽑아들었다.

검이 빠져나오며 좍! 하는 소름 돋는 서늘한 소리를 뱉어냈다.

사태는 이제 돌이킬 수 없는 정황으로 치닫고 있었다.

이윽고 사내가 검을 치켜들었다.

그러나 또다시 달려드는 파륜을 향해 검이 날아드는 급박한 순간, 돌연 흑의 사내가 그 자리에 맥없이 쓰러지고 말았다.

의외의 사태에 놀란 사람들이 정신을 가다듬고 보니 소년 하나가 바람처럼 몸을 던져 사내의 정강이를 걷어찬 것이었다.

일이 참으로 묘하게 돌아가고 있었다. 불과 얼마 전 모두가 치를 떨며 목도한 냉혹한 살인귀를 상대로 겁 없이 돌진한 두 사람. 그러나 그들은 결코 사내의 상대가 아니었다. 누가 보기에도 두 사람 모두 무예의 무자도 익히지 못한 약골들임이 분명했다. 그들이 지금 취하고 있는 행동은 마치 섶을 지고서 불로 뛰어드는 것 같은 무모하기 짝이 없는 어리석은 짓이었다.

화가 머리끝까지 치밀어 오른 사내가 격앙된 목소리로 말했다.

"이유는 무엇인지 모르겠지만 네놈들이 죽는 것이 소원이라면 그리해주마!"

흑의 사내는 둘을 단칼에 베어버리려는 기세로 검을 치켜세웠다.

모여 선 사람들 모두가 조마조마한 심정으로 이내 바람 앞의 등불처럼 꺼져버릴 젊은 두 생명들의 가련한 처지를 동정하고 있었다.

날카로운 소리와 함께 번쩍하는 검광이 허공을 갈랐다.

그 순간이었다. 비호처럼 날아든 그림자 하나가 내려치는 검을 막았다. 챙그렁! 챙! 하는 차가운 금속성이 밤하늘로 울려 퍼졌다.

돌발 사태에 놀란 흑의 사내 앞에 삿갓을 깊이 눌러쓴 사람이 버티고 서 있었다.

"도대체 네놈은 누구냐!"

삿갓사내는 아무런 대답이 없었다. 더 이상의 말이 필요 없는 그들은 곧바로 본격적인 대결을 전개했다.

쌍방은 일진일퇴를 거듭하며 찍고 베고 흘리고 튕기는 다양한 기술을 구사하며 부딪쳤다. 그들의 검법은 경쾌하고 부드럽기가 바람과 같았고 때로는 용맹 쾌속함이 맹호의 기세를 방불케 했다.

이미 목격한 것처럼 흑의 사내가 구사하는 검술도 대단했지만 삿갓을 쓰고 있는 사내 역시 절묘한 경지에 든 고수가 분명했다.

흑의 사내가 구사하는 검법이 살생을 목적으로 한 피에 굶주린 사인검법이라면 삿갓사내가 펼치는 검술은 활인검법을 구사하고 있었다. 그는 상대를 단숨에 베어버릴 수도 있는 허점을 발견하고도 치명상을 피해가며 공격을 펼쳤다. 그의 검법은 마치 흐르는 유성과 같아서 떠도는 바람과 구름처럼 공격하고 흐르는 썰물처럼 물러났다.

치열한 접전이 계속되는 가운데 검은 옷을 입은 사내의 팔과 다리에 입은 상처에서 피가 흘러내렸다.

몸을 대여섯 걸음쯤 뒤로 빼낸 흑의 사내가 얼굴을 찡그리고 말했다.

"네놈이 누구인지는 모르겠으나 오늘은 이만하자. 다음에 만날 때 오늘 이 치욕을 반드시 갚아주마!"

말을 마친 흑의가 높은 담장을 바람처럼 가볍게 넘어 모습을 감추었다.

동시에 눈 깜빡할 사이 삿갓사내 역시 모두의 눈앞에서 홀연히 사라지고 말았다.

모여 선 사람들은 눈앞에서 벌어진 일을 보고도 믿을 수 없다는 듯 입을 다물지 못했다.

그러나 여랑과 파륜 모두 삿갓을 쓴 사내의 칼자루에 선명한 빛을 띤 청색 가죽 끈을 놓치지 않고 보았다.

회색 구름 가득한 하늘에서 후드득거리며 진눈깨비가 떨어져 흩날리기 시작했다.

작은 지배인이라 불리는 다즈의 이름은 염탁이었다.

그의 널찍한 집무실 한가운데에 놓인 제법 고급스러운 장식의 탁자가 보였다. 양옆으로는 등을 푹신하게 받쳐줄 만큼 안락해 보이는 둥

그런 물소가죽 의자가 자리 잡고 있었다. 방을 장식하고 있는 집기들은 한눈에 보기에도 그가 이 여각에서 차지하는 만만치 않은 위상을 그대로 보여주었다. 문을 열면 정면으로 바로 보이는 벽면에 후루라 불리는 난로가 빨간 불꽃을 날름이며 타오르고 있었다.

탁자를 사이에 둔 지배인과 향천이 마주앉아 머리를 맞댄 채 무슨 말인가를 나누었다. 그 말소리가 얼마나 작고 은밀한 것인지 두 사람 이외에는 도저히 밖으로는 새어나갈 수 없을 것 같았다.

대화 도중 지배인이 고개를 끄덕이는 것으로 보아 향천이 전해주는 말을 모두 알았다는 표현인 것으로 보였다.

이번에는 반대로 향천이 고개를 끄덕였다. 아마도 지배인으로부터 모종의 지시를 받고 수긍한 것에 대한 답으로 보였다.

잠시 뒤 향천이 고개 숙여 인사를 하고 나간 뒤 지배인 혼자 남은 방 안에는 난로 속의 장작이 타며 내뱉는 타닥거리는 파열음만 정적을 깨트리고 있었다.

안락의자에 몸을 깊숙이 묻은 지배인이 눈을 감고서 무엇인가 골똘한 생각에 빠져 들었다.

그러나 향천은 물론, 지배인 역시 창문을 겹으로 둘러친 바람막이 장막 사이로 반짝이는 눈과 쫑긋 세운 귀가 있다는 사실을 미처 알지 못했다.

그로부터 며칠이 지나고 모래바람이 몹시 부는 날. 양주 일원에 흉흉한 소문이 나돌았다. 주장 현 관리들이 관련된 대형 비리사건이 터졌다는 것이다.

여러 명의 관리와 무역업을 하는 기린상단의 행수가 체포되었다는 소문이 입에 입을 타고 들불처럼 빠르게 번져나갔다.

이번 사건은 비리 첩보를 입수한 중앙정부에서 급파된 판관이 조사

중이라고 했다. 죄인들을 취조하면 그들의 범죄 행각은 물론, 추가로 연루된 자들과 함께 사건의 전모가 밝혀질 것이란 풍문이었다.

그러나 그냥 소문으로 치부하기에는 정황이나 거론된 인사들의 실명으로 미루어볼 때 자칫 엄청난 소용돌이를 몰고 올 개연성도 전혀 무시할 수 없는 일이었다.

파륜은 자욱한 안개로 지척을 분간할 수 없는 깊은 산속을 헤매고 있었다. 이곳이 대체 어디쯤일까. 아무리 정신을 집중해보아도 도무지 알 수 없는 그는 가슴이 답답한 나머지 목청을 돋우어 큰 소리로 외쳤다.

"거기 누구 아무도 없소. 내 말이 들리면 대답을 좀 해보시오."

크게 소리쳐 보았지만 우렁우렁 메아리 소리만 되돌아올 뿐 주위는 온통 정적만 감돌았다.

그때 침묵을 깨트리고 안개 속에서 사람의 목소리가 들려왔다.

"파륜아. 파륜아 나다. 나를 모르겠느냐!"

귓가를 울리는 그 음성은 분명 어릴 적 들었던 다정한 아버지의 음성이었다.

파륜이 울음 섞인 소리로 울부짖었다.

"아버지! 어디 계세요. 제가 바로 당신의 막내아들 파륜입니다!"

저만큼 안개 속에 희미한 형체가 모습을 드러냈다. 분명하지는 않았지만 꿈에 그리던 아버지가 틀림없었다.

파륜은 반가운 마음으로 아버지에게 다가가려고 사지를 허우적거렸다. 그러나 아무리 발버둥을 쳐보아도 그 간격은 좁혀지지 않았다.

"가엾은 내 아들아. 그동안 얼마나 고생이 많았느냐!"

아버지의 울음 섞인 목소리가 안개를 헤치고 아련하게 들려왔다. 그동안 맺힌 설움이 일시에 터진 파륜은 뜨거운 눈물을 흘리며 울고 있었다.

"하늘 아래 천둥벌거숭이로 남겨진 네가 이처럼 장성하였구나."

"아버지! 부평초 같은 인생 모진 고생 몸으로 겪어내며 힘에 겨워 삶의 끈을 놓아버리고 싶은 적이 어찌 한두 번이었겠습니까. 하지만 그럴 때마다 소자를 일으켜 세운 것은 부모님을 해친 원수를 갚는 일이었습니다."

"아들아! 지금부터 애비가 하는 말을 마음에 새겨 두거라. 전생과 금생 그리고 내생으로 이어지는 삼생윤회에 든 우리 모두는 인과의 법칙을 따를 수밖에 없는 불완전한 존재들이란다. 인과란 맺는 것도 자신이요, 풀어내는 것도 자신이며, 그 열매를 거두는 것 역시 자신이란다."

파륜이 소리가 들려오는 쪽을 향해 울먹이며 말했다.

"아버지. 그러나 저는 조금 전 도철 놈을 눈앞에 두고도 원수를 갚지 못한 원통함으로 억장이 무너지는 것만 같은 고통 속에 갇혀 있습니다."

점차 안개가 걷히며 아버지의 모습이 뚜렷이 눈에 들어왔다.

"파륜아. 이 애비가 당부할 말이 있으니 명심하여 들어라. 절대로 원한을 피로 갚지 말아라. 그 한의 고리를 한 생에 끊어내는 것이야말로 인과의 법칙을 따르는 길이다."

영가가 내쉬는 긴 한숨소리가 여운을 남기며 사라지고 잠시 침묵이 흘렀다.

"이 애비는 영혼이 구천을 떠돌망정 원과 한을 벌써 떨쳐버렸다."

파륜의 흐느낌 소리만 낮게 들리는 가운데 한줄기 바람이 안개 속을 헤집고 지났다.

"아들아! 애비가 다시 한 번 당부하니 원수를 갚는 일에 집착하지 말고 피를 피로 씻어내는 악순환을 범하지 말아라!"

아버지의 말을 듣고 있는 파륜의 가슴은 무너져 내리고 있었다.

"아버지……."

다시 밀려드는 안개가 주위를 자욱하게 덮기 시작했다.

"파륜아. 애비가 한 말을 마음에 새겨 명심하도록 해라. 이곳은 네가 올 곳이 아니니 이제 그만 돌아가거라."

아버지의 말소리는 마치 깊은 동굴에서 퍼지는 공명과 같은 울림으로 가득했다. 여음이 꼬리를 끌고 낮게 가라앉으며, 희미하게나마 눈앞에 보이던 아버지의 형상이 가물가물 저 멀리로 사라졌다.

"아버지. 아버지! 어데로 가세요. 소자도 함께 가겠습니다. 아버지."

목이 터져라 아버지를 부르며 발버둥을 쳤으나 파륜의 몸은 천만근의 쇳덩이가 누른 듯, 한 발자국도 움직일 수가 없었다. 그는 몸에 땀을 비 오듯 흘리고 있었다.

그때 그의 이마에 흐르는 땀을 닦아주는 따스한 손길이 있었다. 눈을 뜨니 여랑의 얼굴이 보였다.

"아재, 이제 정신이 좀 드오? 몹시 심하게 헛말을 하는 것으로 보아 꿈속에서 부친을 뵌 모양입니다. 내 얼마나 걱정을 하였던지…… 아재를 다시는 영영 못 보는 줄 알았답니다."

여랑이 상기된 얼굴로 안도의 숨을 내쉬었다.

그제야 겨우 정신을 차리고 현실로 돌아온 파륜은 하얗게 탄 입술을 깨물며 소리 죽여 울었다.

"그동안 아재는 정신을 잃고 사흘 밤낮을 혼수상태로 누워 피를 한 바가지나 넘기며 사경을 헤매었답니다. 목숨이 위중한 때에 다행히도 내상 치료에 특효의 비방을 가진 의원을 만나 이처럼 소생하게 된 것입니다."

눈물로 범벅이 된 파륜의 볼 위로 다시금 한줄기 눈물이 흘러내렸다.

"도련님 정말 고맙습니다. 소인 이 은혜는 반드시 갚을 것입니다. 그리고 아둔한 소인 이 감정을 앞세워 도련님까지 위험에 처하게 한 죄를 백배 사죄드립니다."

입술을 깨물고 울음을 삼키는 그의 차가운 손을 여랑이 가만히 잡아 주었다.

생사의 기로를 겨우 헤치고 나온 파륜을 말없이 바라보는 여랑의 눈가도 축축이 젖어 들었다.

음모의 계절

고비사막에서 불어온 검은 모래폭풍 카라브란이 며칠째 기승을 부렸다.

온 천지를 뒤덮고 눈에 보이는 모든 것을 지워버리기라도 할 것처럼 맹렬한 기세로 밀려들어 켜켜이 층을 이루고 나무와 건물 위로 가득 내려앉았다.

집 안 구석구석 쏟아져 들어온 모래 알갱이들이 서걱거리며 파고들었다.

험상궂은 날씨와 맞물려 그동안 소문으로만 떠돌던 것들이 드디어 수면 위로 실체를 드러냈다.

권력과 금력이 결탁한 비리가 불러일으킨 거센 회오리바람이 양주 전역을 뒤흔들었다.

산서성 해현 지역에는 대륙에서 가장 크고 넓은 소금 호수가 있었다. 그곳은 '삼국지연의'의 영웅, 유비의 탄생지로도 유명한 곳이다.

소금은 사람들의 생활에 없어서는 안 될 매우 소중한 물품으로 금과 같은 비중으로 취급될 정도의 귀한 자원인만큼 나라에서 매매와 유통을 전담하는 기구로 염청을 두어 관리했다. 또한 그로 인한 막대한 세금 수입을 거두어들여 지방은 물론 중앙정부의 재정에도 상당한 기여를 하는 매우 중요한 품목의 하나였다.

하지만 비린 생선 있는 곳에 쉬파리가 꼬여드는 것처럼 막대한 자금을 움직이는 이 지역 특성이 크고 작은 불법과 비리를 불러들였다.

염전 근처 백성들은 생산자들이 빼돌린 소금을 싸게 사들인 다음 그것을 정상적인 가격으로 판매하여 이익을 취했다. 또한 염전을 감독하며 소금의 생산과 물류를 담당하는 관리와 상인들이 결탁하여 매점매석은 물론, 원래 배정받은 물량보다 훨씬 많은 수량을 책정받아 지역의 수급을 맘대로 조정하는 불법을 저지르기도 했다.

지역 판매 독점권을 움켜쥔 상인이 시중에 소금을 원활히 공급하지 않는다면 값이 천정부지로 오를 것은 자명한 이치였다. 상인들이 엄청난 폭리를 취하는 반면 그 피해는 온전히 백성의 몫으로 돌아왔다.

모래바람에 실린 검은 구름이 낮게 가라앉은 하늘에서 하나 둘 눈발이 날리기 시작했다.

메마른 가지에 매달려 파르르 떨던 몇 잎 남지 않은 누런 이파리들이 몸을 떨구어 바람에 흩날렸다.

음산한 날씨에 걸맞추기라도 하려는 것처럼 현청 앞마당에 형벌에 필요한 도구들이 갖추어져 서늘한 위엄을 드러내고 있었다.

잠시 뒤, 포졸의 손에 이끌린 죄인들이 줄지어 걸어 나왔다. 범죄 용의자들은 손이 뒤로 묶인 채 의자에 결박되었다. 모두 5인이었다.

뒤이어 판관을 비롯한 관리들이 취조대 자리에 모두 앉았다.

하급관리가 중앙에 앉은 판관에게 두 손을 맞잡아 눈 위로 들어 예를 올리며 보고했다.

"판관님. 금번 소금 밀매 사건에 관련된 자들을 모두 대령하였습니다."

판관이 몇 올 되지 않는 수염을 쓰다듬으며 앞에 앉은 자들을 내려다보았다. 검은 옷을 둘러 입은 차림에 사각의 검은 모자를 쓴 그는 흡사 염라부의 지옥사자를 연상케 하는 위엄 있는 모습이었다.

헛기침을 한번 한 판관이 서리 같은 눈빛으로 심문을 시작했다.

"죄인 사마흔은 고개를 들라."

얼마 전까지만 해도 현청의 수장으로 위세를 떨치던 그였으나 죄인 처지로 전락한 모습은 한껏 위축되어 볼품없이 초라하기만 했다.

"나는 이번 사건의 전말을 명명백백하게 밝히라는 황제폐하의 명을 받고 내려온 판관 진강운이다."

한층 거세진 눈발이 땅을 하얗게 덮기 시작했다.

"너는 어찌하여 현령이라는 공직자의 본분을 망각하고 상인과 결탁하여 이권에 개입하는 비리를 저질렀는가."

잠시 침묵하던 그가 입을 열었다.

"판관님. 부하를 잘못 다스린 잘못은 인정합니다. 하오나 저는 이번 일과는 아무런 관련이 없습니다. 어떤 자의 계획적인 무고인지는 모르겠으나 부디 저의 억울함을 밝혀주십시오."

"그렇다면 누가 어찌한 연유로 그대를 무고한 것인지 의심 가는 자가 있는가 말하라."

현령은 답변 대신 고개를 돌려 옆에 앉은 영사 주강을 바라보았다.

"금번 사건은 염청을 관리하는 제반문제가 망라된 비리로 황제께서도 지대한 관심을 가지고 계신 사안인 만큼 한 점 의혹 없이 밝힐 것이다."

판관이 얼음장 같이 차가운 어조로 옆에 앉은 영사를 보며 말했다.

"영사는 고개를 들고 묻는 말에 답하라. 영사 주강은 금번 사건의 핵심인물로 현령과 상인들의 중간에서 거간 역할을 한 것으로 조사되었다. 할 말이 있으면 해보라."

영사 주강이 작은 목소리로 답변했다.

"소인은 현령님의 분부를 어쩔 수 없이 따랐을 뿐 사사로이 금품을 수수하거나 치부한 사실이 없습니다. 사정을 헤아려 주십시오. 판관님."

영사는 모든 죄를 상전 사마흔에게 돌렸다.

두 사람을 잠시 쏘아보던 판관이 좌측에 앉은 자를 향해 물었다.

"기린상단의 행수 조고는 어인 연유로 이 자리에 죄인의 신분으로 나왔는가. 답변할 기회를 주겠으니 하고 싶은 말을 해보라."

그는 역시 노련한 장사꾼이었다. 판관의 명이 떨어지자 고개를 들어 시선을 똑바로 하고 상대의 눈을 마주보았다. 일종의 기세싸움으로 벼랑 끝에 몰린 처지가 되었으나 살아남을 방법을 모색하려는 무리수를 둔 것이었다.

시선이 부딪치며 불길이 이는 것 같은 긴장의 순간이 잠시 흘렀다. 그러나 상대는 결코 녹록하지 않았다.

진강운은 수십 년간 판관으로 재직하는 동안 판결이 공명정대하여 결정에 불복하거나 재심을 청구한 사례가 단 한 건도 없을 만큼 청렴결백한 관리로 명성이 자자한 인물이었다.

기세가 꺾인 조고가 이내 태도를 공손히 하며 낮은 목소리로 말했다.

"판관님, 소인의 본분은 장사꾼이옵니다. 이문을 남기고자 하는 것이 상인의 목적이며 속성이지요. 나라에서 법으로 금하는 것을 알면서도 의욕이 앞서다 보니 이런 불미스러운 결과를 초래하였습니다. 하오나 사실 이번 일은 엄밀히 따지고 보면 저희들 장사꾼의 잘못보다는 물건을 조달해준 관리들의 잘못이 더 크다는 것이 소인의 생각이옵니다. 부디 선처해주십시오.”

조고의 말을 들은 판관이 노기 띤 목소리로 질타했다.

“무엇이? 의욕이 앞서서? 선처해 달라? 이자의 뻔뻔스런 작태야말로 철면피의 전형이로구나.”

판관의 분노한 일갈에 조고의 낯빛이 하얗게 질리며 몸을 떨었다.

판관은 이어 그 옆에 앉아 있는 자에게 물었다.

“전일 작성한 조서에 의하면 너는 관리와 상인들 간에 이루어지는 거래의 매개 역할을 하며 쌍방의 연락을 맡아온 자로 소금 산지 해현을 수시로 내왕한 사실이 있다고 기재되었는데, 그 사실을 인정하는가.”

판관의 질문에 잠시 머뭇거리던 그가 다소 의외의 답변을 했다.

“조서 내용은 사실입니다. 다만 한 가지 소인이 양편을 오가며 전달한 문서는 모두 봉함된 것으로 소인은 그 내용이 무엇인지 전혀 몰랐습니다. 소인은 다만 그것을 공무수행으로 알고 행한 것일 뿐 비리에 연관된 불법이라는 것을 전혀 알지 못하였습니다. 요구하신다면 그에 따른 증좌를 댈 수도 있습니다.”

그런 그를 물끄러미 내려다보며 판관이 다시 물었다.

“네가 스스로를 구명할 수 있다는 그 증거는 무엇이냐. 가감 없이 말하라.”

눈을 들어 판관을 올려다본 그가 입을 열었다.

“판관님. 지금 이 자리에선 불가하오니 소인이 단독으로 말씀 올리겠습니다.”

아직 진실이 무엇인지 밝혀지지는 않았으나 참으로 맹랑한 언변이 아닐 수 없었다.

"알았다. 그 문제는 추후 다시 거론하겠다. 그러나 만일 네가 오늘의 문초를 모면하기 위해 잔꾀를 부려 공무를 집행하는 판관을 기망한다면 그 죄는 죽음을 면하지 못할 것이다. 저자를 감옥으로 이송하라."

날리던 눈발이 어느덧 싸락눈으로 변해 고운 쌀가루를 뿌린 듯 땅 위를 하얗게 뒤덮고 있었다.

마지막 남은 자의 문초가 계속되었다.

"너는 이름이 무엇이냐."

"소인은 후루치라 하옵니다."

"네놈은 현의 금전출납을 담당하는 자로서 누구보다도 청렴하고 엄격한 윤리의식을 가지고 공무를 수행해야 함에도 불구하고, 드러난 정황으로 미루어 이번 사건에 깊이 개입하였다고 판단된다. 이의가 있으면 기탄없이 말하라."

"소인이 금전에 눈이 멀어 죽을죄를 지었습니다. 하오나 쥐꼬리만한 박봉으로는 올망졸망한 자식 둘과 병들어 누워계신 팔순 노모를 도저히 부양할 수 없었습니다. 또한 아시다시피 관료 체계가 상명하복이라 내키지 않았지만 어쩔 수 없이 이 일에 관여하게 된 정상을 참작해주시기 바랍니다."

먼저 취조한 자들과는 달리 후루치라는 자는 죄를 순순히 자복했다. 그는 야윈 어깨를 들썩여 흐느껴 울었다.

심문하는 사람이나 심문받는 자 사이로 숙연한 기운이 맴돌았다.

그러나 잠시 흐르던 침묵을 깨고 판관의 추상같은 불호령이 떨어졌다.

"이런 교활한 놈을 보았나. 네놈은 그러한 정황을 거짓으로 꾸며 주변 사람들의 동정심을 유발하는 술책을 부리고, 실제로는 첩을 둘씩이나 거느리는 등 호사를 누리며 수만금의 재물을 은닉한 놈이 아니더냐. 이미 네놈의 실체가 다 드러났다."

판관의 일갈에 그자는 더 이상 한마디의 변명도 하지 못한 채 고개를 떨구었다.

"네놈들이 정녕 죽음을 자초하는구나. 여봐라. 죄인들이 바른말을 토설할 때까지 사정 보지 말고 주리를 틀어라!"

분노한 판관이 추상같은 사자후를 토해냈다.

판관의 명령이 떨어지기 무섭게 죄인들의 무릎 사이로 두 개의 장대를 넣고 힘주어 비틀었다. 여기저기에서 고통스러운 비명이 터져 나왔다.

한층 거세진 눈발이 휘몰아치는 바람을 타고 분분히 날며 움푹 팬 발자국들을 지워나갔다.

죄인들에 대한 문초는 날이 어두워질 때까지 계속되었다.

다음 날 어제 취조를 받으며 자신의 결백을 입증할 증거를 제시하겠다고 주장한 자가 판관의 집무실로 불려 나왔다.

판관이 관리에게 단호한 지시를 내렸다.

"별도의 명이 있을 때까지 누구를 막론하고 집무실 부근에 일체의 왕래를 금지시켜라."

불려온 죄인을 향해 판관이 입을 열었다.

"전일 네 입으로 분명히 증좌를 대겠노라 약조하였으니 이제 사실을 입증하라!"

그는 잠시 망설이더니 품 안에서 작은 두루마리 하나를 꺼내 들었다.

"그것이 네가 말한 증좌란 것이냐?"

"네. 그렇습니다."

그가 판관에게 두루마리를 바쳤다. 그것을 받아든 판관이 동여맨 끈을 풀어내자 차르르 소리를 내며 활짝 펼쳐졌다. 그러나 그것은 아무런 글도 쓰여 있지 않은 백지였다.

얼굴이 붉어진 판관이 대로하여 목청을 높였다.

"네놈이 정녕 죽고 싶어 판관을 희롱하는 것이냐?"

"어느 안전이라고 감히 소인이 판관나리를 희롱하겠습니까. 그만 노여움을 푸시고 제 말을 끝까지 들어주십시오."

그자가 벽 한편에 혀를 날름이며 활활 타오르는 난로를 가리키며 권했다.

"두루마리를 저 불 가까이 대어보십시오."

여전히 의아한 표정을 풀지 않은 판관이 그의 말대로 펼친 두루마리를 들고 불 가까이 다가섰다.

잠시 후 놀랄 만한 일이 벌어졌다. 백지 위에 글자가 서서히 형체를 드러내기 시작한 것이다. 이윽고 선명한 글자가 눈에 들어왔다. '리상계(履霜戒)'라고 쓴 큰 글자 아래에 작은 필체로 기린상단 행수 조고의 서명이 보였다.

"리상계라는 글은, 서리를 밟는 것은 곧 얼음이 얼 징조이니 미리 재화를 막아야 한다는 뜻인데, 이것이 무엇을 지칭하는 것이냐."

사내가 판관을 올려다보았다. 그가 안광을 반짝이며 신중히 입을 열었다.

"판관나리. 소인의 죄를 불문에 부친다고 약조해주신다면 이번 일을 해결할 수 있는 열쇠를 드리겠습니다."

판관의 머리가 분주하게 움직였다. 우선 감히 자기를 상대로 거래를 자청하는 놈의 행각이 괘씸했다. 마음 같아서는 당장이라도 물고를 내고 싶었다. 그러나 어제 취조한 자들에게 혹독한 형벌을 가하고도 범죄사실을 토설 받지 못한 채 하루를 넘긴 것을 생각했다. 더구나 지금

이자의 대담한 행동으로 미루어 짐작할 때, 어쩌면 정말 이번 사건해결의 핵심적인 열쇠를 쥐고 있는지도 모를 일이다. 하지만 이제껏 한 점 부끄럼 없이 살아온 자신의 긍지를 무너뜨리고 범죄 용의자와 야합하는 행위는 결코 자존심이 허락하지 않았다. 그러나 황제의 명을 받들고 착수한 이 사건이 만에 하나 죄인들의 자백을 받아내지 못한 채 미결로 돌아간다면 그것은 평생 쌓아온 자신의 명성에 커다란 오점으로 남을 수치스러운 일이었다. 또 황제가 내린 명을 적절히 수행하지 못한 무능하고 불충한 신하로 자책의 나날을 살아야 할 것이었다.

사안이 막중한 만큼 깊이 고뇌할 수밖에 없었다.

한참을 생각한 판관이 드디어 마음을 정하고 결연한 어조로 말했다.

"그래, 너의 요구를 수용한다고 분명히 약조하마. 하지만 정상을 참작하여 중죄를 면하고 감경의 시혜를 내릴 뿐으로, 무죄방면은 기대하지 말라. 이것이 내가 너에게 베풀어줄 수 있는 최선의 아량이다. 어찌하겠느냐."

판관의 말을 듣고 사내 역시 현실적인 득실을 저울질했다. 더 이상 선택의 여지가 없었다. 목숨을 보장받은 것만으로도 무모한 시도는 절반은 성공한 셈이었다.

"내려주신 분부를 믿고 소인이 알고 있는 모든 것을 털어놓아 협조하겠습니다."

그가 품 안에서 조금 전의 것과 같은 두루마리를 하나 더 꺼내 판관에게 바쳤다. 그것을 받아든 판관이 먼저와 같은 방법으로 불에 비추자 문자가 서서히 드러났다. 적혀 있는 글귀는 '사귀명(事貴明)'이었다. 역시 하단에는 작은 필체로 영사 주강이라는 서명이 적혀 있었다. 판관이 고개를 갸우뚱하며 알 수 없는 일이라는 듯 중얼거렸다.

"사귀명이라! 이 글의 내용을 풀이하면 일 처리는 간명히 하는 것이 좋다. 대략 이런 뜻인데……."

판관이 두루마리를 가리키며 물었다.

"이것들이 대체 무엇이냐!"

"네. 우선 저 백지의 비밀을 밝히면 종이 위에 초를 이용하여 글자를 쓴 것입니다. 그것이 열기로 인해 종이 위에 쓰여진 초가 녹아 선명하게 문자로 드러난 것입니다."

그가 문제의 두루마리를 등불을 향해 들어 올리니 불빛을 머금은 종이에 더욱더 선명한 글씨가 눈에 들어왔다. 눈앞에 드러난 현상을 자세히 관찰한 판관이 물었다.

"그러면 영사 주강이 네게 건네준 두루마리는 어찌된 것이냐."

"그것은 해현의 염전 관리장 문정에게 보낸 서찰입니다."

"그렇다면 이 서찰의 내용은 무엇을 의미하는 것이냐."

"사실 그 내용이 무엇인지는 소인도 모르옵니다. 다만 그동안의 정황을 살펴볼 때 그 안에 적혀 있는 은유적 의미는 짐작하건대 소인을 제거하여 후환을 없애라는 지시로 사료됩니다."

그 말을 들은 판관이 의아한 표정으로 물었다.

"그렇다면 그 서찰이 염청의 문정에게 전해지지 않았다는 사실을 어떻게 숨겼느냐."

"소인은 그 서찰이 백지임을 알고 분명 소인이 알아서는 안 될 그 무엇이 숨겨져 있음을 짐작했습니다. 하여 거짓 글로 대신한 서찰에 이 글을 보내는 자 편에 금 백 냥을 주어 보내라는 내용으로 바꾸어 전했습니다."

판관이 헛기침을 한 번 하고는 잠시 생각에 잠겼다.

이자는 보기보다 상당히 치밀하고 교활한 자다. 자칫 잘못 다루었다가는 자신을 곤경에 빠트릴 위험한 인물임이 분명했다.

"그렇다면 기린 상단 행수 조고가 보낸 서찰의 전달 경위를 말해 보거라."

"그것 역시 앞서의 일과 경로가 비슷합니다. 기린상단 행수 조고 또한 자신들과 연관된 비밀을 깊이 알고 있는 소인을 제거하려는 내용의 서신을 전하는 것으로 판단하고 위조하기로 마음먹었습니다. 소인이 바꾸어 쓴 서신의 내용은 이 서신을 소지한 자에게 은자 만 냥을 주어 보내라는 것이었습니다. 목숨을 부지하기 어려운 저의 처지로서는 그 돈을 가지고 아주 먼 곳으로 잠적하여 여생을 숨어 살려고 작정하였습지요."

판관이 의혹에 찬 눈초리로 물었다.

"그런데 어찌하여 네 스스로 모습을 드러내었느냐."

"소인의 짧은 생각으로 그리 결정했지만 곰곰이 생각해보니 조고나 영사의 막강한 자금력과 정보망의 무서운 눈을 피해 온전히 목숨을 부지한다는 것은 불가능에 가깝다는 사실을 깨달았기 때문입니다."

그자의 치밀한 두뇌에 판관이 내심 다시 한 번 경계의 끈을 늦추지 않았다.

"그 지경에 처하게 된다면 그때는 소인의 목숨뿐 아니라 식솔들까지 도륙당하고 말 것이 불을 보듯 자명한 사실이었습니다. 차라리 이처럼 실상을 만천하에 드러내고 소인이 지은 죗값을 달게 받는 것이 제 자신과 식솔들의 생명을 보호받는 일로 여겼기 때문입니다."

여우같이 약아빠지고 교활하기 짝이 없는 자라는 생각이 더욱 강하게 들었다.

비로소 어렴풋이 사건의 윤곽이 드러나는 것 같았다. 그러나 그것만 가지고는 명확한 실체 규명과는 아직 거리가 멀었다.

"한 가지 더 물어볼 것이 있다. 조고와 주강이 보낸 서찰이 진본이라는 사실을 어떻게 증명하겠느냐.”

판관의 표정을 살핀 그자가 자신 있게 말했다.

“주강이 작성한 문서나 조고의 상단에서 압수해온 장부의 필적들을 대조해 보신다면 진위 여부가 분명하게 확인될 것입니다.”

오랜 시간 동안 취합한 내용들을 일목요연하게 정리를 마친 판관이 엄숙한 표정으로 말했다.

“이제까지 네가 진술한 것이 분명한 사실이렷다. 만일 어느 한 부분이라도 거짓이 드러난다면 그때는 결코 용서받을 수 없다는 것을 깊이 명심하라.”

판관과 사내가 치열한 두뇌다툼을 벌이며 문답에 몰두하는 동안 어느덧 시각이 자정을 넘고 있었다. 밀려드는 피로로 판관이 양손으로 관자놀이를 지그시 누르며 말했다.

“오늘은 이만 되었다. 후일 다시 불러 취조할 것이니 돌아가라.”

감방으로 죄인의 이송을 지시하는 판관의 표정이 그리 밝지만은 않았다. 통상 죄인을 취조하는 자리에는 반드시 관리가 임석하여 죄인의 진술 내용을 상세하게 기록하여 문서로 남기는 것이 관례였다. 그러나 오늘 이 자리에는 배석자 없이 판관과 죄인 단둘이 독대한 채 심문을 마쳤다. 그것은 매우 이례적인 일이었다.

형리와 죄인이 나가고 난 뒤 여닫힌 문으로 세찬 바람이 밀려들었다.

지난번 일로 인해 한동안 몹시 심한 가슴앓이를 한 파륜이 이제 겨우 마음을 추스르고 지난날의 일상으로 돌아가 맡은 일을 열심히 하고 있었다. 그런 파륜을 보며 부모와 자식 간에 맺어진 천륜의 소중함을 새삼 느끼는 여랑이었다.

“아재, 혈색이 한결 좋아져 예전의 건강을 회복하였으니, 정말 그만

하길 다행이요.”

그 말을 듣고 무심결에 도련님 하며 다음 말을 하려는 파륜을 보고 여랑이 무안을 주었다. 둘은 소리를 내 밝게 웃었다.

사실 파륜은 지난번 도철의 일을 겪으며 여랑이 자기를 대하는 따스한 정이 친 혈육과 다름없음을 알았다. 그런 도련님을 위해서라면 목숨을 아끼지 않을 것임을 마음으로 다짐했었다.

“제가 이처럼 소생할 수 있었던 것은 모두 조카님이 보살펴주신 덕분입니다.”

겸연쩍어하는 파륜이 진심 어린 표정으로 고개를 깊이 숙였다.

“그런데 아재, 지난번 우리 두 사람이 위험에 처했을 때 목숨을 구해준 그 사람이 누구일까요? 이전부터 내 주변을 맴돌던 파란 가죽 끈으로 칼자루를 맨 사내가 분명한 것 같지요?”

여랑의 그 말을 듣는 파륜이 그날의 기억을 떠올리며 얼굴이 붉어졌다.

“글쎄요. 경황이 없는 와중이라서 자세히 보지는 못하였으나 얼마 전 제가 아우님에게 말했던 자와 동일인물인 것 같았습니다.”

“아재가 그날 무지막지한 도철놈과 마주 섰을 때 때마침 선혈을 넘기느라 말문이 막혔기 망정이지 만에 하나 아재가 하려 한 말을 그자가 들었다면 우리 두 사람의 목숨은 그 즉시 무주고혼이 되고 말았을 것입니다.”

어두워진 파륜의 표정을 보며 여랑이 다시 말을 이었다.

“무기력한 우리로서는 어찌할 수 없는 불가피한 일이었어요. 놈과 당당하게 마주설 수 있는 힘을 갖춘 훗날, 내가 반드시 아재의 원한을 갚아주리다.”

결연한 어조로 말하는 여랑을 물끄러미 바라보는 파륜의 표정에 회한의 고통이 짙게 배어나왔다.

둘이 말을 나누는 중에 저만큼에 향천이 오고 있었다. 그를 본 파륜이 미소를 짓고는 자릴 비켜서며 하던 일을 계속했다.

"향천. 너로구나. 그런데 요즈음 들어 안색이 더욱 창백한 것이 힘들어 보이는데 무슨 새로운 근심거리라도 생긴 것이니?"

여랑의 다정한 말에 향천이 희미하게 웃으며 대답했다.

"아니야. 어머님의 병세도 한결 좋아지셨고 그리 걱정될 일도 없는데, 요 며칠 사이 꿈자리가 뒤숭숭한 것이 도무지 깊은 잠을 잘 수가 없네. 아마 그것 때문일 거야."

"그렇다면 다행인데. 일이 힘들고 거기에 어머님 간병에 신경 쓰느라고 힘이 부쳐 그런 것일 게야. 이참에 지배인님에게 말씀드려 며칠 휴가를 받아 좀 쉬는 것이 어떻겠니."

여랑이 자기를 걱정해주며 지배인을 입에 올리자, 향천은 자신도 모르는 사이에 흠칫 놀라며 몸을 가늘게 떨었다.

"글쎄. 나도 그러고는 싶지만 지배인님이 그 청을 들어주실지 모르겠어."

말을 마치고 밖을 내다보는 향천의 옆모습에 쓸쓸한 그림자가 짙게 내려 있었다.

다음날 소세를 마치고 관복을 갖추고 있던 판관에게 관리가 급한 걸음으로 들어와 보고를 올렸다.

"판관님. 지난 밤사이에 큰 변고가 발생했습니다."

의관을 매만지다 말고 손길을 멈춘 판관이 관리의 말에 면박을 주듯 말했다.

"무슨 사단이라도 난 것이냐? 식전부터 무슨 일로 그리 급하게 구는가."

"판관님. 다름이 아니오라 옥사에 가두었던 죄인 사철이란 자가 지난밤 죽었습니다."

깜짝 놀란 판관이 당혹감을 감추지 못한 채 되물었다.

"지금 뭐라 했느냐. 분명 사철이라고 하였느냐? 사철이라면 내가 어제 문초했던 바로 그자가 아니냐. 도대체 그자가 어떻게 죽었단 말이냐. 소상히 보고하라."

"소인도 형리에게 방금 전언을 들은 탓에 자세한 것은 알지 못합니다."

관리가 난감한 표정을 지었다.

판관이 빠른 걸음으로 청사 뒤편에 인접한 부속건물인 옥사로 들어섰다. 상황은 방금 보고받은 그대로였다. 그는 세 평 남짓한 감방 한가운데 천장을 향해 반듯이 누운 채 죽어 있었다. 통상 방 하나에 2~3인의 죄수를 수용하는 것이 관례였다. 그러나 철저한 보안을 유지하기 위해 이자는 특별히 눈에 잘 띄지 않는 구석진 독방에 감치하도록 자신이 직접 지시한 것이었다.

"즉시 연통하여 검시관을 속히 들라 하라."

명을 내린 판관의 머릿속이 매우 복잡하게 얽혀들었다. 불과 몇 시간 전만 해도 멀쩡하던 자가 눈앞에 변사체가 되어 누워 있다는 사실이 언뜻 믿어지지가 않았다. 그것도 혼자 수감되어 있던 감방 안에서……. 자살인가 아니면 타살인가.

그렇다면 무엇 때문에, 도대체 누가 왜?

잠시 뒤 황급한 걸음으로 검시관이 들어섰다. 인사는 받는 둥 마는 둥 한 채 판관이 다급하게 명을 내렸다.

"지금 즉시 검시를 시행하라."

명을 받은 검시관이 시신 바로 옆으로 다가서더니 무릎을 굽혀 앉았다. 먼저 검지와 약지 두 개의 손가락을 펴 목 부위에 있는 대동맥에 대어 보았다. 그런 다음 눈꺼풀을 밀어올리고 동공의 반응을 살폈다. 그러고는 시신의 상의와 하의를 속곳까지 모두 벗기었다. 사체의 앞과 뒤를 꼼꼼하게 모두 관찰한 뒤 지참하고 온 조그만 함을 열고 꺼낸 은수저를 죽은 자의 입을 비집고 밀어 넣었다.

검시를 전문으로 하는 검시관 역시 주검을 마주하는 일이 긴장되기는 일반인과 별 다름이 없는 모양이었다. 꽤 추운 날씨였으나 검시관의 이마에 땀방울이 맺혔다.

관찰을 모두 마친 검시관이 판관 앞에 자세를 바로하고 섰다.

"판관님. 검시결과를 보고 드리겠습니다. 먼저 이자의 사망시각은 서너 시간 전쯤으로 추정됩니다."

"사인은 무엇인가."

"입에 넣은 은수저가 검게 변색된 것으로 보아 독극물에 의한 사망으로 사료됩니다."

"뭐라? 독극물. 독극물이라……."

판관의 표정이 딱딱하게 굳었다.

"예. 틀림없이 독극물로 보입니다. 그리고 시신이 경직된 상태와 사체의 반응으로 미루어볼 때 외부로부터의 압박이나 위해가 가해진 흔적은 보이지 않습니다. 그러나 그것은 소견일 뿐 정확한 사망원인은 2차 정밀부검을 실시한 연후에나 알 수 있으므로 현재로서는 대략 이처럼 추정할 뿐입니다."

"그러면 사용된 약물이 무엇인지 알 수는 없겠는가?"

"그 성분을 명확하게 규명하는 일은 불가합니다. 다만 사망자의 식도와 위의 내용물이나 기타의 상태분석을 통하여 짐작할 수 있는 정도입니다."

판관의 얼굴에 당혹감이 짙게 배어 나왔다.

"그러면 2차 정밀부검을 실시하고, 그 결과가 나오는 대로 즉시 보고하라!"

발길을 돌리는 판관의 걸음이 무거웠다.

집무실로 돌아온 판관은 어제 자정 전후 근무한 옥졸들을 불러들이라고 명했다.

불과 몇 시간 전에 궁지에 몰린 처지를 만회하고 살기 위해 발버둥치며 감히 판관인 자신에게 무모한 도박을 자청하던 맹랑한 그의 눈빛이 떠올랐다. 그런 자가 자살을 택하다니.

반면에 또 다른 생각이 고개를 들었다.

만일 타인에 의한 독살이라면 대체 누가 저지른 일일까. 사건이 점점 미궁으로 빠지는 것 같은 절망감이 그의 가슴을 옥죄었다.

잠시 후 어제 사건 발생 시각 근무자들이 판관 앞에 꿇어앉았다.

곧바로 판관으로부터 추상같은 불호령이 떨어졌다.

"네 이놈들. 근무를 어찌하였기에 옥사에 수감된 죄인이 죽는 것을 몰랐단 말이냐."

판관의 서슬 퍼런 호령에 그들은 이를 마주쳐 덜덜 떨며 간신히 대답했다.

"나리. 소인들이 죽을죄를 지었습니다. 그러나 소인들은 근무수칙을 분명히 지켜 자리를 비운 것은 물론이고 특별히 한눈을 판 일이 없습니다."

다시 떨어지는 판관의 분노한 질책으로 그들은 사색이 되어 몸을 와들거리며 떨었다.

"필시 네놈들이 누군가의 사주를 받고 저지른 소행이 아니라면 스스로 무죄함을 입증하라. 만일 그리하지 못한다면 네놈들은 죽음을 면치 못할 것이다."

판관의 분노한 일성에 넋이 반쯤 나간 그들은 감히 살려달라는 말도 하지 못한 채 눈물만 흘리고 있었다.

다음날 작은 지배인이 여랑을 불렀다.

"현청에 배달을 좀 다녀와야 하겠다. 추국이 벌어지는 현청의 관리와 판관님에게 이 음식들을 얼른 가져다 드리도록 해라. 무거울 것이니 파륜과 함께 가거라."

문을 나서는 여랑의 등 뒤로 지배인이 한마디 덧붙였다.

"석식도 준비해 드려야 하니 그곳에 머물다 무엇을 드실 것인지 주문을 받아 가지고 오거라."

잠시 뒤 옥사에 도착하여 가지고 간 음식을 식탁에 펼쳐놓은 여랑과 파륜이 호기심 어린 눈길로 옥사 안을 둘러보았다.

여랑은 관리와 판관이 식사를 하며 나누는 대화들을 통해 이번에 일어난 사건의 추이를 대충 짐작할 수 있었다.

조금 전부터 여랑은 시신이 놓여 있었다는 건초를 깔아놓은 방 한가운데 흩어져 있는 물체에 시선을 붙박고 있었다. 그것은 서너 자쯤 되는 갈대줄기였다. 자세히 보니 그것들은 모두 세 개로 굵기가 각기 조금씩 다른 것처럼 보였다. 그런데 갈대는 강가에서 자라는 식물로 이 지방에서는 좀처럼 보기 드문 것이었다.

무심코 고개를 든 여랑이 천장을 보았다.

옥사건물의 구조가 대개 그렇듯이 들보를 얹은 위로 듬성듬성 걸친 서까래들이 지붕을 받들고 사방이 노출되어 있었으므로 사람이 몸을 굽히면 능히 드나들 수 있는 공간이 있었다.

문득 천장 한가운데를 가로지른 대들보에 여랑의 시선이 멎었다. 방 중앙에 열십자로 교차한 대들보 아래로 늘어진 거미줄이 바람에 흔들거리고 있었다. 그때 여랑의 눈길을 끄는 것이 있었다. 그것은 거미줄 끝에 매달려 있는 조그만 물체였다. 죽어 있는 거미와 그 거미의 꽁무니에서 흘러내린 반짝이는 은빛 액체였다.

여랑의 머릿속에 조각조각 흩어져 있던 생각들이 하나로 합체를 이루며 번개처럼 스치고 지났다.

식사를 마친 판관 일행들이 차를 마시고 있었다.

빈 그릇들을 주섬주섬 챙겨 문을 나서려는 여랑에게 판관이 물었다.

"너는 어디에서 온 아이냐."

"소인은 일진각의 식당 종업원입니다."

"그럼 잘 되었다. 잠시 이곳에 머물며 차 심부름을 좀 하거라."

"예, 알겠습니다."

저녁 주문을 받기 위해 대기하려던 참이었으니 잘 되었다 싶은 여랑은 남고, 빈 그릇들을 가지고 파륜이 돌아갔다.

판관은 의자에 앉은 채 사건의 전말을 파악하느라 골똘히 생각에 잠겨 있었다. 그때 검시관이 들어왔다.

"판관님. 2차 검시결과를 보고해 올리겠습니다. 시신의 식도와 위를 절개해본 소견으로 식도에 소량의 독소가 있을 뿐 위에서는 그 성분이 전혀 검출되지 않았습니다."

"그럼 독극물이 입에 흘러들어가 식도를 완전히 넘어가기도 전에 절명하였단 말이더냐."

"아무래도 그런 것으로 추정됩니다."

"그러면 그 독약의 성분이 무엇인지 알아내었는가?"

"죄송하오나 그것은 소인의 능력으로는 불가하옵니다. 다만 서방에서 들어온 약물 중에 청산가리 또는 시안이라 지칭하는 극약이 있다

합니다. 그 물질은 혀에 닿는 순간 곧바로 숨이 끊어진다고 하는 소문을 들어보았으나, 실물을 목도한 바는 없습니다."

판관의 입에서 기다란 신음이 새어나왔다.

옆에서 차를 달이며 그들의 대화를 모두 들은 여랑이 조심스럽게 입을 열었다.

"저, 소인이 외람되게 한 말씀 올려도 되겠습니까?"

소년의 느닷없는 말에 의아한 눈초리를 보내던 판관이 허락했다.

"말해 보거라."

잠시 생각을 가다듬은 여랑이 침착한 어조로 입을 열었다.

"어쩌면 소인이 저 죽음이 자살인지 아니면 타살인지 여부를 밝혀낼 수도 있을 것 같은데, 제가 제안하는 방법을 한번 믿어보시겠습니까?"

참으로 맹랑한 일이 아닐 수 없었다. 보잘 것 없는 신분의 어린 녀석이 뜬금없이 제안한 이 사안을 과연 받아들여야 할 것인가. 그것은 이제껏 수많은 사건을 다루면서 명성을 쌓아온 판관의 자존심이 허락하지 않았다. 그러나 다시 바꾸어 생각해보니 전혀 손해 볼 것이 없는 일이었다. 녀석이 무엇을 바라는 것도 아니고 만에 하나 이 사건을 저 녀석이 정말 해결한다면 자기로서는 한시름 더는 일이었다.

"그래? 정말 너에게 이 일의 실마리를 풀 수 있는 복안이 있다는 말이냐."

반신반의하는 표정으로 판관이 되물었다.

"맡겨주신다면 소인이 반드시 해결해 보이겠습니다."

드디어 판관의 입에서 허락이 떨어졌다. 대신 그 말이 허언으로 밝혀질 때는 그에 상응하는 혹독한 대가를 치를 것이란 조건이 붙었다.

관계자들의 호기심 어린 주시 속에 여랑이 물었다.

"제가 시신이 있던 감방 안을 들어가 보아도 되겠습니까?"

그것은 아주 중요한 일로 반드시 수사를 지휘하는 담당자에게 승낙을 받아야 할 사안이었다. 흔히 '죽은 자는 말이 없다' 고 하지만 그것은 수사기법 상으로 볼 때에는 합당한 것이 아니었다. 사건 현장에는 반드시 단서가 될 물증을 남기게 된다. 단지 그 중요한 단서들을 소홀히 하여 간과하거나 전문적인 식견 부족으로 놓칠 뿐이었다. 그러한 이유로 사건의 해결을 위해서는 최초의 초동 수사가 중요했다.

현장을 훼손하지 않겠다는 여랑의 태도에 모두 놀라는 표정이 역력했다.

승낙이 떨어지자 여랑이 방 안으로 발을 들여놓았다. 주위를 둘러본 뒤 망설임 없이 방 한가운데 흩어져 있던 갈대줄기를 모두 집어 들었다. 시신을 옮기느라 그런 모양으로 갈대줄기가 발에 밟혀 망가진 부분이 있었다. 갈대를 손에 들고 살펴보니 분명히 각각의 굵기가 달랐다. 하나는 아주 가늘었고, 다음 것은 조금 더 굵었다. 그리고 남은 하나는 그중 가장 굵어 보였다. 여랑이 갈대의 끝을 차례로 끼워 연결해 보았다. 이내 하나의 긴 대롱이 만들어졌다.

그 광경을 밖에서 지켜보고 있던 판관 일행들이 어이없다는 표정을 지었다. 사건을 해결해 보겠다던 녀석이 지금 하고 있는 행동이 너무 엉뚱했기 때문이다.

그런 시선들을 무시한 여랑이 갈대줄기를 벽에 기대어 세워놓은 다음 밖을 향해 한 가지 주문을 했다.

"판관님. 대들보에 닿을 만한 사다리를 준비해주십시오."

이내 당도한 사다리를 방 중앙의 들보에 걸쳐놓은 여랑이 성큼성큼 위로 올랐다. 머리를 들보 위로 올리고 무엇인가를 자세히 관찰하던 여랑의 얼굴이 환하게 밝아졌다. 그러고는 서둘러 사다리를 내려왔다. 그 과정을 지켜보며 모두는 궁금하기 짝이 없었다.

관리가 옥사 밖으로 나오는 여랑에게 다급히 물었다.

"단서를 알아낸 것이 있느냐!"

여랑은 다그치듯 하는 질문에는 답변이 없이 시선을 마당으로 두었다.

"그것은 잠시 후에 말씀을 올리기로 하겠습니다."

호흡을 가다듬은 여랑이 다시 말을 이었다.

"조그만 대접을 하나 준비해주십시오."

어이없기는 이번에도 마찬가지였다.

지켜보는 모두의 심중은 이제 전개되는 과정에 호기심이 앞서고 있었다.

여랑은 가져온 대접에 물을 조금 따랐다. 그리고 길게 연결된 갈대줄기의 한 부분을 약간 자른 다음 잘게 나누어 대접에 넣었다. 그다음엔 곡물의 씨앗이 한 줌 필요하다고 했다. 그릇에 담겨 있던 갈대줄기를 꺼낸 자리에 가져온 볍씨 한 줌을 집어넣고는 물과 씨앗이 잘 섞이도록 휘휘 저어주었다. 동작을 멈추고 고개를 든 여랑이 주위를 둘러보며 말했다.

"자, 이제 문제를 해결할 수 있는 모든 준비가 끝났습니다. 그럼 모두 밖으로 나가시지요."

여랑이 앞장서 마당으로 나갔다.

어느새 짧은 초겨울 해가 서쪽 하늘로 기울어 희미한 잔열을 떨구고 있었다.

담장 아래 햇살이 환하게 드는 자리에 제법 큰 향나무 한 그루가 있었다. 빠른 걸음으로 나무 아래로 다가간 여랑이 손에 들고 있던 그릇 안의 씨앗을 나무 아래에 뿌려두었다.

정말 무엇을 어찌하려는 것인지 알 수 없는 노릇이었다.

모두가 주시하는 가운데 자신이 규명하려는 것들을 준비하는 일에 몰두하느라 분주한 그의 얼굴이 상기되어 있었다.

이제 그 자리에 있는 모든 사람의 시선은 일제히 향나무에 집중되었다.

침묵 속에 긴장이 감돌며 얼마 동안 시각이 지났다.

그때 그런 분위기를 깨트리기라도 하려는 것처럼 경쾌한 지저귐과 함께 참새 몇 마리가 나무 아래로 날아들었다.

먹이가 부족한 이맘때, 흩어져 있는 한 줌의 곡물은 새들에게는 진수성찬이나 다름없었다. 분주한 몸짓으로 열심히 나락을 쪼아 먹는 모습이 조금 떨어진 곳에 있는 모두의 눈에 선명하게 들어왔다.

잠시 후 모두가 경악할 만한 일이 벌어졌다.

뿌려두었던 씨앗을 주워 먹은 참새들이 모두 그 자리에서 죽어버린 것이었다.

눈앞에 벌어진 상황을 보며 모두가 벌어진 입을 다물지 못했다.

여랑이 판관을 보며 말했다.

"판관님. 방금 보신 바와 같이 이번 변사 사건은 자살이 아닌 독극물에 의한 계획된 타살이 분명합니다."

소년의 얼굴을 빤히 바라보는 판관의 얼굴에 복잡 미묘한 감정이 스치고 지났다.

다음날 옥사를 지키던 포졸들은 근무를 태만히 한 죄목으로 열 대씩의 태형처벌을 받았다.

아직 범인을 잡지 못하였으므로 관련 여부는 밝혀지지 않았지만 모든 정황으로 미루어 옥졸들의 공모는 없었다는 것이 판관의 생각이었다.

그러나 경미한 처벌을 받게 된 그들은 순간 서로의 귀를 의심하며 안도의 한숨과 함께 얼굴에 밝은 화색이 돌았다. 그도 그럴 것이, 대체로 그만한 사건에 연루되어 책임이 돌아오면 열에 아홉은 모진 고문에 못이겨 거짓 자백을 하게 마련이다. 설사 무혐의 처분으로 방면된다고 해도 그때는 이미 초죽음이 된 상태로 평생 불구신세를 면하기 어려웠기 때문이다.

그런 그들에게 여랑은 구세주와 다름없었다.

다음날, 열심히 일손을 놀리고 있던 여랑을 한동안 주시하던 작은 지배인이 여랑을 불렀다.

지배인의 얼굴에 복잡한 감정들이 스쳐 지나는 것을 여랑이 알 턱이 없었다.

엊그제 변사사건을 규명하는 일에 여랑이 상당한 수완을 발휘하였다는 것을 이미 여러 사람에게 들어 알고 있는 지배인이 평소와 다른 표정으로 말했다.

"판관님이 너에게 물어볼 말이 있으시다 하니 빨리 가보거라."

지배인이 여랑의 등 뒤로 무엇인가를 더 말하려다가 입을 다물고는 어서 가라는 손짓을 했다.

집무실로 들어서니 판관이 반갑게 맞이하며 자리에 앉기를 권했다. 그러나 그 한마디에 덥석 앉을 수는 없었다. 여랑은 이대로 괜찮으니 분부하실 말씀이나 내려달라고 청했다.

판관이 미소 지으며 자리에 앉으라고 재차 권유했다.

단정히 자리에 앉은 여랑을 따스한 눈빛으로 바라보며 판관이 입을 열었다.

"이름이 여랑이라고 하였더냐?"

"예, 그렇습니다."

"내가 너를 이렇게 부른 까닭은 이번 사건의 사인을 규명하는 데 큰 도움을 준 너의 공로를 치하하고자 함이다. 또한 그 사건의 단초를 풀어나가는 과정 중에 지금도 이해되지 않는 몇 가지 궁금함이 있기 때문이다."

"하문하시면 말씀 올리겠습니다."

"먼저 문제의 갈대줄기가 어찌 사건과 관련이 있다고 생각하였느냐."

"갈대는 본시 강가에 자라는 것으로 이 지역에서는 흔히 볼 수 있는 것이 아닙니다. 폐쇄된 공간인 옥사 안에 그런 물건이 있다는 것은 필시 어떠한 연유가 있을 것이란 의혹을 가졌습니다."

"그러면 사다리를 놓고 올라간 대들보 위에서는 무엇을 보았느냐."

"그보다도 사다리가 도착하기 전에 소인이 먼저 본 것이 있습니다. 대들보의 중앙부근 아래로 늘어진 거미줄이었는데, 먼지가 그득한 거미줄 끝에 죽은 거미 한 마리가 매달려 있었습니다. 그런데 저의 눈길을 잡아끈 것은 죽은 거미의 꽁무니에서 흘러나온 은빛 액체였습니다."

판관이 새삼 놀라는 표정을 지으며 경탄을 금하지 못했다.

"참으로 대단하다. 어찌 그런 기발한 생각을 할 수 있단 말이냐."

"이미 심증이 있었으나 사다리 위로 올라간 것은 그 부분이 매우 중요했기 때문입니다."

여랑이 잠시 호흡을 가다듬었다.

"대들보 위에는 오랫동안 켜켜이 쌓인 먼지가 그득했습니다. 그곳에 사람의 무릎걸음으로 인한 흔적이 분명하게 드러나 있었습니다."

판관이 여전히 풀리지 않는 의혹에 찬 목소리로 되물었다.

"토막으로 나뉜 각각의 단락들을 하나로 연결하여 구성하고 결론을 도출해낸 네 추리력이 정말 비상하구나."

미소 지은 소년이 말을 이어나갔다.

"사건의 전체를 조합해보면 이렇습니다. 천장을 통해 침투한 범인이 갈대줄기들을 조립해 대롱을 만든 다음, 미리 준비한 독극물 액체를 대롱을 이용하여 잠들어 있는 자의 입으로 흘려 넣은 것입니다. 제가 옥졸들에게 확인한 바에 의하면 살해된 자는 매우 심한 감기로 인해 목이 많이 가라앉아 있는 상태였다고 합니다. 그런 정황으로 미루어볼 때 원활한 호흡을 위해 입을 벌리고 잠을 잔 것이 범행을 더욱 용이하게 만든 것으로 짐작되었습니다. 특히 심증을 굳힌 결정적 단서는 오랜 먼지로 가득한 거미줄 아래 매달려 있던 죽은 거미였습니다."

열심히 설명하는 소년이 뺨이 붉게 상기되어 있었다.

"거미는 지은 지 오래된 줄을 타지 않는 법입니다. 그러한 거미의 생태로 볼 때 그 거미는 들보 위로 침입한 자의 몸 움직임으로 인해 손상을 입고 죽은 것으로 추정하였습니다. 꽁무니에 흘린 은색의 액체가 그런 물증을 확연하게 제공해주었습니다."

여랑이 설명을 모두 마쳤다.

판관이 여랑을 바라보았다. 그리고 온화한 목소리로 물었다.

"너의 고향이 어디냐."

그러나 여랑은 차마 대답할 수 없었다. 대충 둘러대면 될 일이었지만 그 뒤를 이을 질문들을 생각할 때 거짓으로 답변한다면 그것은 진심으로 자기를 대해주는 어른에 대한 예의가 아니라고 여겼기 때문이었다.

머뭇거리는 여랑에게 판관이 말했다.

"괜찮다. 누구에게나 내보이고 싶지 않은 사정과 속내가 있는 법이니……."

판관은 앞에 앉은 소년을 보며 측은함과 동정심이 일었다. 반듯한 외모와 영특한 두뇌, 그리고 미천한 신분에 어울리지 않을 만큼 품격을 갖춘 언행과 반듯한 몸가짐을 볼 때 너무 아까운 자질이라는 마음이 들었기 때문이었다. 귀천의 차별이 없는 세상을 만났더라면 뜻을 크게 펼칠 놈이 분명한데……. 연민과 안타까움으로 가슴이 찡해졌다.

감정을 추스른 판관이 다시 입을 열었다.

"네가 원하는 것이 있으면 말해보거라. 내 가능한 것이라면 모두 들어주마."

그는 진심을 담은 자애로운 시선으로 여랑을 바라보았다. 판관의 말에 밝은 미소를 지으며 여랑이 답변을 올렸다.

"제가 필요로 하는 것은 없습니다. 단 하나 저의 의견을 감히 말씀드린다면 법이란 반드시 지켜야 할 준엄한 것이지만, 법은 누구에게나 평등하게 적용되어야 한다는 원칙이 분명히 지켜져야 한다는 것입니다. 또한 법이 아무리 완벽하다고 해도 절대로 법이 인간 위에 군림해서는 안 될 것입니다. 법의 시혜를 필요로 하는 것은 강자보다는 약자이기 때문입니다."

소년이 잠시 숨을 고른 연후 하던 말을 마무리했다.

"어리고 미숙한 소견으로 감히 외람된 말씀을 올린 소인을 용서하십시오."

법이 추구해야 할 이상적인 가치와 심오한 이치를 어린 식견으로 어찌 저리 일목요연한 논리로 설파한단 말인가. 판관은 마음속으로 재삼 탄복하고 말았다.

"네가 방금 개진한 의견들을 내 마음 깊이 새겨두마. 그리고 살아나가면서 네 혼자 힘으로 해결하기 어려운 일이 닥치면 언제라도 좋으니 나를 찾아 오거라. 그때는 반드시 힘이 되어줄 것을 약조하마."

판관이 얼굴을 활짝 펴고 흔쾌히 웃었다. 여랑 역시 마음이 기쁘기는 마찬가지였다. 엄하고 두려운 존재로만 알고 있던 법을 다루는 판관의 가슴에도 따스한 온정의 피가 흐르고 있다는 사실을 확인하는 소중한 계기가 되었기 때문이다.

여랑이 자리를 일어서기 전 판관에게 조그만 목소리로 몇 가지 사실들을 소상하게 설명했다.

그 말을 귀에 담은 판관의 표정이 더욱 밝아지며 고개를 끄덕였다.

소년이 나가고 난 뒤 창밖을 내다보는 판관의 얼굴 위로 쓸쓸한 그림자가 스치고 지나갔다. 그리고 문득 자신이 살아온 지난날을 반추해보았다.

자신은 이제껏 준엄한 법률적 잣대로만 세상사를 판단해왔다. 항시 공과 사를 엄격히 하고 공명정대한 판결을 위해서 고뇌와 번민으로 잠 못 이루는 밤도 많았다. 또한 그런 긍지와 자부심을 느끼며 살아온 지 난날이었다.

그러나 과연 인간이 인간을 심판하는 행위가 정말 온당한 것이었을 까? 혹여 공명심으로 가려진 진실의 그늘 속에서 통분의 눈물을 흘리 게 한 일이나, 법을 집행한다는 명분으로 실책을 저지른 일은 결코 없 었다고 장담할 수 있겠는가.

그는 지난날을 되돌아보며 깊은 생각에 잠겼다. 조금 전 소년이 남긴 말들이 커다란 울림이 되어 마음속을 맴돌았다.

그날 초저녁 무렵, 작은 지배인이 향천과 여랑을 집무실로 불러들였 다. 자리에 앉을 것을 권한 지배인이 낮은 목소리로 말했다.

"너희들이 아주 중요한 심부름을 해주어야겠다. 이곳으로부터 남쪽 에 위치한 태원으로 내려가 우리가 거래하는 상인이 전해주는 물건을 수령해 오거라. 그 물품은 송로버섯으로 시세가 황금보다도 비싼 귀한 것이다. 경쟁업소들이 서로 눈에 불을 켜고 탐내는, 돈을 주고도 구하 기 어려운 물건이다."

막중한 임무를 떠안게 된 둘의 걱정스런 표정을 살핀 지배인이 말을 이었다.

"그 물품을 호시탐탐 노리는 무리들에게 노출되지 않고 안전하게 수 송하기에는 어린 너희들이 오히려 적격으로 판단했다. 너무 걱정들 말 고 내가 일러주는 대로만 해라. 이 서찰을 지참하고 약속한 장소에서 송 대인을 만나면 물건을 내줄 것이니 수령해오면 된다."

216

지배인이 적지 않아 보이는 여비와 서찰을 내놓았다.

"그곳까지는 여기에서 사흘 길이다. 갈 때는 걸어서 가고 돌아올 때는 물품과 함께 말을 내어주기로 했으니 그리하거라. 그럼 그리 알고 여장을 꾸리는 즉시 출발하도록 해라."

재배인으로부터 뜻밖의 지시를 받은 그들은 무거운 책임감이 어깨를 짓눌렀다. 그러나 다시 생각해보니 자기들에게 이처럼 중요한 일을 믿고 맡겨주었다는 사실이 마음을 뿌듯하게 했다.

숙소로 돌아온 여랑이 파륜에게 길을 떠나게 된 경위를 대강 설명했다.

여랑의 말에 잠시 생각에 잠겨 있던 파륜이 주섬주섬 옷가지들을 챙기기 시작했다. 그런데 가만히 보니 그것들은 자기의 옷뿐만이 아니었다. 여랑이 어이없어 하며 웃었다.

"아재, 내 말을 잘못 알아들었나 보오. 아재는 말고 나와 향천, 둘이서 갈 것이라니까."

그 말이 끝나기도 전에 여랑을 향해 조용히 하라는 듯 손가락으로 입을 막으며 낮은 소리로 말했다.

"도련님, 지금부터 제가 하는 말을 귀담아 들으세요. 지금 우리는 큰 위험에 빠졌습니다. 자세한 사정은 나중에 말씀드리기로 하고 우선 향천에게 가서서 중요한 것들을 대충 챙겨 어머니를 모시고 집 밖에서 기다리라고 전하세요."

말을 마치기 무섭게 파륜은 어리둥절해하는 삼가의 등을 떠밀었다.

그들은 밤새 한숨도 쉬지 못하고 부지런히 걸었다.

향천은 자기 어머니를 업은 채 말없이 발걸음을 옮기는 파륜을 보며 미안한 마음으로 어쩔 줄 몰라 했다. 등에 업힌 어머니 역시 그런 마음은 매한가지였다.

"젊은이, 정말 고맙소. 힘들 텐데 내색 한마디 없이 늙은이를 이렇게 도와주다니 내 죽어도 이 은혜는 잊지 않으리다."

노인이 눈물을 흘리며 고마워했다.

파륜은 한참 전부터 어릴 적 어머니를 머릿속에 떠올리고 있었다.

살아계셨더라면 아마 지금 등에 업혀 있는 이 노인과 비슷한 연세가 되셨을 것이다. 가랑잎처럼 야윈 몸에서 등을 타고 미미한 온기가 전해져왔다. 마음속으로 어머니에 대한 절절한 그리움이 배어나왔다. 이렇게나마 업어드릴 어머니가 하늘 아래 계시지 않다는 사실이 소리쳐 울고 싶도록 진한 슬픔이 되어 가슴을 쳤다.

희뿌연 안개에 덮여 먼동이 터오고 있었다. 점차 밝은 기운이 하늘을 물들이더니 이내 산마루 위로 붉은 해가 솟아올랐다.

마을에 당도한 삼가 일행은 허름한 밥집으로 찾아들었다.

한숨을 돌린 그들은 비로소 밤새 지친 고단한 다리를 펴고 휴식을 취할 수 있었다.

향천이 파륜에게 물었다.

"황급히 어머니를 모시고 떠나자고 하는 바람에 영문도 모른 채 따라나서기는 했지만 대체 그 연유가 무엇인지 궁금하기만 합니다."

향천의 물음에 잠시 뜸을 들인 파륜이 놀라운 사실을 털어놓았다.

"며칠 전 현령과 행수가 처음 취조를 받던 날, 작은 지배인과 낯선 사내가 밀담을 나누는 것을 우연히 듣게 되었다네. 그런데 놀랍게도 그 내용이 향천 너를 제거하라는 지배인의 지시였던 것이었어."

향천의 안색이 흑색으로 변하며 몸을 부르르 떨었다.

"정말 지배인님이 나를 죽이라는 지시를 내렸단 말입니까?"

"잘못 들은 것이 아니라면 틀림없는 사실일세."

파륜의 답변에 아무 말 없이 멍한 표정으로 한동안 천장을 바라보던 향천이 눈물을 글썽이며 입을 열었다.

"사실 나는 그동안 지배인의 지시로 식당에 온 손님들이 나누는 이야기 중 특별한 정보를 취합하여 지배인에게 은밀히 보고하였답니다. 그것이 얼마나 비열한 짓거리인지 잘 알고 있었지만 지배인의 강요로 인해 어쩔 수 없이 저지른 일이었습니다."

입술을 깨물며 울음을 참는 향천의 모습이 애처로웠다.

"그랬었구나. 그래서 항시 너의 얼굴이 그늘져 있는 것을 절친한 동무인 내가 모르고 지나쳤구나. 미안하다."

삼가가 향천의 손을 잡아주었다.

그들을 물끄러미 보며 파륜이 다시 말을 이어나갔다.

"그 후 나는 사태의 추이를 예의주시하며 지배인의 동태를 면밀히 살피고 있었다네."

삼가가 둘의 대화에 끼어들어 궁금한 것을 물었다.

"아재, 그런 중요한 일을 어찌해서 향천 본인이나 내게 알려주지 않은 것입니까."

"만일 제가 알고 있는 사실을 발설하였더라면 그때는 걷잡을 수 없는 파문의 소용돌이에 말려들었을 것입니다. 눈에 드러난 실체도 없이 나 혼자 알고 있는 사실을 주장해보았자 그들이 부정해버리면 죄 없는 사람을 무고한 혐의로 저만 헤어날 수 없는 진수렁에 빠지고 말았을 것입니다."

파륜의 설명에 모두가 고개를 끄덕였다.

음식이 나오자 그들은 말없이 그릇을 깨끗이 비워냈다.

밥집을 나선 그들은 다시 걸음을 재촉하며 조금 전에 나누던 이야기를 계속했다.

"하루하루가 마치 살얼음판을 걷는 것처럼 조심스럽던 중, 어제 저녁 향천과 도련님을 태원으로 보낸다는 말을 듣고 저는 즉각 그것이 지배인이 꾸민 간악한 흉계라는 사실을 짐작했습니다."

"그런데 지배인이 어찌해서 나를 향천과 함께 동행시키려고 했을까?"

알 수 없다는 표정으로 삼가가 물었다.

"그것은 아마 평소 향천과 도련님이 친밀하게 지내는 것을 잘 알고 있는 지배인이 향천이 심중에 있는 비밀을 누설하지 않았을까 염려한 나머지 두 사람을 함께 제거하기로 마음먹었던 것이겠지요."

파륜의 말을 들은 모두는 웃음 짓는 얼굴 뒤에 숨겨진 지배인의 간악한 이중성에 몸서리쳤다.

"우리가 지배인이 보낸 곳의 반대방향으로 움직인 것도 혹시라도 있을지 모를 추적을 따돌리기 위한 계책이었습니다."

파륜의 얼굴을 물끄러미 보며 삼가가 생각했다.

'아재에게 저런 주도면밀한 일면이 있었다니…….'

다시 길을 떠난 삼가 일행은 발이 부르트도록 걷고 또 걸었다.

양주를 떠난 지 이틀이 지나 마침내 위험을 벗어나 안전한 곳에 당도한 그들은 여장을 풀고 비로소 안도의 한숨을 쉬었다. 잠시 휴식을 취한 삼가가 향천에게 약간 망설이는 어조로 입을 떼었다.

"그동안 본의 아니게 밝히지 못한 것이 있었어. 내 이름은 여랑이 아닌 삼가야."

"그랬었구나. 삼가, 근사한 이름이다. 사실 그건 짐작하지 못했지만 어쩌면 너는 나와는 신분이 다를지도 모른다는 생각을 해본 일이 있었어."

잠시 흐른 침묵을 깨고 삼가가 다시 말을 이었다.

"향천아. 이제 우리는 헤어져야 할 때가 온 것 같다. 아재와 나는 본시 목적한 것이 있었기 때문에 이런 이별은 이미 예정된 일이었단다."

향천의 눈에 눈물이 그렁그렁 맺혔다.

"정말 이렇게 헤어져야만 하는 것이냐."

목이 메어 뒷말을 잇지 못하는 향천의 등을 토닥여주는 여랑 역시 눈시울이 붉어지고 있었다.

여랑이 수중에 가지고 있던 돈을 모두 꺼내 향천에게 건네주니 향천은 그런 여랑의 행동을 제지하고 거두어 넣으라며 돌려주었다.

"내게는 지배인이 여비로 준 적지 않은 돈이 있으니 내 걱정은 하지 않아도 돼."

여랑이 다시 돈을 손에 쥐어주며 당부했다.

"우리에게는 아재가 그동안 모아둔 돈이 조금 있으니 염려하지 말고, 어머님을 극진하게 봉양하며 열심히 살기 바란다."

여랑과 향천은 불과 얼마 되지 않는 기간이었지만 이미 마음을 주고받은 동무였다. 두 사람은 이런저런 생각으로 깊은 잠을 이루지 못하고 몸을 뒤척였다.

이튿날, 마을을 나와 한참을 걷던 그들 앞에 갈림길이 나타났다.

"나와 아재는 천산 방향으로 갈 생각인데 너는 어느 쪽으로 갈 작정이니?"

"나는 아무래도 내륙지방인 악수로 가야만 할 것 같아. 연로하신 어머니를 조금이라도 편히 모시려면 되도록이면 험한 길은 피하는 것이 좋을 듯싶어 그리 결정했어."

"그래, 잘 생각했다. 어느 곳에 가더라도 너의 효심과 착한 심성을 바탕으로 살다 보면 반드시 좋은 날이 올 거야."

그들은 헤어지는 것이 아쉬워 차마 걸음을 떼어놓지 못했다.

서로의 모습이 시야에서 사라져 보이지 않을 때까지 고개를 돌려 보고 또 바라보았다.

'향천아. 부디 행복한 세상을 살아라. 우리의 인연이 다하지 않았다면 언젠가 다시 만날 날이 있을 거야.'

말없이 걸음을 옮기던 파륜이 침묵을 깨고 입을 열었다.

"조카님. 아니 이제부터는 예전처럼 도련님으로 부르겠습니다."

파륜의 말에 삼가가 만류했다.

"아닙니다. 지난번 약속은 지금 이후로도 유효합니다. 그러니 종전대로 호칭해주세요, 아재."

파륜의 가슴에 뭉클한 감정이 치밀어 올랐다. 지난 몇 달간 힘든 우여곡절을 겪으면서 이전에는 느끼지 못한 애틋한 감정들이 마음에 자리 잡고 있었기 때문이었다. 그런 심정은 삼가 역시 마찬가지였다.

"도련님의 생각이 정 그러하시다면 그리하겠습니다. 하지만 일진각에 머물 때와는 형편이 다르니 강요하지는 말아주십시오."

그들은 오래간만에 마음을 터놓고 유쾌하게 웃었다.

"그런데 몇 가지 궁금한 것들이 있습니다. 지배인이 어찌한 연유로 자기에게 정보를 제공해준 심복 향천을 해치려고 한 것일까요."

"사실 나도 그 점이 풀리지 않는 의혹이었어요. 추측하기로 영사와 행수 조고 간에 이루어진 거래를 알고 있는 향천을 제거함으로 해서 자신에게 돌아올 추궁의 고리를 끊어버릴 심산이었을 것입니다."

"그렇다면 지배인과 영사 그리고 조고 간의 관계는 무엇이었을까요?"

"그들은 표면적으로는 우호적이었지만, 이해득실에 따라 때로는 협력하고 배신하며 서로를 이용하는 관계였을 겁니다."

잠시 한가로운 주변 풍경에 두었던 시선을 거두고 삼가가 다시 말을 이었다.

"영사와 염전 관리장 문정의 대리인과 나눈 거래의 비밀을 향천을 통해 빼낸 지배인이 그 정보를 행수 조고에게 팔았을 것입니다."

파륜이 여전히 의문이 풀리지 않은 듯 물었다.

"그러면 누가, 어찌한 연유로 사건을 무기명 투서로 폭로한 것일까요."

"그 일 역시 정확한 실체는 알 수 없습니다. 사건 초기에 향천과 지배인이 주고받은 은밀한 내용을 몰래 엿들은 누군가가 조고 상단과 경쟁관계에 있는 또 다른 상단에게 제공한 것으로 보입니다. 그 일을 빌미로 조고 측을 몰락시킬 호재로 삼은 세력이 계획적으로 꾸민 일이겠지요. 만일 그것이 아니라면 영사 주강과 행수 조고 간의 거래에 관여했던 누군가가 위기를 느끼고 자포자기의 심정으로 폭로한 것일 수도 있습니다."

"소인은 무엇이 어찌된 일인지 알 듯 모를 듯한 것이 머릿살이 지근거려 정리가 되지를 않습니다."

"아재, 그것은 나도 마찬가지라오. 하지만 한 가지 분명한 사실이 있습니다. 그처럼 추악한 거래에 향천이 이용된 것이지요."

그 점은 파륜도 동의했다.

삼가는 그 사건과 관련하여 판관과 나눈 엊그제의 일들을 떠올리며 생각에 잠겼다.

죄인들에 대한 추국이 막바지로 접어들고 있었다. 그러나 사건의 전말은 아직 명쾌하게 해결하지 못하였다.

추국장에 나온 판관이 죄인들을 내려다보았다. 그들의 모습은 그동안 가해진 모진 형벌로 인해 참혹하게 변해 있었다. 제시한 증거에도 불구하고 완강하게 부인하는 그들에게 돌아가는 것은 더욱 가혹한 형장뿐이었다.

판관이 현령에게 물었다.

"일전에 말하기를 모함을 당했다 하였는데 무고한 것으로 의심되는 상대를 지목하지 않았다. 그 연유가 무엇이더냐."

현령의 얼굴에 눈물이 흘러 번졌다.

잠시 판관을 바라본 현령이 모든 것을 체념한 표정으로 입을 열었다.

"판관님. 사실은 해천의 염전 관리장 문정과 소인은 동향 친구로 비슷한 시기에 관리로 등용된 사이였습니다. 그런 개인적 친분을 알아낸 영사가 관리장 문정 앞으로 소개서를 써달라고 부탁하기에 차마 거절하기 어려워 응해준 사실이 있습니다."

현령은 회한의 눈물을 흘리며 울고 있었다.

그런 현령을 바라보며 판관이 다시 물었다.

"그 대가로 무엇을 받았는가! 소명할 수 있는 기회가 이번뿐이니 사실을 가감 없이 진술하라."

"이제 무엇을 숨기겠습니까. 소인이 여식의 혼사를 정하고도 소용되는 비용이 부족하여 고민하고 있을 때 영사가 들고 온 돈을 분명히 차용한다는 명목으로 받았습니다. 그러나 뇌물을 받은 것으로 꾸민 그가 그것을 약점으로 끊임없이 협박을 가하며 직인은 물론 어음과 수결까지 위조해 사용하였습니다."

현령이 여윈 몸을 떨었다.

"그러면 차용한 원금은 갚았는가."

"몇 차례에 걸쳐 빌린 돈을 갚으려 하였으나 그는 번번이 거절했습니다. 또 그것을 빌미로 불법을 자행하고 소금을 밀거래하여 소인을 이 지경에 이르도록 만들었습니다."

"그렇다면 한 가지 더 묻겠다. 어찌하여 일이 이렇게 확대되도록 방치하였는가. 그것이 자멸에 이르는 길임을 정녕 몰랐단 말이냐!"

"그 모든 것은 소인이 어리석은 탓입니다. 친구의 비리를 만류하려 노력해보았지만 이미 때가 늦었습니다. 상부에 이 사실을 알리려고 생각도 해보았으나 소인만 면죄부를 받으려고 죽마고우를 사지에 빠트리는 것 같아 양심이 허락하지 않은 탓입니다. 더 이상 드릴 말씀이 없습니다. 소인의 죄를 엄하게 처벌해주십시오, 판관님!"

그는 어깨를 들썩이며 흐느껴 울고 있었다.

판관은 내심 측은한 마음이 강하게 들었지만 이미 드러난 죄에 대한 처벌은 불가피한 것이었다. 다만 그동안 공무를 수행하면서 청백리로 칭송을 받은 점과 정상을 참작하여 감형을 주청할 생각이었다.

이어 영사 주강을 똑바로 쏘아보며 얼음장 같은 목소리로 취조했다.

"네놈은 어찌하여 공직자로서의 직분을 망각하고 나라에서 금한 불법을 자행하였느냐. 그리고 무슨 목적으로 웃전을 능욕하고 겁박하였는지 대답하라."

그러나 영사 주강은 판관의 영을 못 들었는지 아니면 듣고도 못 들은 척하는 것인지, 묵묵부답으로 눈을 감은 채 있었다.

"저런 괘씸한 놈을 보았나. 네놈이 지금 묵비권을 행사하는 모양인데, 그렇다면 내가 네놈의 죄상을 낱낱이 밝혀주마. 먼저 네놈은 염전 관리장 문정과 결탁하여 막대한 양의 소금을 빼돌려 행수 조고에게 엄청난 이익을 안겨주었다. 그러나 그러한 사실을 깊이 알고 있는 심복 사철을 제거하려 획책하였다가 오히려 그에게 거금을 갈취당하고 속 앓이를 하던 중, 사철이란 자가 스스로 모습을 드러내 관에 고변하였다. 이에 저지른 비리가 드러날 것에 위기를 느끼고 사람을 사주하여 옥사에 침투시켜 사철을 독살하지 않았느냐!"

판관이 서슬 퍼런 목소리로 준엄한 추궁을 내렸다.

그 말이 떨어지기가 무섭게 눈을 번쩍 뜬 영사 주강의 얼굴에 놀라는 기색이 역력해지며 떨리는 음성으로 목소리를 높여 말했다.

"현령의 진술은 사실입니다. 그러나 사철의 독살을 사주하였다는 판관님의 말씀은 정말 억울합니다."

그자의 말을 듣고 회심의 미소를 지은 판관이 임석한 관리에게 명을 내렸다.

"여봐라. 그자를 대령하라!"

곧바로 포승줄에 묶인 사내 하나가 끌려 나왔다. 들어온 사내와 영사의 시선이 마주치는 순간 소스라치게 놀란 영사의 표정에서 감출 수 없는 절망감이 배어나왔다.

판관이 사내를 보며 말했다.

"엊그제 저지른 소행을 네 입으로 직접 말해 보거라!"

고개를 숙인 채 잠시 눈을 껌벅이던 사내가 체념한 듯 낮고 질박한 음성으로 말했다.

"소인은 영사에게 돈을 받기로 하고 옥사에 잠입하여 누워 잠자고 있는 죄수 하나를 독살한 사실이 있습니다."

말을 마친 그자는 더 이상 할 말이 없다는 듯이 고개를 떨구었다.

판관이 영사를 향해 큰 소리로 추궁했다.

"이래도 지은 죄를 자복하지 않겠느냐. 괘씸한 놈!"

그러나 주강은 녹록한 자가 아니었다.

"판관님! 저자의 말은 새빨간 거짓말입니다. 소인이 저자를 사주하였다는 증거가 어디 있습니까."

영사 주강이 발악하며 따지고 들듯 울부짖었다.

"그래? 그렇다면 네놈의 면전에 더 확실한 증표를 보여주마. 여봐라! 저자의 처를 들여라."

명이 떨어지기 무섭게 포승줄에 묶인 여인이 끌려 들어와 땅바닥에 엎드러지며 소리쳤다.

"여보! 내가 전부 토설하였으니 더 이상 발뺌할 생각은 마시오."

여인이 넋두리를 늘어놓으며 목 놓아 통곡했다.

자신의 처가 진상을 털어놓자 영사 조고는 그때서야 고개를 떨구고 말았다.

그 자리를 지켜본 모든 사람은 과연 판관이 어떻게 영사가 사내를 사주하여 사철을 독살한 사실을 알아냈는지 감탄했다. 또 그 일에 영사의 처가 관여한 것은 어떻게 밝혀냈는지 참으로 절묘하다며 입 모아 탄복했다. 더욱 기가 막힌 것은 중요한 범인인 사내와 여인을 어떻게 그리도 신속하게 검거할 수 있었는지 모든 것이 궁금하기만 할 뿐이었다.

"오늘은 이만 되었다. 행수 조고는 내일 다시 심문할 것이니 죄인들을 모두 하옥시켜라!"

판관이 자리를 일어서며 명을 내렸다.

집무처로 돌아온 판관은 등의자에 몸을 깊숙이 묻은 채 생각에 잠겼다. 마치 복잡한 미로처럼 얽혀 있던 사건을 명료하게 간파하고 해법을 제시한 그 소년은 대체 누구일까!

어제 소년이 자리를 뜨기 직전 자신에게 귀띔해준 내용들은 실로 놀라운 것이었다.

소년이 일러준 대로 먼저 갈대줄기로 햇빛 가림을 하는 발을 만드는 공방을 찾았다. 그곳에서 요 며칠 사이 한 줌의 갈대를 사가지고 간 사람을 찾는 일은 그리 어려운 일이 아니었다. 그것은 필요로 하는 용처가 별로 없는 탓에 주인이 금방 문제의 여인을 기억해낸 것이다. 다음은 약품 재료를 취급하는 약재상을 돌며 최근에 청산가리를 구입해간 사람을 수소문했다. 하지만 그 약은 본시 독극물이라 영업상 기밀을 지켜 함구하는 통에 알아내기가 수월하지 않았다. 그러나 판관이 발부한 수색영장을 제시하며 책임을 면책해주겠다는 조건부 승낙을 한 연후에야 판매상으로부터 중요한 단서를 알아낼 수 있었다.

눈가에 검은 점이 있는 사내의 인상을 기억한 상인의 제보 덕으로 동편 푸줏간 거리에 살고 있는 그자를 큰 힘 들이지 않고 체포한 것이었다.

다음날 판관이 다시 한 번 그 소년을 만나고 싶은 마음이 들어 연락을 취했지만 그때 이미 소년은 어디론가 종적을 감춘 뒤였다.

카라호토

산등성이를 따라 누런 벽돌로 높이 쌓은 성벽이 나타났다. 그것은 흉노의 위협에 대처하기 위한 목적으로 진시황제에 의해 동쪽 요동에서부터 서쪽 임조에 이르기까지 축조되어 위용을 자랑하는 만리장성이었다.

그들은 성벽을 따라 걸었다. 장성은 어느 때는 산자락을 돌아 나타났다가 초원 속으로 숨기도 했고 다시 모습을 드러내며 끝없이 이어졌다.

요소요소에 성벽을 딛고 우뚝 솟아오른 망루 돈대가 견고하게 버티고 서 있었다.

삼가와 파륜이 양주를 떠난 지 보름이 지났다.

정상에 하얀 만년설을 이고 있는 기련산이 시야를 압도하며 웅장한 모습을 드러냈다.

"도련님, 조금 전에 마주친 이들에게 들어보니 저 산을 넘으려면 오초령이라는 고개를 거쳐야 한답니다. 가파르고 험하기가 얼마나 대단한지 죽기를 각오해야 한다고 하니 걱정입니다."

그들은 이미 육반산에서 한차례 죽을 고비를 넘긴 기억이 생생한 탓에 두려움을 느끼고 있었다.

"아재, 험한 길은 버리고 안전한 길을 택하여 행로를 정합시다."

오초령을 우회하여 사흘을 걸은 그들이 감주(장액) 초입으로 접어들었다.

길 양옆으로 끝없이 펼쳐진 밭에 뿌리만 남은 터럭들이 누렇게 시들어 황량하고 쓸쓸한 풍경으로 누워 있었다.

감주는 도시 주변을 농촌이 둘러싼 지형으로 하서 4군(난주, 양주, 감주, 숙주) 중 가장 큰 도시였다.

시내로 들어서니 하얀 벽돌로 지은 집들이 즐비했다. 저녁 무렵인데도 오가는 사람들이 제법 많았다.

시장기와 더불어 밀려드는 한기로 몸을 떨던 그들은 마침 앞에 보이는 팥죽 파는 집을 찾아들었다. 뽀얀 김이 무럭무럭 피어오르는 죽 그릇을 마주한 파륜이 머뭇거리며 말했다.

"도련님, 수중에 돈이 조금 있다고 하나 그것은 꼭 필요한 용처가 아니면 쓰지 말아야 할 것입니다."

"그래야 하겠지요. 하지만 그동안 겪어보니 죽으라는 법은 없는 것처럼 마땅한 방편이 생기지 않았습니까!"

속 좋은 얼굴의 삼가를 보며 파륜도 함께 웃었다.

팥죽 그릇을 깨끗이 비운 그들이 밖으로 나왔을 때는 거리에 어둠이 내리고 있었다.

차가운 밤공기가 옷깃 속으로 파고들었다. 지니고 있던 옷을 겹으로 입었지만 한기를 떨쳐낼 수는 없었다.

"도련님, 돈을 아끼는 것도 좋지만 오늘 밤은 허름하고 값싼 곳을 찾아 잠자리를 정해야 할 것 같습니다."

시가지를 한참 벗어난 외곽 한적한 골목 안에 조그만 여관이 침침한 불빛 아래 졸고 있었다.

돈을 치르고 방으로 든 그들은 잠시 뒤 누가 먼저라고 할 것 없이 그대로 잠이 들고 말았다.

고향은 떠나올 때 그대로였다.

책을 펴든 삼가가 늦은 봄날 만발한 살구꽃이 하늘거리며 잎을 떨구는 창밖을 바라보고 있었다. 꽃잎이 눈처럼 날리는 정겨운 풍광에 취해 나른한 권태감과 함께 눈꺼풀이 무거워지며 잠이 쏟아졌다.

안채에서 나오시는 어머님 모습이 보였다. 어렴풋한 것이 꿈인 듯도 싶었고 생시인 것도 같았다. 그런데 어찌된 일인지 어머니 몸이 포승줄에 묶여 있었다. 황급히 자리에서 일어선 삼가가 어머니에게 달려가려 했지만 발걸음이 떨어지지 않아 제자리에서 허우적거릴 뿐이었다.

그때 어머님의 다급한 목소리가 들려왔다.

"아들아! 빨리 피하거라. 어서." 하지만 삼가는 포승줄에 묶인 어머니를 두고 혼자 도망칠 수 없었다. "어머니! 잠시만 기다리십시오. 소자가 달려가겠습니다."

하지만 삼가의 말에는 답이 없이 어머니는 다급하게 팔을 내저어 손짓하셨다. 어서 빨리 이곳을 빠져나가길 바라는 안타까운 표정을 지으시며…….

그때 돌연 치솟아 오른 화염이 모두를 덮치고 말았다. 불길에 휩싸인 삼가는 몸부림치며 목이 터져라 어머니를 불렀다.

"어머니! 어머니!"

"도련님, 흉몽에 시달리셨나 봅니다. 땀을 다 흘리셨네."

몸을 흔드는 손길에 눈을 뜨니 다행히 꿈이었다. 하지만 조금 전에 본 장면들이 너무 생생하기만 했다.

창밖은 아직 어두웠다. 동이 트려면 아직도 먼 시각인 것 같았다.

"무슨 꿈을 꾸셨기에 그리 애절하게 어머니를 불렀습니까."

"포승줄에 몸이 묶이신 어머님께서 나에게 어서 빨리 피하라고 손짓을 하고 계셨어요."

두런거리며 이야기를 나누는 그들의 귓가에 소란스런 소리가 들려왔다. 야심한 밤의 적막을 깨트리고 말발굽 소리가 요란하게 울려 퍼진 것이었다. 낯선 고장에서 한밤중에 맞닥트린 변고의 정황을 짐작할 수 없는 그들은 긴장할 수밖에 없었다.

조금 뒤 밖이 대낮처럼 환하게 밝아지며 다급한 외침이 터져 나왔다.

"비적들이 침입했다. 불이야! 불."

재빨리 옷을 챙겨 입은 삼가와 파륜이 방을 뛰쳐나왔다. 검은 연기를 꾸역거리며 토해내는 집들이 붉은 혀를 날름거리는 화마에 휩싸여 있었다.

"도련님, 잘못하다가는 비적들에게 개죽음을 당하기 십상입니다. 어서 이곳을 빠져나갑시다."

다급한 걸음으로 골목을 나와 보니 아수라 지옥이 따로 없었다. 말을 탄 비적들이 불을 지르며 닥치는 대로 칼을 휘둘러 살상을 저지르고 있었다. 일부는 집 안으로 들이닥쳐 값나가는 물건들을 약탈했다. 삼가들은 재빨리 담장 뒤로 몸을 숨겼다. 그 와중에 비적들은 젊은 남자와 여자들을 사로잡아 손을 묶고 있었다.

"도련님, 저놈들이 젊은 사람들을 잡아가려는 것을 보니 노예상인들과 결탁한 비적들이 틀림없습니다. 더욱 조심해야 하겠습니다."

그때 그들이 몸을 숨기고 있는 담장 바로 앞으로 여인 하나가 달음질 쳐왔다. 다급한 여인이 몸을 돌려 담장 아래로 숨어들다가 공교롭게도 삼가들과 눈이 마주치고는 소스라치게 놀라며 비명을 질렀다.

곧바로 발소리가 들리며 칼을 든 사내가 나타났다.

"여기 놈들이 숨어 있다. 이놈들을 잡아라!"

이윽고 패거리들이 몰려들었다. 그들은 손에 칼과 월도를 들고 있었다.

"저 두 놈과 계집을 묶어 끌고 가라."

놈들이 우르르 달려들었다.

시선을 마주친 파륜이 삼가를 보며 눈짓을 했다. 그것이 무얼 말하는 지 알아차린 삼가가 마음의 준비를 한 채 긴장했다. 그러고는 별안간 앞에 선 자를 있는 힘을 다해 밀친 파륜이 뛰기 시작했다. 물론 삼가도 함께 뛰었다.

"잡아라! 저놈들을 놓치지 말아라."

하지만 이곳 지리에 생소한 그들이 죽기 살기로 내달려 당도한 곳은 막다른 골목이었다. 파륜이 주먹을 휘두르며 달려들었지만 놈들의 발 길질에 저만큼 나동그라지고 말았다.

졸지에 비적들에게 사로잡힌 처지가 된 삼가와 파륜을 기다리는 것 은 가혹하기 짝이 없는 고난과 시련이었으나 지금 그들은 짓궂은 운명 의 장난을 알지 못했다.

삼가들은 두 팔이 줄에 묶여 마치 굴비두릅처럼 줄줄이 엮인 채로 걸 었다. 함께 잡힌 사람은 모두 삼십여 명이나 되었다.

조금 전 도망치다 당한 발길질로 인해 찢어진 파륜의 입술에서 피가 흐르고 있었다.

"아재, 크게 다친 데는 없습니까."

"예. 염려할 정도는 아닙니다. 그나저나 앞으로의 일이 큰일입니다."

그때 삼가를 향해 욕설과 함께 주먹이 사정없이 날아들었다.

"누가 말질을 하라고 했나. 노예시장에 팔려갈 놈들이 무슨 말들이 많아. 앞으로는 서로 간 일체의 말을 금한다. 알겠나?"

삼가의 얼굴이 금방 벌겋게 부어올랐다. 파륜이 안타까운 마음으로 몸을 비틀었지만 어찌할 수 없는 노릇이었다.

비적 무리들은 모두 사십여 명쯤 되었다.

말을 탄 채 앞장서 걷던 우두머리로 보이는 자가 뒤를 돌아보며 부하들을 향해 지시를 내렸다.

"만일 말을 듣지 않거나 도망치는 자는 즉시 죽여도 좋다. 그러나 조심해서 다루어라. 흠집이 없어야 좋은 값을 받을 수 있으니까 말이야!"

어느덧 그들은 사막으로 들어서고 있었다. 아마 고비사막으로 가고 있는 것 같았다.

차가운 바람에 날린 모래가 사정없이 얼굴을 때렸다. 마치 날카로운 송곳으로 찌르는 듯한 통증이 밀려들어 매우 고통스러웠다. 그러나 그것이 문제가 아니었다. 알 수 없는 곳으로 팔려 갈 노예 신세가 되어버린 자신들의 처지를 생각하니 기가 막혔다. 하늘이 무너져도 솟아날 구멍이 있다고 했지만 정말 구명도생할 희망이 있는 것일까? 울컥 치밀어 오르는 눈물을 애써 삼키는 삼가의 눈이 붉게 물들었다.

사흘 밤낮을 꼬박 걸은 그들이 사막의 작은 오아시스에 당도했다. 줄줄이 묶인 채 걷기에 지친 일행들은 모래바닥에 주저앉았다.

"이자들을 방에 가두고 먹을 것을 넣어주어라. 그리고 딴 맘 먹지 못하도록 철저히 감시해라."

두어 평쯤 되는 작은 방에 7~8인이 함께 갇혔다. 서로 등을 맞대고 쪼그려 앉아야 할 지경이었다. 하지만 삼가는 파륜과 함께 있게 된 것만도 불행 중 다행이라 스스로를 위로했다.

"도련님, 이놈들이 말로만 듣던 노예상인들이 틀림없는 것 같습니다. 이 일을 어찌하면 좋습니까."

"지금 우리가 처한 현실이 꿈인 듯 믿어지지 않습니다. 그러나 눈앞에 닥친 그대로를 받아들이고 기회를 엿볼 수밖에 달리 방법이 없을 듯합니다."

삼가가 긴 한숨을 내쉬었다.

다음날, 날이 채 밝기도 전에 또다시 강행군이 시작되었다. 한참을 걷던 중 후미에 따라오던 자가 일행을 멈춰 세우며 말했다.

"너희들 가운데 문자를 읽고 쓸 줄 아는 자가 있으면 대답하라!"

잠시 생각한 삼가가 할 수 있다고 말했다. 그들은 삼가에게 묶인 줄을 풀어주는 특전을 베풀었다. 대신에 잠시 쉴 때마다 호송하는 사람들의 나이와 이름 등 신상명세를 기록하는 일을 시켰다.

5일간 모래언덕을 넘고 또 넘어 당도한 곳은 흑수성이 있는 카라호토였다.

상단부분이 훼손된 채 버려진 서역(티베트) 양식의 커다란 불탑이 태양을 등지고 쓸쓸히 서 있었다. 이곳은 과거 누란의 왕국이었지만 아주 오래전에 역사의 저편으로 사라진 폐허의 도시였다.

여기저기에 사람들의 모습이 보였다. 머리에 천을 둥글게 틀어 올린 터번을 쓰고 있는 서역인도 있었고, 파란 눈동자에 수염을 기른 서양인도 눈에 띄었다.

그들이 갇힌 곳은 햇볕 한 줄기 들지 않는 어두운 움막이었다. 높은 곳에 살이 촘촘히 박힌 창문이 하나 있을 뿐인 비좁고 답답한 방이었다.

"도련님, 이곳에 모여든 사람들은 모두가 노예를 사고팔기 위한 상인들이랍니다. 며칠에 한 번씩 열리는 시장에서 거래를 하는데 인접한 나라는 물론, 멀리는 페르시아 등지로 팔려 간다고 합니다."

걱정스런 얼굴로 조그맣게 말하는 파룬의 표정에 근심이 가득했다. 말은 없었지만 당혹스럽기는 삼가 역시 마찬가지였다.

다음 날 아침 광장 한복판에 시장이 열렸다. 인신을 매매하는 노예시장이었다.

모여든 사람들로 시끌벅적한 소음을 뚫고 상인 하나가 앞으로 나섰다.

"자, 지금부터 경매를 시작하겠으니 모두 이쪽을 주목해주십시오. 먼저 젊고 튼실한 매물을 소개합니다."

사내가 앞에선 여인에게 다가서더니 한 손으로 여인의 턱을 들어 올리고 반대편 엄지와 검지로 볼을 움켜쥐었다. 벌어진 입술 사이로 치아가 드러났다. 고객들에게 매물의 건강상태를 확인시키려는 행동이었다. 그의 거친 손놀림은 동물을 다루는 것과 별반 다르지 않았다.

"은자 100냥부터 시작합니다. 젊고 건강하며 일 잘하는 여자가 단돈 100냥입니다."

뒤에선 남자가 손을 들고 외쳤다.

"여기 120냥이요."

"120냥 나왔습니다. 다른 신청인이 없으면 낙찰합니다. 응찰자가 없으면 이대로 낙찰합니다."

터번을 두른 사내가 굵은 음성으로 말했다.

"여기는 130냥입니다."

경매인이 주위를 둘러보고 손뼉을 치며 다시 주문을 냈다.

"자! 130냥이 나왔습니다. 다른 응찰자가 없으면 그대로 낙찰하겠습니다. 없습니까? 그럼 첫 번째 매물은 130냥이라는 낮은 가격으로 응찰자가 횡재를 하셨습니다."

참으로 어이없는 일이 아닐 수 없었다. 각처에서 마구잡이로 잡아온 사람들을 마치 개나 돼지처럼 팔고 있었다. 그러나 지금 눈앞에 벌어지는 사태는 남의 이야기가 아니었다. 곧바로 삼가나 파륜 자신들에게 닥칠 기막힌 일의 시작이었기 때문이었다.

계속되는 흥정으로 이미 수십 명이나 되는 사람들이 팔려나갔다.

이윽고 파륜의 차례가 다가왔다.

"이번에는 제가 아껴두었던 정말 탐나는 상품 하나를 소개하겠습니다. 무쇠처럼 튼튼하고 소처럼 순박하며 건장한 사내를 매물로 올립니다. 이런 좋은 물건을 놓치면 두고두고 후회가 되실 것이니 망설이지 마십시오. 자! 은자 500냥부터 시작합니다."

주위가 술렁거렸다. 상인 여럿이 매물은 탐내는 눈치들이었으나 은자 500냥은 대단한 금액이었다.

입심 좋은 경매인이 다시 사설을 늘어놓으며 구매인들을 충동질했다.

"저자로 말할 것 같으면 힘이 장사입니다. 저 튼실한 몸을 보십시오. 이런 호재가 매일 있는 것이 아닙니다. 매물의 장점을 말씀드리자면 경매인의 입이 아플 지경일 것이지만 더 이상 여러 말씀드리지 않겠습니다."

그러나 경매인의 노력에도 불구하고 초기 액수를 너무 과하게 부른 탓인지 파륜의 건은 유찰되고 말았다.

삼가와 파륜은 일단 안도의 한숨을 쉬었다. 삼가는 앞자리에 앉아 호명하는 사람들의 이름과 나이를 대조하는 일을 하고 있었다. 그들에게 매우 쓸모 있는 존재였으므로 우선 당장 팔려 갈 염려는 없었다.

그렇게 해서 첫날의 위기는 겨우 모면할 수 있었다.

하지만 안도의 한숨을 내쉰 것도 잠깐일 뿐이었다. 내일을 기약할 수 없다는 불안감이 삼가와 파륜을 엄습했다.

사막의 밤이 깊어가고 있었다.

바람을 안고 뒹군 모래알이 담벼락을 후려치는 소리가 오뉴월 소나기같이 요란했다.

삼가는 눈을 감았지만 잠이 오지 않았다. 지금 우리가 몸을 싣고 있는 운명이라는 수레가 향하고 있는 곳이 어디일까. 오늘 하루는 겨우 넘겼지만 머지않아 정처를 알 수 없는 곳으로 팔려 갈 신세라고 생각하니 기가 막혔다. 몸을 뒤척이는 것을 본 파룬이 입을 열었다.

"지금 우리가 처한 상황은 너무 절망적입니다. 이제 남은 한 가닥 희망은 도련님과 제가 같은 지역으로 갈 수 있기만을 기도할 뿐입니다."

다음날 멀건 죽 한 그릇과 딱딱하게 마른 빵 한 조각을 먹고 나니 모두 앞마당으로 나오라고 했다. 인원을 통솔한 자는 한쪽 눈을 가린 애꾸눈 사내였다.

"너희들 중 무예를 수련한 자가 있으면 앞으로 나와라. 오늘 벌어지는 겨루기에서 좋은 성적을 거두는 자는 당분간 노예로 팔려가지 않는 특전을 부여하겠다."

그러나 앞으로 나서는 사람이 아무도 없었다. 주위를 둘러보던 애꾸눈 사내의 눈길이 파룬에게 머물렀다.

"덩치를 보아하니 힘깨나 쓸 것처럼 보이는데, 오늘 우리 측 출전자로 너를 지명한다."

애꾸눈의 지명에 파룬 자신은 물론이었지만 삼가 역시 얼굴이 하얗게 질렸다. 뚝심만 조금 있을 뿐인 그의 형편없는 싸움 솜씨를 잘 알기 때문이었다.

애꾸눈 사내가 한쪽 눈을 깜박이며 말했다.

"여러 사람들이 돈을 걸고 하는 도박인 만큼 치열한 싸움이 될 것이다. 이 대결은 승자와 패자만 있다. 생명을 잃을 수도 있음을 명심하여 수단과 방법을 가리지 말고 이겨야만 한다."

정말 어처구니없는 일이었다. 졸지에 격투사가 된 파륜을 보는 삼가의 마음은 형용할 수 없는 불안에 휩싸여 차마 입이 떨어지지 않았다.

그때 돌연 삼가를 깜짝 놀라게 한 일이 벌어졌다. 애꾸눈 사내를 향해 앞으로 나선 파륜이 뜻밖의 말을 한 것이었다.

"한 가지 조건이 있소. 그 조건을 들어준다면 상대가 누구든 간에 목숨을 걸고라도 싸울 것이요."

"조건? 건방진 말이기는 하지만 한번 들어나 보자. 물론 가능한 것이라면 그리해주마."

삼가를 손으로 가리킨 파륜이 조건을 걸고 나섰다.

"만일 내가 싸움에 이기면 이 사람을 풀어주시오. 그렇게 해줄 것을 약조하지 않는다면 이 자리에서 죽을망정 한 발자국도 움직이지 않을 것입니다."

애꾸눈이 어이없다는 표정을 지으며 시큰둥한 목소리로 말했다.

"네놈 실력이 어떠한지는 모르겠으나 감히 흥정을 벌이는 뱃심이 맘에 들었다. 좋다. 내 분명히 그리하겠다고 약조하마."

도무지 말이 되지 않는 조건을 내걸고 싸움판으로 나가려는 파륜을 보며 삼가가 안타까운 심정으로 만류했다.

"아재, 이제라도 늦지 않았으니 사실대로 말하고 이 고비를 넘깁시다."

"도련님, 너무 걱정 마십시오. 혹시 누가 압니까. 나보다 더 시원찮은 약골 상대를 만날지……."

삼가가 아무리 곱씹어 생각해봐도 무예의 무자도 익히지 못한 파륜이 졸지에 격투사가 되어 목숨을 걸고 싸움판에 서게 된 것을 생각하면 참으로 기가 막힐 노릇이었다.

다음 날, 성벽 아래 광장으로 사람들이 꾸역꾸역 모여 들었다. 높이 솟은 성벽이 찬바람을 막아주어 광장 안쪽은 제법 안온했다.

주변을 빙 둘러선 사람들이 정보를 나누는 말소리와 소음으로 주위가 시끌벅적했다.

사람들이 운집한 한가운데에 자연스럽게 원형의 공간이 생겨났다.

잠시 뒤 오늘의 대결을 주관할 장주가 들어서더니 출전자를 소개하며 흥을 돋우었다.

"먼저 소개할 자는 10전 전승의 화려한 전적을 자랑하는 싸움판의 지존이며 카라호토 최고의 강자 짝귀요!"

커다란 함성이 일제히 터져 나왔다.

"특별히 소개할 것은 짝귀로 말할 것 같으면 지난번 시합에서 상대의 목을 부러트려 절명시킨 흉폭하기가 지옥 야차같이 무서운 자입니다."

장주의 설명에 분위기가 뜨겁게 달아오른 시합장이 술렁거렸다.

"다음 출전인은 중원에서 온 자로 전력은 알려지지 않았지만 기운이 장사인 오늘 매우 기대되는 비밀병기입니다. 그 이름은 파륜이요!"

그러나 먼저 소개받은 짝귀와는 달리 관중들이 뜨거운 반응을 보이지 않았다. 파륜의 체격이 상대보다 크고 우람했지만 어딘가 어설퍼 보이는 인상 탓인 것 같았다. 짝귀라고 불린 상대는 그리 크지 않은 몸집이었으나 몸매가 매우 다부져 보이는 자였다.

여기저기에서 자기가 지지하는 출전자에게 돈을 거느라 한동안 소란스러웠다. 그러나 대세는 이미 짝귀 쪽으로 기울어 있었다.

드디어 싸움이 시작되었다.

잠시 서로가 탐색전을 벌였다. 짝귀라 불린 자는 싸움판에서 잔뼈가 굵은 노련한 싸움꾼이었다. 파륜의 허술한 자세를 보고 이내 상대의 실력을 알아차렸다. 몸을 우쭐우쭐 흔들던 짝귀가 별안간 발을 내질러 파륜의 가슴팍을 찼다. 그 일격에 파륜의 몸이 붕 뜨더니 그대로 엉덩 방아를 찧고 말았다.

짝귀에게 돈을 건 사람들의 환호가 광장을 울렸다.

비틀거리며 일어선 파륜의 입에 피가 흘러내렸다. 머리를 좌우로 한 번 흔들어 정신을 가다듬은 파륜이 큰 괴성을 지르며 짝귀를 향해 돌진했다.

그러나 무모한 공격에 당할 상대가 아니었다. 몸을 슬쩍 옆으로 돌린 짝귀가 파륜의 상체를 움켜쥐는 것과 동시에 다리를 가랑이 사이로 밀어 넣고 그대로 몸을 밀쳐버렸다. 파륜의 몸이 썩은 고목나무가 넘어지듯 둔탁한 소리를 내며 무너졌다. 이어 짝귀의 무자비한 발길이 무방비 상태인 파륜을 향해 사정없이 날아들었다.

그 싸움은 애초부터 파륜에게 승산 없는 판이었다. 얼굴이 피투성이가 된 파륜이 가까스로 일어서며 여랑과 시선이 마주쳤다. 그 와중에도 파륜이 일그러진 입 꼬리를 힘겹게 움직여 씩 웃었다. 불안한 마음을 진정시키려 억지 여유를 부린 것 같아 삼가의 마음이 더욱 쓰리기만 했다. 이대로 가다가는 무슨 일이 벌어질지 불을 보듯 빤한 일이었다.

안타까운 마음으로 삼가가 목이 터져라 외쳤다.

"아재, 힘내세요. 아재에게는 비장의 무기가 있잖아요. 그것을 사용하면 상대가 목숨을 잃을지도 모르지만 사정 두지 말고 공격을 펼쳐요."

여랑이 외치는 소리가 장내 분위기를 바꾸어놓았다. 저처럼 형편없어 보이는 사내에게 무서운 필살기가 있었구나 하는 생각으로 모두가 사태를 주시했기 때문이었다.

놀라기는 짝귀도 마찬가지였다. 무술의 기초도 익히지 못한 숙맥으로 얕잡아본 상대에게 숨겨놓은 그 무엇이 있었다니 놀랄 수밖에 없었다. 그는 경계심을 곤두세우며 지금까지처럼 함부로 공격하지 못했다.

반전된 분위기에 힘을 얻은 파륜이 주먹을 쥐고 오른팔을 빙빙 돌려 회전시키며 짝귀에게 접근했다.

기세가 위축된 짝귀가 크게 긴장했다. 수많은 싸움판을 전전한 그였지만 저런 권법은 본 일이 없었다. 그런데다 목숨을 빼앗을 수도 있는 필살기라고 하지 않는가.

잡념으로 정신이 팔린 짝귀의 눈에 번쩍하고 불이 일었다. 방심하는 사이 파륜의 주먹에 일격을 당한 것이었다. 터진 입술에 피가 흘러내렸다.

짝귀의 눈이 살모사처럼 독기를 뿜었다. 독이 오를 대로 오른 짝귀가 맹렬히 공격하기 시작했다.

치고 차고 꺾고 조르고 던지는 온갖 공격을 당한 파륜의 몰골은 차마 눈 뜨고 볼 수 없을 만큼 처참했다.

그런 와중에도 파륜의 머릿속은 온통 삼가를 풀려나게 해야 한다는 생각으로 가득할 뿐 자신이 살고 죽는 것은 이미 안중에 없었다.

"퉤!"

침을 뱉은 짝귀가 독기 가득한 눈초리로 중얼거렸다.

"참으로 어지간한 놈으로구나. 그렇게 죽는 것이 원이라면 내가 그리해주마."

최후의 일격을 가할 요량으로 자세를 갖춘 짝귀의 발길이 파륜의 목을 향해 바람을 가르며 날아들었다.

그러나 예기치 못한 상황이 벌어졌다. 돌연 비명을 지른 짝귀가 얼굴을 감싸 안은 채 땅바닥으로 나뒹굴었다.

비틀거리며 일어선 파륜의 손에 한 움큼의 모래가 쥐어져 있었다는 사실을 눈치 채지 못한 것이 화근이었다.

절호의 기회를 놓치지 않고 비호처럼 달려든 파륜이 상대의 몸을 타고 앉았다. 묵직한 체중을 실은 파륜의 주먹이 사정없이 날아들었다.

짝귀가 몸을 밀쳐내려 안간힘을 써보았지만 죽기 살기로 작정한 파륜을 벗어날 재간이 없었다. 수없이 많은 싸움판을 전전한 짝귀였지만 숨

쉴 틈을 주지 않고 무수히 쏟아지는 주먹을 피할 방법이 없었다.

금방 얼굴이 피범벅이 된 짝귀가 버둥거리며 숨넘어가는 절박한 목소리로 비명을 내지르고 말했다.

"졌다. 내가 졌다! 항복한다."

파륜에게 돈을 걸었던 사람들은 기대하지 않았던 의외의 결과에 환호성을 질렀다.

이겼다. 아재가 무서운 상대 짝귀를 이긴 것이었다.

삼가는 눈앞의 현실이 믿어지지 않았다.

짝귀가 항복을 선언하자 마치 넋이 나간 사람처럼 일어선 파륜이 달려 나오는 여랑 앞에 스르르 무너지며 그대로 정신을 잃고 말았다.

그때 관중 속에 섞여 그 광경을 지켜보는 소년이 있었다. 갸름한 얼굴에 날렵한 몸매가 눈에 익어보였다.

따스한 물을 입으로 흘려 넣고 나서야 겨우 정신을 차린 파륜이 피범벅이 되어 퉁퉁 부은 입술을 겨우 움직여 말했다.

"도련님, 이제 되었습니다. 놈들이 약속만 지킨다면 도련님은 풀려나실 수 있게 되었습니다. 정말 다행입니다."

"아재, 고맙소. 그러나 만일 나를 풀어준다고 한들 어찌 나 혼자만 이곳을 벗어난단 말입니까."

그들은 소리 죽여 울고 있었다. 자신의 몸을 던져 사지에서 구해내려 희생도 마다않은 파륜이 고마워 울었고 그런 자기를 진심으로 생각해주는 마음이 파륜을 울렸다.

온몸이 만신창이가 된 파륜은 물 한 모금 넘기지 못하고 밤새 끙끙 앓았다. 퉁퉁 부어올라 완전히 다른 얼굴이 된 파륜을 지켜보며 삼가는 가슴이 미어지는 것만 같았다.

"아재, 두 번 다시 그런 무모한 짓은 하지 마오. 비적 놈들이 약속을 지킬 리 만무하지만, 설사 나를 풀어준다 해도 나 혼자는 이곳을 나가지 않을 것이오."

그 말을 듣고 깜짝 놀란 파륜이 말을 하려고 했지만, 입술이 일그러져 부어오른 탓으로 그리할 수도 없었다. 겨우 팔을 들어 올려 손사래를 치는 것으로 그리하면 안 된다는 의사를 표시했을 뿐이었다.

이튿날 아침, 애꾸눈 사내가 나타났다. 그가 손에 들고 있던 약봉지를 방 안으로 던져주었다.

"이 약은 어혈과 타박상에 효과가 좋은 약이니 먹이도록 해라. 그리고 어제 너에게 한 약조 말인데. 내 생각 같아서는 지금이라도 당장 너의 청대로 해주고 싶다. 그러나 두목님의 최종 결정이 내려지지 않았으니 그리 알고 기다려 보아라."

그자의 말에 격분한 파륜이 몸을 일으켜 말을 하려 애를 썼지만 입이 열리지를 않아 끙끙거리며 답답한 마음으로 분노를 나타낼 뿐이었다.

사람의 마음이란 참으로 묘한 것이었다. 애꾸눈 사내의 그 말을 들으며 한편으로는 안도감이 들면서도 다른 한편으로는 기대가 실망으로 바뀌는 안타까움이 함께 교차하고 있었다.

파륜의 뚝심은 남다른 데가 있었다. 얼굴의 부기는 여전했지만 하루가 지나자 몸을 추스르고는 자리를 털고 일어났다.

그런 아재를 안쓰러운 눈으로 보며 삼가가 위로의 말을 해주었다.

"그만하길 천만 다행입니다."

불려 나간 삼가가 장부를 정리해주며 청을 넣었다. 그는 부두목쯤 되는 자로 이곳에 온 이래 일을 도와주느라 자주 마주친 탓에 비교적 잘 대해주었다.

"부탁을 하나 드려도 되겠는지요."

"그래. 말해 보거라."

"다름 아니라 몸을 많이 다친 우리 아재를 다른 방으로 옮겨주시면 안 될까 해서요. 지금 있는 방은 비좁아 돌보아주기가 너무 불편해서 그렇습니다."

삼가를 물끄러미 바라본 부두목이 질박한 목소리로 퉁명스레 말을 던졌다.

"내일이면 시장으로 팔려 나갈 놈들이 무슨 우애를 그리도 살뜰하게 챙기나. 그래, 내가 특별히 선심을 쓰마."

그가 졸개를 부르더니 지시를 내렸다.

"이 녀석과 아재라는 놈을 저 바깥채에 있는 헛간에 함께 넣어라."

그들이 시킨 일을 모두 마친 삼가가 돌아왔다.

"저들이 지껄이는 말에 의하면 내일 또다시 노예시장이 열리게 될 것 같습니다."

벽에 비스듬히 몸을 기댄 삼가가 밖을 내다보았다. 지붕 아래 높이 나 있는 조그만 창으로 반짝이는 별들이 보였다.

지금 전개되는 상황은 자신들의 의지와는 아무런 상관없이 타인의 힘에 의해 결정된 것이다. 거부하거나 저항할 수 있는 수단과 방법이 원천 봉쇄된 채 순종과 복종만 강요되는 굴종적 신세로 전락한 것이다. 삼가는 자기도 모르는 사이에 눈물이 흘러내렸다. 아마 등을 돌리고 누운 파룬도 울고 있을 것이었다.

설핏 잠이 들었다. 어느 사이에 그들은 자유의 몸이 되어 있었다. 삼가는 상기된 표정으로 초원을 힘차게 내달리고 있었다. 시원한 바람이 귓가를 스치고 지났다. 그 자체만으로도 무한한 행복을 느꼈다. 어디선가 향긋한 라일락 꽃 내음이 살포시 스며들었다. 삼가의 얼굴에 미소가 피어올랐다.

그때 꿈에 취한 그를 가볍게 흔드는 손길이 있었다. 눈을 뜨고 보니 작은 몸집의 소년이 입에 손을 대고 조용히 하라는 눈짓을 했다.

누군가 도움을 주려는 정황을 눈치 챈 삼가가 가만히 파륜을 깨웠다.

파륜 역시 심상치 않은 낌새를 알아차리고 얼른 몸을 일으켰다.

고양이 걸음으로 밖으로 나온 그들 앞에 입에 재갈을 물린 세 필의 말이 기다리고 있었다.

소년이 어서 말 위에 오르라는 듯 손짓을 했다. 그러나 파륜은 몸이 정상이 아니었다. 두 사람이 겨우 밀어 올려 고삐를 쥐어주었다.

비적들의 감시망을 벗어난 그들은 있는 힘을 다해 말을 달렸다. 자기들을 사지에서 구해준 소년이 누구인지 궁금했지만 우선은 지옥 야차 같은 놈들로부터 한 발이라도 멀리 도망치는 것이 급했다.

차가운 밤바람을 가르고 달리는 그들이었지만 등에 식은땀이 흥건히 흘러내렸다.

그들이 사막을 완전히 벗어나니 먼동이 훤하게 터오고 있었다.

한숨을 돌리자 비로소 소년의 모습이 확연하게 눈에 들어왔다.

순간 삼가의 눈이 화등잔만하게 커지며 벌어진 입이 다물어지지 않았다. 그 소년은 몇 달 전 그들에게서 행낭을 빼앗아간 바로 그 장본인이었기 때문이었다.

그제야 소년의 정체를 알아차린 파륜은 치밀어 오르는 분노로 몸을 와들와들 떨며 어찌할 바를 몰랐다.

뜻밖의 상황에 직면한 삼가가 겨우 정신을 가다듬고 입을 열었다.

"병 주고 약 준다더니 지금이 바로 그런 경우가 아니고 무엇이란 말이오."

소년이 조금은 멋쩍은 표정을 지으며 말했다.

"경우가 없기로는 그때나 지금이나 하나도 달라진 것이 없으시군. 먼저 무서운 비적들의 손아귀에서 구해준 인사부터 한 연후에 지난 일을 따지는 것이 순리가 아닐는지……"

소년의 말에 순진한 삼가가 앞뒤 생각 없이 답변했다.

"고맙소. 오늘 그대가 우리 두 목숨을 구해준 것을 감사드리겠소. 후일 이 은혜는 반드시 갚을 것이오."

돌아가는 꼴에 분통이 터진 파륜이었지만 도움을 받지 않고는 말에서 내려설 수도 없는 자신이 한심스러울 뿐이었다.

말을 마친 삼가가 비로소 상대에게 말려들어 실언한 것임을 깨닫고 다시 입을 열려 했지만 이미 저만큼 달려 나간 소년이 빠르게 말했다.

"내 덕분에 세상 경험을 제대로 했으니 고맙다 해야 할 것이요. 형씨들의 행낭에 우선 필요로 하는 것들이 들어 있으니, 이것으로 그대들에게 진 빚은 모두 갚은 셈입니다."

달리는 말발굽에서 일으킨 뿌연 먼지 속으로 소년이 모습을 감추었다. 그들은 멍하니 선 채 멀리 사라진 소년의 그림자를 넋을 놓고 바라보고 있었다.

사지에서 겨우 벗어난 삼가와 파륜이 말을 달려 당도한 곳은 원래 여정으로 잡았던 감주였다.

돈을 아끼려고 한적한 곳에 있는 허름한 숙소에 들었다가 혼쭐이 난 그들은 번화가에 자리한 여각으로 찾아들었다.

사라진 소년의 말처럼 행낭 안에는 얼마간의 돈과 집을 나설 때 챙겨 넣었던 자신들의 옷이 함께 들어 있었다.

음식을 시켜 먹고 자리에 누우니 긴장과 함께 그동안 누적된 피로가 밀려들었다. 두 사람 모두 마치 죽음의 사자가 입맞춤이라도 한 것처럼 그대로 단잠으로 빠져 들고 말았다.

그들이 잠에서 깨어난 것은 하루 반나절이 지난 후였다.

몸이 한결 가벼워진 파륜이 어눌한 말투로 힘겹게 입을 열었다.

"도련님, 죄송합니다. 제가 도련님을 돌봐드려야 하는데 오히려 짐이 되었습니다."

"그런 말 마오. 아재야말로 나를 위해 몸을 던져 죽을 고비를 넘기지 않았습니까. 그런데 지금 생각해도 궁금한 것은 목숨이 위태로운 바로 그 순간, 상대의 눈에 모래를 뿌릴 생각을 어찌 해내었소."

"그것은 도련님 덕택입니다. 비장의 무기를 쓸 것을 주문한 것이 짝귀로 하여금 겁을 먹게 만들었던 것이지요. 그자의 공격이 잠시 주춤해진 틈을 타 정신을 가다듬고 보니, 수단과 방법을 가리지 말고 이기기만 하면 된다는 애꾸눈의 말이 떠올랐습니다. 방심한 상대의 허점을 파고든 최후의 수단이었지요."

말을 마친 파륜이 아직도 부기가 덜 빠진 입술을 어눌하게 움직여 멋쩍은 웃음을 지었다.

"하루가 십 년 같다고 한 말이 결코 헛말이 아닙니다. 비적 놈들에게 잡혀 있던 기간이 불과 열흘이 채 안 되는데도 마치 몇 해나 되는 것처럼 느껴져 지금도 몸서리가 쳐집니다."

며칠간 휴식을 취하고 난 삼가와 파륜이 숙주(주천)를 향해 길을 떠났다.

옷을 말끔하게 갈아입은 행색은 누가 보아도 제법 궁한 티를 벗은 것처럼 보였다.

말을 탄 그들의 행보는 걸을 때와는 비교가 되지 않았다. 하루를 꼬박 말을 달린 그들이 숙주 시가지로 들어섰을 때는 땅거미가 어둑어둑 내리고 있었다.

"아재의 몸이 아직 온전치 않으니 이곳에서 이삼일 쉰 후 돈황으로 떠납시다."

제법 깨끗해 보이는 여각에 들어 저녁을 맛있게 먹고 오래간만에 편히 잠자리에 누웠다.

감주에서 며칠 쉬었다고는 하나 그동안 겪은 모진 고생으로 인한 피로가 밀려들었다. 하지만 지난 며칠 사이 자신들에게 벌어진 일들이 떠올라 쉽사리 잠이 오지 않았다. 비적들에게 잡혀 졸지에 노예가 되어 팔려 갈 위기에 처했던 아찔한 일과 자신을 사지에서 구해내려는 일념으로 몸을 던져 목숨을 걸고 싸운 파륜, 위기의 순간에 거짓말처럼 나타나 두 사람을 구해주고 그림자처럼 홀연히 사라져버린 미소년. 그 모든 것이 마치 꿈속에서 겪은 일처럼 아련하게만 느껴졌다.

삼가는 소년이 남긴 낭랑한 목소리와 날렵한 모습을 떠올리다가 이내 깊은 잠길로 빠져 들었다.

다음 날 늦은 아침을 마친 삼가들은 어제와 달리 한결 가벼워진 발걸음으로 시장을 돌아볼 겸 해서 여각을 나섰다.

잔뜩 찌푸린 하늘에서 진눈깨비가 흩날리기 시작했다.

나란히 걸음을 옮기던 삼가가 혼잣말처럼 중얼거렸다.

"아재가 무예를 익히기만 했으면 아마도 중원 제일의 명성을 얻는 대단한 인물이 되었을 텐데……."

느닷없는 삼가의 말을 귀담아들은 파륜이 멋쩍은 웃음을 지으며 대꾸했다.

"도련님이 저의 형편없는 싸움 솜씨를 놀리려고 하시는 것 같은데 그리하시지 않아도 제 스스로가 창피하여 쥐구멍에라도 숨고 싶은 심정입니다."

파룬이 얼굴을 붉히며 자신의 무기력함을 자책하자 삼가가 정색하고 말했다.

"아재, 그런 뜻이 아니라 짝귀에게 그토록 뭇매를 당하고도 벌써 기력을 회복한 대단한 체력과 근기에 무예가 결합된다면 아재야말로 최고의 무사가 되고도 남을 것이라는 뜻으로 한 말입니다."

"저는 누군가와 싸움을 한다는 생각만 해도 가슴이 떨릴 뿐만 아니라 몸이 둔한 탓으로 무예와는 거리가 먼 체질이라는 것을 제 자신이 잘 알고 있습니다."

시장 거리로 들어서니 궂은 날씨임에도 물건을 흥정하는 사람들이 제법 많았다.

그들의 발길이 신발을 만드는 공방 앞에 머물렀다. 비적의 소굴을 탈출하느라 경황없는 중에 발에 걸치고 나온 신발이 너덜너덜한 누더기여서 꼴이 말이 아니었다.

신을 사 신고 나서 걸음을 옮기던 그들의 눈길을 끄는 곳이 있었다. 담장 아래 몇 자루의 검을 펼쳐놓고 흥정을 벌이고 있는 광경이 호기심을 돋우었다.

말에서 내린 그들이 가까이 다가가 보니 손님과 주인 사이에 한창 말싸움이 벌어지고 있었다.

덩치가 황소만한 사내가 노인을 향해 퉁명스런 목소리로 따지고 들었다.

"시세보다도 웃돈을 더 준다고 하는데도 못 팔겠다고 버티다니 세상에 이게 무슨 경우란 말이오!"

가부좌를 하고 앉은 자세의 노인이 온화한 목소리로 천천히 말했다. 그 목소리는 마치 깊은 동굴에서 울려나오는 듯이 맑고 청아한 공명을 지니고 있었다.

"이 검은 손님과는 인연이 없는 물건이라고 하지 않았소. 모든 것에는 제각기 인연이 있는 법이라오. 더구나 소중한 생명을 다루는 검이란 더더욱 그러하니 그리 알고 다른 것을 찾아보시구려."

노인 앞에 펼쳐놓은 검은 모두 다섯 자루였다. 그중 한 자루 검이 유독 눈에 들어왔다. 손잡이 윗부분에 박혀 있는 보석이 누런빛을 뿜어내고 있었다. 그것은 부릅뜬 호랑이의 눈을 닮아 호안석이라 부르는 진귀한 보석이었다. 한눈에 보기에도 예사롭지 않은 검이 분명했다.

사내가 버럭 역정을 내더니 눈을 사납게 부라리며 거친 막말을 지껄였다.

"염병할! 검 한 자루 가지고 무슨 놈의 인연 타령하며 수작을 부리나. 값을 올리려는 농간임을 내가 다 알고 있으니 잔말 말고 이 돈을 받기나 하쇼."

사내가 던진 돈주머니가 노인 앞으로 떨어지며 풀썩하고 먼지를 일으켰다.

노인이 어이없다는 듯 허허 웃으며 백설 같이 흰 수염을 쓰다듬었다. 정갈하게 빗어 올린 은빛 머리카락과 하얀 눈썹 아래 호수처럼 그윽하고 맑은 눈빛을 한 노인이었다.

그들이 주고받는 설전을 주시하던 삼가와 노인의 눈길이 마주쳤다. 그 순간 잔잔한 물결을 일으킨 노인의 눈이 형형한 광채를 뿜었다.

삼가는 자기도 모르는 사이 무엇에 이끌린 것처럼 사람들을 헤치고 앞으로 나아갔다.

삼가의 모습을 찬찬히 보던 노인이 잠시 후 한 말은 모두를 놀라게 했다.

"오늘 이 검이 오랫동안 기다려온 주인을 만나게 되었다네. 그 주인은 바로 젊은이일세! 자, 주저하지 말고 어서 자네의 분신이 될 용천검과 반가운 해후를 하게나!"

검술에 전혀 식견이 없는 삼가가 보기에도 그 검은 예사로운 물건이 아닌 보검이 틀림없었다. 삼가가 머뭇거리며 입을 떼었다.

"저는 지금 수중에 가진 돈이 없을 뿐 아니라 검술의 기초도 익히지 못한 처지입니다. 그런 제가 이처럼 훌륭한 검을 어찌 받아야 할지……."

"조금 전 말한 것처럼 모든 것에는 인연이 있는 법이니, 하늘이 한 사람의 인재를 낼 때에는 한 자루의 명검과 한 필의 명마를 함께 내린다 하였다네. 용천검이 오늘 주인을 만난 것이니 사양하지 말고 받으시게."

그때 별안간 귀청이 떨어져 나갈 듯 커다란 고함소리가 모여 선 사람들을 놀라게 했다.

"놀고들 있네. 이 늙은이가 사람을 희롱해도 분수가 있지, 돈을 후하게 주겠다는 나를 마다하고 뭐? 저자에게 검을 그냥 가져가라! 그렇다면 내가 저 검의 임자라는 사실을 보여줄 수밖에……."

말이 끝나기가 무섭게 칼을 빼어든 사내가 노인의 목을 향해 칼끝을 겨누었다.

상대를 해치려 하기보다는 위협을 주려는 동작이 분명했다. 그런데 그 순간, 모두가 경악할 만한 사태가 눈앞에 벌어졌다.

앉은 자세를 그대로 견지한 노인이 엄지와 검지로 칼날의 끝을 잡은 것이었다.

사내가 이마에 굵은 힘줄을 돋우어가며 칼을 빼내려 했지만 요지부동이었다.

노인이 사내를 보며 조용히 말했다.

"힘이란 꼭 필요할 때만 사용해야지, 절제하지 못하면 그것은 만용이 될 뿐이라오. 또한 칼을 빼기는 쉬운 일이나 거두기는 어려운 법이니, 금도를 지키시게."

말을 마친 노인이 손가락에 집중했던 힘을 풀어버리자 그제야 사내가 주춤거리며 두세 걸음을 물러섰다.

노인의 절륜한 공력이 자신으로서는 도저히 감당이 되지 않는다는 사실을 깨달은 사내는 얼른 자리를 떠 자취를 감추고 말았다.

그 광경을 지켜보던 사람들이 놀라움을 감추지 못하는 사이 바닥에 펼쳐놓았던 검들을 주섬주섬 챙긴 노인이 자리를 털고 일어섰다.

엉겁결에 용천검을 건네받은 삼가가 노인에게 허리 굽혀 감사의 말을 올렸다.

"보잘것없는 저에게 이처럼 훌륭한 보검을 주신 것을 진심으로 감사드립니다. 반드시 정의로운 일에 사용토록 하겠습니다. 선생님의 존함을 알려주시면 항시 마음에 새겨 간직하겠습니다."

노인이 아이처럼 천진스런 미소를 지으며 그 말에 답했다.

"세상을 바람처럼 떠도는 늙은이에게 이름 따위가 무슨 소용이 있겠나. 인연이 있다면 다시 만나게 되겠지. 자! 이제 용천검의 새 주인이 되었으니 어서 조우를 하게나."

삼가가 검을 빼 들었다. 맑은 소리를 튕겨내며 칼집을 빠져나온 검이 푸른 서기를 뿜어냈다. 칼자루를 움켜쥔 손으로 찌릿한 느낌이 전해져왔다.

이 검과 더불어 전개될 앞으로의 일들을 떠올리는 그의 가슴에 말로는 형용할 수 없는 벅찬 감격의 환희가 차올랐다.

눈부신 검광이 번쩍이는 광채 속에 아로새겨진 명문이 시선을 사로잡았다.

— 천청기고 행운유수(天淸氣高 行雲流水)

"하늘같이 높고 맑은 기운으로 집착 없이 사물을 대하고 행동하라는 뜻이 담겼으니, 영웅 군자가 취해야 할 대도를 향한 가르침일세."

그대로 헤어지기 못내 아쉬운 삼가가 다른 말을 하려 했지만 몸을 돌린 노인은 이미 저만큼 가고 있었다. 노인의 전신에서 범접할 수 없는 강한 기운이 풍겨 나오고 있었다.

어깨에 검을 멘 삼가의 모습이 그럴듯하게 어울린다는 생각을 하며 파륜이 입을 열었다.

"도련님, 외모만 보면 제법 공력을 갖춘 무사로 보이시네요. 하여튼 우연한 기회에 이처럼 훌륭한 보검의 주인이 되신 것을 축하드립니다."

삼가가 어깨를 으쓱하며 대꾸했다.

"글쎄, 보검을 몸에 지닌 때문인지 몰라도 기가 충만한 느낌이 들고 걷는 행보가 한결 가벼워진 것만 같네요."

이런저런 이야기를 나누며 걸음을 옮기던 삼가가 문득 발길을 멈추어 섰다.

의아해진 파륜이 웬일인가 싶어 물었다.

"도련님, 혹시 무슨 일이라도……."

별안간 상기된 표정으로 변한 삼가가 파륜을 돌아보며 급히 말했다.

"혹시, 혹시 조금 전 우리가 만난 그 노인이 우리가 찾아 헤매는 적운거사님이 아닐까요? 대단한 공력과 범접할 수 없는 기운을 지닌 예사롭지 않은 인물임에는 틀림이 없는데……."

심각한 얼굴로 나름대로 생각을 정리하는 삼가를 보며 파륜이 소리 내 웃었다.

"도련님도, 아무려면 천하에 명성이 자자하다는 적운거사님이 시장 바닥에 칼 몇 자루를 펼쳐놓고 앉아계신 분이겠어요?"

말을 듣고 보니 전혀 틀린 소리는 아닌 듯하였으나 노인의 깊고 맑은 눈빛이 삼가의 머리를 떠나지 않고 맴돌았다.

숙주에서 이틀을 더 머문 삼가들은 돈황을 향해 말고삐를 당겼다.

시가지를 벗어나자 사막지대가 나타났다.

질주하는 말발굽에서 튀어 오른 모래가 날리며 온몸으로 파고들었다.

발길을 재촉한 그들은 만리장성의 서쪽 끝을 지키는 성벽을 뒤로하고 계속 말을 달렸다.

잠시 잠깐만의 휴식을 취하며 사흘을 내달린 그들 앞에 돌무더기를 쌓은 것처럼 깎아지른 삼위산이 눈에 들어왔다. 산모퉁이를 돌아 나오니 산기슭 높이 우뚝 솟아 있는 불탑과 티베트 양식의 사원이 서쪽으로 기운 햇살을 받으며 장엄한 모습을 내보였다.

그들이 도착한 곳은 돈황으로, 그 지명은 한 무제 때 처음 역사에 등장한 유서 깊은 고도 중의 하나로 서역으로 통하는 요충지일 뿐 아니라 동서 문화교류의 중계지이기도 했다. 사막지대임에도 만리장성이 축조되었고 옥문관과 양관이라는 국경의 관문이 설치되어 있었다.

참배객과 승려들로 붐비는 사찰 경내로 들어서니 높이 버티고 선 9층 건물이 시야를 압도했다. 북대불전이었다.

건물 안에 안치된 거대한 불상이 인자한 미소를 지으며 자애로운 눈길로 아래를 굽어보고 있었다.

삼가와 파룬이 한 다발의 향에 불을 붙여 공양한 다음, 부처를 향해 양손을 모아 합장하고 기도를 올렸다.

삼가는 문득 어머니를 떠올렸다. 어머니의 손을 잡고 사찰을 찾아 부처님 전에 기도를 올리던 때를 생각하니 불현듯 어머니가 보고 싶었다.

옆에 선 파룬이 삼가의 애상에 젖은 표정을 흘금 쳐다보았다.

돈황의 막고굴과 천불동은 한나라 이후 당대에 이르기까지 천 년 동안 천 개가 넘는 석굴을 조성하고 감실을 만들어 불상과 벽화들로 장식한, 신앙을 예술로 승화시킨 인류의 위대한 문화유산이었다.

그곳에서 하룻밤을 유숙한 삼가들은 앞산 봉우리 위로 눈부시게 퍼지는 아침 햇살을 받으며 길을 나섰다.

"도련님이 어제 부처님 전에 무슨 소원을 기원하셨는지 제가 알아맞혀볼까요?"

피식 웃음 지은 삼가가 선수를 쳤다.

"아재가 모진 고생을 겪은 끝에 이제는 사람의 마음속을 꿰뚫어보는 신통력을 얻은 모양이니 이제 우리는 하루 세끼 걱정은 면한 듯싶소."

그 말을 마치는 것과 동시에 파륜이 타고 있던 말이 별안간 앞발을 번쩍 치켜들며 울부짖는 바람에 말 주인이 그만 모래바닥에 엉덩방아를 찧고 말았다. 똬리를 틀고 혀를 날름거리는 뱀을 보고 놀란 말 탓에 낭패를 본 것이었다.

깔깔거리고 웃으며 삼가가 파륜을 놀렸다.

"한 치 발 앞도 보지 못하는 아재가 어찌 나의 깊은 심중을 알겠어요. 어차피 틀릴 것이 빤한 노릇이니 내가 답해주리다. 사실은 무서운 노예상인 놈들을 두 번 다시 만나지 않게 해달라고 빌었답니다. 그래야 아재가 격투사로 변신하는 불행한 일을 다시 겪지 않을 것 아닙니까."

삼가를 놀리려다 오히려 무안해진 파륜이 화풀이를 하려는 듯 애꿎은 말 엉덩이에 채찍을 먹였다.

천불동을 떠난 지 한 식경쯤 지나자 명사산의 모래바다에 둘러싸인 월아천이 눈에 들어왔다. 사막 속에 있으면서도 언제나 마르지 않고 지하수를 담고 있는 월아천은 이름 그대로 초승달 모양을 하고 있었다. 옛적부터 신선이 사는 곳이라 전해 내려오는 곳으로 샘의 둑 위에 도교사원이 자리 잡고 물가를 내려다보며 독특하고 호젓한 풍치를 자아냈다.

시원한 물을 한 모금 마시고 그곳을 떠난 지 한나절 만에 과주에 도착한 삼가들이 도성으로 들기 위해 성문을 막 지나려 할 때였다.

문을 지키는 병사가 발길을 가로막았다.

"그대들은 어느 곳에서 오는 길손들이며, 행선지는 어디인가."

"우리는 상도에서 천산으로 향하는 중입니다. 그런데 그것을 어인 연유로 물으시는지……."

"그것은 알 것 없고 과주에 거처하는 백성이 아니면 성으로 들이지 말라는 도호부 총관님의 명이 내려졌으니 그리 아시오."

실정이 그렇다 하는 데는 달리 할 말이 없었으나 도대체 무슨 일로 외지인의 입성을 막고 있는지 궁금했다.

삼가를 향해 한쪽 눈을 껌뻑한 파륜이 병사의 옷 소매에 동전 한 닢을 찔러 넣어주니 그제야 표정을 누그러트린 병사가 길을 터주었다.

어리둥절해하는 삼가에게 파륜이 던진 말은 놀라움을 안겨주었다.

"성내에 모종의 변고가 생긴 것은 분명해 보입니다. 그러나 유독 우리가 제지를 당한 것은 아우님이 등에 메고 있는 보검 때문인 듯하니 앞으로 그 검으로 인해 우여곡절을 겪게 될 것 같은 예감이 듭니다."

이야기를 나누며 그들의 발길이 어느덧 번화가로 접어들었다.

그런데 이 도시는 얼마 전 지나온 숙주와는 확연히 다른 분위기로 냉랭한 기운이 감돌고 있었다. 지나는 사람들도 발길을 재촉할 뿐 여유로움을 찾아볼 수 없었다.

저녁을 먹기 위해 찾아든 밥집에서 궁금했던 것의 전말을 대강 알 수 있었다.

사내 둘이 밥을 먹으며 목소리를 낮추어 대화를 나누고 있었다.

"그나저나 자네의 막내딸은 혼사를 정하고도 혼례를 올리지 못하고 있으니 이 일을 어찌하면 좋은가. 남의 일 같지가 않으니 걱정일세 그려."

맞은편에 앉은 사내가 길게 한숨을 내쉬고 말을 받았다.

"그러게 말이야. 도호부 총관이란 자가 황제의 외척이라는 배경을 업고 과도한 세금을 부과하여 백성들의 고혈을 빠는 것도 모자라, 세금을 제때 내지 못하면 잡아다가 사정을 두지 않고 모진 형을 가해 초죽음을 만드니 죽어나간 사람들이 어디 한둘이어야 말이지.”

먼저 말을 꺼낸 사내가 탄식하듯 내뱉었다.

“에이, 염병할 놈의 세상.”

“하지만 권세는 불과 십 년을 넘기지 못한다 하였으니 가혹한 학정도 끝이 있겠지.”

여각을 향해 걸음을 옮기며 파륜이 말했다.

“도련님, 이곳은 아무래도 분위기가 좋지 않으니 날이 밝는 대로 서둘러 떠나도록 하시지요.”

삼가가 등에 멘 용천검 끈을 졸라매며 답했다.

“나 역시 아재와 같은 생각입니다.”

이튿날 길을 나선 삼가들이 말을 타고 느린 걸음으로 시장을 지날 때였다.

등 뒤에서 그들을 향해서 빈정거리는 듯한 말소리가 들려왔다.

“청맹과니 주제에 멋으로 검을 메고 있는 꼴이 정말 가관이구만.”

뒤를 돌아다보니 사내 하나가 뒤따라오며 지껄인 소리였다.

삼가는 물론 파륜 역시 흠칫 놀라고 말았다. 일전에 노인으로부터 용천검을 탈취하려고 행패를 부리던 바로 그자였다.

그 사내가 지금 자신들의 등 뒤에 있으니 이 일을 어찌해야 하는 것인지 선뜻 판단이 서질 않았다. 노인에게는 적수가 되지 않았으나 자신들로는 감당이 되지 않는 상대가 분명했다.

사내가 앞을 가로 막아섰다. 일말의 두려움이 앞섰지만 그대로 있을 수만은 없었다.

말에서 내린 삼가가 사내 앞에 마주서며 약간은 주눅 든 표정으로 물었다.

“우리에게 무슨 볼일이라도 있으신 게요? 아니라면 가는 길을 방해하지 마시오."

"며칠 전에는 일진이 사나워 늙은이에게 망신을 당했지만 오늘 그 검의 진정한 임자가 누구인지 가려야겠다. 자! 어찌하겠느냐. 순순히 내어줄 것인가 아니면 칼을 뽑을 것인가. 양단간에 결정은 네가 해라."

사내의 억지에 분노가 치밀어 오르는 삼가였지만 어찌할 수가 없었다. 천하 명검을 등에 메고 있었으나 지금 이 순간 그것은 무용지물일 뿐이었다.

파륜 역시도 사내를 노려보는 것 이외에는 아무런 도움도 되지 못하기는 마찬가지였다.

드디어 사내가 칼을 빼 들었다. 그의 흉측스런 얼굴에 잔인한 미소가 번지고 있었다.

그러나 이것저것 생각할 겨를도 없이 사내의 칼이 바람을 가르며 삼가를 향해 날아들었다.

겁에 질린 파륜은 눈을 질끈 감았다.

그때 예상치 못한 일이 벌어졌다. 어느새 칼을 피한 삼가가 사내로부터 몇 걸음이나 비켜서 있었던 것이었다. 사내가 다시 칼을 치켜들고 달려들었으나 또다시 헛손질을 했을 뿐 삼가는 저만치 비켜서 있었다. 약이 바짝 오른 사내가 칼을 치켜세우며 입에 게거품을 물었다.

"재수가 좋아 용케 칼을 피했다만, 이번에는 어림없다."

어안이 벙벙하기는 삼가도 마찬가지였다. 어찌된 영문인지 자기도 모르는 사이에 날랜 몸놀림으로 상대의 날카로운 공격을 두 차례나 피했다는 사실에 삼가 스스로도 놀라고 있었다.

그러나 이제부터가 문제였다. 다급한 김에 등에 메고 있는 용천검을 뽑을까 생각했지만 검술의 기초도 익히지 못한 자신의 처지로는 소용없는 일이었다.

그때 어디선가 커다란 울림이 들려왔다. 그 소리는 메아리처럼 우렁 우렁 파장을 일으키며 밀려왔지만 분명 사람의 음성이었다.

— 천청기고 행운유수(天淸氣高 行雲流水)

그 소리는 마치 바람결에 스치는 여음처럼 아스라이 그러나 한 자 한 자 또렷이 모두에게 들렸다. 순간, 천둥처럼 가슴을 울리고 지나는 눈 에 보이지 않는 실체를 깨달은 삼가가 고개를 들고 하늘을 향해 커다 란 목소리로 소리쳤다.

"예! 사부님. 가르치심을 따르겠습니다. 적운사부님!"

적운사부를 향한 삼가의 외침을 들은 사내의 얼굴이 창백해지며 마 치 번개 맞은 고목처럼 그 자리에 얼어붙었다.

잠시 후 정신을 차리고 칼을 수습한 사내가 주춤거리며 뒤로 물러서 더니 그대로 줄행랑을 치고 말았다.

그때 바람에 실려 하늘거리며 종이 한 장이 떨어져 내렸다. 삼가의 손에 들린 종이에 쓰인 선명한 글귀가 눈에 들어왔다.

— 천로여정 적운천산(天路旅程 積雲天山)

방금 눈앞에서 벌어진 사태를 직접 목도하고도 믿어지지 않는 파륜 이 혼란스러운 정신을 겨우 추스르고 물었다.

"도대체 적운사부님은 어느 곳에 계시며 그 종이에 쓰여진 글은 무 엇입니까."

조금 전 생생하게 귓전을 울린 목소리로 검에 새겨진 명문을 다시 한 번 일깨워주신 것이 적운거사님이라는 사실이 분명했다. 벅차오르는 감격으로 삼가는 쉽사리 입을 열지 못했다.

마치 넋이 나간 사람처럼 멍하니 하늘을 바라보던 삼가가 별안간 와 하하! 하고 실성한 사람처럼 웃음을 터트렸다.

혹시 방금 벌어진 일의 충격으로 정신이 이상해진 것이 아닌가 하고 놀란 파륜이 삼가의 몸을 잡고 흔들며 울먹이는 목소리로 외쳤다.

"도련님, 정신을 차리세요. 도련님!"

"아재, 이 보검을 내게 주신 분이 바로 적운사부님이셨어요. 그리고 지금 우리를 구해주신 분 역시 적운거사님이셨습니다. 그토록 찾아 헤 매던 사부님이 머물러 계신 곳을 드디어 알았어요. 천산입니다."

삼가와 파륜은 서로를 얼싸안고 기쁨을 나누었다. 그동안의 고초가 떠오른 그들의 눈에 이슬이 맺혀 있었다.

더 이상 과주에 머물 이유가 없었다. 마음은 벌써 천산에 당도하기라 도 한 듯 한시가 급하기만 했다.

그런데 시가지를 벗어나 서쪽 성문을 통과하려는 발길을 병사들이 가로막았다. 근무자의 통과의례쯤으로 대수롭지 않게 생각한 그들에 게 청천벽력 같은 말이 떨어졌다.

"등에 멘 그 검의 주인이 자네가 분명한가?"

"그렇습니다. 그런데 어찌하여 그것을 확인하는지……."

삼가들의 모습을 찬찬히 뜯어본 병사가 다시 말을 이었다.

"그 검의 주인임을 주장하는 자가 나타났으니 사실이 밝혀질 때까지 부득이 구금조치를 해야만 하겠네."

병사들에 의해 용천검을 압수당한 것은 물론이었다.

참으로 어이없는 일이 아닐 수 없었다. 한 마디 변명할 틈도 없이 삼 가들은 바로 옥에 갇히고 말았다. 그야말로 억울하고 복장이 터지는 일이었으나 그들의 호소를 귀담아 들어줄 사람은 아무도 없었다.

"아마 조금 전 달아난 사내가 분을 못 이겨 우리를 무고한 것으로 보 입니다."

"도련님, 탐욕스럽다는 도호부 총관이라는 자가 용천검을 보면 탐낼 것이 불을 보듯 빤하니 이래저래 걱정되기는 매일반입니다."

그래도 지금 그들이 기대하는 단 하나의 희망은 하루빨리 사실이 밝혀지기만 바랄 뿐이었다.

옥사에 갇힌 지 이틀이 지났다. 수감자 중에는 범죄자도 있었지만 사람들 대부분이 도호부의 학정에 시달리는 양민들로 보였다.

다음 날 옥사에 수군거리며 말이 돌았다. 도호부 총관의 비리를 고발한 민원이 쇄도함에 따라 중앙정부에서 파견한 감찰관이 도착하였다는 것이었다. 윗물과 아랫물이 썩을 대로 썩은 관리들의 오랜 부패 고리를 짐작하는 삼가는 큰 기대를 하지는 않으나 지금으로서는 그나마 실낱같은 희망을 걸 수밖에 없는 처지였다.

점심때가 조금 지나자 옥을 지키는 병사가 옥사를 돌며 공지사항을 알려주었다.

"이제부터 중앙정부에서 파견한 감찰관이 너희들의 죄상을 조사할 것이니 여기 갇히게 된 연유를 소상하게 진술하라. 소명할 기회는 단한 번뿐인 만큼 잘 생각한 연후 답변하라."

한참 후 드디어 삼가의 차례가 다가왔다. 병사에게 이끌려 감찰관의 집무실로 들어선 삼가는 그만 말문이 막히고 말았다. 삼가와 시선이 마주친 감찰관 역시 놀라기는 마찬가지였다.

먼저 입을 연 것은 감찰관이었다.

"아니, 너는 여랑? 그런데 네가 어찌 이런 일에 연루가 되었으며 이곳에는 어인 일이냐."

"감찰관님, 아니 판관님을 이곳에서 뵙게 될 줄은 정말 꿈에도 생각지 못했습니다."

그는 몇 달 전 양주(무위)에서 소금 밀매사건으로 조우한 일이 있는 판관 진강운이었다.

삼가로부터 일의 전말을 모두 들은 감찰관이 너털웃음을 지으며 지난 일을 되짚어냈다.

"그때 그 사건은 네가 조언해준 덕분에 명백하게 실체를 규명해내었다. 황제폐하께서도 매우 흡족해하시며 너의 영특한 수완을 치하하셨다."

삼가가 얼굴을 붉히며 입을 열었다.

"판관님. 전일에 제가 판관님을 기망한 사실이 있습니다. 부득이한 일로 그리되었으니 용서하십시오."

삼가는 집을 떠나온 연유와 그간의 일들을 상세히 설명했다.

판관이 놀라는 표정으로 되물었다.

"피치 못할 사정이 있음을 내 어느 정도 짐작은 했었다. 그런데 가대인의 존함이 누구라고 하였나?"

"필도치 경 백자 창자이십니다."

"무어라! 필도치 경 백창 어른이 자네의 춘부장이란 말인가? 허, 이것 참으로 기이한 인연이로다. 자네가 필도치 경의 아들이란 말이지."

"저의 부친을 알고 계셨습니까?"

"알다마다. 자네 부친과는 선제 때부터 등청하여 함께 정무를 돌본 막역한 사이일세."

세상이 넓고도 좁다 하더니 이처럼 먼 곳에서 곤경에 처한 처지에 도움을 받게 될 줄은 정말 예상치 못한 일이었다.

"제가 찾는 분이 계신 곳을 엊그제야 알게 되었으니 이제 저희들은 천산으로 향할 예정입니다."

"이번 일을 수습하고 상도로 돌아가면 자네 부친에게 그간의 여정과 근황을 전해줄 것이니 애초에 목표로 한 큰 뜻을 이루고 무사히 돌아오기 바란다."

용천검에 관한 오해 역시 말끔히 해소되어 검이 다시 주인의 품으로 돌아온 것은 물론이었다.

　그들은 예상치 못한 곳에서 만나 도움을 베풀어준 감찰관에게 정중하게 인사를 올리고 가벼운 걸음으로 천산을 향해 길을 떠났다.

천산에 들다

　말을 달려 드디어 천산 부근에 당도한 삼가들이 천산남로와 북로의 갈림길로 들어섰다. 애초 삼가의 계획대로라면 천산남로의 구자(쿠처) 방향으로 갈 작정이었으나 생각을 바꾸었다.

　"아재의 고향이 우루무치라 했지요? 그곳으로 가려면 천산북로로 접어들어야 합니다. 어릴 때 겪은 가슴 아픈 기억이 서려 있는 곳이지만, 부모님과 형제들이 잠들어 있는 고향을 찾아 인사드리는 것이 도리일 것이니 그리하십시다."

　사실 파룬은 하미를 지나 구자가 점차 가까워올수록 고향땅에 잠든 부모와 형제들이 못 견디게 그리워 치밀어 오르는 눈물을 애써 감추고 있었다. 그것은 십여 년 동안 가슴에 품고 살아온 당연한 감회일 터였다. 하지만 그런 속내를 드러낼 수는 없었다. 그처럼 애타는 마음을 들여다본 듯 헤아리고 배려해주는 삼가가 눈물겹도록 고마울 뿐이었다.

　"도련님, 정말 고맙습니다. 소인에게 이토록 살가운 정을 베풀어주시니……."

목이 멘 파륜이 끝말을 잇지 못하고 말았다.

천산북로 길목에 위치한 우루무치는 주변이 농촌으로 둘러싸인 조그만 도시였다.

어릴 적 기억을 되짚어 겨우 찾아낸 파륜의 부모님과 형제가 잠들어 있는 묘지는 나지막한 산자락 아래에 있었다. 돌보는 이 없이 오랫동안 방치된 탓에 무너져 내린 봉분이 무성하게 자라난 잡초에 묻혀 쓸쓸하고 황량했다.

부모님 무덤 앞에 꿇어앉은 파륜의 볼 위로 뜨거운 눈물이 흘러내렸다.

'어머니, 아버지. 당신들의 아들 파륜이 어느덧 이처럼 성장하였습니다. 모질고도 아픈 세월을 굽이굽이 지나 여기까지 오는 동안 항시 가슴속에 자리한 그리움을 삭이며 울고 또 울었습니다. 그러나 이제부터는 울지 않으렵니다. 가혹한 운명의 굴레가 저의 육신을 얽어맬지라도 결코 굴하지 않고 꿋꿋하게 살아나가겠습니다. 부디 소자를 지켜주십시오.'

삼가도 함께 기도를 드리며 불쌍한 영혼들의 극락왕생을 빌어주었다.

산을 내려오니 어둠이 내린 거리에 하나 둘 불이 켜지고 있었다.

울적한 파륜의 마음을 달래주기 위해 마다하는 그의 팔을 잡아끌다시피 하여 작은 주막으로 찾아든 삼가가 요깃거리와 술을 주문했다.

앞에 따라놓은 술을 한 잔씩 마시고 나니 속이 홧홧해지며 금방 술기운이 올랐다. 두 사람 모두 술을 마셔본 경험이 없었기 때문에 주량 운운할 처지도 못 되었다.

그토록 오랫동안 가슴에 품고 살아온 부모님에 대한 그리움을 풀어냈지만 허전하기는 매일반인 파륜의 심정을 짐작하는 삼가였다.

"아재, 지금 아재의 절절한 속마음을 내가 어찌 안다고 하겠습니까. 하지만 지하에 계신 부모님들도 늠름하게 성장한 아들의 모습을 대견하게 여기며 반기셨을 것입니다. 이제까지 살아온 날보다 훨씬 더 긴 앞으로 살아갈 세상이 우리를 기다리고 있어요. 지극한 효심과 착한 심성을 지닌 아재를 반드시 보살펴주실 것이니 너무 마음 아파하지 마세요."

파륜은 울고 있었다. 연민과 그리움이 섞여 설움으로 솟구친 눈물이 봇물 터진 둑처럼 넘쳐 나왔다. 그 눈물 속에 그동안 가슴에 뭉쳐 있던 응어리들이 함께 녹아내리고 있었다.

다음 날 우루무치를 나온 삼가들의 발길이 천산남로로 접어들었다. 웅장한 산맥을 구름으로 감춘 천산 봉우리 톰아르가 흰 눈으로 두른 관을 쓴 채 하늘을 떠받들고 우뚝 솟아 수정처럼 투명한 빛을 발산하고 있었다.

천산은 원래 천마의 고향이며 기마민족의 성스러운 산으로 몽골말로 '뎅구리오오라'라 불렸다. 그들에게 천산은 하늘이었고 숭배의 대상이었으며 자애로운 어머니의 품이었다.

하늘 자락에 농막을 치니/ 싱그러움이 온 들판을 덮는다
하늘은 푸르디푸르고/ 초원이 망망대해인 양 끝이 없네
바람이 불고 풀 나부끼니/ 소와 양떼들은 한가롭다

북제의 시인 곡율금은 천산을 이렇게 노래했다.

산자락 아래 끝없이 펼쳐진 푸른 고원에 점을 박은 듯 피어난 하얀 설연이 불어오는 바람에 잎을 뒤채었다.

드문드문 보이는 파오(천막) 사이로 말과 양떼들이 무리지어 한가롭게 풀을 뜯으며 그림 같은 풍경을 펼쳐냈다.

저만치 목동들이 지나며 부르는 노랫소리가 아련하게 들려왔다.

> 천산은 높다/ 천산은 넓다/ 천산은 희다
> 말은 달린다/ 하자크도 달린다
> 양은 걷는다/ 하자크도 걷는다
> 소는 잔다/ 하자크도 잔다

하자크는 유목민 중에서 부족의 구속이 싫어 자유롭게 살고자 하는 사람들로, 본체를 이탈하여 초원을 떠도는 방랑자나 모험자를 뜻하는 터어키의 말이었다.

삼가가 천천히 걸음을 옮기며 파륜을 돌아보았다. 그의 얼굴이 어제보다는 한결 평온해 보였다.

"도련님, 저는 도련님을 모시고 집을 떠나 비로소 세상이 넓고도 좁으며, 복잡하면서도 아주 단순하다는 사실을 깨달았습니다. 더불어 이곳에 이르기까지 수많은 역정을 헤쳐 나오며 언제나 의연한 자세로 대처하는 도련님에게 존경심을 가지게 되었습니다."

"아재가 세상 풍파를 겪어내더니 이제는 삶의 본질을 꿰뚫어보는 지혜를 터득한 모양입니다. 나 역시 새삼스레 깨달은 사실이지만 천지가 넓다 하나 그 안에 존재하는 모두는 신의 피조물에 지나지 않는다는 것을 알았습니다. 보이지 않는 힘에 이끌려 만남과 헤어짐을 반복하며 살아가는 것이겠지요. 적운사부님을 만나게 된 일도 그렇고, 뜻하지 않은 곳에서 판관님을 다시 뵙게 된 것을 보면 더욱 그런 생각이 듭니다."

솔개 한 마리가 하늘을 선회하다가 날개를 세모꼴로 접고 바람을 가르며 땅으로 곤두박질쳤다. 먹잇감을 발견한 모양이었다.

"잠금쇠가 있으면 반드시 열쇠가 있는 것처럼, 위기에 처했을 때 낙심하고 절망하기보다는 해법을 찾는 것이 최선의 지혜라는 것을 이번 여정을 통해 깨달았지요. 하기는 때에 따라서 무모한 결정을 하기도 했지만 그 만용 덕분에 위기를 모면한 경험이 몇 번 있지 않았습니까?"

그 말뜻으로 짐작되는 기억들을 떠올린 그들은 누가 먼저랄 것도 없이 소리 높여 웃었다.

그들은 큰길을 버리고 오솔길로 접어들어 한참을 걸었다.

동편 산마루에 얼굴을 내민 보름달이 온 누리에 금 비단을 깔아놓은 듯 환한 빛을 뿌렸다. 매콤하게 코끝으로 스며드는 서늘한 밤공기가 기운을 맑게 정화시켜주는 것처럼 상큼하게 다가왔다.

달빛에 취해 정취를 즐기며 걸음을 옮기는 그들의 귓가에 어디선가 가녀린 칠현금 소리가 들렸다. 끊어질 듯 이어지는 선율을 따라 이끌린 발길이 조그마한 동산을 돌아 나오자 마치 인간세상이 아닌 선경인 듯 환상적인 정경이 눈앞에 펼쳐졌다.

달빛을 받아 그림자처럼 서 있는 조그만 정자에 기대앉아 칠현금을 켜는 노인의 모습이 어렴풋이 눈에 들어왔다. 정자 뒤편으로 솟아난 울창한 대나무들이 바람결에 흔들리며 청아한 음률을 실어 허공으로 날렸다.

말에서 내린 삼가들은 조용히 선 채 흘러나오는 선율에 빠져 들었다.

잠시 후 스르릉 여음을 남기며 칠현금이 소리를 멎었다.

정자 가까이 다가선 삼가들이 달빛을 등지고 앉은 탓으로 뒷모습만 눈에 들어온 노인에게 머리 숙여 예를 올렸다.

"저희들은 지나는 길손으로 아름다운 선율에 이끌려 이곳에 무심코 들렀습니다. 이처럼 불쑥 나타난 무례를 용서해주시기 바랍니다."

무릎 위에 놓인 칠현금을 조용히 내려놓은 백발의 노인이 입을 열었다.

"도처에 넘치는 음률이 있고 처처에 사람이 무리를 이루나 귀에 든 한 가락 선율이 마음을 움직였다면 그것은 필시 인연이 있기 때문일 것이네."

노인이 내린 말의 의중을 헤아리느라 정신을 빼앗긴 삼가가 머뭇거리는 사이 노인이 다시 말을 이었다.

> 구름에 싸인 천산/ 하늘 아래 높다/ 사람들은 말하네
> 봉우리 아래/ 초당 무릉제에 적운 머무니
> 천로여정 멀다/ 감히 누가 말하리

노인의 맑은 음성이 가슴으로 밀려들어 큰 파도를 일으키며 요동치고 있었다.

벅차오르는 감격으로 인해 몸을 떨며 그 자리에 꿇어앉은 삼가가 큰 소리로 말했다.

"이제껏 눈을 뜨고도 소경이었고 귀가 있어도 벽창호 신세를 면치 못한 아둔한 소생, 오늘에야 겨우 마음의 문이 열려 사부님께 인사 올립니다. 부디 거두어주십시오. 사부님!"

삼가는 흐느껴 울고 있었다. 그동안 힘든 여정이 떠올라 울었고 고비고비마다 겪은 온갖 설움이 복받쳐 울었으며, 흐드러진 달빛 아래 적운거사님을 이처럼 만나게 된 사실이 꿈만 같아 울었다.

정자를 내려선 노인이 삼가를 일으켜 세웠다.

"먼 길 오느라 고생이 많았다. 그 고초에 가치를 부여하는 일이 이제부터 네가 할 일이니라. 하지만 이곳에 이르는 동안 너희들이 보고 겪은 일들은 세상사의 한 단면에 지나지 않다는 것을 알아야 한다."

사립문을 밀치고 적운거사가 기거하는 초당 안마당으로 들어서니

한가로이 쉬고 있던 한 쌍의 사슴이 경계하는 눈초리를 빛내며 이내 달음질쳤다.

"허허허! 저 녀석들이 낯선 사람의 발길에 놀라 자리를 뜬 모양이다. 앞으로 적적한 너희와 동무가 될 것이니 잘 지내거라."

처마 아래 '무릉제'라 쓴 조그만 현판이 눈에 들어왔다.

천산의 새벽은 일찍 열린다. 여명이 채 거두어지기도 전에 온갖 새들의 지저귐으로 산자락이 기지개를 켰다.

사립문 밖을 나선 삼가가 주위를 둘러보니 안개 자욱한 능선 뒤편으로 둘러선 봉우리들이 마치 무릉제를 감싸 안은 것처럼 보였다.

앞으로 펼쳐진 제법 넓은 개울이 옥돌 구르는 소리를 내며 흘렀다.

그제야 초당에 걸린 무릉제의 진정한 의미를 알 것 같았다. 구름과 바람과 신선이 기거하는 이곳이야말로 진정한 무릉도원이 아닐까 하고 생각했다.

소세를 하고 조반을 마친 삼가가 적운거사 앞에 꿇어앉았다.

"무엇을 이루려 멀고 먼 이곳까지 고생을 무릅쓰고 찾아왔는가?"

"무예를 연마하고자 하는 일념으로 사부님을 찾아 지금 이 자리에 있습니다."

"그럼 무예를 익히려 하는 까닭은 무엇이냐!"

"수련을 통해 신체가 지닌 능력을 극대화하고 내적인 정신세계를 함양하여 자신을 지키는 수단으로 삼고자 합니다. 또한 그것이 세상에 나아가 정의를 위해 가슴을 열고 당당하게 소신을 펼치기 위한 방편이기 때문입니다."

사부의 얼굴에 부드러운 미소가 감돌았다.

"무술의 역사는 인간이 이 땅에 존재하기 시작한 먼 고대로부터 함께해왔다. 바람과 물과 불, 그 속에 내포된 모든 기운이 무의 원류이니 태초에 모든 것이 하나였다는 의미이다. 그것을 일컬어 '태일무이'라 한다. 취하려 하지 않아도 반복되는 호흡이 자연스런 현상인 것처럼 무엇을 이루려고 하지 말고, 형체를 갖추려 꾸미지도 말 것이며, 물이 아래로 흐르고 불이 위로 오르는 자연의 원리를 따를지니, 곧 순천자의 이치이다."

다음날부터 심신을 수련하는 힘든 과정이 기다리고 있었다.

사부가 물었다.

"물체를 담으려면 무엇이 필요한가."

"그릇이 필요하옵니다."

"그것을 근기라 하는 것으로 본시 타고난 역량은 각기 다른 법이나 장부라면 모름지기 가슴에 우주를 품어야 한다."

"우주란 무엇이며 어느 곳에 있습니까!"

"눈을 감아라. 그리고 마음의 눈, 즉 심안으로 자신의 내면을 주시하도록 해라. 그것을 입정이라 한다."

조용히 눈을 감은 삼가의 가슴속에 한줄기 회오리가 소용돌이를 일으켰다. 그 속을 부유하는 온갖 잡념들이 한데 뒤섞인 채 하늘을 향해 치솟았다. 그러고는 이내 땅으로 곤두박질하며 어지럽게 횡행했다.

하지만 온통 혼란스러운 상념들 속 그 어디에도 자신의 실체는 보이지 않았다. 나라는 존재는 진정 누구이며 무엇인가? 광활한 우주에 떠있는 한 점 티끌이련가. 아니면 이른 새벽 풀잎에 맺힌 한 방울 이슬인가. 그는 보이지 않는 실체를 찾아 미로 속을 헤매었다. 가슴을 압박하는 고통으로 심장이 터질 것만 같았다.

호흡을 멈추었다. 잠시 후 온갖 상념의 찌꺼기들이 점차 침전되며 마음의 호수 아래로 가라앉았다. 이윽고 심연 깊은 곳에서 한 가닥 밝은 빛이 가물거리며 다가왔다. 그것은 희고 순결한 한 송이 연꽃이었다. 다시 이어진 호흡과 함께 마음의 안정을 찾은 그에게 잔잔한 울림이 밀려들었다.

"마음에 자리한 실체를 보았느냐."

"예! 사부님. 분명 보았으나 보이지 않았고, 확연히 느꼈지만 아무런 느낌이 없었습니다."

노인은 빙긋이 웃음 지으며 흰 수염을 쓰다듬었다.

"흔들림 없는 부동심. 변함없는 평상심. 그런 경지를 무심이라 하는 것이니 너의 마음자리에 견성의 불심이 가득하다."

사부의 격려에 삼가의 가슴이 뜨거워지며 환희심이 가득 차올랐다.

초련

저녁식사를 마치고 주변 경관을 둘러보며 천천히 걸음을 옮기는 삼가 등 뒤로 파룬이 다가섰다.

"도련님, 수련은 할 만하신지요."

"백지 위에 그림을 그려나가는 과정일 것이니 사부님이 내려주시는 모든 것을 그대로 습득하려 노력할 뿐입니다. 그리하다 보면 언젠가는 나만의 색채를 지닌 그림이 완성되겠지요."

"그런데 뒤채 방에 걸려 있는 옷으로 미루어 식솔 중에 여인이 있는 것 같아요."

"하기는 나 역시 댓돌 아래 여인의 신발이 놓여 있는 것을 보았습니다. 짐작컨대 사부님의 손녀이거나 아니면 또 다른 수련생이 있는지 모르지요."

사부님의 잠자리를 보살펴드리겠다며 자리를 뜬 파륜이 안채로 든 뒤 달빛으로 물든 동구 밖을 내다보던 삼가의 시야에 말을 끌고 천천히 무릉제를 향해 다가서는 사람이 있었다.

작은 몸집을 한 소녀였다.

잠시 후 마주선 그들은 깜짝 놀라고 말았다. 서로에게 시선을 붙박고 할 말을 잊은 채 한참을 그대로 서 있었다. 그러고는 동시에 입을 떼었다.

"아니? 그대가 어찌한 연유로 이곳에……."

놀랍기는 서로가 마찬가지였다.

그때 초당 안에서 노인의 목소리가 들려나왔다.

"초련이로구나. 하라는 무예수업은 등한히 하고 쓸데없는 일에 정신이 팔려 말썽을 부리고 다니니……. 들어오너라! 이번에야말로 너의 방랑하는 버릇을 단단히 고쳐야겠다."

눈앞에 펼쳐진 예기치 못한 일에 놀란 것은 파륜 역시 매일반이었다. 초당 안으로 드는 소녀의 뒷모습을 보며 파륜이 말했다.

"저 소녀는, 오래전 감주에서 만난 쥐꼬리?"

파륜의 말에 하마터면 웃음을 터트릴 뻔한 삼가가 말을 받았다.

"그래요. 바로 그때 그 소녀가 틀림없는 것 같습니다. 소녀의 이름이 초련이었군요."

그런데 삼가의 머릿속을 혼란스럽게 만드는 것이 있었다. 달빛 아래

또렷한 것은 아니었지만 가까이에서 본 소녀의 모습이 고비사막 흑수성에서 비적들로부터 자신들을 구해준 소년과 너무도 닮았다는 느낌이 들었기 때문이었다.

삼가가 혼잣말로 되뇌었다.

"초련……."

다음날도 수련은 계속되었다.

스승을 향해 삼가가 물었다.

"사부님. 무예란 무엇입니까."

눈을 감고 가부좌를 한 스승이 답했다.

"무예란 모름지기 도와 예가 혼으로 승화됨을 이른다. 수련을 통한 자성의 발견으로 하늘과 땅과 인간이 합일을 이루는 것을 최고의 경지라 한다."

"그렇다면 심신을 강화시키기 위한 방편인 내·외공이란 무엇인지요."

"수기·족기·겨루기를 중심으로 하는 외공은 신체의 근골을 강건하게 하며, 고른 호흡을 통해 운행하는 혈과 기를 다스리는 내공, 즉 심공은 신체 내부기관의 기능을 단련해주는 것이다."

삼가는 스승이 전하는 한마디 한마디를 마치 솜이 물을 흡수해들이듯 하루가 다르게 빠른 진척을 보이며 공력을 쌓아나갔다.

초련과는 같은 공간에 거주하며 하루에도 몇 번씩 얼굴을 마주하는 처지가 되었지만, 어찌된 까닭인지 그녀는 삼가와 대면을 피하는 듯 몹시 내외를 하는 것처럼 보였다. 감주 황금각에서 무지막지한 사내들을 제압하며 보여준 당차고 대담한 행동을 떠올리면 동인인물이라고는 도저히 믿어지지가 않을 정도였다. 어찌 보면 의도적으로 피하는 것 같은 느낌도 들었다.

며칠이 지난 어느 날, 적운거사가 초련을 불렀다.

"삼가와 함께 구자에 다녀와야겠다. 삼가 옷이 수련하기에 적당하지 않으니 알맞은 옷을 두어 벌 사가지고 오너라."

"예, 알겠습니다."

그리하겠노라 대답은 했지만 초련의 얼굴에 난처한 기색이 배어나왔다. 삼가와 동행을 피하려 이리저리 궁리를 해보았지만 마땅한 구실이 없었다.

그런 초련의 속내를 들여다보기라도 한 듯 사부가 빙긋 미소 지었다.

다음날, 스승에게 인사를 올린 삼가와 초련이 말을 타고 무릉제를 나섰다. 차가운 기온으로 인해 말의 입가에 하얀 김이 피어올랐다. 아무 말 없이 한참을 걷던 초련이 머뭇거리며 먼저 말문을 열었다.

"내가 그쪽에게 당부할 것이 있는데, 들어줄 수 있겠는지……."

삼가는 내심 그 부탁이 무엇인지 짐작 가는 바가 있어 빙긋이 웃음 지었다. 옆을 흘끔 살핀 그녀가 상대에게 이미 속마음을 간파당한 것을 짐작하고 얼굴을 붉히며 말했다.

"다름 아니라 몇 달 전 감주에서 보았던 일을 할아버지에게 말하지 않겠다는 약조를 해주었으면 하는데……."

시치미를 뗀 삼가가 정색하며 대꾸했다.

"그날 그대가 구사한 대단한 솜씨에 탄복을 금할 수 없어 사부님께 말씀드려 나에게도 그런 비장의 무예를 가르쳐달라 청을 드릴 참이었답니다."

삼가의 장난 섞인 말에 토라진 그녀가 안색을 바꾸며 앙칼진 목소리를 내뱉었다.

"명색이 사내라는 위인이 남의 약점을 물고 늘어지는 걸 보니 그 좁은 속을 알 만하군요. 한 번 꾸지람을 들으면 그만이니 어디 마음대로 해보시구려."

말을 마친 그녀가 말고삐를 당기더니 바람처럼 달려 나갔다.

당황한 삼가가 뒤따르며 소리쳤다.

"초련 낭자! 내 장난이 지나쳤음을 사과할 것이니 발길을 늦추시오."

다급한 삼가의 외침을 들으며 박차를 가해 말을 달리는 그녀의 입가에 미소가 흘렀다. 별로 큰 수고 없이 간단히 입막음을 한 스스로의 수완에 만족을 느끼며 어떻게 하면 상대를 궁지로 몰아 길들일까 생각하고 있었다.

천산에 봄이 찾아들었다.

파릇파릇 돋아난 새싹들이 초원을 푸르게 물들였다. 부드럽게 불어오는 훈풍에 실린 아지랑이가 하늘하늘 피어오르며 잠자는 대지를 깨웠다.

초당에 앉은 스승이 삼가를 바라보며 온화한 음성으로 말을 내렸다.

"그동안 연마한 내공을 펼쳐 너의 몸 안에서 일어나는 혈행과 기의 흐름을 심법으로 느껴 보거라."

가부좌를 튼 채 눈을 감은 삼가가 조용히 입정에 들었다.

심호흡과 함께 이내 무념무상의 공간으로 빠져든 삼가는 정공법으로 단에 기를 모았다. 단전호흡으로 내가신장을 통해 축적된 기가 정맥과 동맥을 지나 수백 수천 갈래의 말초신경으로 뻗어나가는 것을 생생하게 느꼈다. 이내 용트림, 즉 동천을 거쳐 금계독립수, 대풍력수, 음파내공법에 도달한 삼가의 얼굴에 환한 밝음이 내비치고 있었다.

스승의 얼굴에 흡족한 미소가 감돌았다.

"흠! 참으로 대단하다. 보통 몇 해가 소요되는 수련 과정을 이처럼 단기간에 이루어 내다니 놀라울 뿐이다. 고도의 집중력과 정제된 염력의 결집이 아니고는 불가한 일이니, 정말 가상하다."

"이토록 과찬해주시니 부끄럽습니다, 사부님."

"다음은 외공으로 들어가겠다. 이 땅 위에 존재하는 모든 생물을 보아라. 그들은 동족 간에는 목숨을 건 다툼을 벌이지 않는다. 불가피한 경우에도 상대의 치명상을 피해 공격한다. 부끄럽게도 오로지 인간만이 적이라는 명분으로 상대를 해친다. 무예 수련의 목적은 활에 있다. 방어나 공격이 능사가 아니다. 적이라 할지라도 함부로 생명을 거두어서는 결코 아니 될 것이다."

"진정으로 강하다는 것은 무엇을 말하는지요."

"중요한 질문이다. 태풍이 천년 고목을 쓰러트릴 수는 있지만 갈대는 부러트릴 수 없는 것처럼, 직선적인 강인함이 유연함을 이길 수 없는 것과 같은 이치이다. 먼저 공격과 방어의 구별을 두지 말고, 고정된 중심이 없이 움직이는 이동중심을 축으로 삼아, 흐름에 따라 전후좌우로 행보하며, 나아가고 물러섬이 조화를 이루어야만 한다."

스승이 내리는 말씀을 마음속 깊이 아로새기는 삼가의 가슴에 뜨거운 기운이 용솟음쳐 올랐다.

한옆에 서서 주고받는 문답을 조용히 듣고 있던 초련에게 스승이 눈길을 주었다.

"초련아. 내가 이제껏 설파한 외기공의 한 자락을 펼쳐 보거라."

고개 숙여 예를 올린 초련이 가벼운 걸음으로 마당 한가운데로 나갔다. 그녀는 심호흡으로 원력을 진작시킨 후 옷소매를 휘날리며 손을 뻗었다. 손날을 세워 허공을 가르고 거두어들인 다음, 양손을 교차하며 번개처럼 빠른 동작으로 상단과 하단을 동시에 쳐냈다. 바람을 가르는 소리가 날카롭게 귓전을 울렸다. 이어 허공으로 몸을 훌쩍 솟구친 그녀가 현란한 발기술을 구사했다. 차고 찍고 휘감으며 펼쳐내는 하나하나의 품세들은 절묘하기가 이를 데 없는 것이었다. 한 번의 도약으로 체공하며 연결동작을 펼쳐낸 그녀는 마치 연체동물같이 유연하고 제비처럼 날랜 몸놀림으로 상승의 기량을 유감없이 보여주었다.

가볍게 땅으로 내려선 초련의 상기된 얼굴에 땀방울이 송골송골 맺혀 있었다.

눈앞에서 펼친 대단한 광경을 넋을 놓고 지켜보던 삼가는 벌어진 입을 다물지 못한 채 감탄하고 말았다.

한껏 무르익은 봄이 가지를 탐스럽게 치장했던 꽃잎을 하나 둘 떨구어냈다.

포르릉, 날갯짓하며 날아간 새 깃털에 묻은 실바람이 꽃송이를 흔들었다.

놀란 몸짓으로 나풀거리며 내린 살구꽃들이 나비인 양 풀 섶을 하얗게 덮었다.

무릉제 뒤편 계곡을 조금 오르자 수직으로 깎아지른 천 길 절벽 사이로 쏟아지는 폭포가 청량한 소리를 내며 자욱히 물안개를 피워내고 있었다.

뒷짐을 진 삼가는 장쾌하게 흘러내리는 물줄기를 바라보며 경관에 심취해 있었다.

인기척에 고개를 돌리니 다가오는 초련의 모습이 보였다.

"호젓한 정취를 즐기시는 것을 방해한 것 같네요."

"이곳에 온 지 벌써 반년이 다 되었는데 초당 밖 멀지 않은 곳에 또 다른 별천지가 있는 줄 미처 몰랐습니다."

평평한 바위 위에 나란히 걸터앉으며 쑥스러운 표정을 지은 초련이 삼가를 보았다.

"저, 그쪽을 부르는 호칭을 어떻게 해야 할지……."

그녀를 바라보며 미소 지은 삼가가 대답했다.

"일전에 사부님께서 말씀하시기를 초련 낭자가 나보다 한 살 아래라고 하셨으니 오라버니라고 부르는 것이 무난하지 않을까 싶은데."

하지만 삼가의 제안에 그녀가 의외의 반응을 보였다.

"그건 아니라고 보는데요. 수련의 연륜이나 공력으로 볼 때 어디까지나 내가 선배이니, 나를 사형으로 불러야 하는 것 아니겠어요?"

삼가는 그만 웃음을 터트리고 말았다.

"그대는 여자의 몸인데 어찌 사형사제 간이 되겠어요. 사매라면 몰라도."

예기치 못한 일격을 당한 그녀의 얼굴이 붉어지며 마땅히 할 말을 찾지 못하고 있었다. 어색함을 면하려는 듯 초련이 얼른 화제를 바꾸었다.

"우리가 무릉제에서 만난 직후 구자를 향하며 감주에서의 일을 발설하지 말아달라는 나의 부탁을 들어준 것에 대해 늦었지만 고마움을 표합니다."

장난기 머금은 표정을 지은 삼가가 기다렸다는 듯 반문했다.

"쥐꼬리 사건을 말하는 모양이지요? 하기는 그때 그 사건의 이면에 숨겨진 진실이 무엇인지 내내 궁금했었습니다. 지난 일이니 이참에 공개해줄 수 없는지요."

잠시 생각에 골몰하던 그녀가 새침한 목소리로 말했다.

"사시청풍래(四時淸風來)."

삼가가 고개를 갸웃하며 혼잣말처럼 중얼거렸다.

"백화는 봄을 맞아 같이 피지만, 대나무는 이들과 아름다움을 겨루지 않는다?"

삼가는 그만 웃음을 터트리고 말았다. 그것은 자신을 낮추고 상대의 격을 높여주어 진실을 가리는 연막을 쳐 더 이상 말의 전개를 막으려는 고도의 술책이었기 때문이다.

상대에게 속마음을 들킨 부끄러움으로 초련의 얼굴이 빨갛게 물들고 말았다.

무예수련은 밤과 낮이 따로 없었다. 달빛이 흐드러지게 밝은 밤은 물론이었고 칠흑 같은 어둠 속에서도 수업이 이어졌다.

"밝음과 어두움이란 관념적인 것으로 그 본질은 하나이다. 심안, 즉 마음의 눈으로 사물을 관조하면 능히 꿰뚫어볼 수 있는 것이다. 이제는 권법을 연마할 차례이니 자세를 갖추고 삼보 중의 하나인 순법을 펼치거라. 암상유수지권!"

스승의 말이 떨어지자 삼가는 마치 폭포수를 타고 거슬러 오르는 연어와 같은 유연한 몸놀림을 취하며 뛰어올라 바위 사이사이를 휘감아 돌아올랐다. 그런 다음 돌출된 바위 부위를 가상의 적으로 삼아 손과 발로 공격하고 동시에 방어하며 내부의 기를 운용하는 용력법을 펼쳐냈다.

흐뭇한 미소를 지은 스승의 지시가 이어졌다.

"다음은 용력법을 되짚어 풀어내는 역법을 취하라. 전광석화지권!"

순간, 삼가의 몸이 구름을 동반한 번개처럼 빠르게 움직이며 상대의 허를 잡아채는 기법을 시현했다. 연이어 가상의 적을 향해 관절과 경락의 움직임을 차단하고 되받아치는 강력한 공격을 구사하고 신속히 손을 거두어들이는 동작으로 전광속화지권을 모두 마무리했다.

"마지막 단계인 기법을 풀어 보거라!"

두 손을 모은 삼가는 몸의 기를 조절하고 천기와 지기의 정수를 심신으로 흡수하여 일체의 동작을 정지한 가운데 운기를 내기 축적하니, 상대의 촉수가 범접하지 못할 경지에 이르렀다.

삼가의 몸이 흐르는 땀으로 흠뻑 젖어 있었다.

"와하하하!"

호쾌한 웃음소리가 계곡을 울리며 멀리 퍼져나갔다.

"대단하다. 참으로 대단해. 내 이제껏 속세를 버리지 않고 기다려온 보람을 오늘에야 찾았도다."

허리를 굽혀 예를 올린 삼가가 스승을 우러러보며 말했다.

"진정 환골탈태를 이루는 경지에 들기까지 혼신의 노력을 아끼지 않을 것이니, 부디 끝까지 거두어주십시오. 사부님!"

어느덧 늦가을로 접어든 천산이 울긋불긋했던 단풍을 떨구며 겨울 채비를 하고 있었다.

무릉제 뒤꼍을 둘러친 대나무 잎이 바람결에 스쳐 서걱서걱 메마른 소리를 토하며 몸을 비벼댔다.

"도련님, 세월이 흐르는 물과 같다고 하더니 이곳에 온 지 벌써 한 해가 지나고 있네요."

파룬과 어깨를 나란히 한 삼가는 그사이 당당한 체구를 갖춘 청년으로 성큼 자라 있었다.

"그동안 무예수련에 몰두하느라 집중하다 보니 어느 틈에 그리되었습니다. 아재도 틈틈이 연마한 무예가 나날이 발전하고 있다고 사부님께서 칭찬하시던 걸요."

삼가가 하는 말에 멋쩍은 표정을 지은 파룬이 말을 받았다.

"일전에 사부님이 저에게 내리신 말씀으로 인해서 몇날 며칠을 잠 못 이루며 번민의 날을 지새웠답니다."

"사부님께서 아재가 걸머지고 있는 무거운 마음의 짐을 덜어주려 하신 모양입니다."

먼 하늘을 올려다본 파룬이 다시 말을 이었다.

"인간사 모든 이치는 인과응보이니 가슴속에 타오르는 불길을 잠재우고 원한을 원한으로 갚는 어리석음을 버리라고 하신 말씀이 저의 가슴을 쳤습니다."

"사부님께서 아재의 응어리진 속마음을 꿰뚫어보신 게지요."

둘이 나누는 대화에 끼어든 낭랑한 목소리가 있었다.

"무슨 밀담들을 그렇게 은밀하게 나누시는지 제가 알면 안 될까요."

소리 없이 다가선 초련이 웃음 띤 얼굴로 말했다.

"낭자 흉을 보고 있던 참이었는데 불쑥 나타나는 것을 보니 귀인은 못 되는군요."

삼가의 놀림에 새치름한 표정을 지은 그녀의 모습이 청순하고 아름다웠다.

"내일부터 검법 수련에 들어간다는 사부님 말씀이 있으셨습니다. 이제껏 연마한 과정보다 훨씬 어려운 고초를 만나게 될 것이니, 각오를 단단히 해야 될 거예요."

다음 날, 늦가을 맑은 햇살이 안온하게 내리는 마당 한가운데 나란히 선 삼가와 초련을 향해 스승이 입을 열었다.

"대우주는 빛으로 넘치고, 그것이 인간의 유익한 기운을 이룬다. 검이 집에 들어 있음은 음이요, 뽑은 것을 양이라 한다. 공격은 음으로 시작하여 양으로 베고 다시 음으로 거둔다. 음은 부드러움이며 양은 곧 강함이니 그것이 검을 이루고 있는 진정한 의미이다. 초련아, 네가 발검의 진수를 직접 시현해 보거라."

초련이 스승을 향해 예를 올리고 등에 메고 있던 검을 뽑아들었다. 하늘거리는 버들잎을 닮은 세류검이 서늘한 소리를 내고 칼집을 빠져나오며 반짝하고 푸른빛을 발산했다.

나비처럼 팔랑거리며 날아오른 그녀가 현란한 검법을 펼치기 시작했다. 수평으로 찍고 수직으로 베었으며, 흘리고 튕겨내는 다양한 기술들을 구사했다.

초련의 몸은 하늘을 나는 한 마리 봉황처럼 우아하며 번개같이 신속했다. 동서남북 사방에 번쩍이는 검광이 빛을 발했다.

이윽고 검을 거두고 사뿐히 내려선 그녀의 머리 위로 누런 버들잎이 흩날리며 떨어져내려 땅을 가득 덮었다.

그런데 놀라운 것은 그 나뭇잎들에 모두 하나같이 칼자국이 나 있는 것이었다.

사부가 흡족한 미소를 지으며 입을 열었다.

"신풍비검법을 훌륭하게 보여주었구나. 그러나 완벽한 것은 아니었다. 검의 기세가 시종일관하지 못하였으니 더욱 공력을 높이도록 하여라."

거칠어진 호흡을 가다듬는 초련의 이마에 맺힌 땀방울이 볼을 타고 흘러내렸다.

초련이 구사한 신기에 가까운 검법을 목도한 삼가는 놀라움으로 입을 다물지 못했다. 눈앞에서 그녀가 펼친 경이로운 무예에 매료된 삼가는 초련에 대한 지금까지의 생각이 저만큼 달아나고 말았다.

그러나 그것과는 별개로 조금 전 초련이 검법을 구사할 때 짧은 옷소매가 펄렁이며 순간적으로 삼가의 눈으로 확연히 들어온 것이 있었다. 그것은 그녀의 팔에 살포시 내려앉은 한 마리 나비였다.

삼가의 머릿속으로 번개처럼 지나는 생각이 있었다. 집을 떠난 지 얼마 되지 않아 행낭을 빼앗긴 사건과 흑수성에서 비적들로부터 자신들을 구해주고 말과 행장을 마련해준 소년의 실체를 비로소 분명하게 알 수 있었다. 그 모든 사건의 주인공은 초련이었던 것이었다.

사부가 좌선하고 앉은 삼가에게 시선을 주었다.

"방금 초련이 시범한 검법을 재현해 보거라!"

자리를 일어선 그가 스승과 초련을 향해 차례로 예를 올리고 등에 멘 용천검을 잡았다. 손잡이 상부를 장식한 호안석이 성난 호랑이의 매서운 안광을 뿜어냈다.

땅을 박차고 허공으로 솟아오른 삼가가 유연함과 절도 있는 동작을 번갈아 구사하며 공격과 수비 세를 취했다. 방금 초련이 보여준 것처럼 강한 검풍을 일으켜 초식을 펼쳐 운신하며 쪼개고 자르고 찌르고 방어하는 다양한 검술을 재현해냈다.

하지만 아직 외공의 기초가 부실한 삼가였다. 바닥으로 착지하는 순간, 몸의 중심이 기우뚱하더니 그만 엉덩방아를 찧고 말았다. 이미 기력을 모두 소진한 때문이었다.

그 광경을 지켜보던 초련이 터지려는 웃음을 겨우 참고 혼잣말처럼 중얼거렸다.

"제법 흉내는 낸 듯했지만 엉덩이로 착지하는 기술부터 익히려는 모양이로군."

벌겋게 달아오른 얼굴로 일어선 삼가에게 스승이 부드러운 목소리로 격려했다.

"용호와 같은 기상을 지녔으나 공력이 미진함으로 인해 허점을 드러낸 것이니 너무 실망하지 말고 정진하면 반드시 상승무공에 도달할 날이 올 것이다."

스승의 말에 입을 삐쭉 내민 초련이 삼가에게 들으라는 듯 조그만 소리로 한마디 했다.

"내게는 박절한 평가를 내리시는 사부님이 어찌된 연유로 사제에게는 후한 격려를 해주시는지 모르겠네."

그녀는 '사제'라는 말에 힘을 주었다.

초련이 펼쳐내던 신풍비검법을 다시금 떠올리며 삼가는 이마에 흐르는 땀을 닦았다.

그리고 조금 전 알아낸 그녀 팔에 앉은 나비의 비밀을 자신만 알고 마음에 담아 두리라 생각했다.

천산에 눈이 내리고 있었다.

목화솜 같이 탐스런 눈송이들이 소복소복 쌓여 계곡과 능선을 새하얗게 덮었다.

천산의 모습은 실로 다양했다. 새벽안개에 덮여 있을 때의 고즈넉한 정취와 아침 햇살을 온몸으로 품어 안고 웅장한 자태를 드러낼 때의 당당한 위용이 달랐으며 어두운 그림자를 떨구며 준령의 등줄기로 넘어가는 검붉은 햇살 아래 드러난 봉우리는 장엄하기 그지없었다.

좋은 날, 궂은 날 가림 없이 하루도 쉬지 않고 고된 수련이 계속되었다.

눈밭 위에 이화창을 들고 선 삼가가 잠시 호흡을 고르는가 싶더니 품세를 펼치기 시작했다. 양손을 교차하며 창을 회전하는 소리가 정적을 깨트렸다. 그의 몸이 창과 일체를 이루어 변화무쌍한 기세를 보이며 거센 바람을 일으키니 흩날린 눈가루들이 반짝이며 날아올랐다.

그 형세는 마치 나아감은 날아오르는 용과 같고 움직임은 뱀의 운신이요, 찌르고 거둠은 바다가 뒤집히는 것과 같이 현란했다.

무릉제 뜰 앞 목련이 화사한 꽃망울을 터트렸다.

한 쌍의 솔새가 줄기 사이로 작은 몸을 숨기고 폴짝거리며 서로를 희롱했다.

따스한 햇살을 온몸 가득 받으며 나란히 마루에 걸터앉은 삼가와 초런이 말을 나누었다.

"사부님께서 천산의 고봉 톱아르로 드신 지가 벌써 열흘이 되었는데, 오늘은 내려오실지 모르겠네요."

초련이 무덤덤한 표정으로 대꾸했다.

"할아버지가 산에 드시는 것은 아마 속세에 물든 심신을 정화시키는 방편일 거예요."

초련의 말에 이어 삼가가 물었다.

"오래전부터 궁금했던 일이 하나 있었는데 사부님과는 어떤 관계인지……."

말을 마치고 표정을 살펴보니 그녀의 얼굴에 어두운 그림자가 내리는 것을 볼 수 있었다. 삼가가 얼른 말을 거두어들였다.

"내가 괜한 것을 물었나 봅니다. 답변하고 싶지 않으면 그리해도 무방하니 신경 쓰지 말아요."

한 지붕 아래 기거하며 해를 보냈지만 초련의 그런 표정은 처음이었다.

잠시 생각에 잠겼던 초련이 입을 열었다.

"사실 나는 할아버지와 아무런 혈연관계가 아닙니다."

초련으로부터 의외의 말을 들은 삼가가 의아한 표정으로 변했다.

"그렇다면?"

"내가 그 기막힌 내막을 알게 된 것은 그리 오래되지 않았는데…… 할아버지가 내 부모님을 해친 원수라는 것이었어요."

고개 들어 하늘을 올려다보는 그녀의 눈이 촉촉이 젖어 있었다.

전혀 예상치 못한 초련의 말에 놀란 삼가가 정색을 하고 다시 물었다.

"사부님이 낭자의 부모님을 해친 원수라고요?"

감정을 추스른 초련이 물기 젖은 목소리로 말을 이어 나갔다.

"저의 부모님은 함께 무예를 연마하던 사매 간이었답니다. 두 분 모두 상당한 명성의 무공을 쌓은 분들로 아버지가 적운거사님에게 무모한 도전을 청해 목숨을 잃으셨다 합니다. 그 후 아버지의 원수를 갚기 위해 절치부심 복수의 일념으로 기회를 엿보다 도전하신 어머니마저 거사님과 겨루다가 돌아가시게 된 것이지요."

삼가는 그저 멍한 기분으로 초련의 말을 듣고 있었다.

"어머님이 마지막까지 필사적인 공격으로 대적한 데다 남장을 하신 탓으로 사부님 칼에 끝내 목숨을 잃고 말았답니다."

초련과 사부님 사이에 얽힌 기막힌 사연에 삼가는 할 말을 잊었다.

"천애고아가 된 저를 거두신 거사님의 보살핌으로 이렇게 성장하였습니다. 그러나 사부님으로부터 그런 사실을 알게 된 저는 참으로 혼란스러웠습니다. 할아버지로만 알고 있던 사부님이 부모를 죽인 원수라는 기막힌 현실은 감당하기 어려운 것이었습니다."

초련의 눈에 고였던 눈물이 볼을 타고 흘러내렸다.

"그래서 그 괴로움을 잊으려 이곳저곳을 떠돈 것이었군요."

어깨를 들썩이며 우는 초련에게 위로의 말을 하려 했지만 마땅히 해줄 말을 찾을 수 없었다.

잠시 뒤 표정을 가다듬은 그녀는 무슨 말인가를 하려다 말고 입을 다물고 말았다.

삼가는 문득 그녀에게 연민의 감정이 솟아올랐으나 그것은 마음속에 이는 작은 물결일 뿐이었다.

세월은 빠르게 흘러 천산이 다시 겨울로 접어들고 있었다.

앞에 꿇어앉은 삼가를 향해 사부가 무겁게 입을 열었다.

"네가 수련을 시작한 지 벌써 세 해가 지났구나. 그동안 내·외공을 비롯하여 창을 비롯한 검법과 각종 병장기들을 두루 섭렵하였다. 네가 지닌 무공이 이미 상승의 기량을 넘어섰으니 이제 세상에 나아갈 때가 되었다."

"사부님! 겨우 무예의 근본 이치를 깨달았을 뿐인 미약한 공력을 절륜 무공이라 하시니 부끄럽습니다."

삼가를 바라보는 스승의 눈에 처연한 빛이 감돌았다.

"초아의 경지란 검을 뽑지 않고도 천지와 화합함에 있으니 신체와 함께 마음의 눈을 얻어야 한다. 우주의 기운과 하나를 이루니 '우주일기'요, 우주와 내가 하나를 이룸을 '우아일여'라 한다. 마음을 비워내는 경지에 드니 '무상무념'이며, 검과 몸이 일체를 이루는 조화의 정수를 '심검일여'라 한다."

말을 마친 스승의 창백한 얼굴에 하얀 눈썹이 가늘게 흔들렸다.

"사부님이 내려주신 말씀, 가슴 깊이 새겨 명심하겠습니다."

대견한 듯 삼가를 내려다보는 스승의 표정에 한 줄기 회한의 그림자가 스치고 지났다.

"무인에게 살생이란 숙명적인 것이지만, 상생이야말로 최고의 선이라는 사실을 명심해라. 나 자신 일찍이 어지러운 세상을 주유하면서 불가불 두 생명을 거둔 일이 있었다. 그 일로 인한 괴로움이 지금 이 순간까지도 떨칠 수 없는 무거운 짐이 되어 나를 짓누르고 있구나."

초당 밖에 멍하니 선 채 스승의 말을 듣고 있던 초련의 볼을 타고 눈물이 흘러내렸다.

다음 날. 큰절을 올리는 삼가와 파룬에게 스승이 온화한 목소리로 말했다.

"그동안 고생들이 많았다. 무릇 인연법이란 만나고 헤어짐이 이처럼 무상한 것이다. 세상을 마주함에 항시 당당할 것이며 정의롭게 살아라."

스승이 내리는 한마디 한마디를 마음에 새기는 삼가의 눈시울이 젖어들었다.

눈을 감은 채 잠시 생각에 잠겼던 스승이 다시 말을 이어나갔다.

"삼가에게 한 가지 당부해야 할 것이 있다. 나는 이제 속세와 인연이 다하였다. 너희들이 떠나고 나면 천산으로 들 것이다. 그러하니 돌아가는 길에 초련과 함께 동행하고 보살펴주기를 당부한다."

노인의 말이 끝남과 동시에 방문을 밀치며 뛰어든 초련이 할아버지의 무릎에 얼굴을 묻고 흐느끼며 울부짖었다.

"할아버지! 저를 버리지 마세요. 그동안 잘못을 용서해주시고 이대로 살게 해주세요. 다시는 할아버지를 속상하게 하는 일을 저지르지 않겠어요. 할아버지!"

초련을 바라보는 노인의 눈에도 이슬이 맺혔다.

몸부림치며 쏟아내는 초련의 눈물 속에는 얼음장처럼 가슴에 얹혔던 원망과 후회 그리고 연민이 뒤섞인 모든 감정이 함께 녹아내리고 있었다.

"초련아! 너를 대할 때마다 내 가슴은 마치 아물지 않은 상처가 덧난 것처럼 고통스러웠다. 하지만 네가 걸음을 떼고 말을 배워 재롱을 부리는 걸 보며 이 할애비는 말로는 형언할 수 없는 행복에 겨워 설레는 마음으로 노심초사하였단다. 나는 네 부모와 얽힌 악연으로 인해 많은 날을 번민으로 살았다. 하지만 그 모든 것이 나 자신의 업장이기에 지금 이 순간까지 참회하는 마음으로 살아왔다. 초련아! 부디 할애비를 용서해다오."

지그시 눈을 감은 노인이 떨리는 목소리로 말했다. 그것은 누구에게가 아닌 자기 스스로에게 던지는 독백인 것만 같았다.

"할아버지……."

어깨를 들썩이며 흐느끼는 초련의 등을 어루만지는 노인의 까칠한 손길이 가늘게 떨리고 있었다.

뒷산 봉우리에 둥지를 튼 갈까마귀의 거친 울음이 계곡을 돌아 메아리로 흩어졌다.

낮게 가라앉은 회색 구름이 눈송이를 떨구기 시작했다.

무릉제를 뒤로한 발길이 산모퉁이를 돌아 나오기까지 그들은 고개를 돌려 뒤를 보고 또 보았다. 이내 시야에서 무릉제와 적운사부의 모습이 완전히 사라지고 말았다.

그들은 무릉제의 품을 떠나는 안타까움을 떨치려 달리는 말에 채찍을 가했다.

문득 하늘에서 들려오는 커다란 울림이 모두의 귓전에 메아리처럼 맴돌았다.

　　　찬 서리에 시름하는 댓잎 한 줄기
　　　가득한 환희심 안고 하늘로 드네
　　　천산 높은 봉우리 쌓인 구름 위로
　　　중천에 오른 달 언제나 세상 비추리

힘찬 말발굽 소리를 뒤로하고 달리며 흘러내리는 눈물이 세찬 바람에 씻겨 얼굴로 번지고 있었다. 시야를 가린 눈보라가 얼굴을 향해 사납게 날아들었다.

'사부님. 사부님께서 내려주신 모든 것을 가슴 깊이 새겨 부끄럽지 않은 세상을 살겠습니다. 부디 천계에서 내려 보시며 저희들을 지켜주십시오.'

말을 몰아 달린 그들은 한 뼘이나 쌓인 눈으로 인해 속도를 늦추고 천천히 걸음을 옮겼다.

말이 뿜어내는 콧김이 하얗게 피어올랐다.

하미, 숙주 등 지나는 도시마다 숱한 고통과 시련을 안겨주었던 세 해 전의 기억들을 떠올리며 길을 재촉한 그들이 드디어 천산을 떠난 지 한 달여 만에 상도 외곽으로 들어섰다.

삼가를 돌아본 파륜이 밝은 표정으로 말했다.

"도련님, 이제 한나절만 더 가면 오매불망 그리던 상도에 당도하겠군요."

"세 해 전 이 길을 떠날 때의 심정을 돌이켜 생각해보면 그야말로 격세지감을 느끼게 되네요. 그동안 부모님께서는 무탈하셨는지 모든 것이 궁금할 뿐입니다."

얼굴 가득 웃음 지으며 파륜이 농을 했다.

"그러나 한 가지 염려되는 것은 코흘리개로 집을 떠날 때와는 달리 헌헌장부로 모습이 변한 도련님을 대인이나 마님께서 알아보실는지 걱정이 앞섭니다."

그 말을 되받은 삼가도 파륜을 향해 의미 있는 한마디를 던졌다.

"염려되기는 나 역시 마찬가지라오. 집을 나설 때는 순박하기만 하던 아재가 카라호토가 인정하는 격투사가 되어 돌아왔으니 과연 어른들이 알아보실는지 의문입니다."

서로 한 마디씩 주고받은 삼가와 파륜이 박장대소하며 웃었다.

그들이 나누는 대화를 조용히 듣고 있던 초련이 끼어들었다.

"그런데, 내가 이렇게 사제님 댁으로 동행해도 괜찮은 것인지……."

초련이 사제라고 한 말을 염두에 둔 삼가가 빙긋 웃음 지으며 답했다.

"앞으로도 사형이 나를 지도해주어야 한다는 사부님의 당부로 상도로 함께 온 것인만큼, 불민한 내게 더 이상의 기량 전수가 필요 없다고 생각이 들면 언제라도 사형의 뜻대로 거취를 정해도 됩니다. 그리 알고 우선은 나에게 맡겨주시는 것이 좋을 듯싶습니다."

초련의 얼굴이 붉게 달아올랐다. 사실, 내심으론 늦었지만 오라버니라는 호칭으로 부르고 싶은 것을 감추고 억지를 부린 스스로가 부끄러웠기 때문이었다.

눈에 덮인 산천은 온통 은백의 세계를 이루고 조용히 잠들어 있었다. 상도에 점차 가까이 다가갈수록 삼가의 가슴에 뜨거운 피가 용솟음치며 소용돌이를 일으켰다.

멀리 희미한 그림자처럼 상도 시가지가 눈에 들어왔다.

"도련님, 집을 떠난 지 세 해 만에 드디어 상도에 발을 딛게 되었습니다."

삼가는 치밀어 오르는 감격으로 목이 메어 말이 나오지 않았다.

그들이 성문 안으로 들어설 때는 이미 거리에 어둠이 가득 내린 한밤중이었다. 땅과 지붕을 하얗게 덮은 눈에서 반사하는 희끄무레한 빛이 길잡이를 해주고 있었다.

눈길을 나란히 걸으며 말고삐를 당겨 걸음을 늦춘 삼가가 초련에게 시선을 주었다.

"사형은 상도에 온 것이 처음이시겠지요?"

삼가의 짓궂은 질문은 초련을 처음 만났을 때를 떠올린 때문이었다. 행낭을 탈취당할 당시 초련이 하서 방향에서 말을 달려온 것으로 미루어 이미 상도가 초행이 아닐 것이라는 생각이 들어서였다.

순간 멈칫한 초련의 눈가에 당혹스러움이 스치고 지나는 것을 삼가는 놓치지 않고 보았다.

"글쎄요? 사람들은 간혹 본 것도 전혀 기억이 나지 않는가 하면 그 반대인 경우도 있다 합니다. 제게도 상도는 그러한 곳인 것 같습니다."

핵심을 피해나간 그녀의 절묘한 답변에 삼가는 웃음 지었지만 그 속에 함축된 내막을 짐작하지 못한 파륜은 어리둥절할 뿐이었다.

삼가들이 집 앞에 당도했을 때는 이미 자정이 가까운 늦은 시각이었다. 마침 대문은 잠겨 있지 않았다. 먼저 들어가 소식을 알리려는 파륜을 제지한 삼가가 집 안으로 들어섰다.

마당을 가로질러 부모님이 거처하시는 내당으로 향하는 그의 발길을 멈추게 하는 불빛이 눈을 잡아끌었다. 조상님들의 신위를 모신 사당 안에서 한 줄기 불빛이 새어나오고 있었던 것이었다. 궁금한 마음으로 가만히 다가선 삼가의 귀에 낯익은 목소리가 흘러나왔다.

"이 세상 만물의 생사소멸을 주관하시는 대자대비하신 부처님. 부디 미령한 자식 삼가를 보살펴주시어 원하는 것을 이루고 무사히 귀가할 수 있도록 가호를 내려주실 것을 간절히 기원 드립니다. 또한 조상님들께 비나니 불민한 후손 삼가에게 인내하는 힘과 지혜를 내리시어 위업을 이루는 큰 재목으로 성장할 수 있도록 지켜주시기를 염원하며 기도드립니다."

어머니의 애끓는 기원을 듣고 있는 삼가의 눈에 뜨거운 눈물이 흘러내렸다. 자식의 무사 귀향을 위해 지난 세 해 동안 비가 오나 눈이 오나 이처럼 간절한 기도를 올리셨을 어머니의 정성을 생각하니 복받쳐 오르는 눈물을 주체할 길 없었다.

"어머니. 제가 왔습니다. 소자 삼가, 어머님 곁으로 이처럼 무사히 돌아왔습니다."

일구월심 지극한 정성으로 기도에 몰두한 탓에 아들이 등 뒤에 서 있는 줄도 모르고 있던 그녀의 귓가에 그토록 그리고 또 그리던 아들의 음성이 들려왔다. 꿈인지 생시인지 모를 반가움으로 돌아본 그녀 앞에 분명히 아들 삼가가 서 있었다. 그것도 집을 떠날 때 어리고 나약했던 아들이 아닌, 의젓한 장부로 몰라보게 성장한 늠름한 모습이 되어 마치 꿈처럼 눈앞에 나타난 현실이 정말 믿어지지가 않았다.

반가움으로 울음을 터트린 어머니가 아들을 끌어안고 얼굴을 쓰다듬었다.

"돌아왔구나. 우리 아들 삼가가 이처럼 늠름한 대장부가 되어 어미 곁으로 돌아와 주었구나. 고맙고 대견한 내 아들아!"

이내 반가운 소식을 알게 된 집 안팎에 불이 환하게 밝혀졌다.

내당으로 든 삼가가 부모님 앞에 큰절을 올리고 꿇어앉았다.

"아버님, 어머님. 그동안 안녕하셨습니까. 소자 목적한 바를 이루고 이처럼 무사히 돌아왔습니다."

앞에 앉은 아들의 늠름한 보습을 보는 아비의 얼굴에 반가움과 함께 대견한 마음으로 인한 흐뭇한 미소가 번졌다.

"그동안 얼마나 고생이 자심하였느냐. 몰라보게 성장한 너를 보니 기쁘기 한량없다. 먼 길 오느라 피곤할 것이니 밝은 내일 궁금한 이야기를 나누도록 하자."

삼가는 부모님께 초련과 함께 대동하게 된 정황을 대략 설명하고 물러나왔다.

오랜만에 처소로 들어선 그는 방 안을 둘러보았다. 서가에 꽂혀 있는 책들이며 서탁 위에 걸려 있는 붓과 벼루가 그대로인 채, 집을 떠날 때와 달라진 것은 아무것도 없었다.

자리에 누운 그는 쉽사리 잠이 오지 않았다. 지난 세 해 동안의 일들이 머리를 맴돌았다. 문득 홀도노계리미실 공주 생각이 떠올랐다. 상도를 떠나기 전날 인사차 궁에 들렀을 때 그녀의 눈가를 맴돌던 애틋한 느낌이 생생하게 되살아났다. 자신이 이처럼 몰라보게 성장한 것처럼 공주님은 어떤 모습으로 변해 계실까. 궁금한 마음이 들었다.

이런저런 생각에 잠겼던 그는 이내 밀려드는 졸음으로 인해 깊은 잠 속으로 떨어지고 말았다.

어제 진종일 쌓인 눈으로 순백의 천지를 이룬 상도 하늘에 아침 해가 솟아올랐다. 햇살을 받은 눈밭을 가볍게 뒹군 바람이 살포시 밀어올린 잔설들이 반짝이며 날아올랐다.

집 안팎으로 온통 활기가 넘쳤다. 파륜은 분주하게 다니며 이런저런 것들을 지시하다가 성에 차지 않는지 빗자루를 들고 쌓인 눈을 쓸기도 했다.

삼가가 후원 뒤편에 있는 초련의 처소를 찾아 정자를 돌아드니 나뭇 가지에 소복이 쌓인 눈을 바라보고 있는 그녀의 뒷모습이 보였다. 인 기척에 고개를 돌려 삼가를 보고는 가볍게 목례하며 미소 지었다. 편 한 옷으로 갈아입은 초련의 안색은 매우 밝았다.

"불편한 점은 없었는지 모르겠네요."

"오래간만에 아주 편한 마음으로 쉬었답니다."

도톰하게 솜을 넣어 촘촘히 바느질한 푸른색이 연하게 도는 누비 옷 차림을 한 그녀는 무릉제에서 늘상 보아온 것과는 또 다른 청순한 아 름다움을 드러냈다.

"아무래도 당분간은 윗분들과 어른들께 인사를 다니는 일에 분주할 것 같아 미리 말씀드리니 우선은 편히 쉬며 향후 계획을 생각하도록 하는 것이 좋겠어요."

삼가의 제안에 초련도 고개를 끄덕이며 수긍했다.

"저에 대한 염려는 하지 마시고 볼일을 보도록 하세요. 제 나름대로 의 구상이 있으니까요."

햇살이 밝게 드는 내실에 부자가 마주 앉았다.

어제는 경황이 없어 몰랐으나 자세히 살펴보니 그간 뵙지 못한 사이에 흰 수염과 주름이 늘어난 부친의 모습을 대하는 자식의 가슴이 몹시 아렸다.

당당하게 성장한 아들의 모습을 대견하게 바라보던 아비가 입을 열었다.

"그동안 세상에 나가 무엇을 보았느냐."

"제가 알고 있었던 것보다 세상은 넓었습니다. 도처에 횡행하는 비리로 고통 받는 백성들의 신음소리를 들었습니다. 한편으로는 그것을 척결하고자 올바른 권력을 집행하는 희망도 보았습니다."

"그럼 그동안 네가 배운 것은 무엇이더냐!"

"진정한 힘은 인내하는 데 있으며 절제되지 못한 힘이란 만용일 뿐이라는 사실을 알았습니다. 수련을 통해 마음의 눈을 열어 우주의 기운과 하나가 되고 우주와 내가 일체를 이루어 무념무상의 경지를 추구하는 정심수기를 체득하였습니다."

"그러한 심오한 이치를 깨달았다 하니 참으로 다행한 일이다. 거기에 한 가지를 덧붙인다면 상생을 통한 활인이야말로 최고의 선이라는 사실을 항시 명심해야 할 것이다."

"사부님께서도 아버님의 말씀과 같은 가르침을 내리셨습니다."

"적운거사님께서는 안녕하시더냐?"

부친이 사부의 안부를 묻자 삼가의 가슴이 먹먹해졌다. 아마도 그것은 스승에 대한 연모와 그리움일 터였다.

"저희들이 무릉제를 떠난 직후 하계를 버리고 천산으로 드신다 하셨습니다."

"그분이야말로 탈속한 신선의 풍모를 지니신 분이었느니라. 훌륭한 스승을 만나 가르침 받은 것을 일생의 행운으로 여기고 배운 바를 올곧게 써야 할 것이야."

"예, 가슴에 깊이 새기겠습니다."

"그래. 집 밖에서 마주한 세상이 어떠하더냐."

아들의 입을 통해 집을 떠나 천산을 향하며 겪은 그간의 사건 사고와 위기에 처했던 일들을 모두 들은 아비가 빙그레 웃음 지었다. 하지만 그 미소 속에 많은 의미가 내포되어 있었음을 삼가는 미처 알지 못했다.

처마 아래로 늘어진 고드름이 햇살에 녹아내리며 수정처럼 반짝이는 물방울을 떨구었다.

제4장

불타는 하늘

재회(再回)

집을 나서는 삼가의 발걸음이 가벼웠다.

말끔하게 차려입은 차림새와 당당한 체구는 누구와도 견줄 바 없는 늠름한 장부의 모습이었다. 천천히 걸음을 옮기는 삼가의 눈에 들어오는 낯익은 시가와 건물들이 새롭고 반가웠다.

상쾌한 느낌을 음미하며 걷는 발길이 황궁으로 향하고 있었다.

삼가의 머릿속에 그동안 변모된 공주의 모습이 어른거렸다. 아무런 연통 없이 나타난 자기를 보고 공주가 어떠한 표정을 지을까 궁금했다.

저만큼에 보이는 황궁 웅장한 건물 지붕의 기와들이 눈에 덮인 채 무거운 숨을 내쉬고 있었다.

궁 안으로 들어선 삼가는 집령전을 돌아 서편에 있는 공주의 처소로 걸음을 옮겼다.

분주하게 오가며 마주치는 궁인들의 눈길이 스칠 때마다 자신에게 시선이 머무는 것을 느꼈다.

공주의 처소 앞에 당도한 삼가가 연못가를 돌아 나오다 잠시 걸음을 멈추었다. 문득 오래전의 일이 떠올랐기 때문이었다.

공주를 해치려 잠입한 괴한과 마주섰던 날의 기억이 새삼스레 되살아났다. 그때 어린 마음에도 그녀는 자기가 지켜주어야 할 존재였던 것처럼 지금 이 순간에도 그런 마음은 변함이 없었다.

생각에 잠긴 삼가에게 다가서는 여인이 있었다. 조금은 낯익어 보이는 그녀가 망설이는 기색으로 물었다.

"저, 여쭈어볼 것이 있는데…… 혹시 삼가 도련님이 아니신지요?"

"그렇소만 나를 알아보는 그쪽은?"

앞에선 소녀의 눈이 화등잔 만하게 커지며 떨리는 목소리로 말했다.

"도련님, 저예요. 저 뮬란이에요."

세 해가 지나는 동안 몰라보게 변한 서로의 모습을 보며 반가움과 놀라움이 함께 교차했다.

뮬란은 나는 듯 빠른 걸음으로 처소 안으로 들어섰다.

창가에 앉아 책장을 넘기는 공주에게 다가간 뮬란은 이제까지의 표정을 감춘 채 태연한 행동으로 조용히 용건을 전했다.

"공주마마, 마마를 뵙고자 하는 분이 들었는데 어찌할까요?"

고개를 든 여인은 창에서 비추는 투명한 햇살을 받아 청순한 수선화처럼 우아한 기품과 아름다움을 발산하고 있었다.

"손님? 누구라고 하더냐."

"글쎄요. 공주님께서 아시는 분일 수도 있고 그 반대일 수도 있을 것이오니 그 나머지를 판단하심은 아무래도 공주마마의 몫일 것 같습니다."

알 듯 말 듯한 뮬란의 전언에 혼란스러운 공주가 잠시 생각을 정리하고는 내방자를 들이라는 허락을 내렸다.

처소 안으로 들어선 삼가의 눈에 창에서 비추는 환한 햇살을 받으며 앉은 채 고개를 돌린 여인의 모습이 들어왔다. 걸음을 옮기는 삼가의 가슴이 두근거렸다. 점차 또렷하게 눈에 들어오는 여인은 공주가 틀림없었으나 그녀는 이미 지난날의 어린 소녀가 아니었다.

다가선 그가 공주를 향해 고개 숙여 인사 올렸다.

"공주마마. 그동안 강건하셨습니까."

공주는 인사에 대한 답변도 잊어버리고 상대에게 시선을 붙박은 채 말을 하지 못했다. 청년이 처소로 들어서는 순간, 마치 광채가 뿜어 나오는 듯 준수한 용모가 공주의 시선을 압도했기 때문이었다.

어디선가 본 듯하면서도 확연하게 알 수 없는 상대로 인해 잠시 혼선을 빚었던 머릿속이 환하게 밝아오면서 생각의 실마리가 풀렸다. 눈앞에 서 있는 그를 찬찬히 살피는 공주의 눈이 빛났다.

잠시 후 놀란 표정으로 자리에서 일어선 공주는 눈앞에 펼쳐진 현실에 실감을 느끼지 못하며 반가움으로 어찌할 바를 몰랐다.

"그대는 삼가? 삼가가 아닌가요!"

"공주마마, 삼가 인사 올립니다. 이처럼 다시 뵙는 것이 마치 꿈인 듯싶습니다. 떠날 때 인사를 드린 것이 엊그제만 같은데 흐르는 시각이 이처럼 많은 변화를 가져왔습니다."

"삼 년이라는 간격이 그대를 이처럼 놀랍도록 변모시켰군요."

공주는 신분이나 체면 따위는 아랑곳하지 않고 삼가의 손을 덥석 잡았다.

"그동안 집을 떠나 타관에서 얼마나 고생이 많았겠어요. 상도에 계절이 바뀌어 꽃이 피고 낙엽이 질 때마다 문득 문득 그대를 생각하곤 하였답니다."

그녀의 눈에 맺힌 눈물이 반짝하고 빛났다.

그간의 일들이 궁금한 공주는 쉴 사이 없이 질문을 하며 모든 것을 알고 싶어 했다. 때로는 놀라며 분노를 나타내기도 했고, 위기에 처했던 일을 들려줄 때는 탄식과 감탄이 교차하면서 마치 자신이 처한 일인 것처럼 감정을 몰입하고 빠져 들었다.

마주앉아 찻잔을 앞에 놓고 말을 나누던 그녀의 안색이 흐려지며 쿨럭쿨럭 기침을 했다.

재빨리 공주 곁으로 다가간 뮬란이 물그릇을 올렸다.

"제 이야기를 들어주시느라 피곤하셨나 봅니다. 시간을 내 다시 찾아뵙겠습니다. 편히 쉬십시오. 공주마마."

그녀가 희미한 미소를 지으며 말했다.

"아니에요. 동무를 이렇게 만나니 기운이 솟고 힘이 나는 걸요. 자주 들러 그간에 겪은 이야기들을 해주었으면 합니다."

공주는 문밖에 나와 삼가를 배웅하며 아쉬워했다.

처소를 물러나온 삼가에게 뮬란이 전하는 말은 걱정스러운 것이었다. 지난해부터 나빠진 건강으로 그동안 꾸준히 치료를 받아왔지만 별반 차도가 없어 황제폐하의 근심이 크시다는 것이었다. 세 해 전에 비하면 몰라보게 성장한 공주였지만 얼굴에 가득 내린 병색을 본 삼가의 마음이 무겁기만 했다.

걸음을 옮기는 삼가 앞으로 당당한 체구에 흰 수염을 날리며 다가오는 관리가 있었다. 얼마 전 어사대부로 임명된 살리타였다. 그사이 하얀 수염이 늘었을 뿐 여전히 강건한 살리타에게 삼가가 인사 올렸다.

"그동안 안녕하셨습니까."

청년에게 인사를 받고도 도무지 누구인지 알 수 없는 그가 물었다.

"조금 낯익은 얼굴이기는 한데…… 그대는 누구인가?"

"저, 삼가입니다. 저를 알아보지 못하시는 것을 보니 그동안 기력이 많이 쇠해지신 모양입니다, 어르신."

삼가의 말이 믿어지지 않는다는 듯 그의 눈이 활짝 열리며 놀라는 기색으로 되물었다.

"그대가 정녕 삼가란 말인가? 코흘리개였던 네가 그동안 이렇게 몰라보게 성장하다니, 정말 믿어지지가 않는구나!"

살리타가 대견한 듯 그를 와락 끌어안고는 흐뭇한 미소를 지으며 등을 어루만져주었다.

"그동안 수고가 많았다. 무예수련을 위해 상도를 떠난 것이 엊그제만 같은데 이처럼 늠름한 모습으로 성장하여 돌아와 마주하니 마치 제국의 새로운 희망을 보는 것 같아 기쁘기 한량없다. 앞으로 열어갈 세상은 이제 너의 것이다."

가슴에서 가슴을 통해 전해지는 뜨거운 기운이 용솟음쳐 오르며 심장을 마구 방망이질 치게 하고 있었다.

두꺼운 얼음장 아래로 녹아 흐르는 물소리가 청량하게 울리며 상도에 봄이 찾아들었다.

화창한 햇살 아래 겨우내 무성하게 돋아난 말갈기를 다듬느라 여념 없는 파륜이 다가서는 삼가를 보고는 부지런히 움직이던 손길을 멈추었다. 주인을 알아본 말이 코를 벌름거리고 앞발로 땅을 차며 반겼다.

"도련님, 이제 바쁜 일은 어느 정도 마치셨는지요. 집으로 돌아온 도련님 모습을 마주하기가 어찌 이리도 어려운지 모르겠다고 대부인 마님께서 서운해 하시니 내당으로 자주 들르세요."

말끔하게 손질된 갈기를 쓰다듬어준 삼가가 미소 지으며 파륜을 바라보았다.

"그간 나로 인해 마음고생이 크셨을 어머님을 생각하면 당연히 그리해야만 하겠으나, 마냥 한가할 수만 없는 것이 죄송할 뿐이지요."

삼가를 향한 파륜의 시선이 따스했다.

눈에 보이는 모든 것은 예전 그대로였지만 그 이면에 가려진 상도의 대내외적 현실은 격랑에 휩쓸린 강물처럼 요동치고 있었다. 그중 당면한 가장 긴급한 문제는 황제의 즉위에 반기를 들고 추종자들을 규합하여 카라코룸에서 칸에 즉위한 아릭부케의 반란으로 인한 것이었다.

골육상쟁의 어두운 먹구름이 상도하늘 가득 내려앉아 있었다.

"두 분이 은밀히 나누는 밀담에 소녀가 끼어들어도 될는지 모르겠네요."

그 사이 표정이 한결 화사해진 초련이 웃는 얼굴로 다가오고 있었다. 분을 바른 듯 고운 뺨에 보조개를 지은 그녀에게서 성숙한 아름다움이 묻어 나왔다.

"초련 낭자, 듣자 하니 요즈음 바깥나들이에 분주하시다 들었는데 무슨 좋은 일이라도 있으신지 궁금하군요."

삼가의 말속에 함축된 의미를 연상한 듯 얼굴을 붉힌 그녀가 차분한 목소리로 말했다.

"구름이 흘러가는 것은 산봉우리를 넘기 위함이요, 물결이 굽이쳐 흐름은 여울을 지나기 위한 것이니 어찌 그러한 이치에 예단을 가지고 시비를 가리겠습니까. 한때 허물을 거울로 삼고 스스로 부끄러움을 자책하는 소녀를 너무 핍박하심은 장부의 도리가 아닌 듯싶습니다."

본의 아니게 전개되는 상황에 적지 아니 당황한 것은 삼가였다.

"낭자. 내가 한 말을 심히 곡해하신 것 같습니다. 나는 그저 답답하게 집 안에만 머물지 말고 바람도 쏘일 겸 바깥나들이를 권하는 의미로 한 말일 뿐이었는데……."

옆에서 둘이 주고받는 대화를 듣고 있던 파륜은 도무지 무슨 말을 하는지 알 수 없는 노릇이었다.

지난 일을 두 번 다시 재론하지 못하게 할 심산으로 작심하고 날린 강수에 쩔쩔매는 삼가를 보며 내심 회심의 미소를 지은 초련이 시치미를 떼고 다시 입을 열었다.

"사제님이야말로 오래전 흑수성에서 비적들의 소굴을 벗어나 구명해준 은혜를 잊지 않겠다고 스스로 입에 담은 약조를 이행치 않고 신의를 저버린 적이 없었던가요?"

정곡을 찌르는 날카로운 일격에 가슴이 뜨끔해진 삼가의 표정이 경직되었다.

하지만 정작 크게 놀란 것은 파륜이었다. 그날 위급했던 순간의 일을 초련이 어찌 알고 있으며 그 사건을 지금 거론하는 까닭은 무엇인가. 아무리 생각해보아도 좀처럼 알 수 없는 일이었다.

설전을 주고받던 분위기를 누그러트리려는 듯 미소 지은 초련이 파륜을 돌아보았다.

"그동안 보니 함께 일하는 동료들이 아재에 대한 신망이 대단하던걸요. 그중에서도 연수라 하는 처자가 아재를 대할 때 건네는 애틋한 시선이 남다른 데가 있었어요. 같은 여인의 직감으로 느낀 점을 말씀드리니 그녀를 너무 무정하게 대하지 마세요."

파륜은 물끄러미 초련을 바라보았다. 자신이 모르는 많은 것들을 알고 있는 그녀의 마음에 품은 생각들이 몹시 궁금했다.

며칠이 지난 어느 날 아침, 집을 나서는 삼가에게 다가온 연수 처자가 서찰을 건네주며 말했다.

"오늘 이른 새벽 저를 찾은 초련 낭자께서 이 서찰을 주시며 도련님께 전해드리라 하셨습니다."

의아한 생각으로 펼쳐든 서찰을 읽어 내려가는 삼가의 표정에 그늘이 내렸다.

'사제님. 그동안 극진한 은혜를 베풀어주신 대인님과 대부인 마님께 인사 올리지 못하고 떠나는 불손함을 용서바랍니다. 사제께서도 청운의 꿈을 이루는 일에 정진해주실 것을 믿으며 다시 만날 날을 고대하겠습니다. 초련 드림.'

화창한 햇살 사이로 훈풍이 불기 시작하자 담장 아래 이름 모를 꽃들이 하나둘 망울을 터트리기 시작했다.

오랜만에 후원 정자에 나란히 앉은 부자가 대화를 나누고 있었다.

"얼마 후 별시가 거행되는 것을 너도 알고 있겠지?"

"며칠 전 궁에 들었을 때 어사대부님의 말씀을 들어 알고 있었습니다."

"이번에 치러지는 무과는 황제폐하께서 친견하시는 특별한 기회로 중요한 의미를 지닌 별시인 만큼 남다른 각오를 하고 임해야 할 것이다."

"소자, 이미 오래전부터 마음의 준비를 하고 있었습니다."

당당한 체구에 뚜렷한 이목구비를 갖춘 듬직한 아들을 대견하게 바라보는 아비의 시선은 봄바람처럼 따스하기만 했다.

며칠 뒤 거리 곳곳에 무과 별시를 알리는 공고문이 나붙었다.

황제가 친견하는 무과시험이라는 내용과 함께 눈길을 끄는 대목이 있었다. 출전자들의 신분을 불문한다는 것과, 다른 하나는 공정한 심사를 위해 참가자들 모두가 얼굴을 가리는 복면을 착용하고 시합에 임하게 된다는 내용이 공지되어 있었다.

엊그제 내린 비로 물오른 초목이 연둣빛 싱그러운 기운을 뿜었다.

드디어 황제가 친견하는 무과 별시가 열리는 날을 맞이했다.

넓은 궁 마당 높은 자리에 황제가 주석하는 단이 마련된 가운데 과시에 참가하기 위해 전국 각처에서 이날을 손꼽아 기다려온 내로라하는 무사들이 구름처럼 몰려들었다. 6척이 넘는 키에 황소만한 몸집을 한 거구의 사내도 보였고 호리호리한 체구에 날렵해 보이는 자도 있었다. 참가자의 연령 또한 가지각색으로 약관의 십 대 소년부터 청장년에 이르기까지 실로 다양했다. 그들 모두는 가면으로 얼굴을 가리고 있었으니 그것은 참가요건 중의 하나인 때문이기도 했다.

이윽고 황제의 등장을 알리는 나팔소리가 힘차게 울리고 단에 오른 황제가 대회 개최를 시작하는 치사를 내리자 우렁찬 징소리가 하늘 높이 울려 퍼졌다.

먼저 출전자들이 기마술 대결을 벌였다. 각각 배정받은 숫자를 등판에 표기한 참가자들이 뿌연 먼지를 일으키며 질주하는 말 등 위에서 마상 무예를 펼쳐냈다. 각종 병장기들을 자유자재로 다루며 땅 바닥으로 뛰어내리는가 하면, 비호 같이 날랜 동작으로 다시 날아올라 말 옆구리에 몸을 밀착시켰다. 그러고는 어느 사이에 달리는 말의 배 밑으로 몸을 숨기는 묘기를 연출했다.

관전자들의 입에서 환호와 탄성이 터져 나왔다.

마상 무예를 비롯하여 권법과 검술, 창술 등 각 부문으로 나누어진 출전자들이 한 조를 이루고 그 조에서 승리한 자끼리 대결하는 승자승 원칙으로 우열을 가려 최후의 1인이 그 부문의 장원이 되는 것이었다. 그리고 전체 항목의 최다 우승자가 무과시험의 으뜸장원으로 뽑히게 되는 것이니 출중한 기량이 아니면 장원은 꿈도 못 꿀 일이었다.

본시 무과시험은 진검으로 승부를 가리지 않는 것이 원칙이었으나 근래에 들어 실전무술을 숭상하는 기풍의 확산으로 진검을 사용하게 되었다.

그러나 한 가지 원칙이 있었으니 고의로 상대의 목숨을 노린 공격을 가하거나 살상을 한 자는 무예가 특출하다 할지라도 가차 없이 탈락시키는 것은 물론, 경우에 따라서는 처벌도 감수해야만 되었다.

공정한 시합을 위한 방편의 하나로 개인이 지닌 검이나 병장기는 일절 허용하지 않았고 대신 대회본부에서 준비한 무기를 사용할 수 있을 뿐이었다.

과시장의 열기가 점차 고조됨에 따라 곳곳에서 발생한 부상자들이 속출하며 들것에 실려 나갔다.

마당 중앙을 조금 비켜선 자리에서 검술 대결이 벌어지고 있었다.

체구가 우람한 곰 가면과 맞붙은 상대는 몸이 호리호리하고 가냘파 보이는 출전자로 승냥이 가면을 착용하고 있었다. 체격 차이가 현저한 곰과 승냥이의 대결은 사람들의 시선을 모으기에 충분했다.

괴성을 지른 곰의 칼이 엄청난 힘을 실어 공격했다. 승냥이가 방어한 칼과 칼이 부딪히며 번쩍하고 불꽃을 내뱉었다. 이내 한발 물러선 승냥이의 칼끝이 파르르 떨리는가 싶더니 곰을 향해 날아들었다. 자욱한 검기에 휩싸인 승냥이의 모습은 보이질 않고 현란한 칼끝만이 무지개를 뿌렸다. 잠시 후 허둥거리며 칼을 휘두르던 상대가 저만큼에 나동그라져 가쁜 숨을 몰아쉬며 헐떡이고 있었다.

그런데 곰 가면을 쓴 출전자의 모습을 자세히 본 사람들은 놀란 입을 다물지 못했다. 관전자들이 경악할 수밖에 없는 것은 당연했다. 곰 가면이 입고 있는 옷 곳곳에 작은 칼자국이 무수히 나 있었던 것이었다.

판정관이 승냥이의 승리를 선언했다.

황제가 임석한 단을 향해 고개 숙여 인사하고 퇴장하는 승냥이 가면의 등 뒤로 우렁찬 박수가 쏟아졌다.

이번에는 마당 중앙에서 창술을 펼치며 맹렬한 기세로 대결하는 장면이 시선을 끌었다.

호랑이 가면과 마주한 상대는 귀신 형상의 가면이었다. 먼저 귀면이 공격을 개시했다. 상대를 노려 곧추세운 귀면의 창날이 바람을 가르며 번개처럼 치고 들어왔다. 공격에 맞선 호랑이가 포효하며 땅을 박차고 솟구쳐 올랐다. 푸른 안개를 일으킨 호랑이의 창이 상하좌우를 찌르고 베며 흐르는 유성처럼 유연한 공세를 펼쳤다. 수세에 몰린 귀면의 형세가 매우 위태로워 보였다.

어지러운 금속성과 번쩍이는 섬광이 교차하면서 승자와 패자의 모습이 모두의 눈에 확연히 들어왔다. 귀면의 창이 여러 동강난 채 저만치 나뒹굴고 있었던 것이다.

"호랑이 가면의 승이요!"

판정관의 선언에 환호하는 관전자들에게 호랑이 가면이 답례를 올리고 시합장을 물러났다.

그중에서도 모든 관전자들의 흥미를 끄는 부문은 무예의 백미라고 할 수 있는 검술이었다. 무과시험을 치러온 전례를 볼 때 검술부문의 우승자가 전체 장원을 차지하는 경우가 많았기 때문이었다.

이미 몇 차례 대결에서 승리를 거두고 올라온 3인이 으뜸장원을 다툴 최종 결승자로 귀착되었다. 호랑이와 승냥이, 그리고 표범 가면을 착용한 출전자였다.

3인이 서로 교차 대결을 벌여 우열을 가리는 것이 전례였으나 출전자가 많아 시간이 너무 지체된 탓으로 부득이 제비를 뽑아 1인을 부전승으로 올리기로 판정관들이 의견을 모았다. 그 결과 행운의 주인공은 승냥이로 낙점되었다.

잠시 후 먼저 대결하게 된 호랑이와 표범이 시합장에 마주섰다.

기선제압을 위해 서로를 주시하며 탐색전을 벌이던 그들이 검을 뽑아들었다. 호랑이 손에 들린 검이 번쩍 빛을 뿜었다. 날카로운 일 합씩을 주고받은 호랑이와 표범이 본격적으로 검법을 펼치기 시작했다.

한 수 공격하고 다시 한 수는 방어하는, 일진일퇴의 불꽃 튀는 공방이 계속되었다.

표범의 검법은 예리한 공력을 갖춘 훌륭한 것이었으나 검의 끝으로 느껴지는 기운이 불규칙한 파장을 이루는 것으로 미루어 흔들리고 있다는 것이 느껴졌다. 표범은 몇 차례 펼친 공격으로도 상대의 허점을 발견할 수 없어 몹시 초조했다.

상대의 전력을 충분히 파악한 호랑이가 기민한 동작으로 정면공방을 취하며 파고들었다. 그것은 승산이 확신될 때 상대의 약점을 노려 독수리가 먹이를 채듯 순식간에 급습하는 공격법이었다.

표범이 자세를 비스듬히 바꾸며 공세를 피해나갔다. 상대의 공격이 빗나가게 한 후 빈틈을 노려 치고 들어가려는 측외공방으로 대응한 것이었다.

호랑이 가면 속의 얼굴이 빙그레 웃음 지었다. 이미 상대가 나아가고 들어오는 길목을 선점한 자의 득의만만한 표정이었음을 마주 선 그가 알지 못했다.

이제 대결을 벌이는 것은 더 이상 눈앞의 상대가 아닌 자신일 뿐이었다.

번쩍이는 검광이 표범 주변을 에워싼 가운데 현란한 빛을 뿜어냈다. 간간이 부딪는 날카로운 금속성이 시합장을 울려 퍼졌다.

심호흡을 한 호랑이 가면이 마음을 비워내는 무념무상을 통해 검선일치의 삼매에 들었다. 동시에 눈앞이 환해지며 심안이 활짝 열리는 희열이 밀려들었다.

그때 돌연 공격을 멈춘 표범이 검을 거두어들였다. 그리고 한쪽 무릎을 굽히고 정중한 자세를 취하며 고개 숙여 말했다.

"제가 졌습니다. 깨끗이 승복합니다."

그러나 그 대결을 관전하던 사람들 모두는 일견 비등해 보이는 공방으로 인해 눈앞에 벌어진 결과를 의외의 일로 받아들일 수밖에 없었다.

하지만 표범 가면은 분명히 알고 있었다. 전신을 에워싼 채 번개처럼 치고 들어온 검기가 자신의 급소를 수십 차례나 스치고 지난 사실을……

표범 가면에게 다가간 호랑이 가면이 손을 내밀어 상대를 일으켜 세우자 그 광경을 지켜보던 사람들이 일제히 손뼉을 치며 환호했다.

쌍방 모두 높은 기량의 무예실력을 유감없이 보여준 것은 물론, 상대를 배려해주는 포용력과 또 스스로 패배를 인정하는 감동적 장면은 모두의 박수를 이끌어내기에 충분한 것이었다.

격렬한 대결을 벌이던 출전자들의 우열이 거의 가려짐에 따라 뜨겁던 열기는 한층 사그라들었다.

이제 모든 사람의 관심은 최후의 승패를 다툴 두 사람에게 집중되었다.

호랑이 가면과 승냥이의 대결을 앞두고 마치 팽팽하게 당겨진 연줄처럼 긴장감이 고조되고 있었다.

앞으로 나선 판정관이 몇 가지 주의사항과 함께 출전자를 소개했다.

"이 자리에 선 두 사람은 각 부문 전승의 기록으로 최종 결승전에 섰다. 준비한 기량을 아낌없이 발휘하여 몽골제국의 인재로 등용되는 영광을 품에 안을 것을 기대한다."

먼저 호랑이 가면이 시합장 한가운데로 나갔다. 뒤이어 승냥이 가면을 쓴 상대도 가벼운 걸음으로 나와 마주섰다.

한낮의 화창한 햇살을 온몸으로 받으며 드디어 불꽃 튀는 대결이 시작되었다. 당당한 체격의 호랑이와 날렵한 몸집을 갖춘 승냥이의 대결. 그들은 어찌 보면 닮은 듯 보이는 반면 전혀 이질적인 느낌도 드는, 참으로 묘한 호기심을 자극하는 호적수의 상대로 관전자들의 흥미를 한껏 돋우었다.

검을 뽑아든 호랑이와 승냥이가 그림자를 땅에 내려트린 채 보폭을 옮기기 시작했다. 한쪽이 진중하게 움직이면 다른 한편은 사뿐한 걸음으로 대응했고, 다시 머무르는 가운데 정중세를 취하니 상대는 빠른 움직임으로 응수했다.

드디어 승냥이가 선제공격을 시도했다.

바람을 가르고 유성처럼 흐르는 한 줄기 검광이 일직선을 그리며 번개처럼 치고 들어왔다. 매우 무서운 검기를 지닌 강공이었다.

그러나 직선으로 날아든 공격은 완만한 곡선을 그린 방어로 인해 무위로 돌아가고 말았다.

겉으로 드러나지는 않았지만 호랑이의 입가에 빙긋 웃음이 떠올랐다.

이번에는 반대로 공세를 취한 호랑이가 허공으로 뛰어올랐다. 검에서 뿜어 나온 푸르스름한 안개가 운신하는 그의 전신을 감싸고돌았다. 질풍 같은 움직임으로 강약을 조율하며 바람처럼 공격하고 구름처럼 물러서는 호랑이의 형세에서는 한 치의 빈틈도 찾을 수 없었다.

그에 맞서 검법을 펼쳐내는 승냥이의 공력 또한 놀랄 만한 것이어서 완급의 조화를 이룬 절묘한 공격과 수비로 상승무공의 진수를 아낌없이 보여주었다.

그들의 대결은 최후의 1인을 가리는 치열한 다툼이라기보다는 구름 위로 오른 청룡과 황룡이 여의주를 두고 어우러지는 형상을 연상케 하는 것으로 관전자들로 하여금 탄성을 이끌어 내기에 충분한 것이었다. 무술시합이 아닌 고도로 정제된 예술의 진수를 보는 듯한 감동을 안겨주었다.

하늘을 가르는 바람을 일으키며 성난 파도와 같은 격렬한 기세로 수십 합을 주고받은 그들이 드디어 모든 동작을 접고 멈추어 섰다.

태산처럼 무거운 정적이 시합장을 감돌았다.

숨죽이며 관전하던 모든 사람은 과연 누가 이 싸움의 승자인가 설왕설래하며 두 사람을 주시하고 있었다.

그러나 한편으로는 시종일관 비등한 실력으로 대결을 펼친 그들의 우열을 어찌 가릴 것인가 정말 궁금할 수밖에 없었다.

판정관들이 머리를 맞대고 숙의한 끝에 결과를 발표하기 위해 앞으로 나섰다.

"이번 대결은 두 사람 모두가 대등한 실력을 보인 탓으로 우열을 가리기가 난감한 실정입니다. 판정관들의 의견을 취합한 결과 두 사람을 검술부문의 공동 우승자로 결정하였습니다."

비로소 관전자들이 환호성을 지르며 두 사람에게 박수를 보내주었다. 그때 돌연 승냥이 가면을 착용한 출전자가 판정관을 향해 입을 열었다.

"내려주신 결정에 감사드립니다. 그러나 판정에 심대한 오류가 있는 점을 간과하신 듯하여 이의를 제기합니다."

돌발 상황에 당혹감으로 가득한 분위기를 깨고 승냥이 가면이 다시 말을 이어나갔다.

"제가 착용하고 있는 옷의 양편 앞자락을 자세히 살펴주시기 바랍니다."

허리 아래로 흘러내린 앞단의 좌우에 같은 모양으로 새겨 넣은 것 같은 예리한 칼자국이 선명하게 드러났다.

"보시는 바와 같이 저와 대결을 펼친 상대의 검이 이처럼 흔적을 남겼습니다. 그것도 좌우 양편에 두 군데나. 만일 실전상황이었다면 저는 이미 목숨을 잃고 말았을 것이 자명한 사실입니다. 반면에 제가 펼친 공력은 상대의 신체 가까이 범접하지 못하였음을 잘 알고 있기에 판정 번복을 요청하며 이의를 제기하니 가납하여 주시기 바랍니다."

그 말에 판정관들이 호랑이 가면을 쓴 출전자를 자세히 살펴보았으나 정말 그에게서는 공격으로 인한 손상 흔적을 한 군데도 발견할 수 없었다.

서쪽으로 해가 기울며 온종일 대회장을 뜨겁게 달구었던 열기가 서서히 가라앉고 있었다.

이제 모든 사람은 과연 누가 이번 무과시험의 장원이 되는가 하는 결과에 초점이 모아지며 관심이 집중되었다.

출전자와 관람인들이 운집한 가운데 드디어 오늘 최종 우승을 차지한 장원 발표를 위해 병부 관리가 명단을 적은 두루마리를 들고 황제가 좌정하고 있는 단 아래로 나갔다.

황제를 향해 예를 올리고 단 아래로 내려선 관리가 두루마리를 펼쳐 들었다. 긴장으로 인해 무겁게 흐르던 침묵을 깨고 관리가 입을 열었다.

"각 부문의 우승 성적을 취합한 결과 금번 무과 별시의 으뜸장원 선발자는 호랑이 가면을 쓰고 대회에 임한 삼가입니다."

터져 나온 함성과 박수 소리가 과시 장을 흔들었다.

잠시 후 관리가 다시 말을 이어나갔다.

"본시 장원으로 1인만을 선발할 예정이었으나 참가자 중 나머지 2인이 보여준 걸출한 기량을 아쉬워하신 황제폐하께서 내리신 특별한 배려로 그 두 사람을 차하로 뽑기로 하였습니다. 표범 가면을 착용했던 궁진과, 승냥이 가면의 초련입니다."

이미 그들이 펼친 놀라운 기량을 인상 깊게 목도한 사람들은 고개를 끄덕여 당연한 결과로 받아들이며 커다란 박수로 축하해주었다.

조금 전 차하로 뽑힌 자를 호명할 때 초련이라는 이름이 불리어졌으나 이미 그녀의 존재를 파악하고 있었던 삼가는 덤덤한 표정이었다.

초련 역시 호랑이 가면의 상대가 삼가라는 사실을 알고 있었다.

그러나 승냥이 가면의 정체가 앳된 소녀였다는 사실은 모두를 다시 한 번 놀라게 하기에 충분했다.

가면을 벗은 그들이 단 앞에 나란히 도열해 섰다.

단 아래에 선 그들을 향해 황제가 용안 가득 미소 지으며 치하의 말씀을 내렸다.

"오늘 그대들이 보여준 무예와 용력은 참으로 대단한 것이었다. 이제부터 그대들은 몽골제국의 동량으로 태조 칭기즈칸 황제께서 이루신 위업을 이어나가는 데 큰 힘이 되어주길 바라노라.”

“폐하께서 내리신 말씀을 뼛속 깊이 새겨 명심하겠습니다.”

세 사람이 입을 모아 충성을 맹세했다.

황제가 직접 상으로 내린 검을 하사받은 삼가와 초련 그리고 궁진이 궁을 물러나왔다.

집 안에 불을 밝힌 가운데 기쁜 소식이 당도하기만을 기다리는 어머니 마음은 마치 타들어가는 촛불처럼 심하게 울렁이고 있었다. 그러던 참에 아들이 으뜸장원으로 선발되었다는 낭보를 전해들은 부모의 기쁨은 무엇에 비할 수 없을 만큼 큰 것이었다.

그러나 묘한 것이 사람의 마음이라고 하더니 천산에서 함께 온 초련이 최종 대결 상대가 되어 아들과 검을 마주 겨루었다는 사실을 전해들은 순간 어미의 가슴이 몹시 뛰는 것이었다.

조금 어두워 보이는 면이 있었지만 반듯한 이목구비와 신중한 행동으로 크게 흠 잡을 데가 없는 그녀였고 거기에 만만치 않은 무공을 지녔다는 것을 잘 알고 있었다. 그러나 어미의 마음을 불안하게 한 것은 다름이 아니라 혹시 만에 하나라도 초련이 아들의 전도에 걸림돌이 되지는 않을까 하는 노파심이 들었기 때문이었다.

말을 타고 나란히 걸음을 옮기던 삼가가 초련을 바라보며 미소 지었다.

“축하합니다, 사형. 그간 종적이 묘연하여 걱정을 안겨주시더니 그 사이 나를 격파할 비기를 연마하고 계셨던 것이었군요.”

얼굴을 붉힌 초련이 무안한 듯 입을 열었다.

“으뜸장원에 드신 것을 진심으로 축하드려요. 많은 생각 끝에 출전하기는 하였으나 이처럼 차하에 들 줄은 몰랐습니다.”

“낭자의 매서운 공격에 하마터면 어육 신세가 될 뻔한 것을 생각하면 지금도 등에 진땀이 흐른답니다.”

삼가의 말에 더욱 얼굴이 붉힌 그녀가 궁금한 것을 물어왔다.

"그런데 시합장에 마주 섰을 때 나의 실체를 어떻게 아셨는지요. 그리고 내 옷자락에 새겨진 흔적은 무엇인지⋯⋯."

"먼저 바람결에 묻어와 코끝을 스치는 수선화를 닮은 향으로 인해 초련 낭자가 아닐까 하는 생각을 품게 되었고, 다음은 검을 들어 올릴 때 눈에 들어온 한 마리 나비가 확신을 주었습니다."

삼가의 입에서 나비라는 말이 떨어지자 초련이 당혹스런 표정을 지었다.

곤혹스러움을 벗어나려는 듯 초련이 얼른 화제를 바꾸었다.

"대결 후반부에 내가 구사한 신풍비검법에 맞서 펼쳐낸 검법은 무엇인가요."

삼가가 크게 소리 내어 웃으며 하는 말을 듣고 초련은 하마터면 말에서 굴러 떨어질 뻔하였다.

"그 검법 역시 신풍비검법이었습니다. 낭자는 검법을 익히며 단지 버들잎을 상대로 초식을 펼쳤을 뿐이었고 나는 움직이는 대상을 실전 삼아 검법을 운용한 것의 차이였습니다. 그리고 낭자 옷자락에 남긴 것은 두 개의 이파리를 세운 스무 잎(卄) 아래 가로 왈(曰) 자를 넣고 그 하단에 열 십(十) 자를 새긴 것이었습니다.

"그럼, 그것은 내 이름의 앞 자인 풀잎 초(草)를?"

그녀의 얼굴이 하얗게 질리고 말았다. 경륜이 앞서 있다는 자만심으로 우쭐거린 스스로가 부끄러워 견딜 수가 없었다. 함께 수련하며 성장과정을 지켜본 자기도 모르는 사이에 초절정 무공을 갖춘 삼가의 공력에 경의를 표할 수밖에 없었다.

집에 당도하니 문 밖에서 서성이고 있던 파륜이 반갑게 맞이하며 말 고삐를 받아들었다.

"도련님! 초련 낭자. 오늘 두 분이 이루신 쾌거를 감축 드립니다. 대인 어르신과 대부인 마님께서 기다리고 계시니 어서 안으로 드십시오."

내실로 든 삼가와 초련이 허리 굽혀 인사 올리고 나란히 섰다.

"아버님, 어머님. 소자 그동안 염려해주신 기대에 부응하는 성과를 이루고 돌아왔습니다."

환한 얼굴로 앞에선 둘을 번갈아 바라본 아비가 감격에 벅찬 목소리로 말했다.

"장하다. 내 아들아! 가문을 빛내줄 서광을 품에 안은 너의 장도를 축하한다. 그러나 지금 네가 성취한 것은 작은 관문을 하나 통과한 것에 불과할 뿐이다. 앞으로 너를 기다리고 있을 무수히 많은 난관을 헤쳐나가야 한다는 사실을 마음에 새겨 자만심을 경계하고 항시 은인자중해야 할 것이다."

"소자, 아버님이 내려주신 말씀을 명심하겠습니다."

옆에 선 초련을 바라보는 대인의 눈빛에서 따스한 온기가 느껴졌다.

"낭자! 내 일찍이 낭자의 무공이 상당하다는 것은 알고 있었소만, 오늘 이처럼 장원에 버금가는 대단한 성과를 이끌어낼 줄은 짐작을 못하였다오. 앞으로 전도에 상서로운 일이 가득하기를 바라겠소."

보잘 것 없는 자신을 향해 대인께서 내려주시는 말씀을 듣고 있는 초련의 가슴 깊은 곳에서 뭉클한 감정이 솟구쳐 저도 모르게 눈물이 핑 돌았다.

"대인 어른께서 이처럼 과찬해주시니 소녀 몸 둘 바를 모르겠습니다. 감사합니다."

저처럼 자애로우신 양친 부모님의 아낌없는 보살핌과 사랑을 받으며 성장한 삼가와 자신의 처지를 견주어보며 애써 눈물을 참는 그녀의 표정이 애처로웠다.

초련의 내면에 일고 있는 애절한 감정을 깊이 공감할 수 있는 것은 역시 같은 여인인 대부인이었다. 초련이 감추려 했지만 어쩔 수 없이 은연중 내비친 표정으로 미루어 측은한 마음이 일었지만 그런 감정을 누르는 또 다른 냉정함이 자신도 모르는 사이에 그녀에게 차가운 미소를 풍기게 하고 말았다.

아들과 쌍벽을 이루는 무공의 소유자인 초련이라는 존재가 혹시라도 자식의 앞날에 걸림돌이 될지도 모른다는 현실적인 계산이 그녀의 마음을 짓누르고 있었기 때문이었다.

다음 날 이른 아침, 조상님들의 신위를 모신 사당에 무과 급제하였음을 고하는 제를 올린 삼가는 직첩을 제수받기 위해 초련과 함께 궁으로 향했다.

흐드러지게 핀 꽃들이 저마다 아름다움을 다투는 싱그러운 기상처럼 삼가와 초련의 마음도 한껏 부푼 꿈으로 가득 차올랐다.

말고삐를 가볍게 쥐고 나란히 걷는 그들에게 마주치는 사람들의 시선이 모아졌다.

흑갈색 윤기 흐르는 말을 탄 삼가의 훤칠한 외모와 초련을 등에 태우고 흑단 같은 갈기를 출렁이며 걸음을 옮기는 당당한 모습은 눈길을 끌기에 충분했다.

또한 그들은 전일 치러진 무과시험의 주인공들이었기 때문이기도 했다.

그들이 군사조직을 총괄하는 기구인 병부로 드니 먼저 도착하여 반갑게 맞이해주는 얼굴이 있었다. 궁진이었다.

"앞으로 많은 지도 바랍니다."

삼가가 궁진의 손을 잡으며 답해주었다.

"서로 돕고 이끌어 뜻한바 소신을 펼쳐봅시다."

미소 지으며 삼가가 초련을 돌아보았다.

"이쪽은 초련 낭자라 합니다. 나와는 사형 사제 간으로 부족한 점을 항시 지도받고 있는 처지입니다."

초련과 궁진이 고개 숙여 인사를 주고받았다.

방금 삼가의 말에 난처한 얼굴이 된 초련이 어색한 표정으로 궁진을 향해 말했다.

"스승님을 모시고 함께 수련한 것은 분명하지만 삼가님 말은 사실과 다릅니다."

영문을 모르는 궁진이 삼가와 초련 두 사람을 번갈아 쳐다보았다.

그 바람에 초련의 얼굴이 더욱 붉어지고 말았다.

잠시 후 부재중인 추밀원사를 대신하여 어사대부가 임명장을 수여했다. 어사대부 살리타는 바로 오래전 서궁에 침입한 자객으로부터 공주와 자신의 목숨을 구해주었던 지원무관이었다.

삼가에게는 정6품 낭장직을, 궁진과 초련에게는 정9품 직이 각각 제수되었다.

삼가가 배속 받은 근무처 어사대는 관료기구의 숙정과 쇄신을 처리하는 감찰기관으로 특별한 경우 일반 사건도 담당하는 군부 핵심조직이었다.

궁진은 병부 소속으로 병사들의 훈련을 담당하는 군관 직책을 맡아 근무하게 되었으며, 초련은 황후마마의 신변을 호위하는 중책을 부여받았다.

근무하게 된 부서의 선임관료들에게 신고하는 일과 업무파악으로 분주한 하루를 보낸 삼가가 궁을 나서기 전 공주에게 인사를 올리기 위해 발걸음을 옮겼다.

뮬란의 안내를 받아 처소로 드니 비슷해 보이는 연배의 여인과 마주

318

앉아 차를 마시던 공주가 반색을 하며 맞아주었다.

"어서 오세요. 그렇지 않아도 방금 그대에 관한 이야기를 나누던 참이었습니다."

공주가 고른 치열을 드러내며 밝게 웃었다.

"두 분이 정담을 나누시는 자리를 제가 방해한 것 같습니다. 그간 분주한 탓으로 자주 찾아뵙지 못하였습니다."

"어제 치러진 무과시험에 으뜸장원으로 뽑히신 것을 축하드려요. 입소문을 통해 과시장에서 삼가님이 보여준 출중한 기량을 전해 듣고 얼마나 기뻐했는지 모른답니다."

"그처럼 과찬해주시니 송구할 뿐입니다. 오늘 근무처를 어사대로 배속 받았습니다."

"살리타 할아버지가 어사대부로 봉직하고 계시니 그것 잘되었네요."

"직첩과 임명장을 수여해주신 분이 어사대부님이셨습니다."

마치 자신의 일인 듯 기쁨 가득한 표정을 지은 공주가 옆을 돌아보며 말했다.

"오랜만에 만난 동무들이 인사도 없이 왜 그리 서먹하게 있을까?"

약간 검은 피부이기는 했으나 뚜렷한 이목구비를 갖춘 미인으로 아주 낯선 인물은 아니었지만 기억이 선명하게 떠오르지 않았다.

잠시 망설이며 얼굴을 붉힌 소녀가 입을 열었다.

"장원에 드신 것을 진심으로 축하드려요. 저 설린이에요."

놀라움으로 삼가가 목소리를 높였다.

"설린? 그대가 정말 어사대부님의 따님 설린이란 말입니까. 지난 몇 해의 간격이 그대를 이처럼 놀랍도록 변모시켰군요."

장방형 탁지에 앉아 뮬란이 내온 차를 마주한 그들은 지난 일들을 화제에 올리며 담소를 나누었다.

대화를 나누면서 설린은 오래전의 기억을 떠올리고 있었다. 아주 어릴 적부터 보아온 삼가는 언제나 자신을 보살펴주고 배려해주는 친오라버니처럼 살가운 존재였다. 그렇게 싹터 올라 자란 감정을 가슴에 품어 안은 채 지근거리에서나마 볼 수 있다는 것에 행복감을 느끼던 그녀였다.

조금 전 삼가를 만난 순간부터 두근거리기 시작한 설린의 마음은 좀처럼 진정이 되지 않았다. 예전에는 언제라도 손을 내밀면 닿을 수 있는 위치의 그였지만, 세월의 강을 훌쩍 넘어 눈부실 만큼 수려한 장부가 되어 나타난 그는 더 이상 혼자 마음에 담아두기에는 너무나 벅찬 상대였기 때문이었다. 거기에 무과에 장원으로 당당하게 뽑혀 장래가 촉망되는 능력과 배경을 함께 갖춘 눈앞의 청년을 바라보는 그녀의 가슴에 거센 욕망의 파도가 일었다.

그녀는 공주를 물끄러미 바라보았다. 조금 전 자신과 담소를 나눌 때와 달리 한결 화사한 안색으로 활기에 넘치는 공주의 모습을 보는 그녀의 마음 한구석에 짙은 허무의 그림자가 밀려들었다. 자신이 감히 범접할 수 없을 만큼 크고도 높은 그녀의 위상을 새삼 느껴야만 하는 스스로의 처지가 너무 초라하다는 생각이 가슴을 시리게 했다.

자리를 일어서는 삼가를 따라 설린 역시 집으로 돌아갈 채비를 했다.

"오늘은 궁에 머물며 내 이야기 상대가 되어주겠다고 하더니 어인 일로 집으로 가려 하는지…… 섭섭하구먼."

공주의 그 말을 기다리기라도 한 것처럼 설린이 약간 쇳소리가 섞인 목소리로 말했다.

"송구하오나 석식으로 나온 음식을 과식한 탓인지 속이 약간 불편하여 오늘은 이만 물러가려 하오니 마마의 말벗을 해드릴 기회는 다음으로 미루어주실 것을 간청 드립니다."

"그런 줄도 모르고 낭장 직첩을 받은 오늘의 주인공을 축하해주는 기쁨에 내가 너무 들떠 있었나 보네. 기별을 놓을 것이니 약청에 들러 조제한 약을 받아가도록 하게."

공주 처소를 물러나와 걸음을 옮기며 삼가가 걱정스런 표정으로 물었다.

"설린 낭자, 행신하기에 크게 불편하지는 않으신지…… 약청에 들른 다음 내가 댁으로 모셔다 드리리다."

설린은 삼가의 말에는 답변이 없이 침울한 표정으로 입을 열었다.

"그동안 상도를 떠나 목적한 것을 이루시려 얼마나 고초가 많으셨나요. 소녀 삼가님의 생각이 치밀어 오를 때마다 눈물지은 날이 많았답니다. 예전의 우리는 친남매처럼 격의 없는 사이로 지내왔는데, 지난 몇 해의 간격이 이처럼 어색한 만남을 가져온 것을 보니 차라리 그때가 그리워지네요."

한숨을 쉰 그녀의 눈가에 맑은 이슬이 맺혔다.

사실 삼가 역시 조금 전 그사이 몰라보게 성장한 그녀와 마주하면서 지난 일들을 떠올렸었다.

병약한 헌종 황제 뒤를 이을 후계자 선정이 촉발한 소용돌이가 형제간 암투를 잉태한 채 수면 아래에서 거친 숨을 몰아쉬고 있었다. 황제의 바로 아래 동생인 쿠빌라이 왕자와 훌라구 그리고 아릭부케가 치열하게 대립하는 양상이 전개됨에 따라, 황제의 신임이 두터웠던 자신의 부친과 설린의 아버지이며 대신반열의 무장 살리타가 쿠빌라이 왕자를 적극 옹호하며 변함없는 충정을 바쳐 보필하였다.

그러한 정치적 배경과 유대감의 영향으로 공주와 삼가, 설린들은 신분의 차이를 떠나 특별한 친밀감을 가지는 계기가 되었던 것이다.

지난 일의 기억들을 접은 삼가가 설린을 보며 말했다.

"그처럼 심려해주었다니 고마울 뿐입니다. 지난날 우리가 함께 공유한 아름다운 추억들은 영원히 변치 않을 것이오."

삼가를 올려다본 설린이 물기 가득 차오르는 눅눅한 목소리로 말했다.

"지난 일들은 기억 속에서만 아름다울 뿐 그 이상일 수는 없지요. 저는 삼가님의 과거 저편에만 머무는 그런 여인이고 싶지는 않아요."

설린이 궁에서 하루를 유숙할 작정으로 타고 온 말을 하인 편에 집으로 돌려보낸 탓으로 그들이 지금 이용할 수 있는 수단은 삼가의 말 한 필밖에 없었다. 자기 말에 설린을 태우고 말고삐를 잡으려는 삼가를 향해 설린이 정색을 하고 말했다.

"무과 장원 급제자를 말 시종으로 부린다면 저로서는 분에 넘치는 영광이겠지만 그것은 낭장님을 웃음거리로 만드는 일임이 분명할진대 그리는 못하겠으니 차라리 소녀도 함께 걷겠습니다."

그들은 부득이 나란히 말에 오를 수밖에 없었다.

서로 스스럼없이 대하며 마음을 나누었던 지난날로 돌아간 것처럼 등을 통해 전해져오는 따스한 체온을 느끼며 가만히 눈을 감은 그녀의 망막을 비집고 무수한 상념들이 스치고 지났다.

언제부턴가 자신도 모르는 사이 가슴 한구석에 자리 잡고 삭풍에 흔들리는 문풍지처럼 마음을 서성이는 그림자가 있었다. 그것은 그리움이었다. 그러한 조각들이 쌓여 계절이 가고 해가 바뀌며 켜켜이 층을 이루어 사그라질 줄 모르는 가슴앓이로 다가섰다. 그것이 연정임을 알게 된 것은 공주를 통해서였다.

공주와 함께하는 자리에서도 삼가는 항시 모든 것을 다 들어주고 수용하는 공평한 중재자였으며 당당하고 듬직한 보호자였다.

그러나 어느 순간 공주라는 존재의 위상이 확연하게 눈에 들어왔을 때 그녀는 절망에 가까운 비애를 느껴야 하는 자신을 발견할 수밖에 없었다.

도저히 넘을 수 없는 거대한 벽이 가로막은 현실 앞에서 자기가 원하는 소중한 보배가 손에 쥐어지지 않는다면 어떠한 희생을 치른다 해도 기어코 쟁취하리라 다짐했었다. 설사 그것이 집착이라고 해도 좋았다. 그리움, 연정, 소망, 애증, 소유, 집착들이 혼합된 채 부유하며 머릿속에 소용돌이치며 맴돌았다. 순간, 그녀의 가슴 한가운데로 내려앉은 벌겋게 달아오른 인두가 불도장을 찍었다. 심장이 터질 것처럼 치밀어 오르는 고통을 덮은 자욱한 연기가 밀려가고 남겨진 낙인이 선명하게 눈에 들어왔다. 검붉게 부풀어 올라 상처로 남은 흔적 그것은 소유였다.

　소망하는 것을 바라보기만 한다는 것은 스스로에 대한 기만이며 철저한 위선이라 생각한 그녀였다.

　설린은 삼가와 함께하는 지금 이 순간이 참으로 행복했다. 그리고 무슨 일이 있어도 이 행복의 끈을 놓치지 않으리라 마음으로 다짐했다. 초저녁 봄바람에 젖은 별들이 금방이라도 후드득하고 쏟아져 내릴 듯 푸른 빛을 가득 뿌렸다.

악연(惡緣)

　찬 서리에 놀란 기러기들이 떼 지어 분주하게 나는 것으로 보아 머지 않아 남녘으로 떠날 채비를 하는 것 같았다.

등청하기 위해 집을 나선 삼가가 말을 타고 천천히 걸음을 옮기고 있을 때였다. 말발굽 소리를 요란하게 울리며 맞은편에서 달려오는 인마가 있었다. 바람을 일으키며 옆으로 스쳐 지나는 사람은 얼핏 보기에도 자신과 같은 연배쯤으로 보이는 젊은이로 매우 사치스러운 차림새를 하고 있었다. 이른 시각 무슨 화급한 일로 저처럼 거칠게 말을 다룰까 생각하며 삼가는 가던 길을 재촉했다.

정오를 조금 지나 공문을 들고 형부에 들어서니 관리를 붙들고 울부짖는 여인이 있었다.

"세상에 이런 날벼락이 어데 있단 말입니까. 생떼 같은 자식을 말발굽으로 깔아뭉개 죽게 만들고 그대로 도망친 나쁜 놈을 꼭 잡아주세요. 아이고 불쌍한 내 아들아!"

자식을 잃은 여인은 실성한 사람처럼 온몸을 떨며 눈물이 범벅된 얼굴로 흐느껴 울었다.

"사고 시각이 이른 아침이라 목격자가 없어 어려움이 크지만 관리들이 현장에 나가 조사 중에 있으니 그리 아시고 돌아가 계시면 기별을 드리겠습니다."

관리 하나가 쉰 목소리로 꺽꺽 우는 어미를 의례적인 말로 다독였다.

여인을 보며 문득 등청할 때의 일이 떠오른 삼가가 물었다.

"불행한 일을 당한 부인에게 위로의 말을 드립니다. 그런데 사고를 당한 시각이 언제쯤이었습니까."

"조반을 먹기 전이니 아마 오시(7시)쯤일 거예요."

그 시각이라면 화급하게 말을 몰아 달리던 사내와 마주친 것과 거의 일치하는 시점이었다.

사건을 담당한 관리에게 등청할 때의 일을 설명해준 삼가가 물었다.

"사고를 당한 현장이 어느 곳이었습니까?"

"육전거리에서 좌측 길로 들어선 서문 조금 못 미처라네."

생각을 정리해 보니 자기가 사고 현장을 지나지 않은 것은 그자가 샛길에서 나와 육전거리에 진입하던 자신과 마주쳤기 때문이었다. 모든 정황으로 미루어볼 때 황급하게 말을 몰아 질주하던 그자가 아이를 치고 도주한 범인이 틀림없었다.

용의자로 추정되는 자와 조우하였다는 사실을 접하고 반색하는 관리에게 도움을 주려고 다시 한 번 찬찬히 기억을 더듬어보았으나 순간적으로 스쳐 지난 까닭에 더 이상 해줄 수 있는 별다른 정보나 조언은 없었다.

관리가 전해준 말에 의하면 피해를 입은 아이는 두개골이 함몰되어 현장에서 절명한 처참한 모습이었다고 했다.

부서로 돌아와 근무하는 내내 자식을 잃고 울부짖던 어미의 애처로운 눈빛이 마음 언저리를 맴돌았다.

청년과 스쳐 지나던 당시를 되짚어 보던 삼가의 뇌리에 귓가를 울리고 멀어지는 말발굽 소리가 되살아난 순간, 번쩍 머리를 스치고 지나는 것이 있었다. 질주하는 말의 중량은 네 개의 다리에 고루 분산된다. 그런 연유로 지면을 박차고 달리는 말발굽은 일정한 무게를 지닌 소리를 내는 법인데, 조금 전의 기억을 돌이켜 보니 그중 하나의 음이 유독 여린 것 같은 느낌이 들었기 때문이었다.

아직 퇴청하기는 이른 시각이었기에 외근 나간다는 보고를 올리고 급히 궁을 나온 그가 찾은 곳은 탑 거리에 소재한 소나 말을 도살하는 도축장이었다.

한창 바쁘게 일손을 놀리는 인부에게 다가선 삼가가 물었다.

"나는 어사대에 근무하는 낭장인데, 혹시 오늘 이 도축장에 들어온 말이 있습니까?"

"오늘 오전에 두 필의 도축마가 들어왔습지요."

"그럼 그 말들을 좀 볼 수 있을까요?"

일손을 놓으며 미간을 찌푸린 인부가 언짢은 목소리로 대꾸했다.

"장물 취급을 의심하고 그러시는 모양인데, 일전에 그런 일로 경을 친 일이 있고부터 우리는 절대 그런 부정한 짓거리는 하지 않으니 저기 있는 장부를 확인해보슈."

"그런 것이 아니라 확인할 일이 있어서 그러니 말을 보여주십시오."

앞장선 그를 따라 안으로 들어가니 마방에 매여 있는 두 필의 말이 있었다. 그 말들을 자세히 관찰한 삼가가 되돌아서며 물었다.

"성 안에 도축장이 어디 어디에 있습니까?"

"동문 근처에 하나가 있고 다른 한 곳은 북문 밖 피맛골에 있습니다요."

"협조해주어 고맙습니다. 그리고 한 가지 더 부탁드릴 것은 내가 이 곳에 들러 조사해간 사실을 당분간 누구에게도 발설하지 말았으면 합니다."

사실 그런 궂은일을 업으로 삼는 곳일수록 암암리에 불법거래가 이루어지는 까닭에 별 탈 없이 무사히 넘긴 것을 다행으로 여기는 주인은 조금 전과는 달리 얼굴에 웃음을 지으며 싹싹하게 굴었다.

알려준 대로 찾아간 동문 부근의 도축장을 돌아보았지만 기대했던 것을 발견하지 못하고 그곳을 나선 삼가는 다시 말을 몰아 피맛골로 향했다.

피맛골에 도착하였을 때는 어느덧 어둑어둑 땅거미가 내리기 시작하고 있었다.

손에 피 칠갑을 한 채 도축한 고기를 해체하고 있던 주인에게 오늘 들어온 도축용 말이 있는가 하고 물으니 경계하는 눈빛의 그가 마지못한 어조로 말했다.

"방금 작업하던 이놈이 오늘 사들인 말입니다요. 그런데 어데서 나온 분이신지?"

그의 말을 듣고 내심 반가운 기색을 띤 삼가가 소속과 신분을 밝히고 물었다.

"이 말의 앞 다리 부위를 좀 보여주십시오."

어이없다는 표정을 지은 주인이 손으로 한 옆을 가리키며 말했다.

"발목을 절며 들어왔지만 좀처럼 보기 드문 아주 아까운 말이라서 한참을 망설인 끝에 도축하였습지요."

바구니에 담긴 말의 우측 무릎 아래 깊게 난 상처가 선명하게 눈에 들어왔다.

"이 말을 판 사람이 누구인지 알겠습니까?"

삼가의 추궁을 받은 주인 얼굴에 당혹감이 배어나왔다.

"그것은? 사실 기장을 해야 하는데 가져온 말이 상처를 입은 데다 주인이 잘 차려입은 귀공자인 탓으로 별 의심 없이 물건을 매입하였습니다."

풀려나가던 일의 연결고리가 끊어지는 암초를 만난 삼가는 골똘히 생각에 잠겼다.

얼굴에 비굴한 웃음을 지은 사내가 두 손을 맞잡고 애원조로 말했다.

"이번 한 번만 눈감아주신다면 두 번 다시는 불법을 저지르지 않을 것이니 선처해주십시오, 나리."

"장부에 기재하지 않고 거래한 사실을 불문에 부치는 대신 당부할 것이 있습니다. 오늘 내가 이곳에서 조사해간 사실을 당분간 누구에게도 발설해서는 안 될 것이오. 그리고 후일 관에서 요청 시 자세한 전말을 사실 그대로 증언해줄 것을 확답해 주어야겠습니다."

그 말을 들은 주인 얼굴에 안도하는 빛이 돌며 얼른 대답하였다.

"그리만 해주신다면 말씀하신대로 따를 것을 약조합니다."

밖으로 나오니 이미 주위는 캄캄한 어둠에 싸여 허공에 걸린 눈썹달이 가느다란 실눈을 깜빡이며 졸고 있었다.

천천히 걸음을 옮기는 삼가의 귓전에 울부짖던 여인의 처절한 울음이 아직도 생생히 들려왔다.

고의로 저지른 일은 아니겠으나 자신의 말발굽으로 한 생명을 빼앗고도 그대로 도주한 사내. 우수한 혈통의 말을 탈 수 있는 신분으로 호사스런 옷차림을 한 그. 공교롭게도 마주 달려와 자기와 스쳐 지난 그자는 누구일까!

자신이 지은 죄를 은폐하기 위해 급히 말을 처분하여 증거를 없애려 시도한 교활하기 짝이 없는 그자의 신원을 반드시 밝혀내 자식을 잃고 피눈물을 흘리는 어미의 한을 기필코 풀어주리라 생각했다.

황후가 거처하는 경화궁은 이른 시각부터 분주하게 움직이고 있었다.

병환으로 한동안 자리에 누웠던 황후의 건강이 호전되어 불공을 드리려 원각사로 납시기로 한 때문이었다.

도열한 병사들에게 황후전 호위부장이 지시를 내렸다.

"오늘 행차는 황후마마와 두 분 공주님이 대동한 나들이로 안전한 수행을 위해 만전을 기해야 할 것이다. 먼저 10인으로 편성된 1조는 행렬의 전방을 경계한다. 다음 10인으로 편성된 2조는 후방을 맡아 경호하기로 한다. 부대지휘와 황후마마의 근접 호위는 부관 초련이 수행하라."

지시받은 병사들이 각자의 자리로 돌아간 후 호위부장이 초련을 따로 불렀다.

"행차하시는 이동거리는 그리 멀지 않으나 사찰에서 하루를 머무셔야 하는 만큼 더욱 신중을 기해야 할 것이니 긴장을 늦추지 말고 안전하게 모셔야 할 것이다."

"명심하여 수행하겠습니다."

그녀의 간결한 옷차림과 허리를 동여맨 청색 띠가 날렵한 매무새를 더욱 돋보이게 해주고 있었다.

온기를 머금은 늦가을 햇살이 가늘게 퍼져 마른 가지 위로 파슬거리며 내렸다.

잠시 뒤 시녀들의 인도를 받으며 황후가 모습을 나타냈다. 중년을 갓 넘긴 것으로 보이는 여인은 그동안의 병고를 말해주듯 창백한 혈색이었지만 우아한 기품과 단아한 미색이 마치 이슬을 머금어 흐드러지게 핀 모란 같았다.

홀도노계리미실 공주와 코카친 공주가 조금의 간격을 두고 걸어 나왔다.

호위부장과 초련이 허리 굽혀 예를 올리고 황후와 공주를 인도했다.

새 깃털로 장식하고 화려한 비단 포장이 덮여 있는 네 마리 백마가 끄는 명차에 탄 황후가 앞장선 가운데 공주들이 탄 수레가 뒤를 따랐다.

도성을 빠져나와 북문을 지난 행렬이 서서히 움직였다. 원각사가 그리 멀지 않은 곳에 있기도 했지만 무엇보다 황후마마를 편히 모시기 위한 조처였다.

말을 탄 초련은 보폭을 당기고 늦추기를 반복하여 수레와 인접한 거리를 유지하며 호위하고 있었다.

언니와 나란히 앉은 코카친 공주가 장막 밖으로 얼핏얼핏 보이는 초련을 가리키며 말했다.

"저 호위부관이 지난번 무과에 차하로 뽑혔다는 그 여인인가 보지요?"

장막 사이로 말을 탄 초련의 모습이 눈에 들어왔다. 한 갈래로 묶어 내린 탐스런 머리가 보폭을 옮길 때마다 물결치듯 찰랑거렸다.

그녀는 반듯하고 도톰한 이마 아래 선명한 이목구비가 조화를 이루어 풋풋한 아름다움을 발산하는 당찬 모습을 하고 있었다.

버들잎처럼 가는 허리를 감싸고 있는 수수하면서도 간결한 복장과 어깨에 메고 있는 검이 잘 어울리는 묘한 매력을 지닌 여인이라는 생각이 들었다.

"그날 최종대결에서 으뜸장원자와 용호상박의 대단한 무공을 펼친 여인이 있다는 것은 나도 알고 있었는데, 연약해 보이는 외모와 달리 절륜한 무예의 소유자라는 사실이 믿어지지가 않는구나."

어디에서 들은 것인지 동생이 아는 체했다.

"장원자 삼가와 저 여인은 천산에서 함께 무예를 수련한 사형사제 간으로 상도로 함께 돌아온 남다른 사이라 하네요."

코카친이 하는 말을 듣고 있던 언니는 입가에 미소를 띠고 있었지만 심기가 불편한 듯 눈초리가 서늘해지며 찬바람이 살짝 일었다.

한나절이 지나 행렬이 숲길을 돌아 나오니 저만큼에 금빛 단청과 붉은색으로 화려하게 단장한 국찰 원각사가 장엄한 자태를 눈앞에 드러냈다.

국사 청원국사를 위시한 스님들이 황후 일행을 영접했다.

"어서 오십시오. 황후마마! 그동안의 근심을 털어버리시고 쾌차하시어 이처럼 왕림하심을 감축 드립니다."

황후와 공주들이 두 손 모아 합장하고 국사를 향해 예를 올렸다.

청원국사의 인도를 받으며 황후 일행이 부처님을 모신 법당으로 들었다.

병사들을 집결시킨 초련이 사찰 경내 경호와 외곽 경계 임무를 부여하고 근무 배치를 마쳤다.

은은한 향 내음이 감도는 가운데 청아한 목탁의 울림과 함께 불경을 독송하는 소리가 법당 밖으로 흘러나왔다.

초련은 전체 병사들의 지휘감독뿐 아니라 황후와 공주를 지근거리에서 호위해야 하므로 처소 바로 앞에 대기한 채 작은 움직임 하나도 놓치지 않으려는 듯 신경을 집중하고 있었다.

어둠이 내린 사찰 경내는 여느 때 같으면 어둠 속에 묻혀 깊이 잠들어 있을 시각이었지만 오늘 밤은 곳곳에 내걸린 횃불이 주위를 밝히고 있었다.

이따금 불어오는 바람에 흔들리며 일렁거리는 불꽃 아래 짙은 그림자를 늘어트린 채 침묵하는 어둠 속으로 긴장이 감돌았다.

초저녁부터 낮게 가라앉았던 구름이 부슬부슬 비를 뿌리기 시작했다.

초련이 사찰 내 외부에 배치된 병사들의 경계근무 상태를 순찰해보니 모두 근무수칙을 지켜 철저히 경계를 하고 있었다. 문득 부임 초에 있었던 일들이 떠올랐다.

연약해 보이는 여인의 신분으로 억센 남정네들을 장악하기란 용이한 일이 아니었다. 상관으로서의 예우는 고사하고 공공연하게 적대감을 보이는 일이 다반사였다. 특단의 조치가 필요했지만 직위를 이용하여 고압적으로 다룬다면 또 다른 저항을 불러올 것이 뻔한 일이었으므로 때를 기다리던 참에 드디어 계기를 맞이했다.

하루는 황후전 호위부장이 초련을 불렀다. 그곳에는 대정 직급의 무환이 먼저 와 있었다. 그는 직첩은 같은 정9품이었으나 직급이 초련 아래인 사람으로 병졸로 시작하여 군관급인 대정에 오른 인물이었다. 상당한 수준의 무술실력을 지녔고 남다른 뚝심과 뛰어난 용력으로 병사들의 신망을 얻은 그가 초련과 대립 각을 세우는 것은 어찌 보면 당연한 일인지도 몰랐다.

두 사람을 번갈아 보며 부장이 말했다.

"호위 병사들의 사기를 진작시키기 위한 일환으로 마상격구를 실시하려 하는데, 제장들의 의견은 어떠한가."

부장의 말을 기다리기라도 한 듯 무환이 찬성하는 의견을 내었고 초련 역시 공감을 표했다. 그러나 사실 초련은 격구에 관한 실전경험이 전혀 없었다. 다만 오래전 언제인가 적운 사부님의 설명을 통해 운용의 핵심을 알고 있을 뿐이었다.

며칠 뒤 기마훈련을 하는 연병장에 근무자를 제외한 호위 군사들이 모두 집결한 가운데 마상격구 시합이 열렸다.

무작위로 선발한 20명을 각각 절반으로 나누어 한 조의 조장에는 무환을 다른 한 조의 조장은 초련으로 정하여 편을 갈랐다.

승리하는 편에는 참가자 전원에게 한 달치 급료에 버금하는 상금이 주어질 것이라는 호위부장의 말이 떨어지자 초련의 편에 속한 병사들의 입에서 실망과 함께 노골적인 불평이 터져 나왔다.

응원 역시 두 패로 나뉘었으나 그 기세는 무환의 편에 비해 열세일 수밖에 없었다.

시합의 대기선인 양측 출마표에 팽팽한 긴장감이 감돌았다. 동편에는 초련 측의 치구표가 설치되었고, 그 반대인 서편을 무환 측의 진영으로 정한 가운데 상대방 치구표 안으로 공을 더 많이 쳐 넣는 편이 승리하는 시합이었다.

시합장 한가운데로 나간 심판이 던진 공이 하늘 높이 치솟아 오르자 양편 출전자들이 말을 몰아 질주하기 시작했다.

장시라 부르는 긴 채를 치켜들고 뿌연 먼지를 일으키며 공을 향해 일제히 달려드는 말발굽소리가 요란하게 땅을 두드렸다.

먼저 공을 가로챈 것은 무환의 서편이었다. 달려오는 상대의 말 사이를 비집고 들어간 병사가 몸을 숙여 장시 끝에 달린 주걱을 이용하여 공을 툭 쳐 빼낸 뒤 저만치 구른 공을 몰아치고 들어가 동편 진영을 향해 힘껏 날렸다.

와! 하는 우렁찬 함성이 경기장을 뒤흔들었다. 시작 전부터 사기가 꺾인 동편의 패배는 이미 예고된 것이나 다름없어 보였다.

동편 출전자가 잡은 공을 이번에는 조장 무환이 가로챘다. 그는 능숙하게 말을 다루며 이리저리 공을 쳐내 추적을 따돌리고 동편 문전에서 강타를 날렸다. 붉은 공이 바람을 가르며 동편 치구표를 향해 날아들었다.

응원 열기로 시합장이 뜨겁게 달아올랐다.

동편의 패색이 짙어질 무렵. 이제껏 외곽을 맴돌던 초련이 드디어 말을 달리기 시작했다. 모두의 시선이 일제히 그녀를 향했다. 그런데 초련이 타고 있는 말에는 안장이 얹혀 있지 않았다.

바람처럼 질주하는 그녀는 마치 말과 혼연일체가 된 듯 자유자재로 운신했다.

또다시 공을 잡고 동편 진영으로 달리는 상대를 따라붙은 초련이 몸을 기울여 엎드린 자세로 장시를 말 옆구리에 붙인 채 옆으로 파고들었다. 이윽고 공을 가로챈 초련이 질풍처럼 말을 몰아 서편진영을 향해 장시를 날렸다. 날카로운 바람의 꼬리를 물고 붉은빛을 뿌린 공이 서편 치구표를 향해 깊숙이 박혔다. 일방적으로 밀리기만 하다 한 점을 만회한 모처럼의 쾌거에 환호와 박수가 쏟아졌다.

종횡무진으로 달리는 초련은 거침없었다. 말을 몰아 적과 마주보며 격돌하는 특성상 상당한 위험이 수반되는 경기였지만 그녀의 활약은 눈부신 것이었다.

그러나 서편 조장 무환의 실력 역시 만만치 않았다. 번개처럼 치고 들어가 바람을 일으키며 장시를 날리는 그의 노련함은 감탄을 자아내기에 충분했다.

역시 이번에도 서편 진영으로부터 가로챈 공을 무환이 치고 들어가고 있었다. 그 뒤를 초련이 바짝 따라붙었다. 뒤를 흘끔 본 무환이 장시를 거칠게 휘두르며 말 엉덩이에 채찍을 먹였다.

질주하는 말발굽에서 자욱한 먼지가 피어올랐다.

동점인 상황에서 다시 한 점을 예약한 것이나 진배없는 무환의 활약에 고무된 동편 진영에서 요란한 환호가 터져 나왔다.

하지만 예측을 불허하는 반전이 기다리고 있었다. 무환의 말 옆구리로 파고든 초련이 몸을 납작 엎드려 말의 배 아래쪽으로 밀착시킨 다음, 상대의 장시를 툭하고 쳐내니 삐져나온 공이 옆으로 굴러 나왔다. 초련의 장시가 공을 당겨 허공으로 살짝 밀어 올렸다. 그러고는 질주하는 말 등에서 떨어지는 공을 받아 강한 타격으로 서편을 향해 날렸다.

모든 사람이 경악한 것은 바로 그 순간이었다. 딱! 하는 강렬한 파열음과 함께 공이 산산조각이 나고 만 것이었다.

출전자들의 움직임이 그대로 정지된 가운데 침묵이 흘렀다. 그러고는 누가 먼저랄 것도 없이 환호와 박수갈채가 터져 나왔다.

초련의 이마에 송골송골 맺힌 땀방울이 붉게 상기된 뺨 위로 흘러내렸다.

호위부장이 앞으로 나서며 판정을 내렸다.

"양편 모두가 좋은 경기를 보여주었으므로 오늘 시합의 결과는 무승부로 한다. 대신 우승상금은 출전자 전원에게 지급하겠다."

초련이 지닌 특출한 무공의 실체를 눈앞에서 목도한 그 시합을 계기로 그녀의 위상이 분명하게 자리를 잡았다.

자정이 가까워오자 한층 굵어진 빗줄기가 후드득거리고 떨어져 땅을 적시기 시작했다.

잠시 뒤 두런거리는 소리와 함께 사찰 외곽을 경비하고 있던 조장이 결박한 사내 하나를 끌고 왔다.

"담장을 넘보던 수상한 놈을 잡았는데 몸을 수색한 결과 소지하고 있던 부싯돌과 화약을 발견하였습니다. 취조하였으나 입을 다물고 일체 말을 하지 않습니다."

순간 초련의 머릿속에 불길한 예감이 스쳐 지났다.

"조장은 즉시 모든 수비 병력들을 비상사태에 임하게 하고 경계를 강화하라."

그러고는 전령을 불러 명을 내렸다.

"지금 즉시 황궁으로 말을 달려 병부에 황후마마의 경호 지원병력을 요청하는 영을 전달하라!"

초련은 포박된 자를 횃불 아래로 끌어낸 다음 물었다.

"네가 이곳에 침입하려 한 목적이 무엇이냐! 사실대로 말하고 협조하면 목숨은 살려주마."

고개를 숙인 그자는 묵묵부답인 채 입을 열지 않았다.

"지금 이 순간이 너의 목숨을 좌우하는 소중한 기회이니 놓치지 말고 말하라!"

그러나 그는 마치 듣지도 말하지도 못하는 자인 것처럼 침묵하고 있었다.

돌연 초련이 팔을 뻗어 좌측 손으로 사내의 목을 움켜쥐더니 우측 엄지와 검지로 턱을 강하게 압박했다. 불빛을 향해 턱을 들어 올린 후 구강 안쪽을 들여다본 그녀가 잡았던 손을 놓는 동시에 사내의 급소를 가격했다.

강력한 일격을 당한 사내가 고통스럽게 몸을 비틀며 쓰러졌으나 이상한 것은 그가 아무런 비명도 지르지 않았다는 사실이었다.

정체를 알 수 없는 위험이 다가오고 있음을 감지한 초련의 머리가 빠르게 움직였다. 기밀유지를 위해 말하지도 듣지도 못하는 자를 투입한 것으로 미루어 긴박한 사태가 엄습하고 있음이 분명했다.

그때 달려온 병사가 다급한 보고를 올렸다.

"담장 밖에 적으로 보이는 자들의 수상한 움직임이 있습니다."

세찬 빗줄기를 뚫고 비상경계를 발령하는 신호음이 다급하게 울려 퍼졌다.

내원당의 수발을 드는 시녀를 불러 황후마마와 두 분 공주에게 사태의 긴급함을 알려드리라는 지시를 내린 초련이 병사들을 집결시켰다.

"지금 우리는 황후마마와 공주님께 충성심을 보일 영광의 기회를 맞이했다. 침입해오는 적들을 맞아 목숨을 아끼지 말고 싸우자."

결의에 찬 병사들의 대답이 어두운 허공을 울렸다.

긴급한 사태를 맞은 그녀의 머릿속에 삼가가 떠올랐다. 이처럼 긴박한 상황에 그가 함께 있었더라면 하는 아쉬움이 들었지만 지금 그것은 아무런 도움이 되지 않는 일일 뿐이었다.

전령이 출발한 직후 내원당 뒤편에서 다급한 외침이 들려왔다.

"불이야! 불이야! 적이 침입했다. 적을 막아라!"

쏟아져 내리는 빗줄기 속으로 불길이 치솟았다.

초련이 내원당 안으로 황급히 뛰어들었다.

당황하여 어찌할 바를 모르는 황후와 공주를 향해 초련이 빠르게 말했다.

"황후마마의 충성스런 병사들이 안위를 지켜드릴 것이니 너무 심려하지 마십시오."

이미 내원당 천정에서 연기가 꾸역거리며 스며 나오고 있었다.

황후와 공주를 밖으로 인도하여 나오니 침입자들과 병사들이 격렬한 싸움을 벌이고 있었다.

고목나무 아래로 급히 걸음을 옮긴 초련이 검을 뽑아들고 말했다.

"마마. 이 나무에 등을 의지하시고 무슨 일이 있어도 움직이지 마십시오. 소장 목숨을 걸고 마마를 보호해드릴 것입니다."

침입자들은 모두 이십여 명이었다. 창을 든 자도 있었고, 방천극을 휘두르며 맹렬히 공격하는 자도 보였다.

그들이 황후 일행을 발견한 모양으로 3~4인이 무리 지어 달려오는 모습이 빗줄기 속으로 어른거리며 들어왔다.

그 광경을 목격한 공주들이 놀란 나머지 비명을 질렀다.

공주 일행을 몸으로 가로막은 채 미동도 않고 버티고 선 초련과 먼저 마주친 것은 창을 든 사내였다. 번쩍이는 창날이 바람을 가르며 대각선으로 후리고 들어왔다.

그때껏 장승처럼 서 있던 초련이 보폭을 옮기지 않은 채 몸을 살짝 비틀며 들어오는 상대의 창을 쳐내고는 그자를 단숨에 베어버렸다.

단말마의 처절한 비명이 울리며 허공으로 피보라를 뿌렸다.

곧바로 검과 방천극을 든 두 사내가 초련을 향해 덮쳐 들어왔다.

이번에도 초련은 보폭을 전혀 움직이지 않았다. 아마도 뒤편의 황후와 공주를 호위하려는 의지 때문인 것으로 보였다.

둥근 쇠뭉치에 가시처럼 돋아난 날카로운 돌기가 섬뜩한 살기를 품은 방천극이 돌풍을 일으키며 날아들었다. 검을 든 사내 역시 몸을 날려 합세한 가운데 공격해왔다.

상대의 질풍 같은 공세에도 장승처럼 부동의 자세를 취한 초련이 공력을 진작시켜 양중 양으로 기를 모아 번개와 벼락을 몰아치듯 전광석화의 광풍을 일으키며 강렬하게 되받아쳤다.

요란한 굉음과 함께 사지가 절단된 채 고목처럼 허물어진 사내들을 내려다보며 검을 바로세운 초련이 온몸에 땀을 비 오듯 흘리고 있었다. 일거에 무리하게 진기를 소진한 탓으로 탈진상태에 이른 것 같았다.

그때 날카로운 바람소리를 물고 두 줄기 번쩍이는 섬광이 날아들었다.

뒤편에 서 있는 황후와 공주를 노린 비밀병기일 것으로 짐작한 초련이 본능적으로 몸을 날렸다. 그러고는 살을 파고드는 몸서리쳐지도록 차가운 금속성 냉기를 온몸으로 감아 안았다.

날아올랐던 초련이 허공에서 중심을 잃고 꽃잎처럼 떨어져 내렸다. 이내 어깨에서 솟구치는 선혈이 초련의 상반신을 붉게 물들였다.

그때 아군병사 몇이 달려와 호위에 합세한 가운데 또다시 격전이 벌어졌다.

가까스로 일어선 초련이 적을 맞아 힘겨운 공격과 수비를 하며 병사들을 독려했다.

"우리 모두 황후마마를 위해 목숨을 바치는 영광을 누리자. 사력을 다해 적을 막아야 한다."

계속해서 쏟아지는 빗줄기 속에 완전히 불길에 휩싸인 내원당에서 내뿜는 화광과 열기가 칼 부딪치는 소리와 어우러지며 긴박한 시각이 흐르고 있었다. 이제 상황은 수비하는 초련 측에 점점 불리하게 전개되고 있었다.

그때 일주문 쪽으로부터 함성이 들리며 군사들이 몰려 들어왔다.

선두에 말을 타고 바람처럼 달려오는 사람이 보였다. 그는 궁진이었다.

"병사들을 도와 침입자들을 전부 도륙하라!"

말을 달려온 궁진이 초련과 대적을 벌이던 자를 단숨에 베어버리고 말에서 내리며 말했다.

"황후마마! 늦게 당도하여 황송하옵니다. 그러나 이제는 안심하십시오."

지원군의 출현으로 전의를 상실한 몇 명 남지 않은 적들은 등을 돌려 도주하고 말았다.

죽음의 공포에서 겨우 벗어났지만 아직도 창백한 얼굴의 공주가 궁진에게 말했다.

"호위부관의 목숨을 건 활약이 아니었으면 큰일을 당할 뻔했어요. 부상이 심한 것 같으니 조처를 해주어야 할 것이에요."

병사들에게 황후마마와 두 분 공주들을 요사채로 모실 것을 지시한 궁진이 초련에게 다가가 가벼운 목례를 하고 곁에 앉았다.

이미 많은 양의 출혈을 한 탓으로 혈색이 창백한 초련이 고통을 참느라 애를 쓰는 모습이 무척 애처로워 보였다.

어깨에는 아직도 비밀병기인 별전이 박혀 있는 채였다.

"별전을 제거하려면 부득이 잠시 동안 지옥체험을 하셔야 할 것이니 그리 알고 나를 무정하다 원망하지 마십시오."

초련은 몹시 고통스러운 순간임에도 장난 섞인 어투로 말하는 궁진을 보며 미소 지을 수밖에 없었다.

한손으로 어깨를 잡고 다른 손으로 깊숙이 박혀 있는 별전을 뽑아내자 피가 솟구쳐 올랐다. 운기조섭으로 어깨 쪽으로 흐르는 혈행을 억제시켰으나 철편이 제거되며 일시에 터져 나온 것이었다.

상비하고 있던 약을 바르고 상처 부위를 감싸매준 궁진에게 초련이 고마움을 표했다.

"지원군을 이끌고 달려와 적을 격퇴해주신 것을 감사드립니다."

하지만 궁진이 농인지 아니면 진담인지 모를 말로 초련을 당황하게 만들었다.

"혹시라도 후일 내가 같은 지경을 당하면 낭자께서도 이처럼 해주신다고 약조해주시면 됩니다."

창백한 초련의 얼굴이 홍조를 띠며 물들었다.

삼가가 일전에 원각사에서 발생한 소요사태 진압 중 부상한 초련을 방문했다. 어깨를 흰 천으로 감싼 채 누워 있던 그녀가 몸을 일으키려는 것을 만류한 삼가가 위로의 말을 해주었다.

"별전에 독이 묻어 있지 않은 것만 해도 천만다행한 일입니다. 사형의 절륜한 공력을 익히 알지만 화를 모면한 것은 하늘의 가호라 여겨집니다. 그날의 위기를 무사히 대처한 사형에게 경의를 표합니다."

초췌한 얼굴에 애써 웃음을 지은 초련이 하얗게 탄 입술을 움직여 말했다.

"아닙니다. 호위의 실책으로 황후마마와 공주님들을 위험에 드시게 한 것만 해도 용서받을 수 없는 대죄를 지은 것입니다."

초련의 눈가에 물기가 어렸다.

"아니오. 그날 사형이 취한 모든 것이야말로 자신을 버린 최고의 호위였습니다. 적들로부터 황후마마의 안위를 지키려 발을 한 걸음도 옮기지 않고 대적한 사형의 놀라운 충성심이야말로 칭송받아 마땅합니다."

삼가의 칭찬에 얼굴을 붉힌 초련이 말했다.

"사실 너무 두려운 나머지 손발이 오그라드는 것 같았답니다. 단 하

340

나 무슨 일이 있어도 황후마마와 두 분 공주님을 지켜드려야 한다는 일념이 제게 그런 엄청난 힘을 솟구치게 한 것 같습니다."

빙긋이 웃음 지은 삼가가 초련을 바라보며 물었다.

"그런데 그날 방천극을 든 적과 대전할 때 펼친 검법이 무엇이었는지 매우 궁금했었는데……"

"사실 그 검법은 오래전에 사부님이 지나는 말로 단 한 차례 짚어주신 일이 있었어요. '음양발광비급'이라고 하신 것 같아요."

농 섞인 표정으로 삼가가 대구했다.

"역시 사형이 적은 사부님의 후계자가 틀림없군요. 그처럼 무서운 비기를 사형에게만 물려주신 것을 보아도 그렇습니다."

삼가의 말에 초련은 거의 울상이 되어 어찌할 줄 몰랐다.

"그건 아니었는데? 사부님이 하신 말씀 중에 양을 음으로 제압하여 일거에 적을 제압하고…… 뭐라고 말씀하셨지만 사실은 다급하여 엉겁결에 비급을 쓴 것뿐입니다."

초련의 설명에 삼가가 그만 웃음을 터트리고 말았다.

얼굴을 더욱 붉힌 초련은 그 웃음의 의미를 알 수 없어 삼가를 멍하니 바라보고 있었다.

삼가의 뇌리에 적운 사부님이 전해주신 비급의 한 구절이 떠올랐다.

'천지는 음과 양의 기운으로 이루어졌으므로 음은 여성이요 양은 남성이라. 양은 발산함이며 음은 흡수함이니 양의 기세가 근접하기를 기다려 응축된 힘을 일시에 방출함으로 적을 일거에 제압하는 비책이다.'

"사형은 분명 비급을 적절히 구사했지만 적들의 기세를 미처 흡수하지 못한 상태에서 공격을 펼쳐 자신의 공력을 모두 소진하는 무리를 했기 때문에 탈진하고 만 것입니다."

놀란 표정으로 변한 초련이 물었다.

"그렇다면 사제님도 음양발광비급을 알고 계셨나요?"

삼가는 초련의 질문에는 답이 없이 빙긋 웃음 지었다.

"이번 일은 황후마마는 물론 황제폐하께서도 깊은 관심을 가지고 계십니다. 사건의 배후를 규명하는 일과 사형의 공을 치하하는 폐하의 소명이 계실 것이니 하루빨리 쾌차하기 바랍니다."

삼가가 방을 나가고 난 뒤 밖을 내다보는 초련의 표정에 쓸쓸한 빛이 감돌았다.

며칠이 지난 어느 날, 근무 중 만나기를 청하는 자가 있다는 전갈을 받은 삼가가 황궁 경비초소로 나가니 일전에 만난 적 있는 말을 거래하는 상인이 기다리고 있었다.

"낭장님이 말씀하신 것과 비슷한 조건의 거래가 어제 이루어졌습니다."

목소리를 낮춘 삼가가 물었다.

"거래 조건과 구매자의 연령 등을 소상하게 말해보세요."

"구매자의 연령은 낭장님과 비슷해보였고, 가격에는 구애받지 말고 최고등급의 혈통이 우수한 말을 구해줄 것을 요구하였습니다."

"그러면 구매 요청자의 거주지와 신상에 관한 것은 알고 있습니까?"

"연가정 거리에서 진대인 댁을 찾으면 된다고 했습니다."

"고맙습니다. 오늘 제보에 대한 사례는 후히 하겠으니 앞으로 추진되는 사항을 신속하게 알려주기 바랍니다."

상인이 돌아간 다음 집무실로 돌아온 삼가가 상관인 어사대부에게 사고가 나던 날 이후 지금까지 자신이 알아낸 사건의 추이를 보고했다.

잠시 생각에 잠겼던 살리타가 입을 열었다.

"이 사건은 엄밀하게 따지면 형부 관할의 업무이다. 그러나 어사대에서 다툴 수도 있는 성격이 다분하고 또한 자네는 사건 초기의 목격자일 뿐 아니라 이제껏 밝혀낸 정황들로 미루어볼 때 별다른 문제는 없을 듯하다. 단 하나, 자칫 형부와 어사대가 공을 다투는 것으로 보일 수도 있다는 점에 유념하여 신중한 처신으로 사실을 규명하기 바란다."

다음 날 연가정 거리에 당도한 삼가는 마필 상인이 알려준 대로 누각을 돌아 우측으로 조금 걸음을 옮기니 눈앞에 으리으리한 저택이 나타났다. 넓은 터 위에 자리 잡은 수십 칸이 넘어 보이는 엄청난 건물 규모가 시선을 압도했다. 지나는 사람에게 물으니 거상 진대인의 집이라고 알려 주었다.

진대인의 집을 확인하고 연가정 거리로 되짚어 나오며 깊은 생각에 잠긴 삼가의 머릿속에 한 가지 구상이 떠올랐다.

저 정도 대단한 재력과 위세를 가진 상대에 맞서 사건의 실체를 밝혀내려면 어쩌면 상당한 위험을 감수해야 할지도 모를 일이었다. 주도면밀하고 은밀한 내사로 결정적인 증거와 증인을 확보한 다음 전격적으로 추포하여 확실한 결말을 이끌어 내리라 생각을 정리했다.

거리로 들어서니 저만큼에 모피와 옷감을 파는 피륙점이 눈에 들어왔다. 당장 필요한 물건은 아니었지만 작은 물건을 하나 집어 들고 후덕해 보이는 얼굴의 주인에게 다가선 삼가가 말을 붙였다.

"저곳 진대인 댁 자제가 몇 분이나 되는지 아십니까?"

처음 인상과는 달리 날카로운 눈빛으로 상대를 훑어본 주인이 곧바로 표정을 바꾸고는 부드러운 목소리로 말했다.

"제가 알기로 그 댁의 자제분은 남매로 누이는 출가를 하였고 공자님이 한 분 계십니다."

"그럼 공자의 연령이 어찌되었는지요?"

"아마 손님과 비슷한 연배일 것으로 짐작이 됩니다. 그런데 어인 일로 진대인 댁의 사정을 물으시는지……."

정신을 집중하고 주인의 말 한마디 한마디를 귀에 담던 삼가가 표정을 누그러뜨리고 미소 지으며 답변했다.

"장안에 워낙 소문이 자자한 댁이라서 쓸데없는 궁금증이 발동한 때문이지요."

물건 값을 치른 삼가가 상점을 나섰다.

그런데 삼가가 시야에서 사라진 것을 확인한 피륙점 주인이 걸음을 재촉하여 어디론가 달려가는 것이었다.

상도에 전운이 감돌고 있었다.

남송을 정벌해야 한다는 주전파들의 의견과 내분을 일으켜 카라코룸에서 칸에 즉위한 아릭부케의 소요를 먼저 진압해야 한다는 견해가 충돌하여 조정이 매우 소란스러웠다.

결국 황제의 의중이 남송 정벌을 감행하는 쪽으로 기울어 전쟁을 대비한 준전시 체제로 돌입하게 되었다.

한편 말을 거래하는 상인으로부터 진대인 아들이 준비한 말을 인수해갔다는 연락을 받은 삼가는 그동안 내사를 벌여 확인한 모든 사항을 취합한 결과 그가 사건의 범인이 분명하다는 결론을 내렸다. 이제 피맛골 도축장 주인이 사실을 증언해주는 일만 남겨두고 있었다.

다음 날 집무실로 들어선 삼가에게 놀라운 소식이 전해졌다. 지난 밤 피맛골 도축장에 원인을 알 수 없는 큰 불이 나 건물이 전소되고 주인이 사망하였다는 것이었다. 정말 놀라운 일이 아닐 수 없었다.

급히 말을 몰아 달리는 그의 머릿속이 복잡하게 얽혀 들었다. 지금 벌어진 일이 단순한 사고일까. 아니면 우연을 가장하여 누군가가 저지른 계획적인 일인가.

피맛골 입구에 들어서자 그때까지도 매캐한 연기 냄새가 풍겨 나오고 있었다. 현장에 당도한 그는 망연자실할 수밖에 없었다. 사건 해결의 결정적인 증거와 증인이 검은 잿더미 속에 묻혀 버리고 만 것이었다.

문득 어제 찾았던 연가정 거리에서 보았던 피륙점 주인의 눈빛이 떠올랐다. 좀 더 은밀하고 신중하게 접근했어야 함에도 진대인의 위상과 영향력을 과소평가한 자신의 실책을 뼈저리게 느끼며 후회와 자책감이 들었다.

사건의 실체를 영원히 묻어버리려는 음흉한 술수를 감행하며 핵심 연결고리를 제거하는 강수로 대응한 저들의 공세로 미루어 이제는 서로가 한 치도 물러설 수 없는 양상으로 일이 전개되고 있었다.

궁으로 돌아온 삼가는 어사대부에게 어제 보고 드린 이후 벌어진 일을 자세히 설명했다.

살리타의 얼굴에 곤혹스러운 표정이 내비쳤다.

"증거를 인멸하기 위해 참혹한 짓을 서슴없이 자행한 저들의 행위로 미루어 반격의 고삐를 늦추지 않을 것이다."

어사대부에게 말하지 않았으나 삼가의 심중에 남아 있는 희망이 있었다. 진대인 자제와 말을 거래한 상인을 대질하고 범행과 관련된 의혹의 말을 어떤 경로로 처분하였는가 추궁할 심산이었다.

퇴청하여 집으로 들어서는 삼가를 파륜이 맞아들였다.

"대인 어른께서 기다리고 계시니 내당으로 드시지요."

파륜에게 말고삐를 넘긴 삼가가 미소 지으며 말했다.

"엊그제 들으니 요즈음 아재의 신상에 좋은 일이 있다고 하던데 내게는 언제 알려줄 작정이시우?"

덩치에 어울리지 않게 금방 얼굴이 붉어진 파륜이 어색한 표정을 지으며 답변했다.

"별것 아닌 일로 도련님께서 이리 놀리시니 면구스럽습니다."

"하여튼 내가 적극 후원해드릴 터이니 연수 처자의 마음을 확실하게 얻는 일은 아재의 수완에 달렸습니다. 우리만 알고 있는 아재 특유의 뚝심을 발휘한다면 일이 무난히 성사될 것으로 믿습니다."

농 반 진담 반이 섞인 의미심장한 그 말에 두 사람은 유쾌한 웃음을 터트렸다.

찻잔을 앞에 두고 마주앉은 부자 사이로 잠시 침묵이 흘렀다.

"등청하여 주어진 업무는 어느 정도 파악하고 적응하였는지 궁금하구나."

"어사대부님의 가르침에 힘입어 청맹과니는 겨우 면하였습니다."

"내가 일전에 들은 바로는 모종의 사건을 내사 중이라고 알고 있는데 그 일은 원만히 진척되고 있느냐?"

삼가는 그 사건에 개입하게 된 계기와 이제까지의 정황들을 모두 설명했다.

잠시 생각에 잠겼던 아비가 입을 열었다.

"진대인이라는 자의 교활한 성품과 목적을 위해서라면 수단과 방법을 가리지 않는 음흉하기 짝이 없는 처신을 내가 잘 알고 있다. 각별히 조심하여 신중히 접근해야 할 상대임을 명심해라."

다음 날 어사대부가 집무실로 들어서며 삼가에게 말을 건넸다.

"진대인이 자네와 나를 집으로 초청하였네. 무슨 흑심을 가지고 그런 생각을 한 것인지는 알 수 없는 노릇이지만 그자가 어떻게 나오는지 볼 겸해서 한번 부딪쳐보세!"

업무를 마치고 황궁을 나서니 진대인이 보낸 하인이 대기하고 있었다.

그를 앞장세운 어사대부와 삼가가 뒤를 따랐다.

들어선 진대인의 집은 입구부터 엄청난 저택임을 실감하게 했다. 기암괴석이 어우러진 정원은 한눈에 보기에도 거금을 들여 꾸며진 것들로 황실의 후원을 방불케 했다.

몇 채의 건물들을 돌아 당도한 곳은 연회장 겸 접견실로 꾸며진 건물이었다. 호화롭게 장식된 실내로 들어서니 집 주인이 웃음 띤 얼굴로 내방객을 맞이했다.

"귀빈들을 이처럼 누추한 자리에 왕림하시게 한 무례를 용서해주시기 바랍니다. 이쪽으로 앉으시지요."

그가 상석으로 어사대부를 안내했다. 앞에 놓인 큼지막한 상 위에는 각종 진귀한 음식들이 가득 차려져 모락거리며 김을 피워 올리고 있었다.

"평소 흠모해 마지않는 어사대부님을 이처럼 모시게 되어 영광입니다. 그리고 저 젊은 관리 분은 지난번 무과에 특출한 실력으로 장원으로 드신 인재인 것으로 알고 있는데 늦었지만 축하드립니다."

어사대부가 의례적인 인사로 답례를 하였고 삼가 역시 자리에서 일어나 목례를 올렸을 뿐이었다.

"모처럼 내방한 귀한 진객들을 모시기 위해 소찬이나마 성심을 기울여 준비하였으니 마음껏 드시기 바랍니다."

여러 명의 하인들이 분주하게 움직이며 작은 접시에 음식을 담아 식사를 도왔다.

삼가는 진대인을 처음 보는 순간 어디선가 본 적이 있는 것 같은 생각이 들었다. 작달막한 키와 뚱뚱한 몸집 거기에 카랑카랑한 목소리가 기억 속에 들어 있는 것만 같았다.

식사를 마친 뒤 반주로 권하는 술을 물리고 나니 차가 나왔다. 감미

롭고 그윽한 향이 후각을 자극하며 살포시 맴돌았다.

"이 차로 말할 것 같으면 운남 지방에서 생산한 보이차로 100년이 넘는 장구한 세월 동안 발효된 명품입니다. 손바닥만한 한 편이 작은 집 한 채 값에 버금가는 대단한 것이랍니다. 맛을 음미해보시고 취향에 드시면 가시는 길에 한 편씩 보내드리도록 하겠습니다."

차를 마신 후 시녀들을 모두 물러가게 한 진대인이 본심을 드러냈다.

"어수선한 시국에 공무에 분주하신 두 분을 이처럼 모신 것은 다름이 아니라 요즈음 시중에 나도는 말을 듣자 하니 일전에 아이 하나가 말에 치이는 불의의 사고를 당하였다는 불행한 이야기를 접하고 동정과 함께 애처로운 마음을 금할 수 없었습니다."

진대인과 삼가의 시선이 마주쳤다.

"낭장이 그 사건을 맡아 조사를 한 것으로 알고 있는데 용의자의 신원은 파악하였는지요."

삼가의 얼굴이 자신도 모르는 사이 붉어지고 있었다. 낯빛 하나 변하지 않고 그 일을 거론하는 진대인을 보며 철면피라는 비유가 바로 눈앞의 저자를 두고 한 말이 아닌가 싶었기 때문이었다.

"아직 내사 중인 사건이고 또한 진행 중인 공무상의 일인지라 이 자리에서 언급할 사안은 아니라고 봅니다."

진대인은 역시 술수와 경륜을 갖춘 노회한 인물이었다.

만면에 웃음을 지으며 말을 이어나갔다.

"그러시겠지요. 내가 그 사건에 관심을 갖는 것은 다름이 아니라 자식을 잃은 어미의 심정을 헤아리기 때문입니다. 그리고 우연히 알게된 일인데 낭장이 탑 거리에 소재한 도축장에서 이루어진 불법을 묵인해주는 대가로 금품을 수수하였다는 말을 공공연히 하는 자가 있었습니다. 그리고 그자는 한술 더 떠서 사실을 증언할 수도 있다며 떠벌이는 것을 내가 입단속을 하도록 단단히 주의를 주었답니다. 하기는 그런 천한 부류들의 입이란 믿을 것이 못 되지요."

그가 이미 탑골 거리의 도축장 주인에게 손을 써 금품으로 매수한 것이 틀림없었다. 거기에 한술 더 떠 궤변을 늘어놓으며 삼가를 압박하는 술수를 부리고 있었다.

묵묵히 듣고 있던 어사대부가 진대인이 한 말에 쐐기를 박았다.

"아무리 진실을 왜곡한다 해도 세상 이치는 분명합니다. 한 뼘 손바닥으로는 결코 하늘을 가릴 수 없을 것이오. 타인은 기만할 수 있다 해도 자신은 속일 수 없는 법입니다. 그것을 '불기자심'이라 하지요."

진대인의 얼굴이 경직되며 긴장하는 빛이 감돌았다. 그러나 얼른 표정을 바꾼 그가 다시 입을 열었다.

"사실 내게도 저 청년과 비슷한 연배의 자식이 있습니다. 전도가 구만리 같은 젊은이들의 앞날을 걱정하는 아비의 심정으로 드리는 말씀일 뿐이니 다른 오해는 없으시기 바랍니다."

어사대부가 자리를 일어서며 심중에 있던 뼈 있는 한마디를 남겼다.

"오늘의 환대는 오래도록 기억하겠습니다. 그럼 이만……."

진대인의 집을 나선 어사대부가 묵묵히 걸음을 옮기는 삼가를 돌아보며 물었다.

"오늘 저자와 마주하며 무엇을 느꼈는가."

"……."

삼가는 아무런 답변을 할 수 없었다.

"우리가 완패를 당한 것일세. 증인은 물론 증거가 이미 사라진 지금의 정황으로 사건을 규명한다는 것은 불가능에 가까운 일로 보이네."

"죄송합니다. 혈기만 앞세운 저의 미숙한 생각과 행동이 결과적으로 저런 자로 하여금 어사대부님을 능멸하게 만들었습니다. 내리시는 어떠한 문책도 달게 받겠습니다."

어사대부를 댁으로 모셔다 드린 삼가는 천천히 걸음을 옮기며 깊은 생각에 잠겼다. 심증만 가지고는 한 발자국도 앞으로 나갈 수 없다는 패배감이 강하게 밀려들었다. 어렵게 들추어낸 진실이 거대한 벽에 가로막혀 그대로 무너지고 만 처참한 꼴이 되어버린 자신의 모습을 돌아보며 세상사가 결코 만만치 않다는 사실을 뼈저리게 깨닫고 있었다.

조정 대신들이 임석한 가운데 지난번 원각사에서 벌어진 소요의 전말을 규명하기 위한 조회가 열렸다.

무겁게 가라앉은 분위기를 깬 병부판서가 황제 앞으로 나아가 부복하고 아뢰었다.

"폐하, 소신의 실책으로 인해 황후마마와 두 분 공주님을 위험에 처하시게 한 죄 죽어 마땅하오니 벌을 내려주실 것을 감히 청하옵니다."

노기를 띤 황제의 옥음이 전각을 울렸다.

"근자에 들어와 조야의 풍속과 기강이 문란해지고 관리들의 거듭된 실정으로 마침내는 황후가 불의의 변고를 겪는 지경에 이르렀음을 심히 통탄한다. 그 모든 일이 짐의 덕이 부족한 탓이 아니고 무엇이겠느냐!"

황제의 질책에 모든 신하가 머리를 조아리며 황송해 할 뿐이었다.

부복한 병부판서가 숙연한 목소리로 다시 진언을 올렸다.

"그날 자행된 사건의 전말을 조사한 결과 침입한 난적들의 신분이 모두 변방의 오랑캐들인 것으로 미루어 재물을 노린 도적들의 소행으로 사료되옵니다. 또한 아릭부케의 준동을 염두에 두고 여러 경로를 통해 수집한 정보들을 취합한 결과 그러한 개연성은 매우 희박한 것으로 판단하였습니다."

잠시 흐르던 침묵을 깨고 황제가 말씀을 내렸다.

"어찌하여 짐에게는 남송의 '악비' 같은 신하가 없는가. 스스로의 부덕함을 한탄할 뿐이다. 그러나 천만다행으로 하늘이 도와 황후를 호위한 부관 초련의 죽음을 두려워하지 않은 충정으로 화를 모면한 일은 참으로 가상한 일이 아닐 수 없다."

황제의 탄식에 신하들이 머리를 조아리며 몸 둘 바를 몰랐다.

그러나 황제는 소요를 일으킨 장본인이 누구인지 짐작하고 있었다. 이미 여러해 전부터 황후와 제2비 원후 사이에 빚어진 갈등과 암투로 인해 불행의 씨앗을 잉태하고 있음을 잘 알고 있었기 때문이었다. 여인들의 시샘과 질투는 상상을 초월하는 것으로 상생과 조화와는 거리가 먼 복잡하고 미묘한 문제였기에 황제 자신도 섣불리 나서기 어렵고 난감한 일이었다.

황제는 지난밤 교태를 부리며 자신을 맞아들이던 원후 자오즈민의 체취를 떠올렸다.

소리 없이 내리는 탐스런 눈송이들이 소복소복 쌓여 후원을 하얗게 덮고 있었다.

조그만 솔새 하나가 나뭇가지 사이를 폴짝거리며 날 때마다 가지에 얹혀 있던 눈이 솜털처럼 흩어져 내렸다.

원각사에서 입은 상처를 회복하고 복직한 초련이 황후전 뒤뜰로 나와 그동안 느슨해진 근력을 추스르기 위해 심호흡으로 운기조섭한 후 등에 메고 있던 세류검을 뽑아들었다. 옥이 부딪히는 청아한 소리를 튕겨내며 칼집을 빠져나온 검이 푸른 서기를 뿜었다.

검을 잡은 두 손을 우측 어깨 위로 모아 세운 뒤 잠시 호흡을 고른 그녀가 초식을 펼치기 시작했다.

하늘에서 쉴 새 없이 내리는 함박눈 꽃송이를 헤치고 바람을 가른 검이 무지개를 그리며 날아올랐다. 별처럼 반짝이는 검광 사이로 그림자가 된 그녀가 떨어지는 눈송이를 향해 현란한 검법을 구사한 후 가볍게 내려서니 세찬 검풍이 회오리를 일으키며 소용돌이쳤다. 검의 끝자락에서 토해낸 날카로운 귀곡성이 눈송이가 안개처럼 흩어지는 허공으로 울려 퍼졌다. 다시 땅을 박차고 뛰어올라 마치 한 마리 벌이 활짝 만개한 꽃을 희롱하듯 자욱한 운무 속에 몸을 감추고 드러내기를 반복하니 그 광경은 흡사 월궁항아가 검무를 추는 자태인 듯 우아한 아름다움으로 가득한 모습이었다.

박수 소리에 동작을 멈춘 초련이 돌아보니 저만큼에서 이편을 지켜보는 삼가와 공주의 모습이 눈에 들어왔다.

가쁜 숨을 몰아쉬는 초련의 상기된 뺨 위로 방울 지어 땀이 흘러내렸다.

얼른 몸을 돌린 그녀가 공주를 향해 예를 올렸다.

"몸 상태가 아직 완전치 못할 터인데 너무 무리하지 말아요. 그대의 뛰어난 무예와 충성심 덕에 이처럼 무탈할 수 있음을 진심으로 고맙게 생각합니다."

"제게 주어진 임무를 수행한 것일 뿐으로 내려주시는 말씀이 송구할 뿐입니다."

"사형. 이처럼 완숙한 무공을 펼쳐내는 것을 보니 이제 완전히 쾌차하셨군요. 그간 고난의 시간을 인내해내고 다시 예전의 공력을 되찾아 참으로 다행스럽습니다."

검을 거두어들이고 흐르는 땀을 옷소매로 닦는 초련을 보며 공주가 말했다.

"부관과 낭장을 황후전으로 함께 들이라는 하교가 있으셨습니다. 모후께서 두 사람에게 내릴 특별한 당부의 말씀이 있으신 것 같아요."

"그런 전언을 공주마마께오서 직접 전해주시다니 황송할 뿐입니다."

화사한 미소를 가득 머금은 공주가 희고 고른 치열을 살짝 드러내며 말했다.

"아니에요. 그날의 고마움을 그대에게 직접 표하고 또 낭장님과 후원 산책도 할 겸해서 나선 길이니 너무 미안해할 것 없어요."

황후전으로 든 그들을 인도한 시녀가 다과가 차려진 탁자로 안내했다.

잠시 뒤 내전에서 나온 황후가 그들 앞으로 다가왔다. 화려하기 그지없는 성장으로 위엄을 갖춘 그녀는 품위와 아름다움을 함께 지니고 있었다.

눈가에 잔잔한 주름을 지으며 미소 띤 황후가 그들을 둘러보며 말했다.

"고적하기만 한 처소에 모처럼 귀한 손님들이 오셨구먼. 자, 이리들 앉지."

공주가 모후를 바라보며 곱고 선명한 입술을 달싹여 말했다.

"어마마마. 어제 뵈었을 때보다도 안색이 한결 편해 보이시네요."

온화한 눈길을 공주에게 건넨 황후가 미소 지으며 나란히 앉은 두 사람에게 시선을 주었다.

"그날 놀란 가슴이 겨우 진정되었구나. 오늘 내가 그대들을 부른 것은 지난번 원각사에서 닥친 변고를 맞아 충심을 다해 임무를 수행한 부관 초련의 공을 치하하고자 함이다. 다시 한 번 그날 네가 보여준 충정을 대견하게 생각한다."

"이처럼 과찬의 말씀을 내리시니 황송하여 몸 둘 바를 모르겠습니다. 앞으로도 목숨 바쳐 충성을 다해 모시겠습니다."

흡족한 미소를 머금은 황후가 삼가를 향해 눈길을 돌렸다.

"지난번 성절에 발생한 아릭부케 무리의 소요를 진압한 낭장의 공을 다시 한 번 치하하겠네. 폐하께서 자네에 대한 기대가 매우 크시니 머지않아 좋은 소식이 있을 걸세."

"분에 넘치는 말씀으로 격려해주시는 황후마마의 은덕을 깊이 간직하고 충성을 바치겠습니다."

"자네들은 잘 모르는 일이겠으나 황궁에서 이루어지는 일들은 표면으로 보이는 것보다도 그 이면에 감추어진 진실이 훨씬 복잡 미묘하다네."

쓸쓸한 표정을 지은 황후가 삼가를 마주보며 말을 이어나갔다.

"부친이 황제를 도와 충성을 다한 것처럼 자네 또한 어릴 적 공주의 목숨을 구해주었던 충심을 변치 말고 앞으로도 황후와 공주를 도와 든든한 버팀목이 되어주길 당부하니 부디 힘이 되어주길 바라네."

삼가는 오래전 어린 시절 서궁에서 있었던 그 사건을 기억하며 곤궁한 처지를 도와줄 것을 요청하는 황후를 위해 목숨을 바쳐 보필할 것을 다짐했다.

처소를 물러나와 삼가와 나란히 걸음을 옮기며 공주가 입을 열었다.

"오늘 자세히 보니 부관 초련의 미모가 상당하네요. 내가 듣기로는 천산에서 몇 해 동안 함께 수련한 막역한 사이라고 알고 있는데……."

공주의 관심과 궁금함의 속내를 짐작한 그가 싱긋 웃음 지으며 답변했다.

"함께 수련하였다고 하기보다 초련 낭자는 저에 비해서 무예에 입문한 연륜이 훨씬 앞선 선배입니다. 그런 연유로 제가 사형으로 예우하는 처지입니다."

"그런데 사형사제 간이라 부름은 사내들 간의 호칭이 아니던가요? 그렇다면 그대들은 성별의 차이를 초월하여 우정을 다짐한 사이인가 보군요."

논리적으로는 타당한 지적에 답변할 말을 찾지 못하고 우물거리는 그에게 공주가 심중에 두었던 한마디를 날렸다.

"그래요. 내 생각에도 사매라 부르기보다는 지금 그대로의 호칭이 적절한 것 같네요."

남송과 전쟁이 임박한 가운데 상도에 전운이 감돌았다.

병부를 주축으로 군사를 훈련하는 일과 군량미와 마필을 조달하느라 부산한 가운데 긴박한 하루하루가 지나고 있었다.

잠시 한가한 틈을 탄 삼가가 병사들을 훈련하는 연무장으로 걸음을 옮겼다. 궁진을 만나기 위함이었다.

힘찬 고함과 소음이 뒤섞인 가운데 이곳저곳에 창검을 번득이며 조련하는 병사들의 모습이 눈에 들어왔다. 달리는 말발굽에서 일으킨 뿌연 먼지가 연병장에 자욱하게 피어올랐다.

지휘대에 선 부관 궁진이 병사들을 교육하고 있었다. 백여 명이 넘는 병사들이 구령에 맞추어 땀 흘리며 훈련에 열중했다.

"그렇게 맥 빠진 동작으로 어찌 막강한 적을 대적할 수 있겠나. 지금 너희들이 마주한 것은 훈련이 아닌 실전이다. 눈앞의 적을 향해서 찌르는 창끝에 힘을 주어라!"

지휘대에서 내려선 궁진이 장막 옆에 세워져 있던 창을 뽑아들고 직접 시범을 보였다.

두 발을 모으고 창을 세워 절도 있는 품세를 취한 그가 한발 앞으로 전진하며 힘주어 찌르고 들어간 다음 창을 빼내 한 걸음을 물러나 곧바로 바람을 가르며 사선으로 베었다. 그리고 몸을 뒤로 돌려 다시 찌르고 베기를 반복한 후 창을 좌우로 회전시키는 연속 동작으로 거두어들여 마무리 지었다.

"지금 흘리는 땀 한 방울은 전장에서 피 한 방울과 같은 것이라는 사실을 명심하고 일격필살의 강한 정신력을 견지하라!"

잠시 휴식을 명한 궁진이 지휘대를 내려왔다. 이마에 흐르는 땀을 닦으며 삼가에게 다가온 궁진이 정중하게 인사를 올렸다.

"그간 무탈하셨습니까? 한번 찾아뵙는다는 것이 바쁘다는 핑계로 마음에만 담고 있었음이 송구스럽습니다."

구릿빛으로 탄 얼굴에 강인함이 넘치는 늠름한 모습이었다.

임시 지휘소인 장막 안으로 들어서니 한결 시원한 공기가 돌았다. 자리에 앉은 그들이 녹차를 마시며 이야기를 나누었다.

"격무에 노고가 많으시오. 서로 맡은바 공무가 분주한 때문으로 마음을 터놓고 대화를 나눌 여유가 없음이 아쉬운 일이었소."

"저 역시 항시 그리 생각하고 있었습니다. 그리고 이 기회에 당부드릴 것은 제게 말을 놓으시고 하대하십시오. 직급으로는 물론이고 무공으로도 제가 감히 오르지 못할 경지를 이루신 낭장님을 진정 마음으로 존경합니다."

그의 진솔한 감정이 그대로 묻어나오며 삼가의 가슴에 와 닿았다.

"그럼 그리하기로 하지. 지난번 원각사 사건 와중에 화급한 처지의 초련 낭자를 도와주어 고맙다는 인사를 하기 위해 자네를 찾았다네. 처음 만났을 때 소개한 대로 초련 낭자와 나는 스승을 모시고 함께 수련한 사형사제 간일세. 늦었지만 고마움을 전하겠네."

"저는 당연히 임무수행을 한 것에 불과한데 이처럼 분에 넘치는 호의로 대해주시니 송구스러울 뿐입니다."

"금명간 치러질 남송과의 전투에 나와 부관, 그리고 교위 초련이 함께 참전하게 될 것 같으니 마음의 준비를 단단히 해두는 게 좋을 것이야."

"알겠습니다. 명이 내린다면 그곳이 어느 곳이든 달려가야 하는 것이 무관의 숙명이겠지요. 그런데 초련 낭자도 출전하게 된다는 말씀입니까?"

"무과에 뽑힌 무장들을 전투에 참여시켜 경험을 쌓게 하기 위한 방편의 하나인데 지금 거론되는 흐름으로 보아 아무래도 그리될 듯하네."

휴식을 끝내고 훈련이 재개되어 지휘대로 오르는 궁진의 뒷모습을 보며 걸음을 옮기는 삼가의 머릿속에 조금 전 초련의 안위를 염려하는 듯하던 그의 목소리가 되살아났다.

등청하기 위해 집을 나선 삼가가 육전거리로 접어들었을 때 맞은편에서 호위를 거느리고 말을 탄 사람이 다가왔다. 그는 진대인이었다. 이편을 알아본 진대인이 먼저 아는 체했다.

"낭장, 등청하는 길이시구면."

그냥 지나치려 하였으나 모르는 체할 수 없게 된 삼가가 말에서 내려 인사를 올렸다. 역시 말에서 내린 그가 마치 반가운 지기를 만나기라도 한 것 같은 표정을 지으며 말했다.

"아무래도 낭장과 나는 범상치 않은 인연이 있음이 분명한 듯싶은데 가까운 날 좋은 일로 만나게 될 수 있기를 바라겠소이다."

그와 헤어져 가던 길을 재촉하면서도 지난 일로 인한 불쾌한 감정이 쉽사리 사라지지 않고 머릿속을 맴돌았다. 그 역겨운 표정과 가식으로 가득한 몸짓, 음흉한 말투, 어느 것 하나도 호감 가는 구석이라고는 눈을 씻고도 찾아볼 수 없는 인물이었다.

이런저런 생각에 잠겨 있던 그의 뇌리에 기억의 한 자락이 번쩍하고 떠올랐다. 진대인, 저자는 바로 오래전 양주 현 관리들의 회식자리에서 아부 아첨을 하며 거드름을 피웠던 진진이었던 것이었다.

그렇다면 그 아들이란 자는 누구일까. 사건이 나던 날 잠시 옆으로 스쳐 지난 까닭으로 자세히 보지는 못하였지만 언젠가는 반드시 만나게 될 것이라는 생각이 들었다.

다소곳이 선 초련을 건네다 보며 황제가 말씀을 내렸다.

"어려워 말고 자리에 앉아라. 지난 춘절 과시장에서 네가 펼쳐낸 무예를 보며 탄복했던 기억이 아직도 생생하기만 하다. 그런데 지근거리에서 이처럼 보니 너의 자색이 마치 피어오르는 백합처럼 곱고 청초하구나."

농인지 진담인지 모를 황제의 말에 당황하여 얼굴이 달아오른 초련이 기어들어가는 듯한 작은 목소리로 겨우 답변했다.

"폐하. 황공하옵니다."

그런 초련을 애틋한 시선으로 바라보던 황제가 돌연 웃음을 터트렸다.

"와하하하. 홍매화가 활짝 만개한 너의 안색이 더욱 어여쁘도다."

초련은 긴장한 나머지 숨조차 제대로 쉴 수 없었다.

웃음을 거두어들인 황제가 말을 이었다.

"짐이 잠시 농을 한 것뿐이니 마음을 편히 하거라. 너를 이 자리에 부른 것은 다름이 아니라 지난번 원각사에서 일어난 소요의 실상을 직접 확인하기 위함이다. 경황없는 와중이었겠으나 혹시 침입자들이 나눈 말 중 네가 알아들은 것이 있었느냐?"

초련은 사건 이후 그런 문제에 대하여 생각해본 일이 없었기에 그날의 기억을 떠올리며 찬찬히 되짚어보았다. 실전을 처음으로 경험하는 까닭에 적지 않게 당황한 그녀를 마주보며 정면으로 달려든 자가 외치던 소리가 어렴풋이 되살아났다.

"지금 생각해보니 무리들 중 우두머리로 보이는 자가 '모두 해치워버려라!' 하고 소리친 것 같습니다."

잠시 생각에 잠겼던 황제가 초련에게 당부의 말씀을 내렸다.

"오늘 짐과 나눈 모든 것은 없었던 것으로 해라. 네가 들은 것도 없으며 말한 것도 없는 것이니 마음에 담아둘 것 또한 없음이니라."

독대를 마치고 집령전을 나온 초련의 몸이 휘청하며 어지러움을 느꼈다. 방금 전 황제가 남긴 마지막 말이 천만근의 무게를 지닌 중압감으로 자신을 압박해오고 있기 때문이었다.

황궁이라는 잔잔한 수면 아래 격랑의 회오리로 몰아치는 소용돌이의 한 단면을 몸으로 느낀 그녀는 가녀린 몸을 떨었다.

며칠이 지난 어느 날, 어사대 집무실로 들어서는 젊은이가 있었다. 차림새로 보아 관원으로 짐작되는 그가 삼가에게 다가와 인사했다.

"처음 뵙겠습니다. 금번 특별 채용으로 중추원에 배속되어 당후관으로 임명된 진여랑이라 합니다. 앞으로 지도와 편달로 이끌어주십시오."

별다른 생각 없이 자리를 일어선 삼가가 고개 숙여 통성명했다.

"삼가라 합니다."

그들이 인사를 마치고 고개를 든 순간 기억 언저리를 더듬느라 서로를 한동안 바라보았다.

상대가 누구인지 먼저 떠올리고 경악한 것은 삼가였다. 일진각에서 묘현을 희롱하여 죽음으로 내몰았던 망나니가 눈앞에 있었다.

또한 얼마 전 육전거리 부근에서 아이를 말에 치어죽게 하고 도주한 장본인 진대인의 아들이 지금 눈앞에 나타난 자신의 어릴 적 소꿉동무 진여랑이었던 것이었다.

그러나 진여랑은 삼가에 대한 어렴풋한 기억만 있을 뿐으로 그가 양주 일진각에서 음식 시중을 들던 일은 물론, 상대가 어릴 적 자신이 그토록 심술 사납게 굴던 동무 삼가라는 사실을 까맣게 모르고 있었다. 불쌍한 묘련을 그 지경으로 만들어놓고도 모자라 아비의 재력을 배경 삼아 하늘이 공노할 악행을 서슴없이 저지르는 그의 실체를 알게 된 삼가는 치밀어 오르는 분노를 억제하느라 진땀을 흘렸다.

격분에 휩싸인 상대의 감정을 짐작할 리 없는 그가 입을 열었다.

"그런데 우리 언젠가 만난 적이 있는 사이가 아니었던가요? 너무 낯익은 듯싶어서……."

냉정을 되찾은 삼가가 진여랑을 향해 차갑게 대꾸했다.

"어릴 적 동무 중 진여랑이라는 이름을 가진 아이가 있기는 했소만, 새삼 기억을 들추어낼 가치가 있는지 모르겠군요."

돌아선 진여랑의 뒷모습을 보는 삼가의 심정이 착잡하기만 했다.

저런 악인의 심성을 가진 자가 아비의 위세를 업고 관리로 등용되었다는 사실이 실로 개탄스럽기만 했다. 돌이켜 보면 여랑과 자기의 관계는 시작부터 악연임이 분명했다.

문득, 스승으로부터 전해들은 구절이 떠올랐다.

'사랑하는 사람을 가지지 말라. 미워하는 사람도 만들지 말라. 사랑하는 이는 만나지 못해 괴롭고 미워하는 이는 만나서 괴로우니.'

이제껏 마주치며 겪은 진여랑과 자신은 마치 물과 기름 같이 이질감을 지닌 존재였다.

애초부터 악연으로 뒤틀려버린 인과관계를 앞으로 어찌 풀어내야 할지 고심할 수밖에 없었다.

연정(戀情)

어사대부 살리타의 생신을 맞아 집으로 초청된 어사대 관리들이 내실에 빙 둘러 앉았다. 이미 몇 차례 돌아간 술기운으로 얼굴이 불콰해진 어사대부가 좌중을 향해 인사말을 했다.

"이룬 일 없이 세월만 낡은 볼품없는 노부가 이처럼 축하받는 자리에 서고 보니 부끄럽기 짝이 없소이다. 소찬이나마 차려진 음식을 마음껏 들기 바라겠소."

건배를 외치는 연호 속에 술잔이 돌았다.

음식 시중을 드는 하녀들에게 이것저것 지시하는 설린의 모습이 보였다.

그들의 화제는 머지않아 치르게 될 남송과의 전쟁에 관한 것이 주를 이루고 있었다.

주위를 둘러본 어사대부가 입을 열었다.

"모름지기 장수란 거센 비바람을 맞으며 전장을 누비는 것이 제격이지 매양 관리들의 뻔지르르한 면상을 대하는 것에 진력이 나던 참에 이제 모처럼 근력을 쓸 일이 생겼으니 얼마나 다행한 일인가 말이야!"

그의 표정은 이미 바람처럼 말을 달려 적진을 질주하는 용맹스런 무장으로 돌아가 있었다.

딸 설린을 보며 아비가 말했다.

"노부의 무남독녀 설린을 여러분에게 소개하겠소. 일찍이 어미를 잃고 전장을 누비는 무정한 애비를 둔 탓으로 애틋하고 살가운 정을 모르고 들 쑥처럼 홀로 자란 탓에 부족한 점이 많은 여식이외다."

아비의 소개처럼 조금은 거친 듯한 느낌이 들었지만 다듬어지지 않은 야성적 매력을 지닌 여인이 고개 숙여 인사했다. 붉은 비단으로 지은 바탕에 금색으로 수놓은 화려한 장미가 인물과 잘 어울렸다. 몸에 밀착된 의상의 특성으로 풍만한 가슴 아래 버들잎처럼 가늘고 유연한 허리 굴곡을 그대로 드러낸 옷매무새가 돋보였다. 특히 체형과 절묘한 조화를 이룬 둔부의 선이 매혹적인 아름다움을 드러냈다.

인사를 마친 딸을 따스한 눈길로 바라보던 아비가 청을 넣었다.

"얘야! 하객들을 위해 월금을 한 가락 들려주지 않으련?"

아비 말에 설린의 시선이 맞은편에 앉은 삼가에게 잠시 머물렀다. 설린의 무릎 위에 놓인 월금이 스르릉 슬금 청아한 소리를 튕겨내며 울기 시작했다.

가녀린 음색으로 잔잔하게 흐르는 음률이 봄바람처럼 부드럽게 마음을 파고들었다.

설린이 청을 돋우어 노랫가락을 뽑아냈다.

처처에 무르익은 봄 향기 사방 가득하고
만개한 꽃 사이로 벌 나비 날갯짓하는데
버드나무 숲에 몸 숨긴 꾀꼬리 숨죽여 우네
푸른 달빛 이슬처럼 내려 꽃잎 물들이고
임의 눈 가리고 둘러선 금빛 찬란한 병풍이
달빛 아래 여인 하염없이 눈물짓게 한다네
동편 보련산 그림자 꿈속에라도 내릴까
오늘도 한 줄기 반가운 소식 오매불망 기다려

무심한 달빛에 젖은 모란이 홀로 타오른다

그녀의 절절한 가창을 넋 놓아 경청한 일행들이 박수로 화답하며 칭
찬을 아끼지 않았다.

만면에 흡족한 미소를 지은 아비가 대견하듯 딸을 보며 말했다.

"오늘 보니 어느 사이 우리 딸 설린이 임을 그리워하는 여인으로 성
장하였구나. 헛허허."

아비의 농에 얼굴이 붉어진 설린이 황급히 자리에서 일어나 밖으로
나가고 말았다.

출정(出征)

바람에 힘차게 나부끼는 몽골 깃발이 하늘을 가득 덮었다.

7만이 넘는 대군이 운집한 드넓은 벌판 가득 위엄을 갖춘 병장기들
이 번쩍이며 현란한 빛을 뿜어내는 가운데 군마가 피워 올린 먼지가
햇볕을 가렸다.

성벽과 장애물을 격파하는 장비 동차와 사다리차 운제, 해자를 건너
거나 메울 때 사용하는 진호차 그리고 네 필의 말이 끄는 중전차들이
전열을 갖추고 줄지어 늘어섰다.

대오 중앙에 포진한 수천의 전차 부대가 위용을 떨치며 도열하여 진군나팔이 울리기만을 고대하고 있었다.

　우뚝 솟은 누대 위에 황금 투구와 갑옷으로 위엄을 갖춘 황제가 모습을 드러내니 우렁찬 함성이 천지를 진동하며 울려 퍼졌다.

　"만세! 만세! 몽골제국 만세! 황제폐하 만만세!"

　하늘을 찌를 듯 사기충천한 연호가 잦아들기를 기다린 황제가 결연한 표정으로 도열한 군사들을 둘러보았다.

　"하늘은 태양과 함께 태양의 아들이신 태조 칭기즈칸 황제를 이 땅에 내셨도다. 충성스런 제국의 용사들이여! 대륙을 넘어 광활한 서토를 몽골제국의 말발굽 아래에 두고자 하신 칭기즈칸 황제의 위업을 받들자. 이미 남송 정벌의 기치를 높이 들어 두 차례에 걸쳐 진격의 나팔을 울렸으나 하늘의 가호가 미진하여 뜻을 이루지 못하였다. 하지만 이제 천시가 도래하였으니 떨쳐 일어나 적을 쓸어버리고 중화를 하나로 통합하는 영광의 승리를 쟁취하라. 드넓은 대륙이 용맹스런 몽골 전사를 기다린다. 용사들이여! 출정의 나팔소리 드높여 힘찬 발길로 진군하라!"

　지축을 흔드는 함성과 함께 군마가 울부짖는 소리가 천지사방으로 울려 퍼졌다.

　총사령관 아쥬가 직접 이끄는 몽골 기병부대가 선두에 섰고 부사령관이며 쿠빌라이에게 복속한 옛 금나라의 군벌 우두머리인 사천택 휘하의 중국인 보병부대가 뒤를 따랐다.

　후미의 공병과 동차를 비롯한 각종 무기와 장비들이 전선을 향해 서서히 움직이기 시작했다.

　10월 햇살이 안온하게 내리는 산천이 인마의 발소리와 바퀴 구르는 소리로 천둥처럼 우르릉거리며 진동했다.

　사흘 밤낮을 진격한 군사들이 넓은 벌판을 야영지로 택한 가운데 지휘부 군막에서 작전회의가 열렸다.

총사령관 아쥬가 배석한 장수들을 둘러보며 무겁게 입을 열었다.

"용맹스런 제장들과 함께 남송 멸망의 역사적인 전쟁에 지휘관으로 참전하게 되어 기쁘다. 선제에 이어 또 한 번의 지난 전투에서 완승을 거두지 못한 원인을 교훈으로 삼아 이번에는 기필코 승리를 쟁취하여야만 한다."

"명심하여 기필코 사명을 완수하겠습니다."

입을 모은 장수들의 우렁찬 소리가 군막을 흔들었다.

"부대의 편제와 임무는 이미 하달한 바 있으나 이 자리를 필승의 각오를 다짐하는 계기로 삼기 바란다. 먼저 부사령관이며 보병군단을 이끌 사천택 장군을 소개하겠다."

황소만한 몸집에 염라부의 지옥사자를 연상시키는 얼굴을 한 사천택이 육중한 몸을 일으켜 걸걸한 목소리로 인사했다.

"총사령관님을 보필하여 숙적 남송을 거꾸러트리는 역사적인 위업에 동참한 것을 환영합니다. 우리 모두 제국과 황제폐하를 위해 승리를 쟁취하는 영광을 함께합시다."

장수들이 고개 숙여 부사령관의 결의에 답례했다.

"다음은 기병군단을 이끌 장수 살리타를 소개한다."

무서리가 내린 듯 허연 수염이 무성한 노장 살리타가 자리를 일어서 두 손을 모아 쥐고 좌중을 돌아보며 인사했다.

"과거 금나라 멸망 시 전장을 누빈 영광을 다시 한 번 재현하고자 늙은 몸을 이끌고 참전하였으니 남송의 패망을 보지 못한다면 적국에 뼈를 묻을망정 결코 돌아오지 않을 것이외다."

충정 넘치는 노장의 결연한 의지에 분위기가 한층 숙연해졌다. 살리타가 금나라를 거론하자 심기가 불편한 듯 부사령관 사천택이 굵은 눈썹을 움찔하며 기병군단장을 쏘아보았다. 멸망한 금나라의 장수로 몽골에 귀순한 사천택의 치부를 살리타가 건드렸기 때문이었다.

"이어 공병군단을 지휘할 장수 손다관을 소개하겠다."

대춧빛 붉은 얼굴에 뻣뻣한 수염이 제멋대로 자란 모습이 마치 삼국지연의의 장비를 연상시키는 공병군단장이 자리를 일어섰다.

"무장으로 분에 넘치는 성총을 입은 몸이니 내일 죽는다 해도 여한이 없소이다. 기병과 보병이 펼치는 작전을 연합 지원하는 막중한 책임을 다하고 공은 감출 것이니 제장들께서는 용맹을 떨쳐 적을 섬멸하는 큰 공을 세우시기 바랍니다."

혁혁한 전공을 자랑하는 장수들의 투지에 찬 결의에 흡족한 표정을 지은 사령관이 이번에는 해군 함선 군단장을 소개했다.

"소장은 제갈선우라 합니다. 과거 두 차례 원정 시 해군 전력의 미비함으로 승기를 놓친 전철을 밟지 않기 위한 제반 작전을 수립하였습니다. 대적하는 적들을 모조리 수장시켜 지상군의 승리를 돕겠습니다. 소장은 회의가 끝나는 즉시 함대의 본진에 합류할 것입니다."

이어 각 군단에 예속된 여단의 지휘관들을 호명하여 소개를 모두 마쳤다.

부사령관 사천택이 총사령관을 향해 군례를 올린 후 결의를 다짐했다.

"우리는 기필코 남송을 궤멸시켜 몽골의 깃발을 적국 하늘에 높이 세울 것을 맹세합니다."

상기된 얼굴의 총사령관이 장수들과 일일이 격려의 악수를 나눈 뒤 작전개념을 설명했다.

"남송 조정이 오랜 기간 자행된 내분과 간신들의 전횡으로 기울어졌다고는 하지만 40만이 넘는 정예 수륙연합군이 버티고 있으므로 결코 호락호락하게 보아서는 안 될 것이다. 이번 공격의 주목표인 한수의 요충지 양양을 집중 공략하여 그 지역에 방어선을 구축한 다음, 수도 임안으로 진격하는 전략으로 남송을 정벌할 계획이다. 무릇 모든 전쟁이 그러하지만 이번 출정이야말로 국가의 명운이 걸린 전쟁인 만큼 기필코 이겨야만 한다."

다음 날 동이 터 오르기도 전에 대군의 이동이 시작되었다.

보병군단을 이끌고 진군하는 군단장을 향해 말을 달려온 삼가가 고삐를 당겨 걸음을 멈추었다. 군례를 올린 후 조금 뒤따라 행보를 옮기며 보고했다.

"부사령관 각하, 정보군관 삼가 대령하였습니다."

등에 멘 검의 손잡이를 장식한 호안석이 햇살을 머금어 번쩍하고 누런 광채를 뿜어냈다.

보병군단장을 겸직하고 있는 사천택이 삼가를 향해 말했다.

"잘 알고 있겠지만 이번 출정에 정보군관에게 부여된 책임은 실로 막중한 것이다. 죽음을 불사하는 충정으로 대은에 보답하라."

"각하가 내리신 말씀 명심하여 거행하겠습니다."

"적의 움직임을 보고하라."

"파견한 척후 정탐병이 적의 동정을 살핀 결과 이미 아군의 진격을 파악하고 비상사태를 발령한 것으로 보입니다."

"정보의 가치는 정확하고 신속 기민함에 있으므로 우수하고 날랜 말과 병력을 보충 지원할 것이니 정찰활동을 더욱 강화하라!"

보고를 마치고 군례를 올린 삼가가 말을 몰아 대열 옆으로 달려 뿌연 먼지 속으로 모습을 감추었다.

열흘간 쉬지 않고 진군한 병사들이 드디어 한수에 인접한 은율에 당도했다.

말과 병사들의 휴식을 명한 총사령관이 각 군 지휘관들을 군막으로 소집했다.

"이곳에 진지를 구축한다. 각 군단은 전열을 정비하고 전투태세에 임할 것을 명하니 즉각 시행하라!"

각 군 군단장들이 자리를 뜬 뒤 총사령관이 보병군단장 사천택과 기병군단장 살리타를 대기시킨 가운데 정보군관을 들이라 명했다.

군막 안으로 들어선 삼가가 총사령관을 향해 군례를 올렸다.

"정보책임군관 삼가 각하께 보고 올립니다. 두 차례에 걸친 척후 정탐병들의 첩보를 취합한 결과 적들이 아군의 출현을 파악하고 전투태세에 돌입한 것으로 판단됩니다."

"예상했던 일이다. 계속하여 적정을 살피도록 하라."

잠시 간격을 둔 총사령관 아쥬가 물었다.

"현재 조직에 배속된 인원은 몇 명인가?"

"모두 30인으로 편성되었습니다."

부사령관 겸 보병군단장 사천택에게 시선을 고정한 사령관이 지시를 내렸다.

"무예에 능하고 몸이 날랜 자로 20인을 추가 선발하여 충원하도록 즉시 조처하라."

총사령관이 정보책임 부서에 인원을 추가로 보충시킨 결정에는 기병군단장 살리타가 결정적 역할을 했다. 적정을 파악하는 기능과 정보수집 그리고 각 군단 간의 작전 연락업무를 원활히 수행하는 것이 전쟁의 승패를 좌우하는 관건이라는 사실을 적극 건의한 살리타의 의견을 받아들였기 때문이었다. 하지만 그 일이 빌미가 되어 후일 삼가가 곤경에 처하게 되리라는 사실을 본인은 물론 살리타 자신도 전혀 짐작하지 못했다.

다음 날, 부관 궁진이 정보군관 삼가에게 보고했다.

"정찰에 투입된 인원을 제외한 나머지 부대원을 전원 집합시켰습니다."

줄지어 도열한 병사들 앞에 선 군관 삼가가 새로 충원된 면면들을 둘러보았다. 다부진 몸집과 형형한 눈빛으로 미루어 숙련된 최정예 자원들이 틀림없었다.

그런데 앞줄에 초련이 있었다. 초련의 배속처가 기병군단이었음을 알고 있는 삼가는 의외일 수밖에 없었지만 궁금한 내막은 뒤로 미루고 병사들을 향해 입을 열었다.

"나는 정보책임군관 삼가다. 모두 숙지하고 있는 사항이겠으나 우리가 부여받은 막중한 임무의 중요성을 다시 한 번 강조하고자 한다. 우선 수행할 임무는 최전방 적진에 은밀히 잠입하여 적정을 파악하고 수집하는 일로 매우 신속 정확한 판단을 요한다. 침투자의 동선을 최대한 은폐하고 만일 신분이 노출되거나 체포되었을 경우는 국가를 위하여 과감하게 자신을 희생하는 영광을 택하라. 다음의 임무는 각 군단을 순회하며 시시각각 전개되는 전황과 단위부대의 요청 및 보고를 전달하는 임무를 담당한다. 또한 상부에서 하달되는 작전과 연락사항을 전하는 전령의 책임을 수행한다."

결의에 가득 찬 병사들의 표정에 긴장이 감돌았다.

"이어 책임 조장을 선임하겠다. 한 조는 각각 10명으로 편성하며 보병군단을 전담할 제1조는 부관 궁진이 맡는다. 다음 제2조는 공병군단을 맡고 조장은 소준경이 담당한다. 제3조는 적목아를 해군 함선군단을 담당할 조장으로 선임한다. 다음 제4조 기병군단을 담당할 책임자는 군관 초련이 맡도록 한다. 나머지 인원은 내가 직접 지휘하여 각 조의 활동을 지원하는 예비대로 두고 유기적 업무체계를 운용토록 하겠다."

정보책임의 적임자로 삼가를 적극 추천한 것은 살리타였다. 백전노장인 그의 경험으로 미루어 전투를 수행함에 있어 정보의 중요성은 실로 중요한 핵심요소 중의 하나였다. 인체로 비유한다면 정보기능은 몸의 근간을 이루고 있는 신경조직과 같아서 그 기능의 활용여부가 승패의 관건을 좌우할 만큼 중요한 직책이었다. 그런 요직에 삼가를 추천한 것은 그의 특출한 무공과 민첩한 기지를 인정한 때문이었다.

전투준비를 완료한 몽골군이 드디어 양양 공격을 개시했다.

1만의 기병군단을 앞세워 진격하는 한편, 그 뒤를 따르는 2만의 보병군단으로 양양을 포위하여 외부로부터 고립시켜 남송지원군과 차단시키는 것이 1단계 전략의 핵심이었다.

남송도 이미 몽골의 침공을 알고 있었다. 그러나 긴박한 상황에 처한 조정은 권력을 틀어쥔 신하들에 둘러싸인 채 자중지란을 겪고 있었다.

안색이 하얗게 질린 황제 이종이 신하들을 내려다보며 떨리는 음성으로 말했다.

"이 일을 어찌해야 좋겠소."

우승상 가사도가 부복하고 아뢰었다.

"국가의 안위를 위태롭게 하여 황제폐하께 심려를 끼쳐드려 황송할 뿐이옵니다. 침입해온 적의 군사가 7만이라고 하나 우리 40만 대군이 바람처럼 달려 나가 궤멸시킬 것이오니 안심하십시오. 폐하!"

우승상의 말을 듣고 비로소 표정이 밝아진 황제가 안도하는 기색으로 말했다.

"짐은 오직 승상의 충정을 믿을 뿐이오."

상장군 장세걸이 황제 앞에 부복했다.

"몽골군의 침공을 사전에 예측하지 못하여 국가를 누란의 위기에 처하게 한 호광 군관구 사령관 여문덕의 죄를 물어 파직하시고 중죄로 다스리는 것이 마땅하옵니다."

장세걸의 주청에 황제가 즉각 윤허를 내렸다.

"상장군의 의견에 짐도 동의하는 바이니 호광 군관구 사령관 여문덕을 파직하라!"

여문덕은 미천한 신분으로 장터를 떠도는 볼품없는 땔감장수였으나 타고난 용력과 배포를 갖춘 자였다. 특유의 친화력으로 추종자들을 규합하고 거금을 운용하는 능력을 지닌 부호를 후견인으로 영입하는 수완을 보인 여문덕이었다. 민심을 얻은 그의 휘하로 인재들이 구름처럼 몰려들었고 여세를 몰아 단숨에 대군벌을 이루어낸 입지전적 인물이었다.

여문덕이 눈물을 흘리며 주청을 올렸다.

"씻을 수 없는 대죄를 지은 소장을 죽여주옵소서. 폐하!"

북주의 고명한 유학자로 명망이 높은 좌승상 육수부가 황제 앞에 나아가 아뢰었다.

"여문덕의 죄가 결코 적다 할 수 없으나 국가의 안위가 누란의 위기에 처한 지금 국가 방위의 중추를 담당한 장수를 교체하는 것은 온당치 않습니다. 난국을 수습한 연후 치죄하셔도 늦지 않을 것이오니 재고해주실 것을 주청드립니다."

하지만 권신 가사도의 표정을 살핀 황제가 미간을 잔뜩 찌푸리고 노기 가득한 표정으로 말했다.

"상량할 이유가 없으니 영을 시행하라!"

여문덕이 파직되고 그 자리는 양양지사를 맡고 있던 그의 아우 여문환이 호광 군관구 사령관으로 승진하여 아쥬와 사천택의 몽골군에 맞서 싸우게 되었다.

공병군단장 손다관이 여단장들과 휘하 장수들을 소집한 가운데 지시를 내렸다.

"이미 기병과 보병이 진격을 개시하여 전투가 벌어졌다. 이제부터 양양을 철저하게 봉쇄할 수 있는 견고한 진지를 구축하는 것이 급선무다. 이번 전쟁은 장기전이 될 전망이 높다. 초전에 승기를 잡는 것 못지않게 이곳에 철옹성 같이 튼튼한 교두보를 확보하는 일이 우리에게 주어진 임무다. 황제께서는 이미 수년 전부터 개봉 지역을 보급기지로 삼고 대규모의 보급물자를 비축하는 동시에 이곳으로 이르는 길목인 하북의 교통망을 정비하여 후방지원에 만전을 기하였다. 이제부터 최단 시일에 역사적인 토목공사를 시행할 것이니 각기 분담된 공사에 착수하라."

성 주위를 빙 둘러 파놓은 연못인 해자를 건너거나 메울 때 사용하는 진호 차와 무거운 돌과 가마니에 담긴 흙을 들어 올리는 거중기들이 동원된 가운데 일시에 수천 명이 투입된 대공사가 시작되었다. 한수의 돌출된 지형인 만곡부를 중심으로 포위망 안에 양양을 완전히 가두어 버리기 위한 방편으로 산세와 능선을 따라 호와 흙벽으로 연결된 요새와 같은 보루 조성공사였다.

산을 허물고 늪과 호수를 메우는 병사들의 땀이 도랑을 이루었고 돌을 부수는 굉음이 하늘과 땅을 흔들었다.

남송군 호광군관구의 총병력은 약 10만이었다. 그중 양양에 주둔하고 있는 병력은 대략 5만 정도였으므로 쌍방이 비등한 전력으로 일진일퇴를 거듭했다.

접수되는 전황을 지휘부에 보고하느라 분주한 정보책임관의 집무처로 부관 궁진이 들어섰다.

"보고 드립니다. 아군의 진지를 염탐하던 적병 두 놈을 잡았습니다."

"수고 많았다. 놈들로부터 알아낸 것이 있는가!"

"일체 입을 열지 않는 것으로 미루어 중요한 밀명을 띤 자들로 사료됩니다."

군관 복장이 잘 어울리는 궁진의 늠름한 모습이 믿음직스러웠다.

무릎을 꿇어앉힌 포로들을 내려다보며 삼가가 심문을 시작했다.

"적군이기는 하나 남송을 위한 너희들의 충정을 가상하게 여긴다. 그러나 기밀을 지켜 충성을 다하려 했다면 체포되어 이곳에 당도하기 전에 스스로 혀를 깨물고 자진했어야만 했다."

그들은 심문관의 말에 충격을 받은 듯 두려움으로 몸을 떨며 고개를 숙였다.

"강요하지는 않겠다. 입을 열어 자복을 하거나 끝내 입을 다물고 지조를 지키거나 여부에 상관없이 어차피 너희는 죽은 목숨이다. 그러나 희망이 아주 없는 것은 아니다. 이제부터 너희들의 선택이 생사를 가름 하는 단 한 번의 기회가 될 것이다. 어찌하겠느냐!"

심중의 동요를 감지한 심문관이 강경한 어조로 최후통첩을 날렸다.

"침투 목적을 사실대로 말하라!"

잠시 망설인 포로들이 서로 시선을 마주쳐 눈빛을 나눈 뒤 그중 하나가 입을 열었다.

"사천택 장군님을 만나게 해주십시오. 직접 전해드릴 말씀이 있습니다."

순간 삼가의 눈빛이 날카롭게 변했다.

"뭐라! 너 따위들이 몽골의 부사령관을 만나겠다고? 가소롭구나. 소상한 연유를 밝혀라!"

"이 자리에서는 말할 수 없으니 저희들을 사천택 장군과 대면하게 해주십시오."

심문관이 목소리를 높여 명령 내렸다.

"이자들이 모종의 흉계를 품은 것이 틀림없다. 놈들의 몸을 샅샅이 수색하라."

달려든 병사들이 포로들의 옷을 벗기고 몸을 뒤지기 시작했으나 아무 것도 발견할 수 없었다.

그런데 벗겨 놓은 옷을 무심코 바라보던 삼가의 시선을 잡아끄는 것이 있었다. 군복 상의를 집어 들고 살피니 누렇게 땀에 찌든 다른 부분과 달리 가슴 부위에 새로 꿰맨 하얀 실밥이 눈에 들어왔다. 옷 솔기를 양손으로 잡고 압박을 가하자 도톰한 무엇이 느껴지며 서걱거리는 소리가 나는 듯했다.

손에 힘을 주어 솔기를 뜯어내니 그 속에 숨겼던 봉함된 서신이 드러났다. 상부에 그대로 보고를 올려야 할 것인가 여부를 판단하느라 잠시 망설인 삼가가 생각을 정리하고 서신을 개봉했다.

'존경하는 사천택 장군 각하. 남송의 상장군 장세걸이 장군께 이처럼 몇 자 글로 인사드리는 무례를 용서하십시오. 다름 아니오라 각하와 소장은 일찍이 금나라에 함께 몸담았던 인연이 있었고 그 후 각기 몽골과 남송에 의탁하여 서로의 처지가 남과 북으로 나뉘었으나 소장은 항시 각하의 웅대한 포부와 인품을 흠모해왔습니다. 지금 남송은 혼탁한 황제와 간신배들의 전횡으로 나라 운명이 꺼져가는 촛불 형세와 다름없습니다. 장대 하나로 쓰러지는 고택을 지탱할 수 없음이 자명할진대 소장은 이참에 각하를 도와 몽골을 섬길 결심을 굳혔습니다. 사흘 뒤인 10월 스무닷새 날 자정을 기해 양양성의 문을 활짝 열 것이니 소장의 진의를 의심치 마시고 진격하시어 대승을 거두시기 바랍니다.'

서신을 접어 봉투에 다시 넣은 삼가가 지시를 내렸다.

"이자들을 단단히 결박하여 임시 옥사에 수감하라."

부관 궁진에게 업무를 인계하고 집무처를 나선 삼가는 깊은 생각에 잠겼다. 체계상으로는 분명 부사령관에게 보고를 올려야 하지만 이번 일에 당사자가 연루된 사안의 특성을 감안할 때 총사령관에게 직접 보고하는 것이 타당하다는 결론을 내렸다.

정보군관 삼가가 올린 서찰을 읽은 총사령관 아쮸의 안색이 변했다. 머리가 혼란스러운 듯 한참을 생각에 잠겼던 사령관이 보좌관에게 긴급 지휘관 회의 소집 명령을 지시했다.

잠시 뒤 해군 함선을 지휘하는 선우 제독만 불참한 가운데 각 군 군단장들이 지휘부로 속속 모여들었다. 자리한 지휘관들을 둘러본 총사령관 아쮸가 심각한 표정으로 입을 열었다.

"임무 수행에 여념이 없는 제장들을 이처럼 긴급히 소집한 것은 의외의 사안이 발생하였기 때문이다. 이 서찰을 읽고 그에 합당한 방안과 의견을 개진하라!"

그중 직위가 가장 높은 관계로 먼저 서신을 받아든 사천택의 얼굴이 흙빛으로 변했다.

발언하려는 그를 총사령관이 제지했다.

"개인적 의견을 개진할 기회는 별도로 줄 것이니 우선 그 서찰을 차례로 열람하도록 하라!"

기병군단장을 위시한 각 군 군단장들이 차례로 서찰을 읽었다. 무겁게 가라앉은 분위기와 함께 모두의 얼굴에 곤혹스러운 표정이 역력했다. 그럴 수밖에 없는 것이 적국의 장수가 거론한 인물이 부사령관이며 보병 군단장인 사천택이었기 때문이었다.

잠시 후 총사령관 아쮸가 좌중의 침묵을 깨고 입을 열었다.

"먼저 적국의 장수 장세걸이란 자가 제의한 문제를 어찌 생각하고 있는지 각자 의견을 말해보도록 하라!"

기다렸다는 듯 사천택이 몹시 흥분한 어조로 말했다.

"이 일은 일고의 가치도 없는 맹랑한 수작입니다. 장세걸이란 자와 소장은 오래전 일면식만 있을 뿐 그 이상도 이하도 아닌 관계입니다.

이것은 아군을 혼란에 빠트리려는 음흉한 술책이 분명하오니 현혹되지 마시기 바랍니다."

뜻하지 않게 발생한 돌출사건으로 인해 졸지에 의혹의 중심인물이 되어버린 것은 물론, 체면을 크게 손상당한 사천택은 치밀어 오르는 분노를 누르지 못한 채 거친 숨을 내쉬고 있었다.

이어 기병군단장 살리타가 자리에서 일어섰다.

"소장 역시 부사령관의 의견에 동의합니다. 한 가지 더 부연한다면 함정으로 아군을 유인하고자 하는 적의 간계에 말려서는 안 된다는 것이 소장의 생각입니다."

그러나 공병군단장 손다관은 다른 견해를 내놓았다.

"소장이 이전에 풍문으로 들은 바에 의하면 장세걸이란 자는 품성이 간악하여 변심을 다반사로 자행하는 인물로 남송 조정의 세력다툼에 밀려 항시 불만에 가득 찬 야심가였다 합니다. 이번 전투의 대세가 몽골로 기우는 것을 감지한 그가 실제로 우리를 도와 협조할 개연성을 전혀 부정할 필요는 없을 것 같습니다. 만에 하나 함정일 가능성을 염두에 두고 대비책을 철저히 강구한다면 모험할 만한 가치는 충분하다고 사료됩니다."

모든 의견을 청취하고 일단 결론을 유보한 채 회의를 마친 사령관이 보좌관에게 정보책임관을 들이라 지시했다.

군관 삼가와 마주한 아쥬가 물었다.

"정보 책임자로서 적장 장세걸이란 자가 보낸 서찰에 담긴 의도를 어찌 생각하는가!"

"하문하시니 감히 소견을 말씀 올리겠습니다. 우선 허술하기 짝이 없는 서신의 이면에 담긴 의도는 아군 지휘부의 갈등과 분열을 획책하기 위한 책략으로 짐작됩니다."

"그 점은 나 역시 동감한다. 그렇다면 그것을 이용하여 적에게 타격을 가할 수 있는 방안은 무엇이 있겠는가."

"적들의 간계를 역으로 이용하는 방법을 고려해볼 수 있겠습니다. 실제로 장세걸의 제안에 응하는 것처럼 일단의 군사를 양양 서문 부근에 진출시키는 한편, 정예 주력부대를 남문으로 총진격하여 적의 허를 찌르는 전략을 구사한다면 커다란 전과를 올릴 수 있을 것으로 사료됩니다."

사령관의 얼굴에 환한 미소가 떠올랐다.

"기병군단장의 추천을 받고 어떤 인물일까 매우 궁금하였는데 역시 맹장 살리타의 신임을 받을 만하구나."

사령관의 칭찬에 무안해진 삼가가 몸을 낮추었다.

"아직 일천한 경력의 미숙한 소견을 이처럼 과찬하심은 송구스럽습니다."

한편 남송 조정에서는 몽골진영으로 보낸 서신에 그들이 어떠한 반응을 보일 것인가 여부를 분석하느라 골몰하고 있었다.

계책을 제안하고 주도한 상장군 장세걸이 목소리를 높여 호기를 부렸다.

"저들이 내가 보낸 제의에 매우 당황했을 것이오. 몽골군 부사령관 사천택의 하얗게 질린 얼굴이 눈에 보이는 듯합니다."

평소 장세걸을 추종하는 세력의 하나인 모사 진중권이 얼른 말을 받았다.

"금번 상장군이 세운 책략이야말로 제갈량의 지혜에 버금하고도 남음이 있는 절묘한 것입니다. 적들이 정말 서문으로 쳐들어온다면 매복한 아군의 덫에 궤멸되고 말 것이며 설사 계획한 술수에 말려들지 않는다 해도 갈등과 내분을 야기시킬 것이니 우리로서는 손해 볼 것이 없습니다."

그들의 말을 조용히 듣고 있던 좌승상 육수부가 미간을 찌푸리며 입을 열었다.

"국가의 안위가 위태로운 사태에 처한 지금 자만과 방심은 금물일 것이오. 그리고 별로 대단치 않은 계책을 두고 천고에 길이 빛날 현자 제갈공명에 비유하며 운운하는 것은 실로 부끄러운 일임을 알아야 할 것입니다."

희미한 초승달이 걸린 하늘은 칠흑 같은 어둠에 잠겼다.

병사들의 발소리에 놀란 새들이 날개를 퍼덕여 잠들었던 둥지를 박차고 날아올랐다. 횃불을 밝힌 이천 명의 몽골 군사가 양양 서문을 향해 움직이고 있었다.

기습작전에 임하는 병력은 최대한 은밀하게 행동하며 소음과 노출을 자제하는 것이 기본상식이다. 그러나 지금 눈앞에 벌어지는 행태는 통상적인 전투개념을 벗어난 이상하기 짝이 없는 진군이었다.

몽골 군사들이 서문 부근에 당도한 것은 자정이 가까운 시각이었다. 잠시 후 울리는 북소리를 군호로 지휘관의 진격 명령이 떨어지기를 기다린 몽골 병사들이 일제히 함성을 지르며 성문을 향해 진격했다.

그 순간 기다렸다는 듯 성안 망루에 횃불이 환하게 내걸리며 커다란 고함과 함께 화살이 어지럽게 날기 시작했다.

그런데 몽골 군사들은 북소리에 맞추어 나아가고 물러섬을 반복하고 있었다. 북이 세 번 울리면 일진하고 다섯 번을 울면 일퇴하는 식이었다.

반면 후방에 포진한 몽골진영 궁수들이 맹렬한 기세로 지원사격을 가하니 성 안에 있는 남송군사들도 방어를 펼칠 뿐 섣불리 나서지 못하였다.

바로 그 시각 양양의 남문을 향해 소리 없이 움직이는 2만의 군사가 있었다. 적을 교란시키기 위해 서문을 공략하는 것과 때를 맞추어 보병군단이 주축을 이룬 몽골 군사들이 양동작전에 돌입한 것이었다. 스스로 쳐놓은 함정에 빠진 줄도 모르고 서문에 전력을 집중 배치한 남송군의 전력공백을 틈탄 몽골 군사가 남문을 향해 성난 파도 같이 밀고 들어갔다. 남문에 주둔한 남송 병력은 수천에 불과했다.

마침 수비태세 점검차 이곳에 머문 신임 호광군관구 사령관 여문환은 전혀 예기치 못한 사태에 직면하고 모든 일이 장세걸이 초래한 자충수에 빠진 실책임을 깨달았다. 여문환은 전령을 보내 서문에 배치했던 예비 병력을 즉시 이곳 남문으로 보낼 것을 명령하는 한편 수도 임안에 증원군 파견을 요청하는 파발마를 긴급히 띄웠다.

쌍방이 한 발도 물러설 수 없는 치열한 전투가 벌어졌다.

성을 빙 둘러 파놓은 연못인 해자를 건너는 데 유용한 장비 진호차를 비롯하여 벽을 오를 때 필요한 사다리차 운제와 성벽을 깨트리기 위한 동차들이 맹활약을 펼쳤지만 견고한 양양성은 쉽사리 뚫리지 않았다.

쌍방이 엄청난 화력을 쏟아부으며 필사적인 공방을 펼치는 사이 어느덧 먼동이 터오고 있었다.

전황이 잠시 소강상태를 보인 채 양측 모두 전열을 가다듬었다.

진두에 서서 전투를 독려하던 몽골군 총사령관 아쥬가 임시 지휘소로 장수들을 소집한 가운데 먼저 제1여단장으로부터 현황을 보고 받았다.

"개전 이래 아군의 사상자 는 약 천이백 명에 이르며 동차를 비롯한 다수의 장비가 손실되었습니다. 적군의 사상자 수는 우리에 비해 두 배 정도 되는 것으로 추정됩니다."

공병군단 예하 소속 여단장이 자리를 일어서 보고 올렸다.

"투입된 모든 장비가 효과적으로 운용되고 있으나 성을 공격하는 중요한 돌파무기 중 하나라 할 수 있는 투석기의 위력이 기대에 미치지 못하는 점이 아쉽습니다."

그때 황급히 들어온 장수 하나가 방금 적의 증원부대가 도착하여 공격태세를 갖추고 있음을 알렸다.

지휘소를 나와 말에 오른 아쥬의 눈에 남문 누대 중앙에 장수들을 거느리고 선 자 하나가 들어왔다.

잠시 후 그자가 외치는 소리가 귓전을 울렸다.

"몽골 장수 사천택은 들어라! 나는 남송의 상장군 장세걸이다. 과거 그대와 맺은 의리를 생각하여 특별히 자비를 베풀어 도움을 주려 했건만 오히려 뒤통수를 치다니 참으로 괘씸한 소행이로다. 어떠냐! 지금이라도 늦지 않았으니 무릎을 꿇고 사죄한다면 당나귀처럼 늙고 처량한 목숨을 보전해줄 것이다."

장세걸이 지껄이는 말에 얼굴을 붉힌 사천택이 흥분을 감추지 못한 목소리로 독설을 쏟아냈다.

"쥐새끼 같은 네놈의 검은 뱃속은 이미 천하에 드러난 지 오래다! 내 반드시 네놈을 사로잡아 요사스런 말을 함부로 지껄이는 혀를 뽑고야 말겠다!"

말을 채 끝내기도 전에 성문을 향해 말을 몰아 달릴 기세인 그를 장수들이 급히 가로막았다.

"고정하십시오. 각하!"

흥분을 가라앉히지 못한 채 거친 숨을 내쉬며 사천택이 주위를 둘러보았다.

"지금 즉시 달려 나가 저놈의 목을 베어 치밀어 오르는 분노를 잠재울 장수는 없는가?"

돌연 뒤편에서 말을 타고 달려 나와 군례를 올린 군관 하나가 우렁찬 소리로 외쳤다.

"각하! 소장을 보내주시면 기필코 저자의 목을 바칠 것입니다."

모두의 시선이 그에게 집중되었다. 그는 정보군관 삼가였다.

흑갈색 윤기가 흐르는 말을 탄 그의 손에 들린 이화창이 햇살을 가득 머금고 서리 같이 차가운 기운을 내뿜었다.

"바람처럼 달려 나가 저자의 목을 베어 몽골의 기백을 똑똑히 보여주도록 하라!"

사천택의 말이 떨어지기 무섭게 말을 달려 성문 아래 당도한 삼가가 목청을 돋우어 크게 소리쳤다.

"누대에 숨어 입만 조잘거리는 것은 사내가 할 일이 아님을 그대는 모르는가. 적장 장세걸은 진정 장부라면 당당하게 나와 연약한 계집이 아님을 증명하라!"

삼가의 격한 야유에 큰 충격을 받은 듯 얼굴이 하얗게 질린 장세걸의 몸이 휘청하고 기울어지는 것이 모두의 눈에 확연히 들어왔다.

잠시 뒤 성문이 열리고 말을 탄 장수가 달려 나왔다. 그 역시 장창을 들고 있었다.

양측 진영의 함성이 울려 퍼지는 가운데 접전이 시작되었다.

창을 치켜세운 두 사람이 뿌연 먼지를 일으키며 서로를 마주 보고 달렸다. 창과 창이 부딪치며 푸른 불꽃을 튕겨냈다. 바람처럼 스치며 일합을 주고받은 그들이 말 머리를 돌려 다시 질풍처럼 말을 몰았다.

선제공격을 시도한 남송 장수의 창이 날카로운 소리를 물고 상대의 목을 파고들었다. 그러나 말 위에 있어야 할 삼가의 모습은 어디에도 보이지 않았다.

당황한 적장이 창을 거두어들이려는 순간이었다. 말의 옆구리에 몸을 숨겼던 삼가가 바람처럼 솟구쳐 오른 것과 동시에 번쩍이는 빛이 허공을 갈랐다.

피보라를 일으키며 떨어진 적장의 목이 저만큼에 나뒹굴었다.

몽골군 진영에서 일제히 커다란 함성이 터져 나왔다.

코에서 뜨거운 입김을 뿜어내는 승자의 말이 앞발을 치켜들고 크게 울며 기세를 높였다.

"똑똑히 보았느냐? 손에 들려 있는 이화창이 다음 제물을 기다린다. 적국의 상대는 지체 없이 나와 내 창을 받아라!"

성문이 열리며 이번에는 두 명의 장수가 말을 달려 나왔다.

한 손에 창을 든 삼가가 등에 메고 있던 검을 뽑아들었다. 옥이 부딪치는 것처럼 청아한 소리를 튕겨낸 용천검이 푸르스름한 서광을 뿌렸다.

박차를 가해 적을 마주 본 채 질풍처럼 말을 몰아 달리는 삼가의 창이 회오리를 일으키며 현란하게 춤췄다.

전혀 위축된 기색 없이 자신들을 향해 정면으로 달려오는 상대의 기세에 놀란 적들이 주춤하는 사이 두 필의 말 사이로 정면 돌파한 삼가의 양손에 들린 창과 검이 허공에 무지개를 그렸다. 우측의 적이 치고 들어온 창을 막아내며 상대의 창대를 타고 내리 빗긴 창으로 가슴을 베는 한편, 좌측으로 달려오는 적의 검을 맞은 용천검이 엄청 강한 검기를 내뿜어 상대의 검을 두 동강 내버렸다. 그와 동시에 번쩍하는 한 줄기 푸른 검광이 적의 목을 휘감았다. 검을 거두어들인 삼가가 땅에 나뒹구는 적의 시신들을 내려다보고는 이내 말 머리를 돌렸다.

몽골군 진영에서 들려오는 함성이 산천을 흔드는 가운데 진격의 북소리가 울렸다.

"여세를 몰아 공격을 개시한다! 돌격하여 적을 궤멸시켜라!"

태양을 가리고 피어오르는 먼지와 화약 냄새가 진동하며 또다시 치열한 전투가 벌어졌다.

그러나 삼 일 밤낮 일진일퇴를 반복하며 맹공을 펼쳤으나 쌍방의 인명 피해만 늘어날 뿐 이렇다 할 소득 없이 전황은 다시 소강상태로 접어들었다.

 군막 중앙에 앉은 총사령관이 장수들을 둘러보며 입을 열었다.

 "아군이 은율에 견고한 진지를 구축하여 장기전에 대비한 확고한 교두보를 확보하는 문제가 우선인 만큼 무리한 전투를 치를 필요는 없다. 이만하면 적의 예봉을 꺾는 소기의 목적은 달성하였으니 본진으로 철군하려 한다. 서문으로 진격한 부대에 전령을 보내 철수하라 전하라."

 분주한 정보책임관의 집무처로 초련이 들어섰다.

 전투복을 갖추어 입은 복장이었지만 그녀의 가녀린 몸매는 살벌한 전장과는 어울리지 않았다.

 군례를 올리는 초련을 반갑게 맞이한 삼가가 그동안의 근황을 물었다.

 "아직 기병군단이 본격적으로 움직이지 않았으므로 별다른 전달사항은 없습니다. 기병군단장 각하의 전언이 담긴 행낭을 전해드립니다."

 서신을 개봉한 삼가의 얼굴에 복잡한 감정이 스치고 지났다.

 '일전에 치른 남문 전투에서 장세걸을 통렬하게 꾸짖어 간담을 서늘하게 하고 적장수의 수급을 셋이나 취한 제장의 용맹한 전과를 치하한다. 하나 공을 시샘하는 무리가 있을까 염려되니 그 점을 항시 염두에 두고 자신을 드러내지 않는 신중한 처신을 당부한다.'

 경직된 관료 조직의 작폐를 잘 아는 살리타가 혈기를 앞세운 삼가의 행동에 일침을 가하는 뼈아픈 충고였다.

 잠시 후 삼가의 표정을 살핀 초련이 자못 궁금한 듯 질문했다.

 "지난번 남문 전투 시 말을 달려오는 두 명의 상대를 대적하며 한 손에는 창을 다른 손에는 검을 들고 단숨에 적을 베었다고 들었는데 그 때 구사한 검법이 무엇이었습니까?"

초련의 말을 들은 삼가의 입가에 미소가 번졌다.

"이미 오래전 엉덩이로 착지한다는 비아냥거림을 들으며 사형에게 전수받은 신풍비검법을 창술에 혼합하여 창안해낸 나만의 비법이지요."

그의 말대로 지난날 분명 자신이 한 말이 틀림없는 사실이었으므로 무안한 마음을 감출 길 없는 초련의 얼굴이 화끈 달아올랐다.

남송은 장강·회수·한수 삼대 강을 천연의 요새로 삼아 이들 강 유역을 따라 띠를 두른 듯 강력한 방어선을 구축하고 있었다.

삼대 강 유역은 동쪽에서 서쪽으로 회동·회서·호광·사천 등 네 곳의 군관구로 분할된 체계였다. 각 군관구에 배치된 병력은 1만 명에서 수만 명에 이르는 여러 개의 야전군이 배속되어 있었고, 대규모의 병참 기지와 고도로 정비된 군·정 조직으로부터 지원을 받고 있었으므로 외부의 어떠한 공격에 대해서도 완벽한 방위를 할 수 있었다.

변방의 밤하늘에 싸락눈이 날리기 시작했다.

며칠 사이 부쩍 차가워진 날씨 탓에 진지를 수비하는 병사의 입에 하얀 입김이 피어올랐다.

내일을 알 수 없는 불안감과 더불어 옷깃을 파고드는 추위가 몸과 마음을 옥조여 들어오는 것만 같았다. 턱수염이 더부룩한 병사가 함께 경계근무를 서는 젊은이에게 말을 걸었다.

"자네는 얼굴을 보니 이번에 처음 참전한 것 같구면."

"그렇습니다. 아직 본격적인 전투를 치러보지도 않았지만 고향에 두고 온 처자가 눈에 밟혀 잠을 이루지 못하는 밤이 허다합니다."

"그 심정 이해가 되고도 남음이 있네. 전장을 떠돌며 늙은 몸이지만 이번 전쟁에 살아 집으로 돌아갈 수만 있다면 이제는 고단한 몸을 가족 곁에 편히 누이고 싶은 마음뿐일세."

한숨을 내쉬는 늙은 병사의 눈에 물기가 어리며 추연한 빛이 감돌았다.

그때, 능선 위로 흩날리는 눈발을 비집고 어른거리며 움직이는 물체들이 희미하게 눈에 들어왔다. 남송의 적군이 침투한 것이 분명했다. 각 초소로 연결된 비상망이 요란한 소리를 내며 울렸다.

"비상이다! 적이 쳐들어온다! 비상을 발령한다!"

일전에 당한 남문 전투로 실추된 사기를 진작시키려는 목적과 함께 몽골이 은률에 구축하고 있는 축성과 진지가 완성되기 전에 격파하려는 의도로 남송 대장군 척발렬이 군사를 이끌고 기습작전을 감행한 것이었다.

그러나 몽골군은 마치 적군의 침투를 기다리고 있었다는 듯 완벽한 수비태세를 갖추고 있었다.

어찌 보면 이번 전투의 승패는 이미 결정된 것이나 진배없었다.

움직임이 적에게 노출된 탓으로 기습작전의 이점을 충분히 살리지 못한 실책과 더불어 3만 5천의 남송군에 맞서는 몽골군의 수는 해군을 제외하고도 5만이 넘었기 때문이었다.

진두에 서서 전투를 독려하는 총사령관 아쥬가 각 군에 지시를 하달했다.

"남송군을 섬멸하기보다는 격퇴시키는 전략을 고수하라. 현재 우리 측이 진행 중인 축성과 진지를 보호하는 데 중점을 두고 수비와 방어에 치중하도록 해라!"

남송군은 열흘 동안 사력을 다해 맹렬한 공격을 펼쳤지만 몽골군의 수비는 예상했던 것보다 견고했다.

별다른 전과가 없는 가운데 아군의 피해만 늘어가는 전황으로 더 이상의 전투는 무의미함을 깨달은 척발렬은 분한 눈물을 삼키며 철군 명령을 내리고 말았다.

각 조의 책임 연락관들을 소집하여 업무지시를 마친 삼가의 집무처로 사령관이 들어섰다.

웃음 띤 얼굴로 자리에 앉을 것을 권한 아쥬가 부관 궁진을 비롯한 군관들을 돌아보며 치하했다.

"일전에 침공해온 적을 맞아 선전할 수 있었음은 수집한 정보를 정확히 판단하여 적의 침입에 대비할 수 있도록 신속히 대처한 공로가 크다. 그러나 본격적인 전투에 대비하는 자세로 자만하지 말고 더욱 분발하여 남송 멸망의 위업을 달성하는 일에 박차를 가하도록 하라!"

사령관이 삼가의 어깨를 다독이며 격려해주었다.

한편 남송군부에서는 일전에 벌인 은률 전투 결과를 두고 격론을 벌이고 있었다. 격분한 대장군 척발렬이 장세걸을 향해 분통을 터트렸다.

"상장군은 지난번 남문 전투에 이어 이번 작전을 수립한 장본인으로 할 말이 있을 듯싶은데 어디 그 변을 한번 들어봅시다."

척발렬이 자신을 직접 거론하여 책임을 추궁하자 얼굴이 벌게진 장세걸이 버럭 소리 질렀다.

"적들이 축성과 진지 구축을 마치기 전에 서둘러 출정하여 궤멸시키고자 한 전략은 조정의 중론에 따른 것일 뿐이외다. 또한 남문 전투는 군관구 사령관이 진두지휘한 전투가 아니었소? 어찌 나에게만 책임을 전가하려는 것이오!"

척발렬의 주장이 타당한 것이었으나 조정 권신들의 뒷배를 믿는 장세걸이 책임회피는 물론 무례한 말을 함부로 지껄이고 있었다.

실눈을 뜨고 분위기를 살핀 모사 진중권이 위엄을 가장한 간사한 목소리로 장세걸을 두둔하고 나섰다.

"은률에 견고한 진지를 구축하고 은거한 몽골의 5만이 넘는 적들을 3만 5천의 병력으로 공격한 것이 결정적 패인이라 여겨집니다. 모든 공과는 전투를 책임진 지휘관에게 돌아감이 마땅하다는 것이 소신의 생각입니다."

눈앞에 벌어진 기막힌 작태를 묵묵히 지켜보던 우승상 가사도가 침통한 표정으로 입을 열었다.

"작전에 실패한 원인을 분명히 짚어 후일의 경계로 삼는 것이 타당하지만 이처럼의 면피성 논쟁을 벌이는 것은 적전 분열을 조장하고 장차 더 큰 재앙을 초래할 뿐이라는 사실을 모두 명심해야 할 것이오."

척발렬은 조정의 영향력 있는 권신들과 관계는 소원했지만 병법에 조예가 깊은 탁월한 무장이었다. 정면 돌파로는 막강한 전투력을 갖춘 몽골군을 격파하는 것이 어렵다는 사실을 간파한 그는 한수 맞은편 도시인 번성과 양양을 배다리로 연결하는 통합적인 방어 계획을 세우고 즉각 착수했다.

첩보 활동을 통해 그러한 사실을 파악한 몽골군 진영은 고심했다.

보유한 해군을 진격시켜 다리 설치를 저지하면 될 일이었으나 문제가 발생한 것이다. 한동안 지속된 가뭄으로 인해 수량이 적은 탓으로 큰 규모의 함선이 강을 거슬러 올라올 수 없었기 때문이었다. 물론 작은 규모의 전마선을 띄우면 될 일이었으나 이미 남송측이 그런 사태를 대비하여 요소요소에 군선들을 배치해놓았기 때문에 그리할 수도 없었다. 자칫 섣부른 기동을 했다가는 남송의 수륙 연합군에 낭패를 볼 확률이 높다는 판단으로 작전에서 배제할 수밖에 없었다.

결국 몽골군 측은 번성을 봉쇄선에 포함시키기로 결정했다. 그 일은 축성 범위를 번성 인근 외곽까지 확대시켜 장벽을 둘러싸는 것을 의미하는 것으로 막대한 물자와 인원을 필요로 하는 소모적인 공사였지만 몽골의 입장으론 불가피한 선택이었다.

봉쇄선이 중요한 이유는, 양양 수비대와 본토의 남송 지원군을 저지하고 나아가 병참 보급망을 차단하기 위해서도 전략상 반드시 필요한 조처였다.

다른 하나는 난공불락의 요새 양양성을 완전히 고립시켜 수도 임안 진격의 교두보로 삼는 한편, 군사적 측면뿐 아니라 심리적 압박을 가해 남송 왕조의 붕괴를 촉진하려는 고도의 전략적 의도가 깔려 있었다.

몽골측이 축조하는 성벽은 안쪽과 바깥쪽이 이중 구조로 전체가 고리처럼 둥근 형태를 취하고 있었으므로 환성이라 불렀다.

겨우내 얼어붙은 자작나무 가지 위로 봄비가 내리기 시작했다.

지난 초겨울 몽골군이 은률에 구축하고 있는 진지와 환성이 완료되기 전에 격파하려고 감행한 전투에서 기대했던 만큼의 전과를 올리지 못한 양양의 남송군은 작전에 신중을 기할 수밖에 없었다. 또한 외부로부터 식량과 보급물자 지원의 단절로 인해 고통 받는 곤궁한 처지에 몰려 있었다.

그동안 지상군들의 전황은 간헐적인 전투로 쌍방이 보합세를 보이며 머지않아 치르게 될 일전에 대비하고 있었다.

총사령관 아쥬가 각 군 군단장들을 둘러보며 치하했다.

"단기간에 이처럼 견고한 진지와 성을 쌓는 공사가 이루어진 것은 전례에 없는 일로서 그간 밤낮을 가리지 않고 피땀 흘려 고생한 병사들과 제장들의 독려에 찬사를 아끼지 않는 바이다. 또한 아울러 함께 진행된 함선 건조가 마무리를 목전에 두고 있다."

부사령관 사천택이 덧붙여 부연설명했다.

"이제 적들은 양양 봉쇄를 뚫기 위한 방편으로 지상군의 대대적인 반격과 함께 식량과 군수물자를 실은 함대를 투입하여 병참선을 개통하고자 할 것입니다."

"나 역시 부사령관과 같은 의견이다. 그동안 파악한 적의 동정으로 미루어 이번에 내리는 비로 강물이 불어나면 저들이 즉시 작전에 돌입할 것으로 예측되니 만반의 준비를 갖추어야 할 것이다."

말을 마친 총사령관이 군막을 두드리고 물보라를 일으키며 흐트러지는 빗방울에 시선을 두었다.

몰아치는 바람과 함께 더욱 세차게 쏟는 빗줄기가 누런 황톳물에 섞여 작은 고랑을 이루며 굽이쳐 흘렀다.

자욱한 새벽안개를 헤치고 모습을 드러낸 전함이 빠르게 다가오고 있었다. 드디어 남송 함대가 모습을 드러낸 것이었다.

남송 깃발을 펄럭이며 한수를 거슬러 올라온 9척의 군함들이 강 언덕을 향해 일제히 함포를 쏘기 시작했다. 앞뒤로 늘어선 6척의 전함이 군수물자를 실은 3척의 배를 호위하고 있었다. 양양에 고립된 지상군에게 식량과 물자를 보급하기 위해 적의 영역으로 진격해 들어와 공세를 취한 것이었다.

곧이어 나타난 몽골의 함선에서도 불을 토해냈다.

"당황하지 말고 침착하게 대처하라. 보급물자를 실은 적의 배를 반드시 저지해야만 한다."

지상군의 우수한 기동성과 막강한 전투력을 자랑하는 몽골이었지만 해군 전력은 내륙에 위치한 지리적 여건으로 인한 훈련과 경험, 모든 면에서 남송보다 열세에 놓인 실정이었다.

장대에 높이 올라 전투를 독려하는 남송의 수군제독 슐친이 큰 목소리로 부하들을 격려했다.

"모두들 보아라. 몽골 수군 놈들의 겁에 질린 모습을……. 양양에 고립되어 고군분투하는 아군에게 반드시 식량과 무기를 전해주어야만 한다."

이윽고 천지를 진동하는 굉음을 울리며 자욱이 피어오른 포연이 해를 가리는 가운데 치열한 접전이 벌어졌다.

남송의 전함은 빠르기가 바람과 같았다. 장강·회수·한수 삼대 강에 인접한 이점과 오랜 기간 축적된 기술력으로 건조된 선박의 우수성은 물론, 훈련으로 무장된 뛰어난 기동력을 갖춘 남송 해군의 전력은 몽골 수군보다 한 수 우위에 있었다.

이윽고 몽골 함선의 추격을 따돌린 남송 전함들은 양양을 향해 내륙 깊숙이 들어가고 말았다.

경계선을 돌파한 남송 함대는 거침없이 달려 포위공격을 받고 고전하는 군관구 사령관 여문환에게 대량의 보급물자를 공급하는 데 성공했다.

양팔을 활짝 펼친 여문환이 해군제독 슐친을 반겨 맞이했다.

"어서 오시오. 제독각하! 백만의 원군이 어찌 이보다 더 반갑겠습니까. 이곳에 뼈를 묻을망정 적들에게 한 치도 물러서지 않겠다는 병사들의 결의를 황제폐하께 전해주시오."

"군관구사령관의 말씀을 폐하께 전해 올릴 것이니 반드시 적을 섬멸하는 쾌거를 이루시어 조정과 백성의 근심을 덜어주시기 바라겠소."

여문환의 지상군에게 군수물자를 전해준 선단이 양양을 벗어나 장강을 빠져나오고 있을 때였다.

눈앞에 호리병을 닮은 지형으로 폭이 좁고 기다란 여울이 나타났다. 그곳으로 들어서니 사나운 물살이 하얀 포말을 일으키며 거세게 소용돌이치고 있었다.

전령을 통해 각각의 함선으로 명령이 하달되었다.

"속도를 늦추고 일렬종대로 편대를 유지하라!"

선두가 천천히 배를 몰아 시야를 가리고 있던 산모퉁이를 돌아 나왔을 때 갑자기 하늘을 찢을 듯 포성이 울렸다. 십여 척의 몽골 전함이 매복해 있었던 것이었다.

예기치 못한 사태를 맞은 남송측은 크게 당황했다. 한 수 아래 전력으로 얕보았던 몽골 해군에 불의의 역습을 당한 것이다.

문제는 물살이 빠르고 좁은 지형에 들어선 까닭에 기동력을 발휘할 수 없는 점이었다. 일자 대형을 취하고 있었으므로 적을 향해 공격을 할 수 없다는 것 또한 큰일이었다. 아무리 훈련이 잘된 정예군이라 해도 그들이 지금 처한 현실은 실로 난감한 상황이었다. 그런 와중에 앞선 함선들이 포격을 받아 주춤거리는 사이에 뒤따르던 배와 그만 연쇄적으로 충돌하고 말았다.

허둥대는 남송의 함선을 향해 포격과 불화살이 어지럽게 날아들었다.

"침착하게 대응하여 이 여울목을 빠져 나가야만 한다. 앞뒤 선박과 간격을 유지하라!"

그러나 이미 기동력을 상실한 전함들은 그대로 공격에 노출된 채 속수무책으로 당할 수밖에 없었다. 함선 곳곳에 치솟은 불길이 검붉은 연기를 내뿜으며 맹렬히 타올랐다.

하지만 불운은 그것으로 끝난 것이 아니었다. 돌연 뒤쪽에서 포성이 들려왔다. 놀란 남송의 수군들이 겨우 정신을 수습하고 정황을 살피니 적의 함선들은 후미에도 버티고 있었다. 앞으로 나아갈 수도 없었고 그렇다고 뒤로 물러날 곳도 없는 그야말로 진퇴양난에 처한 형국이 아닐 수 없었다.

거센 물결이 소용돌이치는 여울에 갇힌 그들이 서로의 뱃머리를 부딪치는 자중지란을 겪으며 겨우 여울목을 빠져 나오니 이번에는 몽골의 함대가 기다리고 있었다.

마치 학의 날개로 감싸 안은 듯 포진한 몽골 함선이 일제히 불을 뿜기 시작했다.

이미 전의를 상실한 남송 선단은 제대로 된 저항도 해보지 못한 채 장강에 수장되고 말았다.

단 한 척의 함선이 몽골 선단의 포위망을 뚫고 도주한 것만 해도 하늘의 도움을 받은 것으로 여겨야만 했다.

오늘 치른 해전은 몽골 해군의 승리로 돌아갔지만 완벽한 것은 아니었다.

남송 선단이 출현했다는 보고를 접한 몽골군 지휘부에서 강 하류에 정박해 있던 군함을 긴급히 불러올렸다. 하지만 접전 지역인 장강에 도착했을 때는 이미 경계선을 돌파당한 뒤였다. 전함의 성능은 물론 전투력에서 현저히 앞선 남송해군과 정면승부의 모험을 피하고자 채택한, 여울목에 매복하였다가 적이 방심한 틈을 노려 협공으로 타격을 가한 작전이 주효한 것이었다.

이 전투를 통해 서로가 하나를 얻고 하나를 잃는 결과를 내었다.

남송이 해군력의 큰 손실을 입은 반면 몽골로서는 저지선을 돌파당한 결과로 여문환이 이끄는 양양군에 식량과 물자보급을 막지 못하여 이 전투가 장기전으로 들어가는 계기가 되었기 때문이었다.

〈2권에서 계속〉